AKADEMIE DER
MITTERNACHTSFEEN

BUCH EINS

USA-TODAY-BESTSELLER-AUTORIN
LEXI C. FOSS

Titelbild entworfen von: Lori Grundy
Herausgegeben von: Ninja Newt Publishing, LLC

eBook:
ISBN: 978-1-954183-44-5

Taschenbuch:
ISBN: 978-1-954183-48-3

 „ICH HASSE DICH.“

Er lachte und küsste die Stelle unter meinem Ohr. Seine Hand ließ meinen Hals los, um nach meiner Hüfte zu greifen. „Schling deine Arme um mich.“

„Nein.“

„Mmh.“ Er hob mich mit beiden Händen um meine Hüfte geschlungen in die Luft. Daraufhin packte ich ihn an seinen Schultern, rang nach Luft, als er seine Lenden zwischen meine Schenkel drückte. „Schling deine Beine um mich, Baby. Andernfalls wirst du runterfallen.“

„Lass mich runter.“

„Auf keinen Fall.“ Stattdessen küsste er mich und machte sich meinen Schock zunutze, ließ seine Zunge zwischen meine Lippen gleiten.

Was ist hier los? Warum tut er das?

Und oh, nein … Das … darf … nicht … wahr … sein.

Mir wurde schwindlig.

Adrenalin pumpte durch meine Adern.

Ich wollte ihm *wehtun*. Musste kämpfen. Denn das durfte nicht weitergehen!

Ich saugte mich an seiner Zunge fest, und wurde mit dem wunderbarsten Geschmack belohnt. Ich erstarrte. Dann stöhnte ich. *Oh mein …* Exquisite Dekadenz füllte unsere Münder, lenkte mich von meinem Ziel ab und warf mich in einen Wirbel der Wonne, dem ich nicht entrinnen konnte. Stattdessen fiel ich blind hinein, ließ meine Instinkte überhandnehmen.

Meine Beine waren im nächsten Augenblick um ihn geschlungen.

Meine Arme umgaben seinen Hals.

Und seine Essenz bedeckte meine Lippen, meinen Mund, meinen *Hals*.

Ich stöhnte, sehnte mich nach einem weiteren Schluck,

wollte ihn mehr als alles andere. Er gab ihn mir mit seiner Zunge, ließ sie über meine gleiten und fütterte mich mit dieser köstlichen Flüssigkeit, die ich so begehrte.

Eine Hand verblieb auf meiner Hüfte, während seine andere in mein Haar glitt. Seine Finger fuhren durch mein Haar und er legte meinen Kopf schief, damit er mich besser küssen konnte.

Ein Teil von mir schrie, dass wir aufhören sollten. Aber ich konnte die Stimme angesichts des lauten Brüllens der *Lust* in meinem Kopf nicht hören.

Hitze, wie keine, die ich je erfahren hatte, durchfuhr mich, kursierte durch meine Adern mit einem treibenden Gedanken: *Mehr.*

*An Matt, Laura & Vicki. Für eure konstante Unterstützung und Liebe
— und dafür, dass ihr es mir möglich gemacht habt, diese Geschichte zu
Ende zu bringen, während ich auf Urlaub war. Ihr habt mein
Bedürfnis danach, zu schreiben, immer respektiert und verstanden. Es
ist, immerhin, Balsam für die Seele. ;) Danke euch für alle
Erinnerungen. Xx*

AKADEMIE DER

MITTERNACHTSFEEN

BUCH EINS

AFLORA

Glacier war spät dran.

Schon wieder.

Diese ganze Fernbeziehungs-Sache, in der wir uns für Verabredungen im Reich der Sterblichen trafen, funktionierte einfach nicht für mich. Diese verdammte Wasserfee war nie pünktlich.

Stattdessen ließ er mich in einem Café mitten in Orlando mit einer mausförmigen Tasse voller dunkler Flüssigkeit rumsitzen. Wie Menschen dieses Zeug vertrugen, war mir ein Rätsel. Ein Schluck davon und ich hätte am liebsten gekotzt.

Aber ich kam hierhin, um ihn glücklich zu machen.

Denn ich hatte ihn über einen Monat lang nicht gesehen, weil Sommersonnenwend-Ferien waren.

In ein paar Wochen, wenn wir wieder auf der Akademie wären, würde alles wieder gut sein. Vielleicht. Mal abgesehen davon, dass wir immer dieses elementare Problem über unseren Köpfen hängen haben würden, dass ich die Erbin des Erdfee-Thrones und er nur eine Wasserfee war.

Ich blies auf mein heißes Getränk – eher um mein frustriertes Seufzen zu maskieren, als die Flüssigkeit kälter werden zu lassen. Denn ja, ich würde dieses Zeug nicht trinken. Ich hatte etwas Elfenmet in meinem Kühlschrank zu Hause, der nur darauf wartete, aufgemacht zu werden.

Ein weiterer Blick auf die Uhr ließ mich meinen Kopf schütteln.

„Das ist doch lächerlich", murmelte ich zu mir selbst. Ich hätte nicht über eine Stunde auf die Ankunft eines Jungen warten müssen. Vor allem nicht auf einen, der behauptete, mich zu vergöttern.

„Das ist es wirklich", erwiderte eine Frauenstimme und ein fluffiges, mit blauen Punkten überzogenes, essbares Ding erschien neben meiner Tasse. „Gönn dir einen Muffin. Der geht aufs Haus."

Ich sah diesen *Muffin* stirnrunzelnd an, bevor ich zur Frau hochblickte, die ihn mir gebracht hatte.

Ich zog meine Augenbrauen überrascht hoch. „Eine Schicksalsfee", sagte ich und sah mich um, um sicherzustellen, dass niemand meine Aussage gehört hatte. Dann bemerkte ich ihre leuchtend grüne Schürze. „Eine Schicksalsfee, die in einem menschlichen Café arbeitet?" Die Äußerung kam mir als Frage über die Lippen, denn was für eine Fee entschied sich freiwillig dafür, im Reich der Sterblichen zu leben?

Vor allem eine ihrer Herkunft. „Muss ein beängstigender Job sein, wenn dich die Leute die ganze Zeit über berühren."

Ich hatte letztes Jahr einen Kurs über Schicksalsfeen belegt. Während sie es liebten, Karten zu legen – um jemandem das Schicksal vorherzusagen –, hassten sie es, berührt zu werden. Es entfachte Visionen, vorwiegend ungewollte. Und ich konnte mir vorstellen, dass Menschen dieselbe Wirkung auf sie hatten.

Sie schmiss ihr langes dunkles Haar – das ähnlich wie meines aussah – über ihre Schulter und lachte. Wenigstens kicherte sie nicht, wie einige Feen es taten. Das wurde ziemlich schnell alt.

Nein, diese Fee fürchtete sich nicht davor, ihre Belustigung offen zu zeigen.

Was sie mir augenblicklich sympathisch machte.

„Wer bist du?", fragte ich.

Ihr Lächeln ging bis zu ihren blauen Augen hoch. „Gina", erwiderte sie und setzte sich mir gegenüber. „Ich dachte, du könntest etwas Gesellschaft vertragen, da deine Verabredung nicht auftaucht. Oh, aber es ist nicht vollumfänglich seine Schuld, das kann ich dir versichern. Zum Glück, oder vielleicht leider, wird das bald das kleinste deiner Probleme sein." Sie blinzelte und ihre blauen Iriden wurden eine halbe Sekunde lang durchsichtig, dann wieder normal.

Eine Vision, realisierte ich. Eine allbekannte Angewohnheit ihrer Art – genauso wie der kryptische Kommentar.

Ich seufzte. „Das habe ich erwartet. Ich glaube nicht, dass seine Eltern unsere Beziehung gutheißen." Ich zog an der Verpackung des *Muffins* und versuchte zu begreifen, warum ein Mensch so etwas essen würde. Es sah aus, als wäre es aus Stoff geschaffen worden. „Ich bin übrigens Aflora."

„Ich weiß", erwiderte sie und ihr Gesichtsausdruck

LEXI C. FOSS

erhellte sich. „Die alleinige Erbin des Erdfeen-Throns. Es ist schön, deine Bekanntschaft zu machen, Eure Majestät."

Ihr neckischer Ton ließ mich höhnisch schnauben. „Irgendwie bezweifle ich, dass du das so meinst." Ich kniff meine Augen zusammen. „Was mir sagt, dass du aus einem ganz anderen Grund hier bist."

„Oh, das bin ich", stimmte sie zu. „Aber dass unsere Wege sich kreuzen, ist nur völliger Zufall. Ich habe dein Schicksal erst vor Kurzem gesehen, als ich die Störung im Gleichgewicht gespürt habe. Du hast ein äußerst interessantes Jahr vor dir, Aflora. Vorausgesetzt, du nimmst den linken Weg. Hm, aber wenn du den rechten wählst, vermute ich, dass das Schicksal dich sowieso irgendwann einholt. Immerhin bist du jetzt in seinen Gedanken."

„Mh-hm." Diese Frau bestätigte alles, was in meinen Lehrbüchern über Schicksalsfeen und ihr Hang dazu, in Rätseln zu sprechen, gestanden hatte.

„Na, hört sich spaßig an."

„Das wird es auch werden." Ein weiteres Lächeln zog auf ihren Lippen auf, nur um zu erlöschen, als ihr Blick wieder glasig wurde. „*Scheiße.*" Sie sah auf die Uhr und rückte vom Tisch weg. „Ich würde dir ein paar Ratschläge für das Bevorstehende geben, aber ich muss los. Meine Zukunft findet mich ständig wieder, obwohl ich vom Weg abweiche." Sie gab mir einen Fingergruß und sprang aus dem Café – die Schürze noch immer um ihre Hüfte gebunden.

Ich gaffte ihr nach, genauso wie einige andere Gäste um mich herum.

Soweit ich das beurteilen konnte, war sie die Einzige, die derzeit Schicht hatte.

Und genau darum ist eine Fee anzustellen ein Fehler, dachte ich in Richtung Inhaber. *Wir sind nicht die verlässlichste Spezies des Universums.*

4

Bestes Beispiel: Meine Verabredung, die zu spät dran war.

Mit einem Seufzen schob ich meine Tasse und den Muffin beiseite, hatte genug vom Warten. Wenigstens hatte ich diesen Teil von Ginas Prophezeiung verstanden – *Glacier wird nicht kommen.*

Na gut. Mir war mein Elfenmet sowieso lieber als eine Verabredung mit einem Kerl.

Ich griff nach meiner Tasche, ließ meine Maustasse und den papierähnlichen Teigkuchen auf dem Tisch stehen und begab mich hinaus in die Nachmittagssonne.

Orlando hatte wenigstens gutes Wetter zu bieten. Schwül, heiß und so schön hell. Ich lächelte, als ich in Richtung Portal lief, absorbierte die Elemente auf meinem Weg dahin. Die tropischen Pflanzen hier würden in meiner Welt nicht allzu gut überleben, aber vielleicht könnte ich ein Gewächshaus bauen, das sie beherbergen würde.

Ich hielt an, um einen speziell schönen Baum mit großen grünen Blättern an der Spitze zu berühren. *Mh, der hier wäre einfach zu –*

Ein Schmerz machte sich in meiner Seite bemerkbar, als etwas Hartes in mich rammte und mich mehrere Schritte vorwärts stolpern ließ. „Tut mir leid!", schrie ein Mensch, als er auf einem zweirädrigem Gefährt vorbeiraste.

Ein Fahrrad, half mir mein Erinnerungsvermögen auf die Sprünge, erinnerte sich an den Kurs über menschliche Transportmittel.

Ich funkelte ihm nach, war drauf und dran, ihm meine Meinung zu geigen, als eine Hand meinen Arm berührte. „Geht es dir gut?", fragte eine tiefe, männliche Stimme mit geschmeidigem Akzent.

„Oh, ich … Ja. Danke." Ich sah hoch und in ein Paar eisblaue Augen. Die Farbe und Perfektion seiner Iriden verschlugen mir die Sprache.

„Bist du sicher?", hakte er nach und seine Finger wanderten an meinem Arm hoch, hinterließen Gänsehaut darauf. Er zog seine Mundwinkel nach oben und Grübchen formten sich, die nicht zu seinem robusten harten Kinn oder den dunkelbraunen Stoppeln daran zu passen schienen.

Ein echter Dreitagebart, sinnierte ich. Dann blinzelte ich. *Moment mal, warum schere ich mich um solche Dinge?*

„Vorsicht, meine Schöne", warnte er und schlang seinen Arm um meine Hüfte. „Du taumelst."

„Tue ich das?", flüsterte ich mit trockenem Mund, als sein berauschender Duft mich einhüllte. *Mh, eine dunkle Gewürzmischung, gespickt mit einem erdigen Aroma.* Ich lehnte mich an ihn, presste meine Seite an seinen harten Unterbauch.

Schmolz dahin.

Fiel.

Verführt von seiner Männlichkeit und seiner Grazie.

Das hier ist nicht richtig, dachte ich stirnrunzelnd. *Ich kenne diesen Typen nicht einmal.*

Ich wollte einen Schritt zurück machen, aber meine Füße verweigerten meinen mentalen Befehl.

Was passiert mit –

„Du blutest", murmelte er und hielt mich fester, während seine andere Hand über meinen Arm streifte.

Ich sah hinunter und sah die rote Flüssigkeit aus meiner Haut austreten.

Und blinzelte.

„Wie?", fragte ich und versuchte, mich aus diesem Nebel wachzurütteln, meine Beine dazu zu zwingen, sich zu bewegen. Aber ich fühlte mich eingenommen, verloren in der Berührung dieses Fremden, als würde ich in einen Traum gesogen.

Ein Teil von mir registrierte die Magie, spürte die dunklen Schwaden davon in meine Poren fließen. Sie brachte Erinnerungen an damals, als ich beinahe gestorben war, zurück. Wie ich darum gekämpft hatte, mich an der Quelle meiner Existenz festzuklammern, in einem hoffnungslosen Versuch, alle, außer mich selbst, zu retten.

„Das Fahrrad", sagte der Fremde neben mir mit sanfter Stimme, zog mich aus dem fürchterlichen Bild, das meinen Kopf einzunehmen drohte. „Er hat dich erwischt, als er um die Ecke gebogen ist. So ein Tollpatsch."

„Oh." Ich schluckte trocken. „Mir ... gehts gut."

Abgesehen vom tagträumerischen Zustand, an den ich meine Sinne verloren hatte.

Die Welt drehte sich, als er uns in einen Türrahmen eines Gebäudes zog. Eines, das ich als mein Ziel identifizierte. *Merkwürdig.* Ich hätte schwören können, dass es einen Block weiter die Straße runter gewesen war.

Wer ist dieser Kerl? Und wieso hält er mich fest?

Sein Griff löste sich etwas, was mir eine Fluchtmöglichkeit einräumte. Aber stattdessen presste ich meinen Rücken gegen die Wand und für einen Moment sah ich nichts als einen Nebel von kurzweiliger Dunkelheit.

Etwas stimmt hier nicht. Ein Gedanke, der mir vor einigen Augenblicken hätte kommen wollen, nur um dann angesichts dieser komischen Anziehung zu verblassen. Mit was auch immer für einem Bann er mich belegt hatte, ließ meinen Kopf sich kurzschließen und meinen Körper seinem Befehl gehorchen.

Muss ... das ... unterbinden ...

„Er hat mich gewarnt, dass du wunderschön sein würdest, Aflora", flüsterte die Stimme, sein Gesicht viel zu nahe an meinem Gesicht. „Aber ich habe nicht erwartet, dass du eine so auserlesene Blume sein würdest."

Ich verzog meine Lippen nach unten, als ich das hörte. „W-was?", stotterte ich und mein Atem stockte, als er meinen

Hals küsste. *Was machst du da?*, wollte ich fragen, aber mein Mund spuckte die Worte nicht aus, entschloss sich stattdessen, ein Stöhnen von sich zu geben. *Woher kennst du meinen Namen?*

Das kann nicht …

Oh …

Sein Mund berührte meine Haut, ließ meine Knie weich werden.

Bei den Elementen …

Das war echt übel. Ich spürte die Falschheit dieses Moments in mich fließen. Sie schärfte meine Instinkte, nur, damit diese im nächsten Moment von einer verführerischen dämmrigen Wolke geschwächt wurden.

Dunkle Magie, realisierte ich und mein Herz rutschte mir in die Hose. Sie war überall um uns, verunmöglichte es mir, vernünftig zu reden. Zu denken. Zu *rennen*.

„Hör auf", schaffte ich zu sagen, doch meine Bitte ging in meiner heiseren Stimme unter.

Er lachte an meinen Hals gedrückt, seine Zunge fuhr aus, um über meine pochende Halsschlagader zu gleiten. „Ich wünschte, das könnte ich, mein Blümchen. Aber ich habe eine Mission zu erfüllen. *Dich*."

Ich ballte meine Hände zu Fäusten und drückte meine Beine durch, während ich dagegen ankämpfte, den Bann zu brechen, den er über mich gelegt hatte.

Was mir nur ein weiteres Lachen von der mächtigen Mitternachtsfee vor mir einbrachte. „Mh, ja. Mehr davon, bitte." Er knabberte an der sensiblen Haut hinter meinem Ohr, seine Belustigung spürbar. „Ich habe mich gefragt, ob ich vielleicht die falsche Fee angesprochen habe, weil du einfach stillschweigend zugestimmt hast."

Stillschweigend zugestimmt.

Dem würde ich *stillschweigende Zustimmung* zeigen.

Sobald ich den Willen, mich verdammt nochmal zu

bewegen, finden könnte. Aber seine Magie badete mich in einem Meer aus Finsternis, schnürte meinen Zugang zum Element ab, auf das ich mich zum Überleben verließ, und versenkte spitze Krallen in meiner Seele.

Ich knirschte mit den Zähnen, war wütend darüber, dass ich ihn mich so einfach hatte fangen lassen. Dieses Fahrrad hatte mich kurzweilig abgelenkt, was es diesem Mistkerl von Mitternachtsfee ermöglicht hatte, mich in seinem dunklen Netz zu fangen.

Zum Glück war es nicht meine erste Begegnung mit dieser Art von Magie.

Ich schloss meine Augen, ignorierte die dunklen Stränge, die mich umgaben, und konzentrierte mich darauf, die Quelle meiner Kraft zu finden.

Erde.

Es war gefährlich, die Quelle meines Elements anzuzapfen, aber meine königliche Blutlinie erlaubte es mir, darauf zuzugreifen, den originalen Weltbaum zu sehen. Seine riesigen Wurzeln glichen einem Wirrwarr aus Leben, das sich zu jeder Erdfee ausstreckte. Das dickste Band war mit mir verbunden – der letzten Erd-Thronfolgerin.

Ich krabbelte daran herab, absorbierte die Energie und bereitete meinen Angriff vor.

Die Mitternachtsfee würde nicht wissen, wie ihr –

Seine Fangzähne versenkten sich in meiner Haut, was mir einen Schrei entlockte. Grauen, Dunkelheit und Lust zugleich fluteten meine Sinne. Ein Wort des Widerstandes kam über meine Lippen. Meine Seele schrie angesichts der Falschheit dieses Bisses. Während mein Körper sich an ihn schmiegte, sich meinem Kopf widersetzte.

Eine Träne kullerte aus meinem Auge, die Lust, die aus seiner Umarmung rührte, trieb tief in meine Seele, während mein Kopf begriff, was das Fürchterliches zu bedeuten hatte.

Mitternachtsfeen durften nicht mit anderen Feen

Beziehungen eingehen – in keiner Weise. Und das beinhaltete das Kosten von Blut einer Fee der Elemente oder jeder anderen.

Das brach jegliche Regeln, die ich kannte – und nicht nur, weil seine Zähne in meinem Hals steckten, sondern wegen der äußerst tiefgreifenden Begierde, die seine Berührung in mir auslöste.

„Hör auf", verlangte ich, aber das Stöhnen, das mit dem Wort mitschwang, machte meine Absicht zunichte.

Er packte mit einer Hand meine Hüfte, seine Brust eine Mauer aus Muskeln an meiner Vorderseite. Wie konnte sich mein Angreifer so gut anfühlen?

Jeder Teil von ihm schien perfekt an meinen Körper zu passen – inklusive der beeindruckenden Erektion, die sich in meinen Unterbauch bohrte.

Falsch, erinnerte ich mich. *Aber es fühlt sich so gut an.*

Ich wollte mich schmerzerfüllt und gleichzeitig ekstatisch krümmen. Aber mit jedem Ziehen spürte ich meine Verbindung zu den Elementen verschwinden – die Lebensenergie, die ich so liebte, entglitt meinem Griff.

Mich ihm hinzugeben, mich so zu verlieren … *Nein.* Das konnte ich nicht. Ich musste kämpfen. Meine Feenbrüder würden es verstehen. Sie würden ihn dafür belangen. Denn es war nicht meine Schuld.

Das mussten sie wissen.

Hoffe ich.

Aber wenn ich nicht klarmachte, dass ich das nicht wollte, würden sie annehmen, dass ich eine Komplizin in dieser Straftat war. Und dann würden wir beide bestraft werden.

Meine Gliedmaßen begannen zu erkalten, als mein Blut in die falsche Richtung zu fließen begann – in seinen Mund. Ich hatte nicht viel Zeit. Ich musste sofort klarmachen, was ich wollte, während das Blut ihn ablenkte.

Ich schloss meine Augen, ließ meinen Körper erschlaffen und tat so, als würde ich mich ergeben. *Komm zu mir*, rief ich der Quelle meiner elementaren Kraft zu. *Erfülle mich mit der Lebenskraft, die ich brauche.*

Das hier wäre einfacher im Reich der Elemente gewesen. Das Reich der Sterblichen war weit entfernt von der Quelle meiner Energie. Aber sie erhörte meinen Ruf, erkannte meine königliche Blutlinie und schenkte mir genug Stärke, um den Boden unter mir beben zu lassen.

Das brachte den Fremden aus dem Gleichgewicht, woraufhin er einen Moment lang seinen Griff lockerte.

Ich befreite mich von ihm, griff nach den naheliegenden Steinen der Wand und befahl ihnen, ihn zu verprügeln.

Aber er wehrte sie mit einer Handbewegung ab, sein eisiger Blick glühte mit seiner dunklen Essenz. „Das wirst du bereuen, Prinzesschen."

„Ich glaube, ich werde eine Menge bereuen", konterte ich und rief einen größeren Stein, damit er in seine Richtung flog.

Er lenkte ihn ab, bevor er sich in eine graue Wolke auflöste. Ich riss meinen Mund auf, war von seinem Verschwinden schockiert.

Was genau das war, was er gewollt hatte – eine Ablenkung. Dunkle Seile legten sich um meinen Bauch, zogen mich rückwärts ins Portal. „Oh, bei den Feen, nein", sagte ich und versuchte erfolglos, die Rauchschwaden zu brechen. Aber wann immer ich eine durchschnitt, schlangen sich einfach wieder mehr um mich.

Und dann schlossen sich die Türen.

Ich sprang auf die Knöpfe zu, aber er war schneller. Seine Hand tippte einen unbekannten Code ein, der definitiv nicht mit dem Zielort übereinstimmte, der mir vorschwebte.

„Oje", murmelte er und materialisierte sich neben mir. „Es scheint, als müsste ich mich für eine Straftat verantworten. Ich hoffe, du magst Mitternachtsfeen, Schätzchen. Denn du wirst gleich einem ganzen Rat von ihnen begegnen."

AFLORA

Iᴄʜ ᴡᴀʀ ɴɪᴇ eine gewalttätige Person gewesen, aber ich wollte den grinsenden Verrückten, der mir gegenübersaß, umbringen. Er hatte eine Art undurchdringbaren Rauch um meine Handgelenke gelegt, bevor er mich in einen Stuhl geschmissen hatte, der in einer Art Empfangsbereich stand.

Aber es gab keine Empfangsdame.

Und das Zimmer war alles andere als einladend.

Schlangenähnliche Ranken kletterten an den Wänden hoch, ihre wachsamen Augen an den Enden aufmerksam glühend. Ich schien das Objekt ihrer Begierde zu sein und ihre rasselnden Schwänze zischten in einem ominösen Takt, sodass sich mir der Magen krümmte.

Jedes Mal, wenn ich mich bewegte, bewegten sie sich

schneller. So, wie sie es jetzt taten. Die verrückte Mitternachtsfee, die mir gegenübersaß, gab ein warnendes Schnalzen von sich, was andeutete, dass ich die Wachschlangen nicht aufregen sollte. Das ließ mich meinen Kiefer anspannen. Er enthielt mir nicht nur seinen Namen vor, er weigerte sich auch, zu erklären, warum er mich gebissen hatte.

Ich erschauderte. Das Gefühl seiner Fangzähne in meinem Hals war noch immer spürbar und äußerst real. Er hatte eine Art schwarze Fesseln zurückgelassen, die ich mehr spüren als sehen konnte.

Ich riss erneut daran, zuckte dann zusammen, als die Wand daraufhin lauter zischte.

„Was ist das?", wollte ich wissen.

„Verzauberte Ranken", säuselte mein Entführer. „Sie beschützen das königliche Gelände vor Eindringlingen. Und wenn ich ihr Winden richtig interpretiere, sehen sie dich als Bedrohung. Also würde ich bleiben, wo du bist, Prinzessin, andernfalls könnten sie zubeißen."

„Wie du?", fauchte ich.

Er lächelte. „Hm, nein, mein Biss ruft Lust hervor." Seine eisblauen Augen sahen zur Schlange, die meinem Kopf am nächsten war. „Ihr Biss nicht unbedingt."

Ich öffnete meinen Mund, um etwas zu entgegnen, als die ebenhölzernen Türen am Ende des Flurs aufschwangen und ein dunkelhaariger Mann in langen, wallenden Roben auf uns zustampfte.

„Was hat das alles zu bedeuten, Shadow?"

Shadow? Ich musterte meine Begleitung. *Echt jetzt?*

Ich vermutete, dass er dazu neigte, sich in dicke Rauchwolken zu verwandeln.

„Was willst du von mir hören?", fragte Shadow, seine Arme über die Lehne des Sofas ausgestreckt, den Inbegriff von Faulheit verkörpernd. „Die königliche Erdfee und ich haben uns mitreißen lassen. Meine Fangzähne sind ausgerutscht und wie es kommen musste, hat ihr Blut auf meinen Biss reagiert."

Mir klappte der Kiefer herunter, als ich die schreckliche und falsche Erzählung von dem, was sich ereignet hatte, hörte. „Mitreißen lassen? Deine Fangzähne sind ausgerutscht?", wiederholte ich, kam auf meine Beine, nur um dann von den Reben, die sich an der Wand rankten, zurückgezogen zu werden.

Ich schrie, als der Rauch um meine Handgelenke sich verfestigte und eine Schlange sich um meinen Hals legte und zudrückte, um das Geräusch zu dämpfen.

Der Neuzugang seufzte und zückte einen Zauberstab. „*Lass los*", zischte er, wedelte den violetten Stab durch die Luft.

Ein Zischen von Energie küsste meine Haut, die Dunkelheit davon ein krasser Kontrast zu meiner Erd-Essenz. Ich erschauderte und die Falschheit entmutigte mich, selbst als die Schlangen und die aus Rauch bestehenden Fesseln verschwanden.

Meine Knie gaben instinktiv nach, was mich gegen etwas Hartes und Männliches prallen ließ.

Shadow.

Meine Nase berührte seine Brust und seine Arme schlangen sich um mich, als er mich auffing, bevor ich zu Boden fiel.

Um ein Haar hätte ich ein missmutiges Geräusch von mir gegeben, aber das Bedecken meiner Scham hatte Vorrang.

Nachdem ich meine Bluse und meinen Rock zurechtgerückt hatte, stieß ich ihn von mir. „Rühr mich nicht an."

„Das hast du vor einer Stunde noch nicht gesagt, Prinzessin."

Ein Grummeln wie kein anderes, das ich jemals zuvor von mir gegeben hatte, kam mir über die Lippen, und ich stürzte mich auf ihn, wollte ihm Schaden zufügen. Aber er fing mich wieder mit seinen Armen auf und lachte die ganze Zeit über.

„Siehst du, was ich meine, Vater? Sie ist ein wildes Kätzchen, das ihre Finger nicht von mir lassen kann."

Vater?

Ich schüttelte meinen Kopf. *Wen interessierts?* „Ich werde dich umbringen!"

„Versuchs ruhig", war Shadows arrogante Antwort.

Ach! Ich wollte schreien. Einem Baum befehlen, seinen Schwanz in den Boden zu rammen. Aber meine Kräfte entsagten mir hier. Mein Zugang zur Quelle war durch die Anwendung von dunkler Magie abgeschnitten worden. Andernfalls hätte ich die Kraft dazu benutzt, zu fliehen, sobald ich hier gelandet war.

„Du hast sie gebissen", sagte Shadows Vater.

Musste ein echtes Genie sein – denn die Bissspuren vom Angriff waren noch immer an meinem Hals zu sehen. Und wenn meine Arme frei gewesen wären, hätte ich darauf gezeigt, nur für den Fall, dass er sie sich von Nahem ansehen wollte. Aber Shadow hielt mich an sich gedrückt, meine Brüste an seine Brust gepresst, während er mich in einem viel zu muskulösen Griff festhielt.

Shadow lächelte auf mich herab. „Wie ich schon sagte … Eines führte zum anderen und –"

„Hast du auch nur die geringste Ahnung, was du angerichtet hast?!", wollte sein Vater wissen, unterbrach seinen Mistkerl von Sohn.

„Na ja, ich dachte, es wäre nur eine Kostprobe, aber ja, ich habe das Gefährtenband ziemlich klar an seinen Platz fallen gespürt. Warum würde ich sonst an diesen jämmerlichen Ort kommen, wenn nicht, um mich zum Fehler zu bekennen?"

Gefährtenband? „Was für ein Gefährtenband?" Ich bewegte mich erneut in seinen Armen, aber er hielt mich mit der Mühelosigkeit einer viel stärkeren Fee.

Genau darum musste ich mehr physische Verteidigungskurse nehmen. Ich hatte mich zu sehr daran gewöhnt, mich auf mein Element zu verlassen – das offensichtlich in diesem dunklen Reich keine Wirkung zeigte.

„Unser Gefährtenband", murmelte Shadow. „Wir sind jetzt verbunden, Prinzessin. Für immer."

„Hör auf, mich so zu nennen."

„Aber das ist doch, was du bist, oder? Eine Erdfeen-Prinzessin?" Er legte seinen Kopf schief. „Oder bist du eine Königin, wo du doch die einzige Thronerbin bist?"

„*Genug jetzt*", warf sein Vater ein, und sein Umhang flatterte voller Kraft um ihn herum. Blaue Augen – dieselbe Farbe wie die seines Sohnes – sahen Shadow finster an. „Du weißt schon, dass du dafür verstoßen werden könntest, oder?"

Shadow zuckte mit den Achseln. „Das erspart mir ein weiteres Jahr an der Akademie."

Ein leises, wütendes Geräusch kam aus der Brust seines Vaters. „Und was ist mit dem Mädchen? Artenübergreifende Verbindungen sind illegal. Sie könnten nach ihrem Tod verlangen – oder noch schlimmer, nach *deinem*."

Moment mal, warum ist sein Tod schlimmer als meiner? „Ich will nicht einmal hier sein!", sagte ich fuchsteufelswild. „Und ihr könnt mich nicht töten. Ich bin die einzige Erbin des Erd-Throns. Wenn ich sterbe, wird das Element mit mir sterben." Das stimmte nicht ganz. Jemand, vielleicht Sol, würde vermutlich meinen Zugriff auf die Quelle übernehmen. Aber hoffentlich wussten sie das nicht.

Sein Vater sah mich nicht einmal an, sein brodelnder

Blick war auf seinen Sohn gerichtet. „Bring sie zum Kerker und schließt euch dort ein. Du kennst den Weg. Ich werde euch holen, wenn und falls der Rat eine Aussage braucht."

„Entschuldigen Sie bitte, aber ich würde gerne sofort eine Aussage machen", verlangte ich. „Ihr Sohn hat mich gegen meinen Willen gebissen, mich dann entführt und in dieses Reich gebracht. Ich sollte nicht hier sein. Und Sie können mich nicht hier behalten. Der Rat der Feen der Elemente wird das nicht zulassen."

Na ja, vielleicht schon.

Von einer Mitternachtsfee gebissen zu werden, brach definitiv mehrere der artenübergreifenden Gesetze, die Feenbeziehungen regulierten. Aber es war gegen meinen Willen geschehen und Königin Claire würde sich auf meine Seite stellen. Sie kannte mich gut genug, um zu wissen, dass ich so etwas nie tun würde.

„Ich bin die einzige Thronfolgerin des Erd-Elements", ergänzte ich. „Mein Volk verlässt sich auf meine Verbindung zur Quelle, um zu überleben. Jeden Moment, den Sie mich länger hier behalten, ist –"

„Genug", gab Shadows Vater zähneknirschend und mit steinernem Gesichtsausdruck von sich. „Der Rat der Mitternachtsfeen verfährt ganz anders als deiner. Wenn du etwas Wichtiges zu sagen hast, wird dein Zukünftiger die Information für dich übermitteln, zumal Frauen in der Ratskammer nicht zugelassen sind."

Ich zog meine Augenbrauen hoch. In was für ein rückwärtsgewandtes Reich war ich gebracht worden? *Nein, die bessere Frage ist …* „Wer zum Teufel ist mein Zukünftiger?"

Shadow lachte. „Ich, Schätzchen."

„*Was?*", sprudelte aus mir heraus. „Er hat mich angegriffen und Sie wollen, dass er für mich spricht?" Verdammt nochmal unfassbar. „Das ist doch vollkommener Beerenprügel."

„Vollkommener was?", fragte Shadow.

„Lass mich los", sagte ich stattdessen. Er verdiente keine Antwort auf diese oder irgendeine andere Frage.

„Das kann ich nicht tun, Prinzessin. Mir wurde befohlen, dich nach unten zu bringen. Ratsregeln." Er zuckte dreist mit den Achseln, was mir das Bedürfnis verschaffte, ihn zu schlagen.

„Sofort, Shadow", sagte sein Vater mit befehlshaberischem Ton, der einen Schauer an meinem Rücken hinabsandte.

In was zum Elfenstaub habe ich mich da reingeritten?

Shadow hob mich vom Boden ab, als wöge ich nichts – was ich im Vergleich zu ihm womöglich auch tat. Er war mindestens dreißig Zentimeter größer als ich, dieser Mistkerl.

„Lass mich runter."

„Und du hast meinen Spitznamen für dich angezweifelt", murmelte er daraufhin. „Verlangst links und rechts nach Dingen wie eine verdammte Prinzessin."

„Weil du mich unsanft behandelst", fauchte ich und wünschte mir mehr als je zuvor, dass ich meine Fähigkeiten anzapfen könnte. Dann hätte ich eine Ranke um seinen Hals geschlungen – mal sehen, was er davon gehalten hätte. Dann hätte ich ihm mit einer Baumwurzel den Kopf eingedroschen.

Das schöne Bild vor meinem inneren Auge verschwamm, als er eine eiserne Tür auftrat und die Stufen runterlief.

Jeder Teil von mir erkaltete, als die Bedrohung, unter der Erde zu landen, Realität wurde.

„Shadow", flüsterte ich. „Bitte."

Er sah mich stirnrunzelnd an. „Bitte, was? Ich werde dir nicht wehtun. Jedenfalls noch nicht." Er schüttelte seinen Kopf. „Echt jetzt, ich habe etwas mehr Leidenschaft erwartet, Prinzessin. Stattdessen bist du so schwach wie ein Feeling."

Ich spannte meinen Kiefer an, obwohl mein Herz wild zu pochen begann. Jeder Schritt brachte uns tiefer unter die Erde. Meine Lungen schienen keinen Atemzug mehr aufnehmen zu können.

Feen der Elemente gehörten nicht hierhin.

Feen der Elemente brauchten Sonnenlicht.

Feen der Elemente *starben* unter der Erde.

Es dauerte Wochen, manchmal Monate, aber nur schon die Tatsache, irgendwohin gebracht zu werden, wo es dunkel und düster war, ließ meine Gliedmaßen erstarren.

Shadow sagte etwas, aber ich hörte ihn angesichts des heftigen Pochens in meinen Ohren nicht.

Mein Rücken traf auf eine weiche Unterlage, die ich kaum spürte.

Stein und Reben und unaussprechliche Dinge tanzten vor meinen Augen. Eine dunkle Wolke. Neue Stimmen.

Kämpfe, drängte ein Teil von mir. *Das ist alles nur in deinem Kopf.*

Ja, ich war mir ziemlich sicher, dass der Wasserspeier, der auf mich hinabstarrte, ziemlich echt war.

Oh, ich hatte von denen gelesen. Sie schossen Laserstrahlen aus ihren Augen. Gut. Sehr schön. Warum war einer davon in meiner Zelle?

Shadow schien mit ihm zu sprechen.

Genau, weil sie vermutlich alte Bekannte waren.

Aber sie schienen miteinander zu streiten.

Vielleicht würde ich der steinernen Kreatur dabei zusehen können, wie sie meinen ‚Zukünftigen' am lebendigen Leibe flambieren würde. Mh, das würde mir gefallen. Wärme machte sich in mir breit, als ich darüber nachdachte, und die vorherige Angst verschwand angesichts einer anderen, äußerst kraftvollen Welle.

Solange er mich nicht lange hier unten behalten würde, war alles in Ordnung.

Was bedeutete, dass ich mich zusammenreißen und einen Weg hier rausfinden musste. Kein einfaches Unterfangen, wenn man bedachte, dass er die Tür verriegelt hatte.

Was für ein Idiot sperrt sich selbst freiwillig in ein Verlies?

„Ein kluger", erwiderte Shadow.

Ich runzelte meine Stirn. „Habe ich das laut gesagt?"

„Nein, aber du hast es praktisch in meine Richtung geschrien." Er zuckte zusammen und ließ sich auf einen Berg Kissen auf dem obsidianschwarzen Boden fallen.

„Das ergibt keinen Sinn."

Er tippte sich an den Kopf. „Benutz deinen Grips, Prinzessin."

Ja, weil du so gut darin bist, deinen zu benutzen, dachte ich verbittert. Er schnaubte höhnisch, als hätte er das gehört.

Dann realisierte ich, was er gemeint hatte.

„Ooooh nein. Du bist nicht in meinem Kopf." Andernfalls hätte ich kolossale Kopfschmerzen.

„Nein, ich bin in deinem Blut, Blumenprinzessin", erwiderte er erschöpft. „Echt jetzt, nehmt ihr da, wo du herkommst, die Paarung von verschiedenen Spezies nicht durch? Denn ich musste ein ganzes Semester lang über deine schwache Spezies ertragen. Und obwohl sich dieses Wissen jetzt als nützlich herausstellt, hat es mich beinahe zu Tode gelangweilt."

„Wir sind nicht schwach", konterte ich. „Und nur zu deiner Information: Ja, ich habe einen Kurs in Feenpolitik belegt. Wenn du über langweilige Kurse sprechen willst, *dieser Kurs* ist der Gipfel der Lilienblüte."

„Gipfel der Lilienblüte?", wiederholte er und zog eine Augenbraue hoch. „Was zum Teufel soll das denn heißen?"

„Ich dachte, du hättest meine Spezies eingehend studiert, Shadow. Vielleicht ist dir dieses Kapitel entgangen."

Er schnaubte. „Wie auch immer." Er streckte seine langen Beine aus, überkreuzte sie an den Knöcheln und ließ sich tiefer in sein provisorisches Bett sinken. „Wir werden eine Weile hier unten feststecken, Prinzessin. Du solltest dich lieber ausruhen, bevor der Rat sein Urteil bekanntgibt."

Schlafen. Jepp, als wäre ich jetzt dazu in der Lage, zu schlafen.

Auch wenn er mir das Bett überließ – eine Geste, die ich nicht schätzen wollte –, würde ich hier unten niemals schlafen können. Nicht, wenn er so nah bei mir war. Oder mit diesem Wasserspeier in der Ecke.

Ich sah der Kreatur in ihre roten Augen und zuckte zusammen.

Als Schöpfung der Erde hätte ich in der Lage sein sollen, ihn zu kontrollieren.

Aber die Quelle lehnte meinen Ruf ab, wie sie es seit meiner Ankunft in dieser Hölle getan hatte.

„Was, wenn ich auf Toilette muss?", fragte ich und sah mich nach einem Weg aus dieser Zelle um.

Shadow zeigte auf einen Eimer in der Ecke. „Viel Vergnügen."

Ich rang nach Atem. „Das ist inakzeptabel."

„Was inakzeptabel ist, ist, dass du noch immer plapperst. Ich habe gesagt, dass es an der Zeit ist, zu schlafen."

„Ja, als ob ich von dir Befehle entgegennehmen würde. Oh, Moment mal ..." Ich rollte mit meinen Augen und stand auf, ging mit meinen Absatzschuhen über die Steinchen.

Wieso hatte ich mich für Glacier nochmal aufgetakelt? Weil ich ihn hatte beeindrucken wollen. Und er hatte mich einfach versetzt.

Was bedeutete, dass er nicht nach mir suchen würde, und selbst wenn er anrufen und versuchen würde, sich zu entschuldigen, würde er einfach annehmen, dass ich ihn ignorierte.

Elfenstiel.

Vielleicht würde Sol spüren, dass meine Energie verschwunden war.

Ja. Ja, würde er. Er würde seine Gefährtin, Claire, alarmieren und sie würden nach mir suchen. Aber würden sie wissen, dass sie hier nach mir suchen müssten?

Ich machte ein missfallendes Geräusch mit meinen Lippen.

„Wow, macht das nicht nochmal", sagte Shadow und gab ein theatralisches Schaudern von sich. „Das war mal ein nerviges Geräusch."

„Ähnlich wie deine Stimme", erwiderte ich mit zuckersüßer Stimme. „Vielleicht ist es uns wirklich *bestimmt*, zusammen zu sein."

Er grinste. „Du hast ja keine Ahnung, Baby."

„Echt jetzt, lass das mit den Spitznamen."

Er warf mir einen Luftkuss zu. „Ich weiß, dass du sie liebst, Prinzessin."

Das reicht. Ich machte mir seine Position zunutze, sprang auf ihn und setzte mich rittlings auf ihn, schlug ihm mit meiner Faust in seine viel zu perfekte Nase.

Ein Siegesgefühl wärmte meine Adern, als ich sein Blut sah, nur um sie im nächsten Moment zu versengen, als eine kalte Welle mich überkam und ich mich unter ihm am Boden wiederfand.

„Ein unüberlegter Zug, Schätzchen", murmelte er und meine Handgelenke wurden von einer seiner Hände über meinen Kopf gehalten.

Wie zum Teufel hat er das gemacht?

„Magie", keuchte er, antwortete erneut auf den Gedanken in meinem Kopf.

„Lass das."

„Zwing mich doch", konterte er und legte seinen Kopf an meinen Hals.

„Shadow."

23

„Aflora." Er legte seine Hüften auf meine, seine Lippen kosten die Bissspuren an meiner Haut.

„Was machst du da?"

„Mich amüsieren", sagte er leise und seine Zunge glitt an meinem Hals herab. „Du erinnerst mich an die Sonne. Warm und doch so brutal."

Ich wand mich unter ihm, was ihn nur dazu bewegte, noch mehr von seinem Gewicht auf mich zu verlagern. „Wage es ja nicht, mich nochmal zu beißen, Shadow."

„Mhm, aber das erste Mal hat es so viel Spaß gemacht." Seine Schneidezähne berührten meine Pulsader sanft. „Und du hast so schön gestöhnt."

„Weil du mich verhext hast!"

„Nur teilweise", erwiderte er und klang kein bisschen reuig und viel zu fasziniert. „Ich habe nicht erwartet, dass ich es genießen würde", ergänzte er flüsternd. „Aber das habe ich."

„Shadow", sagte ich warnend.

Er seufzte. „Beruhig dich, Süße."

„Wie kann ich mich beruhigen, wenn du auf mir sitzt?"

„Du hast angefangen", gab er zurück und knabberte auf seinem Weg nach oben an meinem Kinn. „Du hast versucht, mir mit einem armseligen Schlag die Nase zu brechen."

„Armselig … ?" Meine Augen weiteten sich „Du bist so ein Arschloch!"

„Sag mir, was du wirklich fühlst, Schätzchen", neckte er und legte seinen Kopf schief. „Ich höre."

„Ich will dich umbringen."

„Ja, und … ?"

„Würdest du jetzt bitte von mir runtergehen?"

„Bitte?", wiederholte er höhnisch. „Meine Güte, du bist aber ein höflichen kleines Fräulein."

„Ich bin nicht klein."

„Du benimmst dich wie ein unschuldiges Kind."

Mein Blut brodelte angesichts der unverborgenen Beleidigung. „Du weißt gar nichts über mich."

„Und du nichts über mich."

„Elfenmist, du bist unmöglich. Geh. Von. Mir. Runter."

„Elfenmist?" Er schien verwirrt. „Moment mal, ist das deine Version eines Schimpfworts?" Als ich nichts darauf erwiderte, begann er zu lachen. „Ach, du süßes kleines Mädchen. Die Dinge, die ich dir beibringen werde …"

„Nicht, wenn ich dich vorher umbringe", murmelte ich.

Grübchen zeigten sich, als er mich eingehend musterte. „Ich hoffe sehnlichst, dass du es versuchen wirst. Frauen zu bestrafen, ist eines meiner liebsten Hobbys."

„Genauso, wie sich an ihnen zu vergehen, offenbar", schoss ich zurück.

Er zog seine Augenbrauen hoch, als er die Anschuldigung vernahm. „Vergewaltigung? Ich habe dich kaum angerührt."

„Du hast mich gegen meinen Willen gebissen!"

„Du warst willens, Aflora. Vertrau mir."

„Weil du mich verdammt nochmal mit einem Bann belegt hast … Oder was auch immer du getan hast."

„Verdammt?" Er schüttelte seinen Kopf und gab ein Schnalzen von sich. „Verfickt, Schätzchen. Das Wort, nach dem du suchst, lautet *verfickt*."

„Bei den Göttern, jetzt geh schon von mir runter!"

„Nein." Er hatte die Frechheit, sich runterzubeugen und einen Kuss auf meine Lippen zu drücken. Ich versuchte ihn augenblicklich zu beißen, was mir ein amüsiertes Lachen einbrachte. „Du musst dich ausruhen. Dir steht eine Menge bevor."

Ja, was auch immer das zu bedeuten hatte. „Ich muss nach Hause", korrigierte ich ihn.

„Du bist zu Hause, Aflora. Du hast es nur noch nicht realisiert."

Mit dieser Aussage begann er die schönste Melodie zu summen, die ich je gehört hatte.

„Was machst du da?"

Er antwortete nicht. Sein merkwürdiges Lied spielte weiter und ließ eine komische Wonne über mich kommen.

Ein weiterer Bann, realisierte mein Kopf.

Aber meine Lippen weigerten sich, etwas zu entgegnen, und mein Entführer lullte mich in sein Lied ein.

Hör auf, flehte ich in Gedanken. *Bitte, hör auf.*

„Ich versuche nur, dich zu beruhigen", flüsterte er daraufhin.

Ich schüttelte meinen Kopf, versuchte ihn zu klären und diesen Mistkerl rauszuschmeißen.

Das hier ist nicht richtig. Alles, was du getan hast, war nicht richtig!

Ein tiefes Seufzen.

Ein Hauch von Pfefferminz in seinem Atem, als er seine Stirn an meine legte. „Ich weiß", stimmte er zu. „Glaub mir, ich weiß es."

Was?

Aber er sagte nichts weiter.

Stattdessen summte er lauter, was meine Augen in meinen Hinterkopf rollen ließ.

Bald darauf kam Dunkelheit über mich, lullte mich in einen ruhelosen Schlaf voller fürchterlicher Bilder, die meine neue Realität vorhersagten. Inklusive der grausam gutaussehenden Fee, die mich fest in seinen Armen hielt. Seine Lippen flüsterten sanft in mein Ohr: „Es tut mir leid, Aflora."

Das war der Moment, in dem ich wusste, dass ich wirklich träumte.

Denn Shadow schien mir nicht die Art Mann, die sich jemals entschuldigte.

KOLS

„IRGENDEINE IDEE, wobei es darum geht?", fragte Tray, als wir ins Portal schritten.

Ich tippte den Code für den Rat ein und schüttelte meinen Kopf. „Keine Ahnung, aber Papa hat gesagt, dass es dringend ist."

„Offensichtlich", erwiderte mein Zwillingsbruder und rückte seine Krawatte zurecht. Wir trugen identische Anzüge, aber das war auch, wo unsere Ähnlichkeiten aufhörten. Er repräsentierte die Dunkelheit unserer Art mit seinem Haar und seinen Augen, ähnlich wie unsere Mutter. Meine Züge hatten jedoch die gold- und bronzefarbenen Töne der Erblinie unseres Vaters inne. „Glaubst du, es hat was mit Aswad zu tun?"

Ich zuckte mit einer Schulter. „Könnte alles sein, aber vermutlich."

Um was auch immer es ging, ich wollte es einfach hinter mich bringen, damit ich meine letzte Woche in Freiheit genießen konnte, bevor die Akademie wieder losging.

Nur noch sechshundertneunzehn Tage, dachte ich, rollte meinen Nacken ab, um meine steifen Muskeln zu lockern. Dann würde das Schicksal seinen Lauf nehmen und ich würde offiziell mit Emelyn Jyn in den Bund der Gefährten treten müssen. *Ich kann es kaum erwarten,* dachte ich und kämpfte dagegen an, zu ächzen.

Königliche Politik hatte so seine Privilegien. Arrangierte Ehen waren keines davon.

Die Türen öffneten sich und das obsidianschwarze Innenleben des Hauptsitzes des Rates rückte in Sicht.

Ich warf ihm einen seitlichen Blick zu. „Bereit?"

„Bin ich das je?", konterte Tray.

Mit einem Schnauben ging ich nach drinnen. Mehrere Ratsmänner nickten uns zu, während wir ins Zimmer auf unseren Vater, der am Kopfende des Tisches stand, zugingen. Er ließ immer zwei Stühle frei für uns zu seiner Rechten, und wir nahmen die Sitze ein.

Emelyns Vater, Lima, saß als zweites Eliteblut auf der anderen Seite meines Vaters. In weniger als zwei Jahren würde er mir auf dieselbe Weise dienen, es sei denn, ich würde ihn ersetzen.

Der stoische Mann nickte mir bestätigend zu, wie er es immer tat. Er glaubte, dass mich mit seiner Tochter zu verheiraten ausreichen würde, um unsere Partnerschaft aufrechtzuerhalten. Was er nicht realisierte, war, dass ich Emelyn verabscheute. Dass er mit dem weiblichen Teufel in Person verwandt war, half ihm überhaupt nicht, besser bei mir anzukommen. Aber ich erwiderte die Geste. Nett wie ich war.

Dann nickte ich den anderen Ratsmännern im Zimmer zu, die mit ihren Sekundanten gekommen waren. Mein Vater und Aswad waren die einzigen Männer mit erwachsenen Thronfolgern, die den nötigen Status hatten, um beizuwohnen. Aber Shade schien wieder mal zu schwänzen. Er hätte es nicht offensichtlicher machen können, dass er kein Interesse daran hegte, den Mantel der dunklen Magie seines Vaters umzulegen. *Trottel.*

Als Tadmir eintrat, wurde es still. Sein weißes Haar wallte an seinem Rücken hinab. „Tut mir leid." Der Malus-Ratsmann ließ sich in seinen Stuhl neben Raz, seinem Sekundanten, fallen. „Ich war nicht im Reich, als die Mitteilung kam."

Mein Vater senkte sein Kinn, akzeptierte damit seine Entschuldigung, und konzentrierte sich dann auf den Mann, der am anderen Ende des rechteckigen Tisches saß. „Also, sag schon. Warum sind wir hier, Ratsmann Aswad?"

Diese zwei letzten Worte wurden mit Verachtung ausgesprochen, was die Atmosphäre mit unverborgener Feindlichkeit trübte.

Mein Zwillingsbruder versteifte sich neben mir, genauso wie die Hälfte des verdammten Rates.

Die Eliteblute und Todesblute waren seit Jahrhunderten zerstritten, sahen nie Auge in Auge darüber, wie der Rat der Mitternachtsfeen geführt werden sollte. Zu Aswads – und seiner dunklen Linie von Totenbeschwörern – Unglück hatte meine Familie keine Absichten, sich zurückzuziehen. Ich hatte die Thronrechte an meinem achtzehnten Geburtstag angenommen, darum auch die tiefschwarzen Ranken, die sich über meine Haut zogen. Sie versorgten meine Adern jeden Tag mit mehr Energie, warteten darauf, an meinem fünfundzwanzigsten Geburtstag auszubrechen.

Darum auch die tickende Uhr auf mein Leben.

Und die schwindenden Minuten meiner unbezahlbaren Freiheit.

„Also?", fragte mein Vater, mit seiner Geduld merklich am Ende.

Das Todesblut schien heute blasser als sonst und er räusperte sich. „Shadow hat sich eine Gefährtin genommen, die nicht den Wünschen des Rates entspricht."

Man hätte nach dieser Bekanntgabe eine Nadel fallen hören können.

Ich zog meine Augenbrauen weit hoch.

Was?!

„Und es gibt noch mehr", fuhr der Todesblut-Ratsmann weiter fort. „Sie ist keine Mitternachtsfee, sondern eine Fee der Elemente."

Bei den Phönixfeuern, dachte ich und mir klappte die Kinnlade runter. Von allen Dingen, die dieses Treffen hätten erforderlich machen können, hätte ich selbst in einer Million Jahre nie gedacht, dass es deswegen war.

Tray schien genauso erschrocken neben mir.

Währenddessen stand der Rest der Ratsmitglieder buchstäblich in Flammen, Magie zuckte über den Tisch aus Obsidian.

Aswad wehrte die eindringende Wucht mit seinem Zauberstab ab, leitete Tadmirs Angriff an die hohe Decke, wo mein Vater sie mit einem Netz aus Energie auffing, das über meine Haut zischte. „*Aufhören*", verlangte er. Dieses einzelne Wort machte klar, wer das Sagen hatte.

Malik der Eliteblute hatte den Rat der Mitternachtsfeen für über tausend Jahre angeführt.

Ihn zu ignorieren, brachte einem die schlimmste Strafe ein.

Ich wusste aus erster Hand, zu was er imstande war. Hatte unzähligen Verhandlungen beigewohnt, anlässlich welcher er anderen Mitternachtsfeen das Leben genommen hatte – und das für weitaus weniger schlimme Taten als jene, die Shade eben begangen hatte.

Dieser Mistkerl war Tadmirs ältester Tochter, Cordelia, versprochen.

Sich gegen den Wunsch des Rates eine andere Gefährtin zu nehmen, brach nicht nur die Gesetze unserer Art, sondern war auch eine massive Beleidigung der Malus-Blutlinie.

„Verbannung", fauchte Tadmir.

„Wie sehr verbunden?", fragte Svart stattdessen und seine Kämpferblut-Energie umgab ihn in Form eines tiefschwarzen Mantels aus undurchdringbarer Magie. Seine Spezies war Meister in den verteidigenden Künsten. Das totale Gegenteil der Malusblute, die Angriffsmagie bevorzugten.

„Erste Ebene", erwiderte Aswad und setzte sich seufzend. „Und wir wissen nicht einmal, ob es Bestand haben wird. Sie ist keine Mitternachtsfee."

„Was die Verfehlung nicht besser macht", murmelte Lima. Der Vater meiner Verlobten war ganz offensichtlich nicht erfreut. Seine schwarzen Augen sahen das Todesblut ihm gegenüber mit zugekniffenen Augen an.

„Was hat er zu seiner Verteidigung zu sagen?"

„Nichts Erwähnenswertes", antwortete Aswad.

„Was bedeutet, dass es ihm nicht einmal leidtut", überlieferte mein Vater.

Ich schnaubte beinahe. Shadow, aka Shade, tat nie irgendetwas leid. Der arrogante Mistkerl hielt sich für unantastbar, sogar auf dem Areal der Akademie. Dass er gegen die Wünsche des Rates eine Gefährtin genommen hatte, überraschte mich überhaupt nicht.

Aber ich konnte nicht so tun, als ob es mich nicht ein

bisschen eifersüchtig machte. Ich hatte ähnliche Dinge bedacht – mehr als nur einmal in meinen vierundzwanzig Jahren.

Alles, um Emelyn Jyn nicht heiraten zu müssen. Nur schon an sie zu denken, ließ es mir kalt den Rücken hinunterlaufen.

„Das habe ich mir schon gedacht", meinte mein Vater, als Aswad keine gegenteilige Bemerkung machte. „Dann ist die angemessene Strafe einfach zu erörtern – tötet die teilweise verbundene Gefährtin und zwingt ihn, den bindenden Vertrag mit Tadmirs Malus-Linie aufrechtzuerhalten. Shadow wird für die Ewigkeit unter einer unvervollständigten Verbindung leiden und doch die benötigten Erben zeugen."

Er spreizte seine Hände. „War doch gar nicht so schwer. Dieses Notfalltreffen ist hiermit –"

„Sie ist die letzte königliche Erdfee", unterbrach Aswad. „Sie zu töten, würde als Kriegserklärung gegen die Feen der Elemente gesehen. Es würde zudem ihre Verbindung zur Erd-Quelle abtrennen."

Tray pfiff leise neben mir. Eine Reaktion, die ich in Gedanken mit einem zusätzlichen ‚oh, Scheiße' teilte.

„Aflora?", fragte ich, konnte nicht still bleiben.

Alle Augen richteten sich mit fragendem Blick auf mich.

Ja, ich wusste von der königlichen Erdfee. Ich war ihr nie begegnet, aber ich hatte sie vor ein paar Monaten bei der Krönung des Wasserkönigs gesehen. Das erklärte ich dem Rat schließlich und ergänzte: „Einer der Gefährten von Königin Claire ist eine Erdfee. Ich bezweifle, dass er es auf die leichte Schulter nehmen würde, wenn wir die einzige Thronfolgerin des Erd-Elementes umbringen."

Ein Hauch Respekt glimmte in Aswads Augen, als er mich musterte. Doch dieser verschwand, bevor mein Vater ihn ansah.

War er überrascht darüber, dass ich die politische Struktur anderer Reiche kannte? Ich hatte mich auf die Position meines Vaters vorbereitet seit dem Tag, an dem ich mein erstes Wort gesagt hatte. Feen zu verstehen – egal, welcher Gattung sie angehörten – war kritisch für meine Zukunft. Also ja, ich wusste so ziemlich alles über die Feen der Elemente. Es half, dass zwei der Könige dieses Reiches Bekannte von mir waren.

„Das verkompliziert die Dinge", murmelte mein Vater.

„Ja", stimmte Aswad zu. „Tut es."

Stille kam über den Raum, während Tadmir in seinem Stuhl vor sich hin schmollte. Seine Wut war spürbar.

Ratsmann Svart und Ratsmann Chern saßen still und nachdenklich da.

Lima fuhr sich durch das dunkle Haar an seinem Kinn, dachte nach.

Ich tauschte einen Blick mit Tray aus, der genauso verwirrt aussah wie alle anderen.

„Wissen wir überhaupt, ob das Band halten wird?", fragte ich laut. „Feen der Elemente verbinden sich anders als wir. Was, wenn das Gefährtenband verwittert?"

Alle sahen mich erneut an und dieses Mal wohnte dem Ausdruck meines Vaters ein Hauch Stolz inne. Ich hatte mich in letzter Zeit öfter gemeldet, Führung übernommen, wo ich konnte, nur um meinen Wert zu bekunden. Und alles, was ich tat, schien ihm mehr und mehr zu gefallen.

„Ist so etwas jemals in der Geschichte der Feen vorgekommen?", fragte ich ihn.

„Nein, weil es verboten ist, Feenlinien zu mischen", erwiderte er. Okay. Was bedeutete, dass Aflora und Shade sich niemals körperlich paaren und einen Erben zeugen konnten. Die Feenräte würden allesamt um den Tod ihres Kindes ersuchen. Abscheulichkeiten wurden nicht toleriert. Das Mischen von verschiedenen Spezies brachte zu mächtige Kreaturen hervor, und zu viel Macht führte zu Wahnsinn.

Ein Paradebeispiel war der kürzliche Vorfall im Reich der Feen der Elemente, wo eine Hybriden-Mitternacht-Elemente-Fee versucht hatte, zu viel Kraft zu absorbieren, was mehrere Feen ihr Leben kostete.

„Also wissen wir nicht, was mit ihrem Band geschehen wird. Oder mit ihr." Mitternachtsfeen war es bestimmt, Menschen zu beißen – nicht andere Feen. Gerüchte besagten, dass unsere Kräfte sich mit denen der anderen Feen vermischen würden, wenn wir von ihnen tranken. Was auch der Grund dafür war, dass der Rat diesen Akt verboten hatte. „Wie ich schon sagte, es könnte verblassen."

„Oder es könnte sie zu einer Abscheulichkeit machen", meldete sich Chern zu Wort. Seine Sangré-Blutlinie war bekannt für ihre unendliche Weisheit. „Aber ich stimme mit dem zukünftigen König überein. Wir wissen es nicht, bis die Transformation vollzogen ist."

„Was Monate dauern könnte", warf Tadmir verbittert ein.

„Wie alt ist sie?", fragte mein Vater. „Zweiundzwanzig? Dreiundzwanzig?"

„Sie ist gerade zweiundzwanzig geworden", antwortete Aswad. „Ich habe meine Assistentin alle Informationen zusammensuchen lassen, die sie finden konnte, während wir auf den Beginn des Treffens gewartet haben." Er wedelte mit seinem Zauberstab in der Luft herum, woraufhin Papier vor den Ratsmitgliedern erschienen. „Das wäre ihr letztes Jahr an der Akademie der Feen der Elemente, was dem dritten Jahr in unserem Reich entspricht. Aber angesichts ihrer beeindruckenden Noten könnte sie sich vermutlich den Schülern im vierten Jahr anschließen."

Tray und ich tauschten einen Blick aus.

Er konnte unmöglich meinen, dass –

„Du willst, dass sie auf die Akademie der Mitternachtsfeen geht?" Mein Vater klang so verunsichert, wie mir zumute war. „Hast du deinen verdammten Verstand verloren?"

„Tatsächlich ist das ein interessanter Vorschlag", unterbrach Chern auf seine nachdenkliche Art. Seine grauen Augen schweiften immer wieder in die Ferne.

Seine ruhige Art sprach mich immer an. Ich lehnte mich nach vorne, war begierig darauf, mehr von seiner Weisheit zu hören, die er uns eröffnen würde.

„Die Feen der Elemente werden genauso besorgt über ihr potenzielles Band sein wie wir", fuhr er fort. „Wie auch immer … Tötung ist in diesem Fall unmöglich, zumal sie die einzige königliche Erdfee ist. Sie zurückzusenden würde die Balance vielleicht stören. Sie hierzubehalten … Na ja, wir haben die Mittel, um sie zu überwachen, hier."

„Und Shadow?", unterbrach Tadmir. Blaue Flammen züngelten an den Enden seines weißen Haares. „Geht er einfach zurück an die Akademie, als wäre nichts passiert?"

„Ich könnte mir denken, dass wir ihn auch überwachen müssen", erwiderte Chern. „Er hat das Band mit einer mächtigen Erdfee initiiert. Das könnte seine Kraft ebenfalls beeinflussen."

Stille folgte auf seine Aussage.

Wenn das, was er vorhersagte, stimmte, dann könnte Shades Leben in Gefahr sein. Alle Feenräte nahmen das Gleichgewicht sehr ernst. Jede Störung hatte üblicherweise den Tod zur Folge.

„Was empfiehlst du?", fragte mein Vater, seine Aufmerksamkeit auf den Sangré-Ratsmann gerichtet. „Dein Blut ist bekannt für Strategie und Analyse. Wie siehst du die Sache ausgehen?"

Chern dachte einen langen Augenblick nach, sein Daumen und Zeigefinger strichen seinen silbernen

Ziegenbart. Das war das einzige bisschen Haar an ihm. Seine Blutlinie zog es vor, ihre kahlen Köpfe mit knalligen Farben zu tätowieren. Je komplizierter das Muster, desto intelligenter war das Sangréblut. Chern hatte das komplizierteste Muster, zumal er der Anführer seiner Linie war.

„Ein Band mit der Erdfee zu schließen, wird ihren Zugang zur dunklen Magie ins Leben rufen. Und der Rat der Feen der Elemente hat nicht die nötigen Mittel, um sie im Zaum zu halten. Wir schon. Die Professoren an der Akademie können sie in den verschiedenen Fächern der Blutlinien ausbilden, während wir ihre Entwicklung überwachen und an einem Notfallplan bezüglich ihrer zunehmenden Kräfte arbeiten. Das ist eine angemessene Übergangslösung, während wir mit den Feen der Elemente an einer definitiven Lösung arbeiten. Sie werden genauso erpicht auf eine Lösung sein wie wir.“

Er tippte mit seinen Fingern gegen den Tisch und sein Blick wanderte zu Aswad.

„Was Shadow anbelangt … Er wird derselben Überwachung bedürfen. Ich schlage vor, dass wir den Schaden, den er angerichtet hat, zuerst eruieren, bevor wir ihn bestrafen.“

Was bedeutete, dass Shade für den Moment unbescholten damit davonkommen würde, dass er einige unserer ältesten Bräuche verletzt hatte. Ganz zu schweigen davon, wie beleidigend das Ganze für die Familie von Tadmir war. Der Ausdruck des Malus-Ratsmannes bestätigte, was er vom Vorschlag hielt. Ablehnung strömte in Wellen von ihm aus, aber der kluge Kerl blieb still.

Shade würde bald genug bestraft werden.

Sobald wir den Schaden beurteilen konnten.

Es ergab Sinn, aber ich wollte wissen, wie das

funktionieren sollte. „Wer wird Afloras Entwicklung beobachten?", fragte ich.

Dann traf es mich wie der Blitz.

Cherns wissendes Glimmen, als er mir in die Augen sah, bestätigte meine Vorahnung.

„Ich", sagte ich. „Ich soll sie überwachen."

„Ja, du bist der Fähigste für diese Aufgabe", stimmte Chern zu. „Deine Verbindung zur Quelle wird dir Einsicht in die Schwankungen der Macht gebieten. Du bist auch derjenige, der die Fähigkeit besitzt, sie zu entmachten, sollte es erforderlich werden."

Der Einzige, der imstande ist, sie umzubringen, überlieferte ich. Der zukünftige König zu sein, kam mit harten Verantwortlichkeiten. Das war eine davon.

Ich nickte, um zu bekunden, dass ich verstanden hatte und die Bürde akzeptierte.

Mein Vater sah mich einen langen Augenblick an, dann nickte auch er. „Wenn das der Weg ist, den wir einschlagen, dann beantrage ich, dass das hier eine der Krönungsproben ist."

Zustimmendes Murmeln ging um den Tisch.

Ich musste sieben bewältigen, bevor ich den Thron vollumfänglich besteigen konnte.

Drei hatte ich bereits gemeistert.

Das hier würde die vierte sein.

Auf eine königliche Erdfee aufpassen.

Na, es gab Schlimmeres. Ich hatte Aflora zuvor schon mal gesehen. Sie war definitiv gut anzusehen. Es würde mir nichts ausmachen, ein Auge auf sie zu haben. Vielleicht würde sie mein letztes Jahr interessanter machen.

Oder schwieriger.

Das würde sich zeigen.

Ich hoffte nur, dass sie sich benehmen würde. Denn wenn

sie zu einer Bedrohung würde, würde ich sie, ohne mit der Wimper zu zucken, ausradieren.

Immerhin war das meine Pflicht.

Meine Zukunft.

Und ich hatte fest vor, sie hinreichend zu erfüllen.

AFLORA

WAS FÜR EIN VERRÜCKTER TRAUM, dachte ich, streckte mich gegen etwas Warmes und Festes.

Ich runzelte die Stirn.

Bin ich wieder bei Glacier zu Hause eingeschlafen?, fragte ich mich.

Moment mal …

Ich riss meine Augen auf und sah zwei eisblaue kalte Augen mich aufmerksam anstarren.

Ich wollte zurückweichen, aber Gitterstäbe hielten mich gefangen, während meine Vorderseite von einem liegenden Raubtier in Jeans und einem Shirt eingeschlossen war. „Shadow", flüsterte ich und erinnerte mich an die Realität, von der ich gehofft hatte, dass sie nur ein wirklich schlimmer Albtraum gewesen war.

„Shade", erwiderte er.

„Was?"

„Das ist mein Name, liebste Blume. Da wir jetzt miteinander verlobt sind, finde ich, solltest du meine bevorzugte Anrede benutzen."

Anrede?, wiederholte ich in Gedanken. *Echt jetzt?* Sein Vokabular stimmte mit dem pompösen Hochziehen seiner dunklen Augenbraue überein.

„Bist du jetzt bereit, um zu gehen?", fragte er. „Denn es ist schon lange nach Mitternacht und ich möchte heute noch ein paar Dinge erledigen."

„Was?"

Er seufzte. „Ist das dein Wort des Tages? Denn ich langweile mich bereits. Als was für eine stumpfsinnige Gefährtin du dich schon nach so kurzer Zeit entpuppst." Er rollte sich über den Betonboden, kam mühelos auf die Beine und streckte eine Hand aus. „Jacke, bitte. Du hast die vergangene Stunde darauf gesabbert."

Ich wiederholte beinahe mein „Wort des Tages", weil ich ihn ärgern wollte, aber die Einsicht, dass ich mich in seinen Mantel eingekuschelt hatte, kam über mich. Schwarzes Leder hüllte meinen gesamten Oberkörper ein, der weiche Teil stützte meinen Kopf.

Wie …? Ich sah zu ihm hoch. Hatte er sie mir gegeben, während ich geschlafen hatte?

Sein Gesichtsausdruck sagte mir, dass ich gar nicht erst fragen sollte – dass er mich vermutlich beleidigen würde, wenn ich es versuchte. Also erhob ich mich vom provisorischen Bett am Boden und stand auf. Wenn er seine kostbare Jacke zurückhaben wollte, konnte er sie selbst aufheben. Was er dann auch tat.

Nachdem er sie mit einer raschen Bewegung seiner

starken Arme um seine Schultern geschlungen hatte, rollte er seinen Nacken ab. „Prinz Kolstov wartet oben auf uns." Er öffnete die Tür und ging.

Ich sah den steinernen Wasserspeier an, wartete darauf, dass er etwas tun würde. Als er sich nicht rührte, folgte ich zögerlich und musste praktisch rennen, um Shade auf der Treppe einzuholen. Es sah aus, als würde er keine Zeit verlieren wollen.

„Bedeutet das, dass ich nach Hause gehen kann?", fragte ich, als wir oben ankamen.

„Nein."

Er sagte nichts weiter.

Er ging nur durch die Tür und führte mich zurück in die Empfangshalle aus Obsidian, in der wir vorhin gewartet hatten.

Ein Mann in einem Anzug, mit langem schwarzen Mantel darüber, wartete auf uns in der Mitte des Raumes. In seinen goldenen Augen brodelte Kraft. Er funkelte Shade an. „Ihr habt euch ganz schön Zeit gelassen."

„Meine Mutter hat mir beigebracht, dass man eine Frau während eines Schönheitsschlafs nicht stören soll", säuselte mein Entführer. „Außerdem habe ich es genossen, ihr beim Schlafen zuzusehen. Sie ist ziemlich bezaubernd." Er zwinkerte mir zu, was mich ihn fast genauso finster anblicken ließ wie der andere Mann.

„Du bist ein Weidenstumpf", sagte ich zu Shade, verschränkte meine Arme. „Ich hoffe, dass ich dich nie wiedersehen muss."

„Ein Weidenstumpf", wiederholte er nachdenklich. „Die meisten Frauen vergleichen meinen Schwanz eher mit einem Baumstamm als einem Stumpf, aber wir können meine niederen Regionen später besprechen. Prinz Kolstov ist für den Moment für dich verantwortlich." Er verbeugte sich leicht, wich zurück.

„Genießt eure Zeit zusammen. Wir sehen uns dann nächste Woche."

Er verschwand in einem Schwarm Schatten, bevor einer von uns etwas erwidern konnte.

„Nächste Woche?", wiederholte ich. „Nein, nein. Ich will ihn nie wiedersehen. Ich gehe nach Hause."

„Ich befürchte nicht, Schätzchen", erwiderte Prinz Kolstov. „Du gehst zur Akademie der Mitternachtsfeen. Mit mir."

Was?! „Ganz bestimmt nicht." Ich wollte gerade um ihn herumgehen, aber er stellte sich mir in den Weg. Mein Kopf reichte kaum über seine Schulter.

Ich funkelte zu ihm hoch, musterte seine bekannten Züge. Hohe Wangenknochen. Kantiges Kinn. Säuberlich getrimmte Gesichtsbehaarung, die dunkler als die bronzefarbenen Locken auf seinem Kopf schienen. Na ja, nicht direkt bronzefarben. Eher braun mit roten Strähnen, die im Licht zu glänzen schienen. Gutaussehend, wirklich.

Nein, geradezu heiß.

Aber das bedeutete nicht, dass –

Moment mal …

„Ich kenne dich", sagte ich und meine Augen weiteten sich. „Du warst auf Cyrus' Krönungsfeier."

Ich hatte Claire gefragt, wer die schöne unbekannte Fee war, nachdem ich einen Blick auf ihn in der Menge erhascht hatte. Wenn ich mich richtig erinnerte, kannte er Cyrus und Exos. Was bedeutete, dass er dem Rat der Feen der Elemente eine Nachricht von mir überbringen könnte.

„Ja, war ich", bestätigte er.

Ich entspannte meine Schultern augenblicklich. „Oh, gut. Dann ist das alles nur ein Missverständnis. Du weißt, dass ich nicht hierbleiben kann."

„Was ich weiß, ist, dass du nicht *gehen* kannst", korrigierte er. „Nicht, bis wir eruiert haben, was für eine Wirkung Shades Biss auf dich hat."

„Du meinst den Biss, zu dem es gegen meinen Willen gekommen ist? Der Biss, den er mir aufgezwungen hat, bevor er mich entführt hat?"

Ein Muskel in seinem Kiefer spannte sich an, was der einzige Hinweis darauf war, dass meine Worte ihm etwas bedeuteten. „Egal, wie es passiert ist – du bist jetzt hier und wir können die Vergangenheit nicht ungeschehen machen. Alles, was wir tun können, ist, uns auf die Zukunft vorzubereiten. Also, wenn du mir bitte folgen würdest – ich werde dich zur Akademie der Mitternachtsfeen und deiner neuen Unterkunft bringen."

Er drehte sich um, als würde er erwarten, dass ich auf magische Art und Weise seinem Befehl Folge leisten würde.

Ich stemmte meine Hände in die Hüften. „Ähm, nein. Ich weigere mich."

Kolstov sah über seine Schulter zu mir, Kraft brodelte in seinen goldenen Augen. „Verweigerung ist keine Option." Er drehte sich leicht ab und holte einen Zauberstab aus seinem Mantel hervor. „Ich versuche das hier auf die nette Tour zu machen, Aflora. Wenn du es auf die harte Tour willst, dann bitte. Aber ich versichere dir, du wirst verlieren."

Ich kniff meine Augen zusammen. „Königin Claire wird so einer Behandlung nicht zustimmen."

„Königin Claire hat hier keine Macht." Er drehte sich erneut zu mir um. „Also, was soll es sein, Schätzchen? Denn meine Geduld ist bereits ziemlich am Ende, zumal Shade sich da unten ganz schön Zeit gelassen hat."

Angesichts der Tatsache, dass meine Fähigkeiten hier unten nicht funktionierten, waren meine Möglichkeiten begrenzt. Entweder würde ich austesten, was dieser Zauberstab in seiner Hand draufhatte, oder ich würde so tun, als ob ich mitspielen würde.

Vielleicht werden sich meine Kräfte außerhalb dieser Wände regenerieren, dachte ich, musterte ihn und seine gelassene Haltung. *Es ist einen Versuch wert, denn hierzubleiben wird gar nichts lösen.*

„Okay. Na gut. Bring mich zur Akademie."

Belustigung zog auf seinem Gesicht auf. „Die nette Tour soll es sein. Dann lass uns tanzen", sinnierte er und steckte seinen Zauberstab ein. Seine Antwort deutete an, dass er erwartet hatte, dass ich mich trotz meiner Aussage sträuben würde. Er hatte vermutlich recht. „Komm mit, Mäuschen."

Ich funkelte ihn an, als er sich umdrehte, war überhaupt nicht erfreut über den ‚Kosenamen'.

Mäuschen, dachte ich in seine Richtung. *Ja, ich bin ein Mäuschen. Mit sehr scharfen Zähnen.*

Er führte mich in eine Art Aufzug, dann tippte er einen Code ein, ohne ihn abzudecken – was anriet, dass es ihm nichts ausmachte, dass ich ihn sah. Oder vielleicht war er einfach dumm. Ich prägte mir die alphanumerische Abfolge ein – nur für den Fall.

Die Wände veränderten sich um uns herum, Grillen zirpten in der Ferne. Ich konzentrierte mich auf die vorbeiziehende Umgebung, suchte nach irgendetwas Bekanntem, als wir uns plötzlich vor einem Eisentor materialisierten, das beinahe dreimal so groß war wie ich.

Kolstov murmelte einen mir unbekannten Spruch, der die Türen dazu bewegte, sich zu öffnen. Dann bedeutete er mir, über die gruselige Schwelle zu gehen. Zwei steinerne Wasserspeier standen Wache, ihre roten Augen beobachteten jede meiner Bewegungen.

Ich schluckte trocken.

Sie sind technisch gesehen aus Erde gemacht. Wenn ich also –

„Wenn du auch nur daran denkst, mir wehzutun, werden sie dich in Stücke reißen", warnte Kolstov. „Und obwohl sie aus deinem Element geschaffen wurden, unterstehen sie nicht deinem Befehl, sondern meinem."

Ich erwog, diese Theorie auszutesten, aber die sich windenden Schlangenranken an den Eisenpfosten ließen mich die Idee vergessen. Außerdem konnte ich mein Element immer noch nicht spüren. Ich schloss meine Augen, untersuchte die angeschlagene Verbindung, runzelte die Stirn, als ich die ausgefransten Enden mit verlorener Kraft flackernd vorfand.

Ein Zischen des Tors ließ mich zurückschrecken.

Kolstov gab ein Schnalzen von sich. „Pass auf deine Gedanken auf, Schätzchen. Sie werden sich im Nu auf dich stürzen und du kannst deinen süßen Arsch darauf verwetten, dass ich sie ein paarmal zubeißen lassen werde, bevor ich sie zurückrufe, nur um dir eine Lektion zu erteilen."

Was bedeutete, dass er diese bösartigen Kreaturen beherrschte.

„Prinz Kolstov", sagte ich laut. „Du bist der Thronfolger der Mitternachtsfeen." Darum konnte er die Biester auch zähmen. Ich hatte genug über internationale Feenpolitik gelesen, um die wichtigen Namen aller Reiche zu kennen. Das war auch der Grund, warum ich über seine Anwesenheit bei Cyrus' Krönung erstaunt gewesen war.

Und vielleicht ein kleines bisschen interessiert, weil er so gut aussah.

Jetzt war ich nicht mehr so interessiert an ihm.

„Genauso wie du, Prinzessin Aflora, die letzte königliche Erdfee bist", erwiderte er und presste seine Hand an meinen unteren Rücken, um mich anzuschubsen. „Na los."

Ich stolperte nach vorne. Meine Absatzschuhe waren nicht gemacht für den Kiesweg. „Wenn du weißt, wer ich bin, weißt du, wie falsch das hier ist. Die Erdfeen brauchen mich und meinen Zugriff auf die Quelle."

„Ja. Wir arbeiten daran." Er schubste mich erneut an

meinem unteren Rücken an, was mich dazu brachte, neben ihm zu laufen. „Deine Fesseln sind von temporärer Natur. Bis Ratsmann Chern etwas Besseres findet, das deine Fähigkeiten in Schach hält."

Fesseln? Das erklärte, warum ich mein Element noch immer nicht anzapfen konnte. „Es ist gefährlich, mich von der Quelle abzuschneiden. Ich bin der Leiter, der es den Erdfeen ermöglicht, zu leben."

„Dessen sind wir uns bewusst", sagte er und führte mich nach links.

Gotische Gebäude kamen in Sicht. Der ganze Campus sah aus wie ein Schreckensschloss auf einem in Mondlicht gehüllten Gelände. Riesige Bäume, die völlig leb- und blätterlos waren, zierten das Gelände mit schwarzen Ästen. Ihre Wurzeln waren dicker als Kolstov und ich zusammen. Fledermäuse hingen von den Ästen, zusammen mit anderen, mir unbekannten Tieren verschiedener Größen.

Ein Phönix landete auf einem der aus Obsidian gefertigten Türme in der Ferne, seine feurigen Flügel flatterten im Wind.

„Da du königlicher Abstammung bist, wirst du bei den Elitebluten hausen. Spezifisch gesagt im Flügel meiner Familie. Unsere Suite hat vier Schlafzimmer, ein Wohnzimmer, eine Küche, einen Lernraum und mehrere Bäder. Ich glaube, sie wird deinen Standards entsprechen."

„Eliteblute?", wiederholte ich und schluckte trocken. *Ich muss mit diesem Typen zusammenwohnen?*

Er hielt an, um mich schockiert anzusehen. „Du weißt nichts über die Blutlinien der Mitternachtsfeen?"

„N-nein."

Sein Gesichtsausdruck sagte mir, dass das keine angemessene Antwort war. „Du bist *die* königliche Erdfee und weißt nichts über unsere politische Struktur? Wie ist das möglich? Ich kann dir alles Wichtige über den Rat der Feen der Elemente sagen."

„Interspeziespolitik steht dieses Jahr auf meinem Lehrplan."

„*Stand*", korrigierte er. „Dein neuer Stundenplan wird diese Woche erstellt. Ich werde zusehen, dass ich Mitternachtsfeen-Politik hinzufügen kann." Er schüttelte seinen Kopf und lief weiter. „Absolut lächerlich."

„Oh, tut mir leid. Ich habe nicht erwartet, entführt und dazu gezwungen zu werden, in diesem Reich zur Schule zu gehen. Mein Fehler, dass ich keinen Kurs über Vampire belegt habe."

Er hielt erneut inne, drehte sich langsam um. „Vorsicht, Schätzchen. Das könnte dir auf diesem Gelände eine Menge Ärger einbringen. Vor allem in Bezug auf unsere Existenz und was wir sind − Mitternachtsfeen."

„Blutsauger. Ja, ich weiß."

Kolstov nahm einen Schritt auf mich zu, kam mir unangenehm nahe. „Du weißt alles darüber, oder, Liebste? Warum Shade sich bereits einen Snack an deinem Hals gegönnt hat?" Er summte, das Geräusch tief und bedrohlich. „Nenn mich noch einmal einen Blutsauger und ich werde dir einschlägig demonstrieren, zu was eine Mitternachtsfee in der Lage ist."

„Wie du schon gesagt hast: Ich weiß schon alles darüber."

„Oh, Schätzchen, nein. Ein Biss ist nichts im Vergleich zur Macht, die ich gegen dich verwenden kann." Er strich eine Haarsträhne hinter mein Ohr und legte dann seine Hand an meine Wange, damit ich die Energie, die unter seiner Haut bebte, spüren konnte. „Ich könnte dich binnen Sekunden zerstören, Baby."

„Nur, weil du mich gehandikapt hast", fauchte ich.

„Nimm mir meine Fesseln ab. Dann werden wir ja sehen, was passiert."

Sein darauffolgendes Lächeln strotzte nur so vor Herablassung. „So amüsant es auch wäre, dich in die Schranken zu weisen, ich habe heute Abend andere Pläne, die weitaus wichtiger sind, als die Launen einer kleinen Erdfee zu ertragen." Seine Hand landete dieses Mal auf meinem Hintern, schubste mich vorwärts.

Ich stieß ihm einen Ellbogen in seine Rippen. „Wage es nicht, mich da anzufassen. Oder besser: Rühr mich überhaupt nicht an."

Er grinste und zückte seinen Zauberstab. „Na gut." Mit einer Handbewegung beschwor er einen magischen Strang herauf, der sich um meine Hüfte wand. Er zog ein bisschen daran und ich stolperte nach vorne. „Ach, komm schon!", fauchte ich. „Ich kann allein laufen, ohne all dieses Theater."

„Ich weiß, aber so ist es viel lustiger." Ein weiteres Ziehen ließ mich beinahe auf mein Gesicht fallen, aber seine Magie richtete mich gerade noch auf, bevor ich umfiel.

Ein Grummeln stieg in meinen Rachen. „Hör auf."

Er lachte. „Zwing mich doch. Oh, genau …"

Ich knirschte so fest mit meinen Zähnen, dass mein Kiefer knackste.

Sobald sich sein Seil verflüchtigte, würde ich meine Faust in sein arrogantes Gesicht fliegen lassen.

Wir legten den Rest des Weges wortlos zurück, meine Wut brodelte mit jedem Schritt heißer. Wenigstens war niemand da, um die Erniedrigung mitanzusehen. Ich fragte beinahe, warum die Akademie leer war, entschloss mich aber dagegen, mich erneut zu Wort zu melden. Er verdiente meine Worte, Fragen oder meine Folgebereitschaft nicht.

Stattdessen musterte ich den Campus um mich herum, suchte nach Fluchtmöglichkeiten.

Es musste irgendwo ein Portal geben, denn durch den

Eingang mit Wasserspeiern würde ich ganz bestimmt nicht kommen.

Natürlich konnte ich nicht wissen, ob meine Codes mich nach Hause oder in einen anderen Teil dieses Reiches oder nirgendwohin befördern würden.

Probieren geht über Studieren, beschloss ich. Ich brauchte einfach einen Ausweg.

„Das sind die Gemächer der Eliteblute", verkündete Kolstov. Seine Amüsiertheit schien sich zu einem ernsten Tonfall gemausert zu haben. Er führte mich die marmornen Treppen hoch und vor eine riesige Flügeltür. „Um einzutreten, musst du den richtigen Zauberspruch kennen. Zudem benötigt man einen Zauberstab." Er sah mich an. „Ich werde Zeph darum bitten, dir diese Woche einen zu besorgen, bevor die Schule anfängt."

Zeph? Und sie hatten vor, mir einen Zauberstab zu besorgen? *Bedeutet das, dass sie von mir erwarten, dass ich dunkle Magie erlerne?* Die Fragen häuften sich in meinem Mund, aber meine Zähne hielten sie zurück.

Dieses Monster hatte bereits bewiesen, dass er nicht nützlich war. Warum sollte ich mich ihm jetzt noch öffnen?

Er zog eine Augenbraue hoch. „Strafst du mich mit Schweigen?"

„Ich kooperiere", schoss ich bissig zurück.

Seine Lippen zuckten. „Ja, tust du." Mit einem gemurmeltem Wort verschwand das magische Lasso um meine Hüfte und ich warf mich auf ihn. Meine Hand klatschte auf seine Wange, während meine andere eine Faust machte, die er geschickt abfing, bevor er mich herumwirbelte und mich in seinen Armen festhielt.

„Ich werde deinem Stundenplan ein Kampftraining beifügen", sagte er in mein Ohr. „Du bist überhaupt nicht in Form."

„Streuselstaub!", schrie ich in seine Richtung, während ich mich gegen seinen zu harten Körper wand.

„Streuselstaub?", wiederholte er amüsiert. „Wer hat dir beigebracht, zu fluchen? Eine Dessertelfe?"

Ach! „Lass mich los."

„Nein." Er hielt mich mit einem Arm gefangen und zückte seinen Zauberstab mit der anderen. „Hör zu und lerne, zumal ich mich nicht wiederholen werde." Hypnotische Worte kamen über seine Lippen, die Sprache war mir vollends unbekannt. *„Al'damu Almalakia."*

Die Spitze seines rabenschwarzen Zauberstabs kreierte ein Unendlichkeitssymbol. Die Türen öffneten sich krächzend unter seinem Befehl.

Er küsste meine Schläfe, ließ mich los. „Nach dir, meine Schöne."

Ich raste praktisch über die Schwelle, nur um ihm zu entkommen. Mein Gesicht brannte an jener Stelle, wo sein Mund meine Haut berührt hatte. Als hätte er mich gebrandmarkt mit seiner Energie, nur über diesen simplen Akt.

Er richtete seinen Mantel und ließ sein magisches Werkzeug wieder verschwinden. Dann schnippte er mit den Fingern. Flammen erwachten überall um uns herum zum Leben, erhellten das Innere des gewaltigen Flurs mit einer Treppe an der linken Seite. Er deutete auf sie. „Zwei Stockwerke hoch. Wir sind auf dem obersten Stock."

Ich wollte ihm keine Möglichkeit mehr geben, mich mit seinen Händen oder seiner Kraft zu berühren, also raste ich die Stufen hoch ins dritte Obergeschoss, wartete auf ihn.

„Da ist aber jemand begierig", neckte er, als er oben ankam. Ich ließ mich nicht darauf herab, ihm eine Antwort zu geben, wartete einfach auf weitere Anweisungen.

Er nickte mit seinem Kinn auf das Ende des Flurs.

„Dreihundertsiebenundvierzig ist unsere Suite."

Unsere Suite. Ich erschauderte, als er das sagte. *Das ist nur vorübergehend. Ich werde nicht hier bleiben.*

Aber der ganze Flur war voll mit diesen rasselnden Monstrositäten. Sie alle beobachteten jede meiner Bewegungen, als warteten sie darauf, dass mir auch nur einen Fehler unterlief.

Ich hatte Schlangen noch nie gemocht.

Und diese hier schienen weitaus tödlicher als die Reptilien in meinem Reich.

Sie wanden sich, glitten über die Holzwände, von denen ich gedacht hatte, dass sie Türen wären. Aber ihnen allen fehlten Türkniffe. Unserem am Ende des Ganges inklusive.

Aber es gab einen Klopfer mit einem winzigen Wasserspeier, der darüber saß. Seine blutroten Augen sahen mich zugekniffen an. Ich hielt so plötzlich inne, dass Kolstov in mich reinlief. Seine Hände legten sich an meine Hüften. Unsere Körper fügten sich perfekt aneinander, was mich erschaudern ließ.

Nein. Ich fühle mich nicht zu diesem Mistkerl hingezogen. Fang gar nicht erst an.

„Sir Kristoff, das ist Aflora. Scanne sie bitte als zugelassen und erlaube uns dann, einzutreten. Sie wird bis auf Weiteres in der Suite wohnen, also bitte gewähre ihr Zutritt wie den anderen auf unserer Liste."

Die roten Augen erwachten zum Leben und kleine schwarze Pupillen musterten mich gemächlich, während der Wasserspeier seinen Mund zur Seite zog.

„Hm", gab die Kreatur mit einem tiefen maskulinen Ton von sich, was mir einen Schauer über den Rücken jagte. Er stieß sich von der Tür ab. Er hielt sich mit seinen kleinen Händen am Klopfer fest, während seine untere Körperhälfte im Holz steckenblieb. Beinahe so, als würde er aus einem Fenster hängen. „Mit der hier stimmt etwas nicht. Ganz und gar nicht."

Das kann ich nur zurückgeben, dachte ich und von dieser lebendigen Form, die eben noch aus Stein bestanden hatte, schockiert. *Sprechendes Kobold-Stein-Ding.*

„Vielleicht, aber du hörst auf meinen Befehl. Und jetzt scanne sie und gewähre ihr Zutritt." Kolstovs Stimme machte klar, dass er keine Widerrede dulden würde.

„Ja, ja", zischte das Ding. „Wie Sie wünschen, mein Herr."

Ein blendendes Licht leuchtete in den Augen des Wasserspeiers auf. Ich wäre zurückgesprungen, wenn Kolstov mich nicht noch immer gehalten hätte. Der leuchtende Blick dieser Kreatur bohrte sich in mich, hinterließ eine dunkle Empfindung, als hätte es mich mit seiner Magie gezeichnet.

„Du darfst eintreten." Die Augen verwandelten sich wieder in ein rotes Glühen, der Klopfer verwandelte sich wieder in Marmor.

Kolstov benutzte seine Hände auf meinen Hüften, um mich *durch* die Tür zu schieben. Buchstäblich. Denn sie öffnete sich nicht. Wir bewegten uns durch das Holz.

Ein Glimmen von Kraft machte sich währenddessen auf meiner Haut bemerkbar und verschaffte mir Gänsehaut.

Das ist nicht normal.

„Willkommen zu Hause", sagte Kolstov, als ein eleganter Wohnbereich vor unseren Augen aufzog. „Ich hoffe, es gefällt dir, denn ich habe das Gefühl, dass du für den Rest des Jahres bleiben wirst."

KOLS

„EIN JAHR?!" Die wunderschöne Erdfee wirbelte in meinen Armen herum. „Sag mir, dass das ein schlechter Witz ist. Sag mir, dass du das nicht ernst meinst."

„Ich dachte immer, dass die meisten Frauen die Wahrheit bevorzugten, aber wenn dir eine Lüge lieber ist, werde ich dir gerne eine erzählen."

Sie stieß sich von mir. Ihr zierlicher Körper stellte sich als kräftiger heraus, als man annehmen würde. Ich hätte sie in weniger als einer Sekunde unterwerfen können, beschloss aber, ihr den Raum zu geben, den sie brauchte. Das war das Mindeste, was ich tun konnte, wenn man ihre Situation betrachtete.

Während ich äußerlich nicht den Anschein erweckte, dass es mir leidtat, fühlte ich mit dem armen Mädchen mit.

„Du meinst den Biss, zu dem es gegen meinen Willen gekommen ist? Der Biss, den er mir aufgezwungen hat, bevor er mich entführt hat?"

Ihre Aussage ging mir immer wieder durch den Kopf. Ich hatte nicht erwartet, dass sie das sagen würde. Die meisten Frauen lagen Shade zu Füßen, bewunderten alle seine Bad-Boy-Persönlichkeit. Aber es schien, als ob diese hier sich seine Aufmerksamkeiten überhaupt nicht gewünscht hatte. Es sei denn, sie log mich an, aber das bezweifelte ich. Sie hatte Shade mit ähnlicher Verachtung angesehen, die auch jetzt in ihrem Blick lag.

Nicht der Blick einer Frau, die von ihrem Verlobten bezaubert war.

Und auch nicht der Blick einer Frau, die allzu viel für mich übrig hatte.

Na, das war nicht mehr als gerecht. Ich war nicht gerade nett zu ihr gewesen. „Hast du Hunger?", fragte ich sie, lief durch das Wohnzimmer und zur offenen Küche im hinteren Bereich. Die Wand bestand aus Fenstern, die Aussicht auf den Hof boten. Ein Flackern lenkte meine Aufmerksamkeit auf die Feuermücken, die im Wald unter uns herumflogen. Ich würde Aflora sagen müssen, dass sie sich von ihnen fernhalten sollte. Gefährliche kleine Biester.

Aflora antwortete mir nicht und es schien, als wäre sie am Teppich im Eingangsbereich angewachsen. Sie sah zur Kathedralendecke hoch, betrachtete das Dachfenster, das eine sternenbedeckte Nacht zeigte, und dann musterte sie das geräumige Wohnzimmer. Drei Sofas, zwei Ruhesessel und ein riesiger Bildschirm. Perfekt zum Filme schauen, was Tray und ich während des Schuljahrs oft taten.

Na ja, ich jedenfalls.

Tray tendierte dazu, sich mit Ella in seinem Zimmer zu verbarrikadieren.

Ich öffnete den Kühlschrank und stellte fest, dass er leer war. *Idiot.* Wir waren den ganzen Sommer über nicht hier gewesen, und ich hatte erst vor zwei Stunden erfahren, dass ich Aflora hierherbringen musste.

Ich benutzte meinen Zauberstab und murmelte eine Beschwörungsformel, um zwei Tassen Tee zu schaffen. Das würde reichen müssen, bis ich eine Essenslieferung zur Akademie arrangieren könnte.

Oder Zeph könnte sich darum kümmern.

Ich stellte die Tassen auf den schwarzen Tresen, der sich ins Wohnzimmer rüberzog, und holte mein Handy aus der Tasche.

Wo bist du?, tippte ich und drückte auf *Senden.*

Ich packe, war die umgehende Antwort. *Eure Majestät,* kam eine Sekunde später.

Ich rollte mit meinen Augen. *Sei kein Arsch.*

Ich mache nur meinen Job, erwiderte Zeph.

Ist dein Job, ein Arsch zu sein?

Ich bin bald da. Du kannst sie bestimmt irgendwie unterhalten, bis ich da bin. Sie ist eine weibliche Fee, oder? Die magst du doch.

Ich lachte. *Wer hat dir denn die Boxershorts in Flammen gesteckt?*

Du.

Ich zog meine Augenbrauen hoch. *Schon seit Monaten nicht mehr, wenn ich mich recht erinnere.*

Halt die Klappe, Kolstov.

Das war nicht, was du das letzte Mal gesagt hast, als wir uns getroffen haben, schickte ich zurück.

Keine Antwort.

Nicht, dass ich eine erwartete.

Mit einem Grinsen steckte ich das Handy wieder ein und sah hoch. Aflora beobachtete mich von der anderen Seite der Bar.

„Freundin?", schätzte sie.

„Ich führe keine festen Beziehungen", erwiderte ich und

stemmte meine Ellbogen auf den Tresen. „Also mach dir keine Hoffnungen."

Sie schnaubte höhnisch. „Mach dir keine Sorgen. Du bist nicht mein Typ."

Lügnerin, dachte ich. Ich hatte die Anziehung vorher in ihren Augen gesehen und ich hatte die Lust in der Luft schmecken können, als ich sie in meinen Armen gehalten hatte. Sie mochte es nicht zugeben wollen, aber die königliche Erdfee fand mich definitiv anziehend. Und das beruhte auf Gegenseitigkeit.

„Ich habe dir einen Tee herbeigezaubert", sagte ich und nickte auf die Tassen. „Sobald Zeph da ist, werden wir einen Weg finden, um was zwischen die Zähne zu kriegen."

Sie rührte die Tasse nicht an und erwiderte nichts, sah bloß aus dem Fenster. Da ich keines der Lichter angezündet hatte, konnte sie alles klar sehen – inklusive der Insekten, die unten glühten. Aber es war die Akademie dahinter, die sie eingehend zu betrachten schien – die schieren Unmengen an gotischen Gebäuden.

„Sie erstreckt sich über mehrere Blocks", sagte ich. „Die Wohnräume sind darin verteilt. Falls du dich gefragt hast: Shade haust am anderen Ende des Campus, was ein zirka fünfzehnminütiger Spaziergang ist."

„Das habe ich mich nicht gefragt."

Vielleicht nicht, aber ich sah das zufriedene Glimmen in ihren Augen.

Ja, sie mag ihn wirklich nicht.

„Zeph wird dich morgen richtig herumführen und sobald du deinen Stundenplan hast, werde ich dir dabei helfen, deine Kurse zu planen." Ich griff nach einer der Tassen und nahm einen Schluck vom warmen minzigen Getränk.

Perfekt.

Wenn sie ihres nicht anrühren würde, würde ich es mir selbst unter den Nagel reißen.

Nach einem weiteren Schluck sagte ich ihr, wie ihre Zukunft aussah. „Du wirst vier Tage lange Schule haben, dann zwei freie Tage, dann wieder drei Tage Schule, gefolgt von drei freien Tagen. Der Zyklus wiederholt sich danach wieder. Also insgesamt zwölf Tage. In der Mitte des Schuljahres wird es eine längere Unterbrechung geben wegen der Sonnenwende, aber ansonsten bleibt der Stundenplan konstant."

„Und was werde ich lernen?"

„Du wirst eine Mischung aus Kursen über dunkle Künste, Sport und vermutlich einen politischen Kurs belegen." Denn offenbar wusste sie nichts über die fünf Blutlinien der Mitternachtsfeen. Na ja, technisch gesehen sechs. Aber heute existierten nur noch fünf.

„Ich bin eine Fee der Elemente, keine Mitternachtsfee."

„Eine Fee der Elemente, die von einer Mitternachtsfee gebissen wurde. Damit hast du Zugriff auf die dunklen Künste erhalten. Es liegt dir jetzt im Blut." Oder jedenfalls lautete so Cherns Hypothese. Gemäß dem, was ich bisher gesehen hatte, lag er vermutlich ziemlich falsch damit. Ohne ihren Zugriff auf die Elemente schien Aflora genauso harmlos wie ein Mensch.

Hoffentlich blieb es so. Dann könnte das alles vorübergehen. Sie würde in ihr Reich zurückkehren. Shade würde für seine Verstöße bestraft werden und alles wäre wieder gut.

Ich sah in ihre geweiteten Augen, als ich einen weiteren Schluck von meinem Getränk nahm und ihre blassen Wangen bemerkte. Ich runzelte die Stirn. „Was?"

„Ich … Es ist …" Sie schluckte leer. „Sein Biss hat mein Blut infiziert?" Ihre kleine Hand fuhr über ihren Hals und sie nahm einen Schritt zurück, ihr Gesichtsausdruck wurde traurig. „Eine … Abscheulich… Ich bin eine …" Sie ließ sich auf das Sofa plumpsen und ihr Kopf fiel in ihre Hände.

Ich runzelte die Stirn. „Hast du das noch nicht begriffen?"

Keine Antwort.

Nur ein Zucken ihrer Schultern, als sie sich das, was sich wie ein Schluchzen anhörte, zu verkneifen versuchte.

Scheiße.

Mit weinenden Frauen konnte ich überhaupt nichts anfangen. Ich wusste nicht, wie ich mit ihnen umgehen oder sie beruhigen sollte. Sollte ich rübergehen und ihren Kopf tätscheln? Ihr mein Beileid aussprechen? Sie in Bezug auf das Unvermeidliche anlügen?

Ich fasste mir an den Nacken. „Ich, ähm. Es tut mir –"

„Ich werde ihn umbringen!", fauchte Aflora. Ihre tränenerfüllten Augen sahen in meine, ihre Wangen waren vor lauter Emotionen gerötet.

Aber es war nicht aus Trauer oder Selbstmitleid.

Aflora war *fuchsteufelswild.*

Und das waren keine Tränen.

Nein. In ihren strahlend blauen Augen waberte Kraft.

Oh, Scheiße …

„Wo ist er?", wollte sie wissen, sprang auf ihre Beine. „Wo ist dieser Weidenstumpf, der mir das angetan hat? Wenn ich untergehe, wird er mit mir untergehen." Sie stampfte in die Küche, Energie umschwärmte sie in einer hypnotisierenden Welle, die mein königliches Blut bezirzte.

Ideale Gefährtin, sagte ein Teil von mir. *Sie ist eine ideale Gefährtin.*

„Sag mir, wo er ist!", schrie sie mir ins Gesicht.

Okay. Das würde nicht funktionieren.

Ich stellte meine Tasse hin und drückte sie gegen den Tresen, indem ich meine Hände auf je eine Seite ihrer Hüften platzierte.

„Beruhig dich."

„Mich beruhigen?", wiederholte sie mit einem halbwegs

hysterischen Schnauben. „Willst du mich verarschen? Dieser Elfenstiel hat mich zu einer Abscheulichkeit gemacht!"

Meine Lippen zuckten angesichts ihres süßen Fluchworts amüsiert.

Was offenbar die falsche Reaktion war, weil ihre köstliche Wut ihre Wangen noch röter färbte.

„*Lachst* du mich etwa aus? Findest du es witzig, dass er mich sozusagen mit seinen Fangzähnen vergewaltigt und meine Welt auf den Kopf gestellt hat?!" Sie stupste einen Finger in meine Brust. „Du bist kein Stück besser als er. Und ich dachte, als Royal hättest du wenigstens etwas Moral. Offenbar nicht."

Ich packte ihr Handgelenk, bevor sie mich nochmal stupsen konnte, und hob den Finger an meinen Mund hoch, um sie zur Strafe zu beißen. Nicht fest genug, um die Haut zu brechen – *das* war genau das, was sie überhaupt in dieses Chaos gestürzt hatte –, aber genug, um zu zeigen, dass ich ihr überlegen war. „Ich fand deine Wahl seines Spitznamens witzig. *Elfenstiel* klingt schön. Ich glaube, ich werde Shade von nun an so nennen."

Ihre Wut flachte etwas ab, aber das Feuer in ihrem Blick brannte weiter. Sie erinnerte mich an eine wütende Walküre mit ihrem blau-schwarzen Haar, der weichen Haut und den glühenden Augen. Alles, was ihr noch fehlte, waren Flügel.

Ich räusperte mich, ließ ihre Hand los und legte meine Hand wieder auf den Tresen neben sie. „Die Vergangenheit ist bereits Geschichte. Du musst dich auf die Zukunft konzentrieren. Shade wird noch eine ganze Woche lang nicht hier sein. Wenn es dir ein Trost ist … Ich bin mir sicher, dass sich sein Vater in der Zwischenzeit so einige Strafen für ihn überlegt hat."

Sie biss sich auf die Unterlippe, was meinen Blick auf ihren verlockenden Mund zog.

Aflora war wirklich eine wunderschöne Fee. Eine

Königin mit vorzüglicher Knochenstruktur und einer wunderschönen Figur. *Fantastische Titten*, dachte ich, als ich ihre verdrehte Bluse ansah. *Lange athletische Beine.* Wenn sie menschlich gewesen wäre, hätte ich sie umgehend verführt. Hätte sie über diesen Tresen gebeugt, diesen kurzen Rock hochgezogen und sie grob gefickt.

Bei den Feengöttern, ihr Elementefeen-Blut hätte die Angelegenheit erschwert. Aber es wäre nicht unmöglich gewesen.

„Du siehst mich an, als wäre ich ein Stück Fleisch", flüsterte sie und ballte ihre Fäuste an den Seiten. „Bitte beiß mich nicht."

„Mhm." Ich beugte mich zu ihr herab, ließ meinen Mund über ihre Ohrmuschel gleiten, was mir ein Schaudern von ihr einbrachte. „Mach dir keine Sorgen, Schätzchen. Wenn ich dich beiße, werde ich die Haut nicht durchdringen." Ich berührte zum zweiten Mal heute Nacht ihre Schläfe mit meinem Mund und zwang mich dann, mich zu lösen. „Lass uns deine Schlafgemächer besichtigen. Das wird uns beide eine dringend benötigte Ablenkung verschaffen."

Denn wenn ich nicht vorsichtig war, würde ich mir eine andere Art einfallen lassen müssen, um die Zeit rumzukriegen, bis Zeph eintraf. Was nur beweisen würde, dass der Wächter, was meine Neigungen anbelangte, richtig lag und mir eine Strafe einbringen würde.

Und Zephyrus war der Letzte, von dem ich im Moment eine Standpauke kriegen wollte.

Ich führte Aflora wieder durch das Wohnzimmer. Sie war wieder still geworden, wrang ihre Hände vor ihrem Körper. So schrecklich das für sie auch sein musste, sie schien gut damit umzugehen. Was mir sagte, dass sie einen Fluchtplan ausheckte. Das würde ich an ihrer Stelle tun. Leider hatte sie keine Chance.

Etwas sagte mir, dass sie es nur lernen würde, wenn ich sie es versuchen und scheitern lassen würde. Ich ließ das Sternenlicht uns führen, bog in einen Gang voller Türen ab. Ich hielt an der ersten an, öffnete sie. Dahinter kam ein riesiger Raum mit mehr Sitzmöglichkeiten, Kissen, Büchern und jeder Menge Flaschen mit Zaubertränken zum Vorschein. „Das ist das Loft, wo Ella und Tray am meisten abhängen. Sie lernen gerne hier."

„Ella und Tray?", wiederholte Aflora leise murmelnd.

Genau. Sie hatte die Politik der Mitternachtsfeen noch nicht durchgenommen. Verärgerung brachte mein Blut zum Brodeln, aber ich hielt sie zurück und gab ihr eine kurze Erklärung. „Trayton Nacht, auch bekannt als Tray, ist mein Zwillingsbruder. Isabella Cinder, ein Halbling, ist seine Gefährtin." Ich schloss die Tür. „Du wirst sie nächste Woche kennenlernen."

„Oh", war alles, was sie sagte. Ich deutete auf eine weitere Türschwelle. „Trays und Ellas Zimmer."

Dann zeigte ich auf einen Raum gegenüber. „Das ist ein Gästezimmer und Option Nummer eins für dich." Ein paar Schritte weiter kamen wir zu einer weiteren Tür. Ich zeigte darauf und sagte: „Option Nummer zwei." Und schließlich, am Ende des Flurs, sagte ich: „Das ist mein Zimmer."

Ich betätigte die Klinke, weil ich ihr ein paar Klamotten besorgen musste. Wenn ich sie mit meinem Zauberstab gemacht hätte, wären sie vermutlich zu skandalös gewesen, um sie zu tragen. Obwohl mich der Gedanke reizte, durfte ich der Versuchung nicht nachgeben. „Ich werde dir was zum Anziehen holen. Wenn du bitte hier warten würdest." Ich zeigte auf die Stelle direkt in der Tür, dann begab ich mich in meinen Zufluchtsort in der Akademie, auf dem Weg in meinen begehbaren Kleiderschrank, welcher sich auf der anderen Seite meines großzügigen Badezimmers befand. Die bekannten warmen Brauntöne brachten mich zum Lächeln, der Geruch von Minze und Gewürzen verweilte von meinem letzten Besuch noch immer hier.

Meins, dachte ich. *Jedenfalls noch ein Jahr.*

Ich wühlte in meinem Wandschrank mit Akademietauglichen Outfits. Anzüge und Alltagskleidung. Ich fand ein schwarzes unbedrucktes T-Shirt und ein Paar Flanell-Pyjamahosen. Dann griff ich nach einem Paar Boxershorts, nur für den Fall, dass die Hosen ihr nicht passen würden.

Aflora stand steif wie ein Brett in der Tür.

„Warst du noch nie im Zimmer eines Mannes?", neckte ich. Sie zog ihre Lippen nach unten. „Ich bin keine Unschuldige, Kolstov. Ich habe einen Freund. Es ist *dein* Schlafzimmer, das ich nicht betreten will."

Ich lachte. „Rede dir das ruhig weiter ein, Schätzchen. Vielleicht wirst du uns irgendwann beide überzeugen."

Sie schnaubte. „Sind alle Mitternachtsfeen so arrogant wie du und Shadow?"

„Ich ziehe *sexy* und *selbstbewusst* vor. Jedenfalls, wenn es um mich geht", sagte ich und zwinkerte ihr zu. „Also, was darf es sein, Option eins oder Option zwei?"

Sie rollte mit ihren blauen Augen. „Als würde mich das kümmern."

„Na ja, Option eins ist gegenüber von Ella und Tray, also wirst du sie von Zeit zu Zeit ficken hören. Option zwei ist zwischen den Zimmern von uns beiden, was bedeutet, dass du mich und mein Entertainment-System und Tray und Ella ficken hören wirst. Daher wirst du vielleicht Option zwei vorziehen, damit du an mich denken kannst, wenn du nachts allein bist? Dir vorstellen kannst, dass *du* in meinem Bett liegst und nicht, wen auch immer ich an jenem Abend nach Hause mitgenommen habe?"

Afloras volle Lippen öffneten sich und sie rang nach Luft. „Das war echt geschmacklos!"

„Gewöhn dich besser dran", erwiderte ich und drückte sie an die Wand. „Das hier ist mein Revier und ich werde meine Gewohnheiten nicht ändern, um mich deiner *prüden* Lebensweise anzupassen."

Ihre Nasenflügel blähten sich auf. „Ich bin *nicht* prüde."

„Beweise es", forderte ich sie heraus, begab mich auf dünnes Eis. Ein Muskel in ihrem Kiefer zuckte, während sie mit ihren Zähnen knirschte. „Ich muss dir gar nichts beweisen", sagte sie schließlich nach einem Augenblick, machte auf ihrem Absatz kehrt. Zu meiner Verblüffung marschierte sie auf das zweite Zimmer zu, als wollte sie ihr Argument unterstreichen. „Ich nehme das hier."

Sie öffnete die Tür.

Und schlug sie hinter sich zu.

Das Klicken ihres Türschlosses hallte durch den Flur.

„Na, sie hat jedenfalls Charakter", säuselte eine tiefe Stimme am anderen Ende des Korridors.

Mein Herz setzte einen Schlag aus, als meine einzige Schwäche sich unter eines der Dachfenster stellte. Seine starken Gesichtszüge wurden von den Sternen erleuchtet.

„Hallo Zephyrus", grüßte ich und mein Selbstbewusstsein schwand.

„Prinz Kolstov", erwiderte er formell und direkt. „Ich werde das andere Gästezimmer belegen. Dann werden du und ich ein langes Gespräch führen."

Zwei Treffer auf einmal.

Er lehnte nicht nur eine Nacht in meinem Bett ab – welches, wie wir beide wussten, ich ihm nur zu gerne zur Verfügung gestellt hätte –, er wollte auch noch ein Gespräch führen.

Gespräche mit dem Wächter Zephyrus fielen nie zu meinen Gunsten aus.

Ich hätte mich freiwillig dafür melden sollen, Aflora auf

der Akademie herumzuführen, anstatt meinem Vater zu erlauben, die Aufgabe an Zeph abzugeben. Der egoistische Teil von mir hatte gejubelt, während meine rationale Seite es besser gewusst hatte.

Leider hatte meine egoistische Seite gewonnen.

Und jetzt würde ich den Preis dafür bezahlen.

AFLORA

Endlich etwas Normales.

Keine Schlangen oder Wasserspeier oder Feuerkäfer oder sonst was Ungehöriges. Einfach nur ein normales Schlafzimmer mit einem Doppelbett, einer Kommode, einem angrenzenden Badezimmer und einem Wandschrank.

Simpel.

Elegant eingerichtet.

Mit einem Fenster, das Aussicht auf das Akademiegelände bot. Das ganze Anwesen erinnerte mich an eine Kathedrale im Reich der Sterblichen, mit all dem bunten Glas und dem Obsidian. Die meisten Gebäude schienen gleich hoch wie dieses hier zu sein. Türme ragten zwischen ihnen in die Luft. Eingerahmt von den Sternen und dem Mondlicht, hatte dieser Ort hier wirklich einen vampirischen Touch.

Was passte, zumal die Mitternachtsfeen ein Faible für Blut hatten. Ich fasste mir an den Nacken und lief ins Badezimmer, suchte nach einem Spiegel. Außer meinem zerzausten Haar sah ich aus wie immer. Die Bisswunde an meinem Hals sah eher aus wie ein Knutschfleck als ein Biss. Wenigstens funktionierten meine Feen-Heilkräfte noch. Anders als mein Zugriff auf die Quelle.

Ich hielt mich am kalten Marmorbecken fest und lehnte mich näher an den Spiegel, um jeden Zentimeter meines Gesichts genau zu inspizieren.

Mit was für einem Fesselungsbann haben sie mich belegt?, fragte ich mich. *Und wie breche ich ihn?*

Ich fuhr mit meinen Händen über meine Bluse und meinen Rock, an meinen Beinen hinab und zu meinen Schuhen runter, suchte nach irgendetwas, das sich falsch oder unbekannt anfühlte. Nichts.

Ich entledigte mich meiner Kleider, nur für den Fall.

Noch immer nichts.

Ich griff wieder nach dem Becken, funkelte mein Spiegelbild an. Es musste irgendeine Art magisches Netz sein, das ich nicht spüren konnte. Wie also bekämpfte ich es?

Ich lief barfuß ins Zimmer, ging zum Fenster, um nach einem Baum oder irgendeiner Form von Leben zu sehen. Wenn ich ein Stück Erde finden und mich daran festsaugen könnte, konnte ich vielleicht meine Quelle rufen und die Fesseln durchbrechen –

Ein Klopfen unterbrach meine Gedanken und die Tür öffnete sich einen Moment später. Ich wirbelte funkelnd herum, war genervt von der Störung.

„Aflora, Zeph ist …" Kolstov verstummte, seine Augen musterten mich.

Ich sah ihn stirnrunzelnd an. *Was hat der denn für ein Pro…*

Oh. Oh! Mein Arm fuhr hoch, um meine Brüste zu bedecken, meine andere Hand legte sich über meine untere Körperhälfte. „Raus hier!"

Er hob geschlagen eine Hand hoch und nahm einen Schritt zurück. Dann bückte er sich und warf etwas rein. „Kleider … zum, ähm, Anziehen." Er schien sich zu schütteln, bevor er die Tür schloss.

Ich blickte das Holz finster an. *Pompöser, aufdringlicher Haufen –*

Moment mal.

Wie hatte er die Tür öffnen können? Ich hatte sie verriegelt.

Ich marschierte hinüber und stellte fest, dass sie offen war.

Nicht cool.

Ich hob das T-Shirt vom Boden auf, zog es über meinen Kopf, bevor ich mir die Boxershorts überzog – ein Kleidungsstück, von dem ich sehnlichst hoffte, dass es sauber war. Dann riss ich die Tür auf und stampfte hinaus.

Nur um mit einem Fuß im Gang zu erstarren.

Der Anblick am Ende des Gangs ergriff mich, mir fiel die Kinnlade runter.

Ein Mann drückte Kolstov mit einer Hand um seinen Hals geschlungen an die Wand, die andere lag an seiner Hüfte. Sie starrten einander erbittert in die Augen. Und wie es aussah, gewann der Neuankömmling mit den hohen Wangenknochen.

„Lass. Los." Kolstovs Befehl war ein Krächzen, das durch die Luft schweifte. Er hielt die Hemdaufschläge des anderen Mannes fest in seinen Fäusten, in seinen Iriden waberte Feuer.

„Du zuerst", erwiderte der Mann mit kräftiger und dunkler Stimme, der ein Hauch Dominanz innelag, die meine Knie weich werden ließ.

Also, wer war dieser Typ? Zeph?

Er schien etwas älter. Definitiv stärker. Er war gleich groß wie Kolstov, hatte aber eine überlegene Aura an sich, was ich überraschend fand. Wer war mächtiger als der Prinz der Mitternachtsfeen? Vielleicht der König, aber dieser Typ war nicht der König. Dafür war er zu jung. Und er sah Kolstov überhaupt nicht ähnlich.

„*Fick dich, Zephyrus*", zischte Kolstov.

„Für dich Direktor Zephyrus, *Prinz Kolstov.*"

Ich zog meine Augenbrauen hoch.

Wow, diese beiden hatten ganz offensichtlich eine Vergangenheit zusammen. Ich war mir nicht sicher, ob sie einander umbringen oder sich die Kleider vom Leib reißen wollten.

Irgendwie wollte ich zusehen, um zu erfahren, wie die Sache ausgehen würde.

Aber ich wollte auch wissen, wie Kolstov meine Tür entriegelt hatte.

Ich öffnete meinen Mund, um zu fragen, als Flammen zwischen den beiden Männern sich entfachten, woraufhin ich zurücksprang. Es waren keine Zauberstäbe gezückt, keine Worte ausgetauscht worden. Es tanzte nur Feuer in der Luft, als wäre es von den Gedanken einer der beiden heraufbeschworen worden.

Es wurde schnell klar, *wer* sie heraufbeschworen hatte, als Zephyrus Kolstov zu Boden schmiss und murmelte: „Foulspiel."

„Ich benutze nur meine Fähigkeiten zu meinem Vorteil, wie mein Mentor es mir beigebracht hat", schoss Kolstov zurück, rieb sich seinen Hals.

Zephyrus schnaubte. „Wenn das wahr wäre, hättest du dich auf deine physische Kraft verlassen und nicht auf dein Eliteblut." Er wischte sich die Flammen mit einer Handbewegung von seinem Ärmel ab und die Energie verwandelte sich in eine graue Wolke. Sein Blazer war unversehrt.

Kolstov rollte seinen Nacken ab und schüttelte die Funken von seinen eigenen Klamotten ab, kreierte eine Dampfschwade, die mit den anderen verschwand.

Der Rauch klärte sich und die beiden waren unverletzt. Nichts deutete auf einen Kampf hin. Beinahe, als hätte ich mir das alles nur eingebildet.

Hm. Interessant.

Kalte grüne Augen sahen in meine, verengten sich zu Schlitzen. „Ist das mein Projekt?"

„Ja", erwiderte Kolstov. „Aflora, darf ich vorstellen? Das ist Zeph. Zeph, das ist Aflora."

Zephyrus' Blick wanderte mit klarem Desinteresse an mir herab. „Wie nett." Sein Sarkasmus entging mir nicht. „Ich bin Direktor Zephyrus, dein neuer Wächter. Versuch, diese Suite ohne mich zu verlassen, und du wirst es bereuen." Mit dieser Aussage machte er auf seinem Absatz kehrt und begab sich ins Wohnzimmer, ließ mich allein mit Kolstov zurück.

„Charmant", grummelte ich.

Kolstov fasste sich an den Nacken und stieß einen Atem aus, schüttelte seinen Kopf. Dann folgte er dem *Direktor* aus dem Gang.

Großartig. Eine Partie Jagd nach der Elfe.

Ich nahm an, dass ich ihnen folgen musste, wenn ich Antworten – ganz zu schweigen von *Essen* – wollte.

Schnaubend stampfte ich den Gang hinab in ihre Richtung und fand sie wieder in einer Kampfposition im Wohnzimmer vor. Mit dem Unterschied, dass sie sich dieses Mal nicht berührten. Anspannung ging in Wellen von ihnen aus. Keiner von ihnen sagte etwas.

Ich räusperte mich. „Also ... Ähm ... Mein Schloss ist kaputt."

Keine Antwort.

„Du kannst nicht einfach in mein Zimmer stürzen, ohne zu –"

„Dein Zimmer?", fragte er und brach sein Wettstarren mit dem Direktor ab, um mich anzusehen. „Das ist *meine* Suite. Die Schlösser gelten für mich nicht."

Ich spannte meinen Kiefer an. „In meinem Gästezimmer schon."

Er schnaubte. „Nein, Schätzchen. Tun sie nicht."

Feuer floss durch meine Adern, als ich das hörte.

Zuerst hatte mich Shadow gegen meinen Willen gebissen.

Dann hatte mich der Rat dazu gezwungen, auf die Akademie der Mitternachtsfeen zu gehen. Und niemand hatte sich die Mühe gemacht, mir zu sagen, warum.

Und jetzt gab Prinz Kolstov bekannt, dass ich in seinen Gemächern keine Privatsphäre haben würde – einem Ort, an dem ich mich nicht einmal aufhalten wollte.

Inakzeptabel.

„Kolstov hat ein Problem damit, ausgesperrt zu werden", warf Zephyrus ein, war sich dem Sturm, der sich unter meiner Haut zusammenbraute, völlig unbewusst. „Mach dir keine Sorgen. Du wirst dich daran gewöhnen."

„Wirst du das ganze Jahr über ein Arsch zu mir sein?", wollte Kolstov wissen, sein Blick auf den Direktor gerichtet.

„Vermutlich", entgegnete Zephyrus.

Das Pochen in meinen Ohren übertönte die Fortsetzung seiner Aussage, meine Aufmerksamkeit lag auf dem Kringel von Kraft, der hinter dichten, tiefschwarzen Wellen in mir hervorspähte.

Oh, hallo, dachte ich in seine Richtung. *Komm hierher.*

Ich schloss meine Augen und folgte dem Flackern von Licht durch das dunkle Netz in meinen Gedanken.

Hier drinnen haben sie mich also gefangen, realisierte ich und meine mentale Sicht klärte sich. *Sie haben mich mit einem Fesselungszauber belegt.*

Das musste geschehen sein, als ich geschlafen hatte.

Hatte Shade es getan? Kolstov? Sonst eine Fee?

Es spielte keine Rolle.

Was ich tun musste, war, ihn aufzutrennen. Zephyrus und Kolstov zankten sich weiter im Wohnzimmer, keiner von ihnen schien sich meiner Anwesenheit noch gewahr zu sein. Normalerweise hätte ich das unhöflich gefunden. In diesem Fall jedoch kam mir ihre Impertinenz gelegen.

Energie wirbelte in mir herum, als ich jedem einzelnen Strang nachging, sie mit meiner unsichtbaren Schere vorsichtig voneinander abtrennte. Ich sehnte mich danach, diesen Funken am Boden freizusetzen.

Das Design war nicht allzu kompliziert, was anriet, dass es in Eile gewebt worden war. Die Tatsache, dass ich die Fesseln plötzlich sehen konnte, ließ mich vermuten, dass Shade mein Blut durchaus verschmutzt hatte und meine Kraft sich vielleicht wirklich der dunklen Seite zuwandte. Oder aber vielleicht hatte ich einfach nicht am richtigen Ort gesucht.

So oder anders, jetzt konnte ich sie sehen.

Und es schien, als wäre ich imstande, sie aufzutrennen.

Kolstov erhob seine Stimme.

Zephyrus blieb ruhig.

Die beiden führten ein Streitgespräch darüber, dass Kolstov Zephyrus vor drei Monaten den Wölfen zum Fraß vorgeworfen hatte. Ich hörte nur mit halbem Ohr hin, meine Aufmerksamkeit lag auf dem kräftig werdenden Licht in mir.

Da bist du ja, keuchte ich und lächelte die Erdquelle an. *Komm zu mir. Hilf mir.*

Kraft summte durch mein Wesen, revitalisierte mich mit der Stärke meiner Essenz.

Ja, ja.

Ich fühlte mich lebendig.

Nicht zu bändigen.

Vollständig.

Ich seufzte und das Pflanzenleben um die Akademie herum kribbelte gegen meine Instinkte. Die Bäume waren überhaupt nicht tot, sie waren nur eine andere Spezies. *Ein brennender Knallbaum*, informierten mich die Wurzeln, was mir einen Namen gab, um mit dem Geschöpf zu arbeiten.

Schön, dich kennenzulernen, murmelte ich, rollte meinen Kopf ab und prägte mir das Herz der Spezies ein. *Du bist wie gemacht für das, was ich vorhabe.*

Mit einem Herumwirbeln von Kraft begann ich die Basis des verkohlten Baumes zu rekonstruieren, verwurzelte ihn im Gästezimmer.

Kolstov wollte mir kein Schloss geben? Dann würde ich mir selbst eins machen.

Und währenddessen würde ich seine Suite in Stücke reißen.

„Spürst du das?", fragte Zephyrus, unterbrach, was auch immer Kolstov gerade sagen wollte.

Ich muss schneller arbeiten, dachte ich und leitete meine nährenden Wellen vom Loch im Netz auf die neue Kreation.

„Was machst du da?", wollte Kolstov wissen.

Ich ignorierte ihn.

Seine Hand lag plötzlich an meinem Hals, sein harter Körper presste sich an meinen. „Aflora."

Ich öffnete meine Augen nicht.

Ich löste und flocht, löste und flocht einfach weiter. *Wachse, kleiner Baum. Wachse.*

Die erdige Macht pulsierte in mir, brach durch die letzten Fesseln und erwachte zum Leben. Ich seufzte erfreut. Meine Kräfte lagen endlich frei.

Blumige Düfte erfüllten die Luft, meine eigenen Reben kletterten an den Wänden hoch, um mich vor den Schlangen draußen zu beschützen. Denn ich konnte sie beunruhigt umherschlängeln spüren. Ihre Absicht, die Schwelle überqueren zu wollen, war spürbar.

Oh, aber der Wasserspeier schloss sie aus.

Warum?

Ah, weil ich jetzt Teil dieser Suite bin. Sie beschützten alle hier drinnen. Dieses Wissen kam aus einer unbekannten Quelle, aber ich spürte die Wahrhaftigkeit davon bis ins Mark.

„Aflora!", schrie Kolstov.

Ich lächelte, Kraft durchströmte mich in energiespendenden Wellen. *Was hatte er vorher zu mir gesagt? Oh, genau.* „Ich bin jetzt bereit, zu tanzen, Mitternachtsprinz", sagte ich zu ihm, gab einen Energiestoß von mir, den ihn auf seinen Po plumpsen ließ. Er hustete, dann fluchte er, als Wurzeln aus dem Boden drangen und ihn fesselten.

Ich lächelte. „Diese brennenden Knallbäume sind echt robust." Derjenige in meinem Gästezimmer war beinahe komplettiert, die Äste berührten die Decke. Zufrieden mit dem Design sagte ich ihm, dass er nach draußen wachsen sollte. Ich hatte die Tür offen gelassen, was ihm die Möglichkeit gab, dicke schwarze Wurzeln den Gang hinab zu uns schlagen zu lassen.

Eine Explosion klatschte mich seitwärts an die Wand, meine Konzentration ließ kurz ab, als Kolstov auf die Beine kam. Er hatte seinen Umhang und seine Jacke abgelegt, seine Ärmel hochgerollt. Alles geschah so schnell, dass ich nicht wusste, wie oder wann er den Garderobenwechsel vorgenommen hatte, aber ich sah die sich windenden Linien auf seiner Haut.

Die dunkle Quelle, realisierte ich.

Sie blühte in ihm auf.

Und er stand kurz davor, sie gegen mich zu verwenden.

Ich wich dem Schlag, der auf mich zukam, aus, ein

Schild aus Blüten formte sich augenblicklich auf meiner Haut.

„Das ist lächerlich, Aflora", fauchte Kolstov. „Hör auf damit."

Ich stellte ihm mit einer der Wurzeln ein Bein und ließ dann eine Unmenge an Pollenmilben in die Luft stieben, woraufhin er nieste. Zephyrus stand auf der anderen Seite, war komplett ungerührt. Da er sich dem Kampf anscheinend nicht anschließen wollte, ließ ich ihn in Ruhe – für den Moment – und konzentrierte mich auf die königliche Fee.

Elektrische Funken schossen aus seinen Fingerspitzen, zielten alle auf mich. Ich wehrte sie alle mit Blumen ab, runzelte die Stirn, als er die wunderschönen Kreationen in Asche verwandelte.

„Kein Respekt", murmelte ich und schoss eine Horde Blütenmotten in seine Richtung, um ihn zu blenden. Mein Baum im Schlafzimmer hatte mich endlich erreicht, erdete mich mit Leben, als ich die dicken schwarzen Stränge auf meinen Angreifer richtete.

Wenn ich ihn und Zephyrus kampfunfähig machen könnte, könnte ich ein Portal finden und fliehen.

Vielleicht.

Ehrlich gesagt, hatte ich nicht so weit vorausgedacht. Ich wollte einfach raus aus dieser verdammten Suite.

Die Schlangen, jedoch, würden ein Problem darstellen.

Darum auch der Blütenschild.

Eine Wurzel schlang sich um Kolstovs Knöchel, zog sich an, nur um dann von roten und gelben Flammen aufgefressen zu werden.

Ich schrie, als die feurigen Funken mein Herz trafen, und mein Baum schrie schmerzerfüllt auf. „Hör auf!"

„Du zuerst", sagte Kolstov zähneknirschend. Seine

zerstörerische Essenz flammte über den Boden und tötete meine Schöpfung mit erschreckender Leichtigkeit.

Ich fiel auf meine Knie, erschüttert von der Zerstörung von Leben. Seine bösartige Macht fraß meine gute auf.

Hass, wie ich ihn nie zuvor verspürt hatte, stieg in mir hoch – zielte auf dieses Monster eines Royals. Energie waberte in seinen goldenen Augen, die meine mit mörderischen Schlägen übertrumpfte und meine Reben und alle Spuren von Erde, die ich in dieser Suite hatte aufleben lassen, zerstörte.

Inklusive meinem geliebten Baum.

Er hatte nicht bei den Wurzeln aufgehört, hatte den gesamten Knallbaum angegriffen und ihn binnen Sekunden in Asche verwandelt.

Meine Brust schmerzte angesichts meines Verlustes.

So falsch.

Wie konntest du?

Warum?

Die Knallbäume draußen weinten mit mir, ihre Äste ratterten wütend und protestierend.

„Das war faszinierend", murmelte Zephyrus.

„So würde ich das nicht nennen", entgegnete Kolstov, und seine Stiefel rückten in mein Blickfeld. „Was zum Teufel, Aflora?"

Ich funkelte zu ihm hoch. „Du bist ein Monster." Meine Stimme war heiser. Die schwarze Magie, die sich über meine Erdessenz legte, raubte mir den Atem.

Er lachte höhnisch. „Du hast gerade ein *Monster* in meiner Suite losgelassen und uns alle beinahe umgebracht. Hast du deinen verdammten Verstand verloren?"

„Ich hatte nicht vor, uns umzubringen", erwiderte ich fuchsteufelswild. „*Du* bist hier der Mörder."

Er zog seine Augenbrauen hoch. „Ach wirklich?" Er bückte sich, packte mich am Nacken und zog mich auf meine Beine. „Das werden wir ja sehen." Er hievte mich durch das Wohnzimmer zu den hinteren Fenstern. „Sieh hin."

„Nein."

Ich versuchte, mich zu wehren, doch er schlang seine Arme von hinten um mich, hielt mich mit meinem Rücken an seine Brust gedrückt gefangen. Seine Lippen waren an meinem Ohr. „Sieh hin oder ich werde dich zurück zum Rat schleppen und dich für den Rest der Woche ins Verlies schmeißen."

Ich erschauderte, als ich die Drohung hörte, und dachte darüber nach, noch mehr Pollenstaub zu erzeugen, um ihn zu ersticken. Aber unsere Köpfe waren zu nahe beieinander, also würde ich die potente Mischung selbst einatmen.

Ein Ausbruch in der Ferne erhaschte meine Aufmerksamkeit und ich rang nach Luft. „Was war das?"

„Sieh weiter hin."

Ich hatte keine Ahnung, *was* er mir zeigen wollte. Es war stockdunkel draußen, was ihre Art von Tag zu sein schien. Soweit ich mich erinnerte, waren die Mitternachtsfeen zu den Zeiten wach, in denen Feen der Elemente sich ausruhten. Die Mitternachtsfeen legten sich schlafen, wenn die Sonne aufging, und arbeiteten während der Nacht. Nicht unbedingt ein *Tages*plan, den ich –

Ein Inferno fraß sich in die Luft, gefolgt von zwei weiteren an verschiedenen Orten auf dem Areal der Akademie.

Ich kniff meine Augen zusammen und konzentrierte mich auf die Quelle, rang nach Luft, als ich den brennenden Knallbaum, der unserem Gebäude am nächsten stand, hochgehen *spürte*.

Oh.

Darum hatten sie verkohlte Stämme und keine Blätter.

Sie *brannten* wortwörtlich.

„Jetzt stell dir mal vor, was passiert wäre, wenn deine kleine Schöpfung ihren stündlichen Prozess in meiner Suite vollzogen hätte?" Kolstov ließ mich los und nahm einen Schritt zurück.

Ich schluckte trocken und zog meinen Mund zur Seite. „Na, woher sollte ich das wissen?", fragte ich und sah ihn an.

Zephyrus stand an der Seite, hatte seine Arme verschränkt, und sein kantiges Gesicht war ausdruckslos.

„Wie wäre es, wenn du nicht mit Dingen spielst, die du nicht verstehst?", schlug Kolstov vor. „Darum bist du hier – *um zu lernen.*"

„Nein, ich werde hier festgehalten, weil eine Mitternachtsfee mich gegen meinen Willen gebissen hat und ihr glaubt, dass seine Kräfte sich mit meinen vermischen werden. Na, jetzt, wo ich mich wieder in meiner Erdessenz geerdet habe, fühle ich mich wieder gut. Also, wie wäre es, wenn ihr mich gehen lasst und wir die Sache ruhen lassen?"

„Du fühlst dich gut", wiederholte er mit skeptischem Tonfall. „Ja, weil es völlig normal für eine Erdfee ist, in der Lage zu sein, einen Bann aus dunkler Magie aufzulösen. Einer, mit dem mein Vater dich übrigens belegt hat. Und das war ein Fesselungsspruch, den andere Mitternachtsfeen nicht binnen einer Woche, ganz geschweige von Minuten, hätten auflösen können. Also, ja … Ich glaube, wir können mit Sicherheit sagen, dass Cherns Vermutungen über deine Zukunft sich bereits bewahrheiten."

Ich brachte keinen Ton raus, seine Worte ließen mich erstarren.

Hatte er recht? Ich hatte das Netz vorher nicht bemerkt. Aber sobald ich es gesehen hatte, hatte ich mich relativ schnell durchgerangelt. Und ich hatte mich gefragt, ob der Grund dafür, dass ich es plötzlich hatte sehen können, der war, dass meine Kraft stärker wurde. Sah so aus, als ob dem so war.

Was bedeutete … „Ich verwandle mich wirklich in eine Abscheulichkeit." Etwas, das ich bereits zuvor eingeräumt hatte, aber jetzt … Jetzt hatte ich Beweise.

„Sieht so aus, ja", stimmte Kolstov zu. „Aber es könnte sein, dass –"

„Wie ist das möglich?", unterbrach ich ihn. „Alles, was dieser Weidenstumpf getan hat, ist, mich zu beißen. Wir haben keine Kräfte ausgetauscht. Wenn überhaupt, sollte er meine abkriegen, nicht umgekehrt."

„Ein Biss kreiert ein Gefährtenband in unserer Welt", erwiderte Kolstov mit genervter Stimme. „Etwas, das du über die Mitternachtsfeen wissen solltest. Aber hey, richtig, du hast unsere Spezies überhaupt nicht studiert. Was für eine tolle königliche Fee du doch bist."

Seine spitze Bemerkung traf meine bereits durcheinandergeratenen Gefühle nicht, denn wir waren weit über das, was ich gelernt hatte und was ich wusste, hinaus. Was mir jetzt am Herzen lag, war die Zukunft und wie ich sie mir zunutze machen konnte.

„Feen der Elemente binden sich nicht durch Blut. Wir verbinden uns durch die Quelle. Also ist die Bindung einseitig. Ich spüre ihn nicht einmal, und wenn wir wirklich Gefährten wären, würde ich das." *Oder jedenfalls hoffe ich das*, dachte ich mir.

„Es formt sich noch", gab Kolstov zähneknirschend von sich. „Das Gefährtenband von Mitternachtsfeen wird durch den ersten Biss angefangen, mit dem zweiten besiegelt und versprochen auf Ewigkeit mit dem dritten. Shade hat nur ein Band angefangen, was bedeutet, dass eure Kräfte und Blut sich jetzt miteinander vermischen und ein neues Leben miteinander formen. Darum hast du auch plötzlich Zugriff auf dunkle Magie. Was wir nicht wissen, ist, wie tiefgreifend das Band sein wird."

„Was auch der Grund dafür ist, dass der Rat sie

hierbehalten hat", unterbrach Zephyrus. „Um ihre Entwicklung zu beobachten. Und du bist damit beauftragt worden, dich um sie zu kümmern."

Ein Muskel in Kolstovs Kiefer zuckte. „Wirst du mich jetzt einen Babysitter nennen?"

„Nein. *Vollstrecker* scheint mir ein besserer Ausdruck." Zephyrus stieß sich von der Wand ab und kniff seine Augen zusammen, „Du bist derjenige, der sie töten wird, wenn sie sich als Abscheulichkeit herausstellt, oder?"

Mein Herz setzte einen Schlag aus.

Nein.

Aber der Ausdruck auf Kolstovs Gesicht sagte *Ja*.

Ich begann meinen Kopf zu schütteln, wollte nicht glauben, dass das ein möglicher nächster Schritt sein konnte, und gleichzeitig wusste ich, dass es eine Möglichkeit sein musste. Denn Abscheulichkeiten konnten nicht existieren. Zu viel Kraft führte zu Wahnsinn.

Und ich hatte aus erster Hand erfahren, was passierte, wenn jemand zu viel Kraft erlangte.

Ein Schaudern lief an meinem Rücken hinab, als ich mich daran erinnerte, wie Elana alle Erdfeen mit ihrer dunklen Magie hatte zerstören wollen. Sie hatte versucht, uns unsere Seelen aus den Körpern zu saugen, um unsere Fähigkeiten in sich aufzunehmen.

Meine Verbindung zur Erdquelle war wegen ihr beinahe gebrochen.

Ich werde nie so sein, dachte ich mir.

Aber was, wenn das mein Schicksal war? Was, wenn diese Verbindung, die Shade mir aufgezwungen hatte, mich wahnsinnig machen würde?

Ich hatte beinahe einen brennenden Knallbaum in dieser Suite losgelassen. Zu was war ich sonst noch imstande?

Es spielte keine Rolle, dass ich es nicht gewusst hatte. Ich hätte es wissen müssen. Hätte mich tiefer in den Kern des

Wesens graben sollen, um seinen Zweck zu erfahren, bevor ich es in meiner Notlage eingesetzt hatte.

Meine Knie gaben unter mir nach und ich fiel zu Boden, mein Blick gesenkt. Wie war alles so schrecklich schiefgegangen? Was konnte ich tun, um es aufzuhalten? Dunkle Magie erlernen? Sie kontrollieren? Würde das überhaupt helfen?

„Wir werden einen neuen Fesselungszauber brauchen", murmelte Kolstov. „Einen mächtigeren."

Ich sagte nichts, denn er hatte recht.

In meinem derzeitigen Zustand war eine Rückkehr ins Reich der Feen der Elemente undenkbar. Dunkle Magie dorthin zu bringen, würde das Gleichgewicht stören.

Ich hatte keine andere Wahl, als hierzubleiben, während meine Zukunft sich zeigen würde.

Alles, weil eine Mitternachtsfee sich im Reich der Sterblichen an mir vergangen hatte.

Ich kniff meine Augen zusammen.

Kolstov mochte mich mit seiner Überheblichkeit verärgert haben, aber es war Shade, der meinen ultimativen Zorn verdiente.

Dieser Kerl würde bezahlen, wenn ich ihn wiedersehen würde. Ich würde ihn in Ranken einwickeln und zudrücken, bis sein gutaussehender Kopf sich von seinem Körper lösen würde. Dann würde ich ihn verbrennen, um das Maß vollzumachen.

„*Er hat mich gewarnt, dass du schön sein würdest, Aflora*", hatte er gesagt.

Wer war er?, fragte ich mich jetzt. *Und warum hast du mir das angetan?* Ich und der Tod waren bereits bestens miteinander bekannt, zumal mein Leben schon einige Male zuvor am seidenen Faden gehangen hatte. Einmal als Kind. Und ein weiteres Mal letztes Jahr. Trotzdem hatte ich beide Male überlebt.

Ich gab nie einfach so auf und akzeptierte mein Schicksal. Ich kämpfte immer mit aller Kraft dagegen an. Und hier würde das nicht anders sein.

Eine neue Aufgabenliste braute sich in meinen Gedanken zusammen, was mir ein neues Ziel gab.

Mitspielen.

Lernen, wie ich die dunkle Magie kontrollieren kann.

Mich benehmen.

Antworten verlangen.

Shade töten.

Ja. Ja, das würde hinhauen.

Und dann, wenn ich fertig war, würde ich fliehen.

AFLORA

Iᴄʜ sᴄʜᴏʙ die blutige Soße mit verzogenem Gesicht über meinen Teller. Das riesige Stück von braunem Etwas in der Mitte sagte mir überhaupt nicht zu. Und die merkwürdigen langen weißen Würmer darum herum auch nicht.

Als Kolstov verkündet hatte, dass er Essen besorgen würde, hatte ich angenommen, es würde sich dabei um etwas *Essbares* handeln. Das hier war nicht essbar. Und doch schienen Zephyrus und Kolstov ziemlich zufrieden damit. Ihre Teller waren bereits halbleer.

Ich zog meinen Mund kraus. *Das kann ich nicht essen.*

Zum Glück hatten sie meine elementaren Kräfte noch nicht abgeschnitten, was bedeutete, dass ich etwas wachsen –

„Das sind Spaghetti", sagte Kolstov und unterbrach meinen Gedankengang. „Frisch aus Italien. Warum isst du nicht?"

„Menschliches Essen." Ich rümpfte meine Nase. „Warum esst ihr menschliches Essen?"

Kolstov tauschte einen Blick mit Zephyrus aus. „Ich habe es dir gesagt. Sie weiß nichts über die Mitternachtsfeen."

Ich knirschte mit den Zähnen, war diese Aussage leid.

Aber er war noch nicht fertig.

„Wann hast du angefangen, Dinge über andere Feenreiche zu lernen, Zeph?"

Der Direktor schluckte, bevor er sagte: „Als Kind."

„Ich auch. Ich erinnere mich noch daran, wie Dorthia mich die Namen der Feen-Royals abgefragt hat, als ich so um die sechs oder sieben Jahre alt war." Kolstov sah mich eindringlich an. „Mitternachtsfeen gehen oft ins Reich der Sterblichen, weil wir ihr Blut zum Überleben brauchen. Daher haben sich unsere Geschmacksknospen an ihre angeglichen, was menschliches Essen in diesem Reich üblich macht. Sieh es als deine Einführungslektion an. Und jetzt öffne deinen Mund und iss, was ich dir hingestellt habe."

Ich dachte über seine Worte nach und beschloss, ihm eine ehrliche Antwort zu geben. „Sechs oder sieben Jahre alt", wiederholte ich, ließ mir die Worte auf der Zunge zergehen. „Hm, als ich in diesem Alter war, haben mich meine Eltern bei einer alleinerziehenden Mutter und ihren zwei Kindern gelassen und gesagt, dass sie zurückkommen würden. Aber das sind sie nicht. Ihre Verbindung mit der Quelle verschwand, was mich zur letzten Thronfolgerin machte. Dann, etwas später, hat eine psychopathische Fee versucht, mich zu töten und meine Erdmagie zu absorbieren."

Ich legte eine Kunstpause ein.

„Also, ja", säuselte ich. „Ich war in den letzten vierzehn Jahren etwas zu beschäftigt damit, zu überleben. Verzeiht mir, dass ich die Feenpolitik nicht auf meine *verwöhnte* Agenda gestellt habe." Ich entfernte mich vom Tisch, hatte die Nase voll von ihm und seiner pompösen Kritik.

Nichts hiervon war meine Schuld.

Und ich hatte diese herablassende Art echt satt.

Er packte mein Handgelenk, als ich um den kleinen Esstisch ging. Seine goldenen Augen leuchteten. „Du musst essen."

„Ich trinke kein Blut, aber danke, trotzdem."

Er runzelte seine Stirn. „Ich habe dir nicht meinen Hals angeboten."

Ich rollte mit meinen Augen. „Nein, nur die blutige Wurmsuppe. Nein danke. Ich werde mir etwas aus der Erde schaffen."

Vorausgesetzt, ich konnte in diesem Reich eine essbare Pflanze erschaffen. All die Pflanzenressourcen, die ich in der Gegend spürte, waren alles andere als essbar oder gut gesinnt.

Bestes Beispiel: der brennende Knallbaum.

Den werde ich ganz bestimmt nicht versuchen, zu essen.

„Das sind Spaghetti", wiederholte Kolstov, zog mich mit seinen zu starken Armen zurück in Richtung meines Stuhls. „Nudeln, nicht Würmer. Tomatensauce, kein Blut. Und ein Fleischbällchen." Er beendete seine Erklärung mit einem Schubser, der mich wieder im Stuhl landen ließ. „Versuchs mal. Bis auf den Knoblauch, glaube ich, wirst du es mögen."

„Ein Fleischbällchen?", wiederholte ich und mir krümmte sich der Magen. „Du meinst, … von einem Tier?"

„Vermutlich eine Mischung aus Schwein und Rind, ja."

Ich würgte. *„Ihr esst ein Tier?!"*

Er tauschte einen weiteren Blick mit Zephyrus aus, dann

beugte er sich über den Tisch, um das riesige Stück Etwas von meinem Teller zu nehmen, und schmiss es auf seinen. „Jetzt hast du nur Nudeln und Tomatensauce. Guten Appetit."

Zephyrus schnaubte höhnisch, trennte das Etwas auf Kolstovs Teller mit einem Messer und nahm sich die Hälfte des Fleischhaufens. Ich erschauderte. *Ekelhaft.*

Feen der Elemente aßen keine Tiere aus dem Reich der Sterblichen. Ihre Ernährung war nicht raffiniert genug für unsere Geschmacksknospen. Ich zog ein gutes halbgares Stück Ork oder sogar eine rosarote Grizzly-Topfpastete vor.

Mein Magen knurrte, als ich daran dachte.

Zephyrus kniff seine Augen zusammen, seine scharfen grünen Augen schienen direkt durch mich hindurchzusehen.

Er tastete sein Oberteil ab, zog einen Zauberstab aus einer Tasche, die ich nicht sehen konnte, und wedelte ihn herum, während er ein paar Worte murmelte. Einen Moment später erschien ein Teller mit einem Pilzlaib auf einem Bett aus violetten Blättern vor ihm. Er tauschte ihn wortlos mit meinem Teller aus und leerte die blutigen Würmer auf seinen Teller.

Kolstov grinste.

Zephyrus blieb still.

Und ich musterte die magische Kreation skeptisch.

„Was hast du reingetan?"

„Nimm einen Bissen und finde es heraus, Prinzessin", erwiderte er zwinkernd.

Ich schnaubte. *Na, sieht jedenfalls besser aus als das, was sie essen,* beschloss ich, griff nach meinem Messer und meiner Gabel, um ein Stück vom herbeigezauberten Essen zu nehmen.

Zephyrus blendete mich aus, war auf seinen Teller konzentriert. Kolstov aber runzelte die Stirn, als ich die fluffige braune Masse an meine Lippen führte und einen Bissen nahm.

„Was ist es?", fragte er angewidert.

„Pilzlaib", informierte Zephyrus ihn. „Ist in ihrem Reich beliebt."

„Woher weißt du das denn?", wollte er wissen.

„Du bist nicht der Einzige, der Kulturkurse genommen hat, *Eure Majestät*." Zephyrus warf ihm einen Blick zu, der ihm ein Funkeln vom Mitternachtsprinzen einbrachte.

Was für eine merkwürdige Dynamik.

Zephyrus schien mir älter − nicht wegen seines Titels, sondern wegen der Erfahrung, die in seinen Gesichtszügen lag. Definitiv nicht im Alter eines Schülers, aber auch nicht viel älter.

Direktor.

Etwas sagte mir, dass diese Bezeichnung in dieser Welt nicht dasselbe bedeutete wie in anderen.

Er war nicht der Vorsteher der Akademie, denn er hatte nicht die nötige autoritäre Art dafür. Er ging zu lässig mit Kolstov um. Und auch mir gegenüber verhielt er sich unangemessen.

Aber er würde definitiv als Lehrer durchgehen.

„Unterrichtest du?", fragte ich ihn, nachdem ich ein großes Stück abgeschnitten hatte. Es war nicht der leckerste Pilzlaib, den ich je gegessen hatte, aber ich mochte den rauchigen Geschmack. Er verlieh dem Essen eine exotische Note, als hätte Zephyrus die Enden mit seiner Mitternachtsfeen-Energie versengt.

„Ja, das ist, was ein Direktor tut." Er tippte mit der Gabel auf seinen Teller, starrte sein Essen an und seufzte. „Weißt du auch nur irgendetwas darüber, wie die Akademie der Mitternachtsfeen aufgebaut ist? Wie unsere magischen Häuser funktionieren? Die Blutlinien, die unsere Lehrgänge beeinflussen?"

Meine Wangen erröteten. „Wie ich Prinz Kolstov schon gesagt habe ... Ich habe noch keinen Kurs über eure politische Struktur belegt. Das stand dieses Jahr auf meinem Studienplan. Zudem wollte ich meine Zeit darauf verwenden, meinen Erdfeen dabei zu helfen, alles wiederaufzubauen. Was ich offensichtlich nicht tun werde."

Mehr als die Hälfte meiner Art war in den letzten paar Jahrzehnten gestorben wegen einer verrückten Abscheulichkeit, die uns die Energie aus den Seelen gesaugt hatte, um mehrere elementare Quellen anzapfen zu können. Es hatte die Erdfeen vor einen Trümmerhaufen gestellt.

Etwas, das ich über die nächsten fünfzig – oder mehr – Jahre gehofft hatte, zu heilen und wieder aufleben zu lassen.

Dann hatte mich Shade gebissen und meine Pläne durchkreuzt.

„Ich bin mir bewusst, was im Königreich der Feen der Elemente vorgefallen ist", murmelte Kolstov. „Ich habe Exos und Cyrus Schulbücher geliehen, um –"

„Meister Kolstov", unterbrach eine raue Stimme, als der Wasserspeier über unseren Köpfen hereinschwebte.

Ich riss meine Augen auf, als ich sah, wie breit seine steinernen Flügel waren. Bei einem so kleinen Körper hatte ich höchstens ein paar Zentimeter erwartet. Aber nein, die Flügel erreichten eine Spannbreite der Länge meines Armes.

Wow, wo versteckt er die, wenn er in der Tür sitzt?

„Ja, Sir Kristoff?", fragte Kolstov und zog eine Augenbraue hoch.

„Ein Sangréblut fragt nach Ihnen, Sir", erwiderte der Wasserspeier und verbeugte sich tief, bevor er herumwirbelte und wieder ins Foyer zurückkehrte.

„Ah, Chern muss uns ein Partygeschenk gesandt haben." Er wischte sich den Mund mit einer Serviette ab, dann entschuldigte er sich. „Ich bin gleich wieder da."

„Partygeschenk?", wiederholte ich und sah Zephyrus an. „Und was ist ein *Sangréblut*?"

„Eine der Blutlinien der Mitternachtsfeen." Er nippte an einem Glas roter Flüssigkeit, das entweder Wein oder Blut, frisch von der Adern eines Menschen, war. Ich fragte nicht nach. Da sich in meinem Glas Wasser befand, vermutete ich, dass es sich um Letzteres handelte. „Es gibt fünf aktive Häuser unserer Art. Tod, Elite, Sangré, Kämpfer und Malus. Ich bin ein Kämpferblut. Kolstov ist ein Eliteblut. Shade, dein Verlobter, ist ein Todesblut."

„*Verlobter*", murmelte ich, hasste das Wort. „Bald toter Verlobter."

Wenn Zephyrus mich gehört hatte, so überging er meine Bemerkung. „Jede Blutlinie hat eine Affinität für verschiedene Arten von dunkler Magie. Es ist ähnlich wie die Zuteilungen eurer Elemente, aber unsere wird mehr vom Blut als von unseren Seelen bestimmt. Während dein Band mit Shade sich verfestigt, wirst du vermutlich seiner Linie beitreten. Aber deine Essenz einer königlichen Fee könnte dem entgegenwirken."

„Was auch der Grund ist, warum der Rat will, dass sie Kurse aller Häuser belegt", sagte Kolstov, als er zurückkehrte. Anstatt sich wieder zu setzen, stellte er sich hinter mich. „Heb dein Haar hoch, Schöne."

Die Bitte sandte einen kalten Schauer an meinem Rücken herab, mein Griff um mein Messer und meine Gabel verfestigte sich. „Warum?"

Er fuhr mit seinen Fingern durch mein dunkles Haar und beugte sich hinunter, um seine Lippen an mein Ohr zu pressen. „Weil ich Zugang zu deinem Hals brauche."

Ich zuckte zusammen, das Besteck flog gegen meinen Teller, als ich meine Pulsader an meinem Hals bedeckte. Wenn er dachte, er könnte mich beißen, hatte er sich geschnitten. „Nein!"

Seine Hände landeten auf meinen Schultern, bevor ich aus meinem Stuhl hochfahren konnte. „Beruhig dich Aflora. Ich will dir nur ein Halsband anlegen."

„Ein Halsband?", wiederholte ich und versuchte ihn anzusehen. Er hielt mich an Ort und Stelle.

„Du brauchst es."

„Das sagt mir nicht –"

„Der Rat muss deine elementaren Fähigkeiten schwächen, um die Sicherheit der Schüler zu gewährleisten", erklärte Zephyrus gelangweilt. „Das Halsband wird dich kontrollieren." Er sah zu Kolstov hoch. „War das so schwer?"

Meine Fähigkeiten schwächen?

Leder legte sich um meinen Hals, bevor ich die Frage laut aussprechen konnte. Kolstov hatte mein Haar bereits beiseitegeschoben. Ich versuchte mich aus seinem Griff zu lösen, ihn davon abzuhalten, das Band um meinen Hals zu befestigen, aber es hakte mit einem Zischen ein, das meine Seele durchstach.

Meine Hände stoben hoch, um am Halsband zu ziehen, den Verschluss zu finden, um es zu öffnen. Aber es war durchgehend geschlossen, versiegelt mithilfe von Magie.

„Nimm es ab", verlangte ich und meine Seele wimmerte angesichts der Tatsache, dass sie schon wieder von der Quelle getrennt worden war. „Nimm es sofort ab."

Kolstov setzte sich auf den Stuhl am Kopfende des Tisches, seufzte lange und laut. „Es ist eine Notwendigkeit, Aflora. Wir können nicht riskieren, dass du das Gleichgewicht störst oder einen weiteren brennenden Knallbaum schaffst, wo er nicht hingehört." Er sah demonstrativ auf die Asche, die noch immer den Fußboden seines Wohnzimmers bedeckte. „Das wird uns auch dabei helfen, die Entwicklung deiner dunklen Magie zu beobachten. Zeph wird dich morgen zum Shoppen nach einem Zauberstab und anderen Notwendigkeiten mitnehmen."

„Ja, weil es offensichtlich mein Job ist, Babysitter zu spielen", entgegnete der Direktor. „Wenn der Rat sich so Sorgen um ihre Sicherheit macht, war es vielleicht nicht die schlaueste Idee, sie dazu zu zwingen, auf die Akademie zu gehen."

Tränen brannten in meinen Augen.

Schutz war mein kleinstes Problem, wenn man bedachte, dass sie soeben eine Fessel um meinen Hals geschlungen hatten, um meine Fähigkeiten zu kontrollieren. Es erstickte meine Fähigkeit zu denken, um ihrer unerträglichen Konversation weiterhin zu folgen. Alles, was ich wollte – nein, *brauchte* –, war, mir dieses Halsband von meinem Hals zu reißen.

Aber es regte sich keinen Zentimeter – ganz egal, wie sehr ich auch daran zog oder riss.

„Warum bist du überhaupt noch hier?" Zephyrus' barscher Ton riss mich aus meinen herumwirbelnden Gedanken, lenkte meine Aufmerksamkeit wieder auf die beiden zankenden Männer.

Kolstovs Wangen waren tiefrot, seine Lippen zu einer geraden Linie verzogen. „Um mit der Umstellung zu helfen."

„So ein Quatsch. Dein Vater hat mich geschickt, damit du deine letzte Woche deines liederlichen Lebens führen kannst, bevor die Schule wieder anfängt. Wenn du nicht vorhast, das zu tun, dann werde ich mich wieder meinem Leben zuwenden und du kannst ihre *Umstellung* handhaben."

Kolstov schlug mit seiner Faust auf den Tisch. „Ich habe nicht darum gebeten, dass du herkommst."

„Aber du hast auch nichts dagegen gesagt, oder?"

Stille.

„Ja, das habe ich mir schon gedacht. Genau wie bei der Position als Direktor. Du tust so, als hättest du Eier, Prinz

Kolstov. Und obwohl ich weiß, dass sie existieren, scheinen sie sich in nichts zu verwandeln, wenn es um Befehle deines Vaters geht." Mit dieser vulgären Bemerkung schob Zephyrus seinen Stuhl so grob zurück, dass dieser zu Boden fiel.

Er machte sie keine Mühe, ihn wiederaufzustellen.

Er machte nur auf seinem Absatz kehrt, um zu gehen.

„Um zehn Uhr, Aflora", sagte er über seine Schulter hinweg. „Sei bereit."

Kolstov sah ihm mit einem Flackern in seinen goldenen Augen beim Gehen zu. Als die Tür in der Ferne zugeschlagen wurde − vermutlich jene des Gästezimmers −, schnippte der Mitternachtsprinz mit den Fingern.

Eine Erscheinung tauchte vor ihm auf. Der weibliche Geist strömte eine mütterliche Wärme aus, als sie auf ihn hinabstarrte.

„Räum das weg", verlangte er und stand auf.

„Natürlich, Sir", hauchte die Erscheinung. Ihre Worte flogen durch die Luft und ließen mich erschaudern.

Anstatt Zephyrus zu folgen, lief er auf den Eingang zu, ging ohne ein Wort oder einen Blick zurück über die Schwelle.

Das dreckige Geschirr erhob sich über den Tisch in die Luft, verschwand vor meinen Augen. Ich konnte das Essen, das auf meinem Teller lag, gerade noch so erhaschen, bevor der Teller in dieses merkwürdige Vakuum gesogen wurde.

Dann löste sich die Geisterfrau mit allem anderen in Luft auf, ließ mich allein und fröstelnd im Wohnzimmer zurück − mit einem Pilzlaib an meine Brust gedrückt.

Stille.

Ruhe.

Nichts.

Nicht einmal ein Atemgeräusch − denn ich hielt die Luft an.

Wie war alles in nur einem Tag so den Bach runter gegangen? Ich starrte auf das Essen in meinen Händen.

Hoffentlich würde der neue Tag neue Möglichkeiten bereithalten.

Oder vermutlich noch schlimmere Dinge.

Ja, vermutlich Letzteres.

AFLORA

„Ich habe eine Einkaufsliste", sagte Zephyrus, als wir am folgenden Abend Kolstovs Suite verließen. Der Mitternachtsprinz war nirgends zu sehen und ich vermutete, dass ich ihn bis nächste Woche nicht sehen würde.

Vorausgesetzt, ich bin dann noch hier. Ich seufzte und schüttelte meinen Kopf. *Wem mache ich was vor? Natürlich werde ich noch hier sein.*

Die Erdfeen verließen sich auf mich, um die Verbindung zur Erdquelle aufrechtzuerhalten, was bedeutete, sämtliche Gefahren zu blockieren. Inklusive mir selbst. Und ich konnte nicht abstreiten, dass die Tatsache, dass meine Fähigkeiten sich an Shades banden, meine Führungsqualitäten einschränkte.

Was, wenn er meine elementaren Fähigkeiten anzapfen kann?, fragte ich mich, während ich Zephyrus die Treppe hinabfolgte. „Hält mein Halsband Shade davon ab, meine Erdquelle anzuzapfen?", fragte ich. „Oder trägt er auch eines?" Der Gedanke daran brachte meine Mundwinkel zum Zucken. *Oh, ich hoffe sehnlichst, dass sie ihm auch ein Halsband angelegt haben …*

Zephyrus hielt inne, um mich anzufunkeln. „Hast du taggeträumt, während ich geredet habe?"

Ich verzog das Gesicht. Er *hatte* geredet. Und, ähm, ja, ich hatte kein Wort von dem mitbekommen, was er nach seinem Kommentar mit der Einkaufsliste von sich gegeben hatte.

Der Blick, den er mir zuwarf, bestätigte, dass mir die Antwort darauf ins Gesicht geschrieben stand und er alles andere als erfreut war. Seine Hand schlang sich um meinen Hals, die andere legte sich an meine Hüfte, und er drückte mich gegen die Wand. Meine Füße fanden in einem merkwürdigen Winkel Halt auf einer Stufe, hielten mich aufrecht, während er mir mit einem tödlichen Blick in die Augen starrte.

„Wenn ich spreche, hörst du zu. Verstanden?"

Ich schluckte trocken. Er war über dreißig Zentimeter größer als ich, genau wie Kolstov. Und Zephyrus hatte zudem die Muskeln eines Mannes, der die meiste Zeit seines Lebens damit verbracht hatte, seine Muskeln zu stählen.

Kämpferblut, erinnerte ich mich an unser vorheriges Gespräch. Obwohl die vollumfängliche Definition nicht bekannt war, konnte ich mir denken, wie wichtig diese Unterscheidung war. Zusammen mit seinen Bemerkungen darüber, dass er ein Wächter war.

Mein Wächter.

Das hier war kein Mann, den man verärgern wollte, und

doch ... „Behandelst du all deine Schüler so grob?", fragte ich ihn, legte meinen Kopf schief.

Seine Brust drückte sich an meine und seine Schenkel – *heilige Scheiße, diese Schenkel!* – pressten mich fester gegen die Wand. „Ich weiß es nicht. Ich habe meinen neuen Job noch nicht angetreten. Frag mich nächste Woche nochmal."

„Du bist ein neuer Professor?"

„Direktor", korrigierte er. „Und ja, mir wurde die Stelle erst vor Kurzem gegeben." Eine bittere Note wohnte seiner Stimme inne.

„Was war deine vorherige Stelle?"

„Warum bist du heute so gesprächig?" Sein Griff um meinen Hals verstärkte sich. „Ich glaube, mir hat dein Trübsalblasen von letzter Nacht besser gefallen."

„Ich habe nicht Trübsal geblasen", gab ich zähneknirschend von mir und kniff meine Augen zusammen.

„Lass mich los."

„Zwing mich doch."

„Das ist unangemessenes Verhalten für einen Lehrer."

„Direktor", korrigierte er erneut. „Und technisch gesehen, habe ich noch nicht angefangen. Im Moment bin ich nur dein Wächter. Was bedeutet, dass du tust, was immer ich dir sage, wann immer ich es dir sage."

„Und das machst du klar, indem du mich würgst?"

Seine Lippen verzogen sich zu einem unbarmherzigen Lächeln. „Vertrau mir. Dass hier ist nichts im Vergleich zu dem, was ich drauf habe."

Ich glaubte ihm. Aber aus irgendeinem Grund fürchtete ich mich nicht vor ihm. Seine harte Schale war eine ominöse Fassade, seine kalten grünen Augen genauso rau wie der Rest von ihm. Aber mein Bauchgefühl sagte mir, dass ich zurückschlagen sollte.

„Ich mag mit diesem Ding um mein Hals schwächer sein,

aber ich bin immer noch eine königliche Fee. Aber ich entschuldige mich dafür, dass ich *taggeträumt* habe. Ich habe darüber nachgedacht, wie meine Blutlinie mit Shades verknüpft ist, und habe mich gefragt, ob er auch Zugriff auf meine Fähigkeiten hat. Wenn er meine Erdquelle anzapfen kann, habe ich weitaus Wichtigeres zu erledigen, als Bücher oder Schuluniformen zu kaufen." Was, wie ich annahm, auf seiner *Liste* stand.

Ein Hauch Respekt leuchtete in seinen smaragdgrünen Augen auf. Er ließ mich los und trat zurück, sein Umhang flatterte um seine Knöchel. Die Aufschläge waren mit grüner Tinte beschmiert, die unter dem Feuer glitzerte. Ich musterte sie, fragte mich, was sie zu bedeuten hatte, als Zephyrus auf dem Absatz kehrt machte und die Stufen hinabging.

„Das Band um deinen Hals sollte ihn davon abhalten, deine elementaren Fähigkeiten anzuzapfen. Es fungiert als Tür, und wenn es angelegt ist, ist die Tür zu und hält deine Seele davon ab, die Elemente anzurufen. Was bedeutet, dass Shade genauso ausgesperrt ist." Er kam unten an und sah zu mir hoch. „Zufrieden?"

„Jetzt hörst du dich schon eher wie ein Lehrer an", neckte ich mit einem Lächeln. „Danke, *Direktor*."

Seine Pupillen loderten auf, Hitze flackerte kurz in den smaragdgrünen Kreisen. „Hm", war alles, was er sagte, bevor er sich wieder umdrehte und nach draußen marschierte.

Anstatt auf das Haupttor zuzugehen, bog er links ab und führte uns ins Herz des Campus. Feuer flackerte auf Laternenmasten, erleuchtete die kohlrabenschwarzen Steinwege sanft. Blöcke aus Obsidian und anderen Steinen bildeten das Fundament der Gebäude und gotische Bögen sowie Buntglas verliehen der Umgebung einen feudalen Anblick, der – wie ich zugeben musste – echt hübsch war.

Brennende Knallbäume und andere unbekannte

Pflanzen übersäten das Gelände, inklusive schwarzer Blumen, die mich an Rosen erinnerten, sowie violett-gesprenkelter Efeu, der voller Feuerkäfer funkelte. Ich bückte mich, um sie mir näher anzusehen, nur um von Zephyrus zurückgezogen zu werden. „Tu das nicht."

„Warum?", fragte ich und musterte die surrenden Insekten. „Sie erinnern mich an Elfen."

„Feuerkäfer sind ekelhafte kleine Scheißkerlchen, die beißen. Provozier sie nicht." Zephyrus ließ mich los. „Unsere Tierwelt ist nicht wie eure. Wir koexistieren, weil wir es müssen, nicht, weil wir es wollen. Also glaube mir, wenn ich dir sage, dass du nichts in diesem Reich anrühren willst. Vor allem nicht die."

Seine Warnung ließ mich erschaudern und ich rang nach Atem, als ein Phönix keinen Meter entfernt von uns landete. Seine riesigen Flügel standen in Flammen, sein Blick raubtierähnlich.

„Paradebeispiel", murmelte Zephyrus. „Verzieh dich." Seine Worte schienen an den Vogel gerichtet, nicht an mich. Die wunderschöne Kreatur legte seinen Kopf schief. Seine roten Iriden waren konzentriert und intelligent. Ein merkwürdiges kleines *Krah* stieß aus seinem Hals, was mich zum Lächeln brachte. Oh, ich hatte keinen Zweifel daran, dass dieses Geschöpf gefährlich war, aber ich bewunderte sein wunderschönes Antlitz. Nicht, dass ich vorhatte, den Vogel zu füttern oder zu streicheln. Ich wusste es besser, als das zu tun.

Genauso, wie ich wusste, dass ich die Feuerkäfer in Ruhe lassen sollte.

Man konnte die Natur auch bewundern, ohne in sie einzugreifen. „Du bist unglaublich", lobte ich.

Der Phönix putzte sich, als ob er verstanden hätte, spannte seine Flügel, um seine vielfarbigen Federn zu zeigen.

Zephyrus stellte sich zwischen uns, versperrte mir die

Sicht und wedelte warnend mit seinem Umhang in Richtung des wunderschönen Vogels. „Ich werde es dir nicht noch einmal sagen. Verzieh. Dich."

Ein Zischen folgte, bevor der Phönix aufbrach. Ich sah staunend dabei zu, wie er über den Boden zu einem nahegelegenen, brennenden Knallbaum segelte.

„Lass uns eines klarstellen", sagte Zephyrus und drehte sich wieder zu mir um. „Als dein zugeteilter Wächter ist es meine Aufgabe, dich am Leben zu erhalten. Um das zu tun, musst du meinem Beispiel folgen. Lass uns damit anfangen: Provozier die Tierwelt nicht."

Ich erschauderte, als ich seinen Tonfall hörte. „Ich habe ihn nicht provoziert."

„Kommuniziere nicht mit der Tierwelt", korrigierte er.

„Das ist, als würdest du mir sagen, dass ich aufhören soll, zu atmen."

„Dann halt deinen verdammten Atem an", fauchte er und ich zuckte zusammen. Er fluchte und wandte sich ab. „Lass uns gehen. Diese Liste brennt buchstäblich ein Loch in meine Hosentasche und ich will es erledigt haben."

„Ja, Sir", murmelte ich.

„Schon besser", erwiderte er und lief den Weg hinab, passierte einen kleinen Pavillon aus Holz, der von noch mehr violettem Efeu übersät war. Mir wurde nicht viel Zeit gegeben, um die Architektur zu bewundern. Seine langen Beine liefen auf eine Lichtung zu, die voll mit Lavasteinen anstatt Gras war. Ich sah die bizarren Texturen mit hochgezogenen Augenbrauen an. Dann klappte mein Kiefer runter, als der Boden sich bewegte.

Das sind keine Steine.

Das sind Tiere.

Zephyrus räusperte sich, seine Hände in die Hüften gestemmt, und er funkelte den sich windenden Schwarm von vogelähnlichen Kreaturen an.

Oh mein …

Sie alle erwachten gleichzeitig zum Leben und ihre Flügel flackerten auf, hatten dünne scharfe Kanten. Die Luft um sie herum surrte voller Magie, und ihre zwitschernden Schnäbel und knacksenden Federn bewegten sich im Wind.

Zephyrus presste seine Hand an meinen unteren Rücken und schubste mich in die Mitte der sich scharenden Masse. Ich hob meine Hände hoch, um mein Gesicht zu schützen, fürchtete mich davor, von ihren zackigen Enden geschnitten zu werden.

Aber sie fühlten sich wie Federn an meiner Haut an.

Ich spähte durch meine Arme und sah, dass wir von krähenähnlichen Vögeln umgeben waren. Schwarze Augen, schwarze Schnäbel, schwarze Federn.

Keine Steine.

„Was zum …?" Ich verstummte, als ein Keypad erschien.

Das ist ein Portal.

Zephyrus reagierte, bevor ich die Bewegungen wahrnehmen konnte. Seine Finger tippten den Zielcode zu schnell ein, um ihn zu sehen. Nicht, dass zu flüchten derzeit wirklich eine Option war. Aber es konnte nicht schaden, einen Notfallplan zu haben.

Der Schwarm aus obsidianfarbenen Kreaturen sauste um uns, formte ein tiefschwarzes Band, das mich näher zu Zephyrus rücken ließ. Seine Hand an meinem unteren Rücken glitt daraufhin an meine Hüfte – eine beschützerische Handlung, die keinem von uns entging, zumal er mich ansah, sobald es geschah.

Anspannung bäumte sich zwischen uns auf.

Oder vielleicht war es die Aura des Transfers, der uns durch Zeit und Raum bugsierte.

Ich konnte es nicht sagen, aber es ließ mein Herz höher schlagen. Sein männlicher Duft überwältigte meine Sinne, das minzige Aftershave, das er benutzt hatte, war eine berauschende Decke, die mich in seiner Mitternachtsfeen-Essenz einlullte.

Alles, um im nächsten Moment zu verschwinden, als wir in einem Wandschrank voller Umhänge landeten.

Zephyrus ließ mich auf der Stelle los, seine langen Finger schossen an seinen Nacken, um die Anspannung darin zu lösen. Er hängte seinen Umhang zu den anderen, was meine Aufmerksamkeit auf die fein säuberliche Ordnung im Innern lenkte. Alles war nach den Farben der Tinte, die in jeden Kragen aller förmlichen Roben eingelassen war, sortiert.

Dunkelviolett.

Bordeauxrot.

Waldgrün – Zephyrus' Farbe.

Marineblau.

Und tiefes Schwarz.

„Was repräsentieren sie?", fragte ich leise und wollte die weichen Stoffe berühren.

Zephyrus packte mein Handgelenk und riss mich zurück. „Tu das nicht. Sie sind verzaubert und erkennen nur ihren Meister." Er schien nachzudenken. „Hm, eigentlich ist das eine gute Lektion. Versuch, nach meinem zu greifen." Er deutete darauf, als hätte ich nicht gesehen, wo er ihn gerade aufgehängt hatte.

Ich kniff meine Augen zusammen. „Nein, danke."

„Es wird nicht wehtun", versprach er. Nicht, dass ich ihm das abkaufte.

„Es zwickt nur ein bisschen."

„Und das ist alles, was ich wissen muss", erwiderte ich und ging auf das, was ich für die Tür hielt, zu.

Sein Arm schlang sich um meine Taille und zog mich zurück.

„Welchen Teil von ‚Folge meinem Beispiel' hast du nicht verstanden?"

„Du hast mir nie gesagt, dass ich *dir* folgen soll", hielt ich ihm entgegen und sah zu ihm hoch. „Und hör auf, mich anzupacken."

„Hör auf, impulsiv zu handeln", erwiderte er und zog mich in die andere Richtung vor den Spiegel. „Wir gehen hier lang. Die Tür führt nur zu anderen Portalen." Sein Griff verfestigte sich. „Und denk nicht mal daran, sie zu erforschen. Ich werde dich jagen und du wirst die Konsequenzen nicht mögen."

„Wow, dein Vertrauen in mich ist echt reizend."

Er sah mir im Spiegel in die Augen, ein Arm noch immer wie eine Schlinge um mich gelegt. „Ich vertraue niemandem – nur mir selbst, Aflora. Sei weise und leg dir eine ähnliche Schutzhaltung zu." Und damit schob er mich durch das Glas – welches uns, wie die Tür zu Kolstovs Suite auf der Akademie, durchließ – und schritt dann nach mir durch.

Zephyrus fuhr sich mit seinen Fingern durch seine dichten braunen Haare, die Spitzen berührten seine runden Ohren. „Okay. Hier lang." Er hakte seine Finger in meine, zog mich neben sich einen Bordstein voller Mitternachtsfeen hinab.

Wow, dachte ich, bestaunte die Läden und geschäftige Atmosphäre. Sie erinnerte mich daran, durch das Reich der Sterblichen – spezifisch gesagt durch das Stadtzentrum von New York – zu schlendern. Abgesehen von der Tatsache, dass die Gebäude nicht annähernd so hoch waren. Nur vier oder fünf Stockwerke höchstens, aber ihre gläsernen Bauweisen waren sehr modern.

Alle trugen Geschäftskleidung und Zephyrus passte mit seinem Anzug bestens hinein. Mein Rock und meine Bluse von meinem schiefgelaufenen Date passierten nur knapp den Fashiontest, aber es war besser, als Kolstovs Kleidung zu tragen.

„Hier", sagte Zephyrus und zog mich auf irgendein

Gebäude zu, das den Namen *AcaWard* auf die Fenster geschmiert hatte.

Es war offensichtlich, dass Mitternachtsfeen nicht an die Wirksamkeit von Türen glaubten. Sie hatten einfach verzauberte Türschwellen. Denn im einen Moment umgaben mich die chaotischen Geräusche von der Außenwelt und im nächsten lullten uns die sanften Töne des Ladeninnern ein.

Eine endlose Auswahl an Outfits zog sich an Kleiderstangen vor uns entlang. Die meisten hingen an Stangen an der Wand, die sich bis an die Decke zogen. Ich sah stirnrunzelnd zu ihnen hoch, fragte mich, wie man sich Kleider von ganz oben holte.

Vermutlich mit einem Zauberstab.

Wenigstens war es gute Raumnutzung.

„Hallihallo", säuselte eine Frauenstimme. „Willkommen bei *AcaWard*. Wie kann ich Ihnen helfen?"

Ich sah mich um, runzelte die Stirn, als niemand erschien. Beobachtete uns jemand über eine Kamera und sprach über Lautsprecher zu uns?

„Aflora braucht mindestens sieben für die Akademie angebrachte Outfits, Unterwäsche und ein paar Alltagsklamotten. Setzen Sie es auf die Rechnung der Nachts." Zephyrus zog mit seiner freien Hand einen Umschlag aus seiner Tasche und hielt ihn in die Luft. „Alle Details stehen hier drinnen."

Der Umschlag verschwand und ich riss meine Augen auf.

„Ich bin in einer Stunde wieder hier, um sie abzuholen." Er sah zu mir runter. „Wir haben bereits diskutiert, was passiert, wenn du zu flüchten versuchst. Ich rate dir davon ab."

Damit ließ er mich los und entfernte sich rückwärts durch das Glas, verschwand in der Masse draußen.

„Moment –" Ich versuchte, ihm nach draußen zu folgen,

aber das Glas ließ mich nicht durch und ich prallte mit der Stirn dagegen. „Aua!" Ich rieb mir meinen Kopf, war genervt darüber, dass ich den Laden nicht verlassen konnte, und beleidigt, dass er die Tür versiegelt hatte.

Eine Unmenge an Stimmen brach um mich herum aus, sie zwitscherten alle auf einmal.

„Hm, ja. Neue Kleider sind vonnöten. Durchaus, durchaus."

„Und ein Umhang."

„Vergesst den Zauberstab nicht."

„Oh! Habt ihr die neuen Akademie-Röcke gesehen? Ich würde sagen, schwarz und rot, um der Nacht-Linie zu entsprechen."

„Königlich, ja. Lasst uns die Notizen prüfen. Hm, hm. Mehr als sieben, ganz offensichtlich. Zu viele Fächer."

„Sollen wir es mit einem Hauch Hellblau mischen? Passend zu ihren schönen Augen?"

„Oh, ist sie eine Himmelblaue? Es ist Jahrhunderte her, seit ich so eine gesehen habe."

„Mit einem Hauch von Rottönen, wie ich sehe."

„Wie faszinierend."

Ich wirbelte herum, suchte nach der Quelle der weiblichen Stimmen, stellte aber fest, dass ich mutterseelenallein im Laden war.

„Hier lang, hier lang", sagte eine von ihnen.

Ich spürte ein Zwicken an meinem Rücken. Dann gaffte ich verblüfft, als ein unsichtbares *Etwas* nach meinem Oberteil griff, um mich nach vorne zu ziehen. „Wieso kann ich euch nicht sehen?", wollte ich wissen.

Leises Gekicher war ihre Antwort.

Dann begannen sie mein Aussehen zu kommentieren. Sie sprachen über mein Haar, meine reine Haut und meine schmale Taille.

Als eine von ihnen meine Brüste berührte, blickte ich finster drein. „Zeigt euch."

Noch mehr Gekicher.

Und dann schlossen sie mich in einen Raum, der kaum größer als drei Quadratmeter war und aus einem Spiegel sowie drei Wänden bestand. Kein Ausgang.

Ich versuchte durch jede Barriere zu laufen, war jedoch gefangen. Dann begannen auf einer magischen Stange hinter mir Kleider zu erscheinen.

„Anprobieren, anprobieren, anprobieren!", sangen sie alle gleichzeitig.

Als sie meine Bluse aufzuknöpfen begannen, wirbelte ich herum und schlug ihre winzigen Händchen weg. „Ich werde mich selbst aus- und anziehen, vielen Dank auch."

„Oh, temperamentvoll", murmelte eine von ihnen.

„Ja, ja. Sie verlangt Privatsphäre. Wir werden gehen."

„Probier sie alle an, meine Liebe! Und such dir deine Lieblingsklamotten aus. Im Brief steht, dass alles bezahlt wird."

„Viel Spaß!"

Sie warfen mir unsichtbare Luftküsse zu, welche mir in einer unwillkommenen Welle übers Gesicht streiften. Ich wischte sie würgend ab, dann erstarrte ich, als Stille über mich kam.

Ich zählte auf zwanzig, bis ich meine Schultern erleichtert entspannte.

Endlich.

Mindestens dreißig Outfits hingen an der Stange, und ein Dutzend – oder mehr – Paar Schuhe.

Ich fuhr über jedes Oberteil und jeden Rock, fühlte die hohe Qualität. Als Erdfee genoss ich es, meine eigenen Kleider aus der Natur zu machen. Aber das war hier keine Option. Ich brauchte Kleidung, die mir dabei helfen würde, mich in dieses Reich einzuleben. Je besser ich reinpasste, desto weniger würden die Leute mich bemerken. Und das würde wichtig für meine Flucht sein.

Vorausgesetzt, ich würde einen Fluchtweg finden. Und einen Zufluchtsort.

Seufzend ergab ich mich meinem derzeitigen Schicksal. Dann konnte ich mir wenigstens ein paar Outfits aussuchen, die mir gefielen. Außerdem wurde alles von jemand anderem bezahlt, oder?

Auf Rechnung der Nachts, hatte Zephyrus gesagt. Ich erkannte den Familiennamen als Kolstovs. Was bedeutete, dass er oder vielleicht sein Vater für all das hier bezahlen würde.

Ich zog meine Mundwinkel hoch. Obwohl es mir lieber gewesen wäre, wenn Shade die Rechnung hätte bezahlen müssen, weil er mich schließlich in diesen ganzen Schlamassel gebracht hatte, konnte ich mir ein kleines bisschen Freude nicht verkneifen, zu wissen, dass meine Einkaufsorgie meinem Geiselnehmer verrechnet werden würde.

Sieben Outfits?

Nein, er hatte bestimmt siebzehn gemeint.

Und ein Dutzend – oder so – Alltagsoutfits dazu.

„Ladys", rief ich, sah mich um und wartete.

„Ja, Miss Aflora?", sprach eines der Wesen leise.

„Ich werde mindestens dreimal so viel Auswahl benötigen", sagte ich. „Und vergesst Unterwäsche, Socken und noch mehr Schuhe nicht. Oh, und Zauberstäbe."

Ein Zwitschern folgte, das erfreuliche Geräusch hallte im Raum wider. „Oh, aber natürlich, wie die Dame wünscht!"

Der Raum um mich herum wurde größer und eine ganze Reihe an Kleidern erschien, als warteten sie auf meinen Befehl. Eine Vitrine mit glimmenden Zauberstäben tauchte auf.

Jepp, das würde lustig werden.

Ich rieb mir meine Hände.

Ihr wollt, dass ich bis auf Weiteres hierbleibe? Na gut. Aber ich werde mit Stil bleiben.

Ich lächelte meinem Spiegelbild zu. „Danke für die neue Garderobe, Mitternachtsprinz", flüsterte ich und hoffte irgendwie, dass die Nachricht seine aufgeblasenen Ohren erreichte.

Wie viel Zeit, hatte Zephyrus gesagt, hatte ich? Eine Stunde?

Na, ich würde mir drei Stunden Zeit lassen.

„Ladys, lasst uns anfangen", sagte ich zu den magischen Kreaturen.

Das wird lustig.

AFLORA

OKAY. Die Uniformen für die Akademie der Mitternachtsfeen waren nicht schlecht. Ziemlich viel Schwarz, aber immerhin waren meine Blusen weiß.

Ich probierte Umhang Nummer neun an, prüfte, wie er sich an meinem Hals anfühlte. Alle anderen waren zu schwer gewesen. Der Stoff hatte mich noch mehr gewürgt als dieses Lederband. Aber dieser hier war aus leichter Seide gemacht und hatte dunkelrote Fransen.

Ich ließ meine Finger darüber gleiten, drehte mich im Kreis und mochte, wie er sich um meine nackten Beine ausfächerte. Die Akademie-Röcke waren etwas kurz, reichten nur bis zur Mitte meiner Oberschenkel. Darum hatte ich auch nach kniehohen Stiefeln verlangt, um –

„Nicht schlecht", murmelte eine tiefe Stimme hinter mir. „Aber ich persönlich finde, dass du in meiner Familienfarbe besser aussehen würdest, welche violett ist."

Ich wirbelte herum und erblickte Shade in einem Stuhl rumlümmeln, der vor einem Moment noch nicht da gewesen war.

„Wie bist du …? Wo bist du …? Was …?" Ich schüttelte meinen Kopf, biss mir auf die Unterlippe, um dem Weidenstumpf, der ein paar Meter entfernt von mir saß, nicht noch mehr unvollständige Fragen zu stellen.

„Das Halsband ist ein nettes Detail. Macht dich das zu meinem Haustier?", fragte er und stand auf, um näherzukommen. „Oder versucht Kolstov sich unter den Nagel zu reißen, was mir gehört?" Seine Fingerspitzen berührten das Leder an meinem Hals, was Energie über meine Haut huschen und ihn ein Fauchen ausstoßen ließ. „Mistkerl."

Shade packte meinen Nacken, bevor ich überhaupt daran denken konnte, zu reagieren. Er drückte meinen Körper so fest an seinen, dass es mir den Atem verschlug.

Funken tanzten angesichts seines Griffs und dem Ding an meinem Hals an meinem Rücken hinab. Es tat nicht weh – sandte eher eine unangenehme Empfindung über meine Haut. „Shade …"

„Wie geht es dir, Liebste?", fragte er und drückte mich rückwärts an eine Wand. „Behandeln sie dich alle gut? Abgesehen vom Halsband, natürlich."

Einige meiner Sinne fanden zurück zu mir, als er seinen Körper an meinen presste.

Er war der Grund, warum ich ein Halsband tragen musste.

Weil *er* mich gegen meinen Willen gebissen hatte.

Und jetzt wagte er es, aufzutauchen und mich zu fragen,

wie es mir ging? Als ob ihn meine Gefühle auch nur ansatzweise interessierten?

„Oh, du!" Ich legte meine Hände auf seine Brust und versuchte ihn von mir zu stoßen. „Du bist der Grund, warum ich in diesem Schlamassel stecke!"

„Du scheinst den Schlamassel zu genießen", erwiderte er, sah an meiner Bluse und meinem schwarzen Rock hinab. „Fashionista auf Kosten der Royals spielen. Wie witzig."

„Weil ich ein Outfit für die Akademie brauche, auf die ich *wegen dir* gehen muss." Ich versuchte ihn erneut von mir zu stoßen, aber er bewegte sich keinen Zentimeter.

Stattdessen lehnte er sich fester zu mir, seine Hüften drückten sich an meine, und er presste mich gegen die Wand. „Bist noch immer verärgert, wie ich sehe."

Er schmiegte seine Nase an meine Wange, sein Atem stob mir ins Gesicht. „Lass es mich wiedergutmachen, Schätzchen."

„Es wiedergutmachen?", wiederholte ich und versenkte meine Nägel in seinem Blazer. „Du hast mein Leben zerstört. Vermutlich hast du uns beiden auch noch ein Todesurteil eingebracht. Das kannst du niemals wiedergutmachen, Shadow." Ich keuchte gegen Ende meiner Aussage – nicht, weil ich ihm nahe war, oder angesichts der Tatsache, dass er sein Bein zwischen meine gedrückt hatte, sondern wegen der Wut, die mein Blut zum Kochen brachte.

„Ich hasse dich."

Er lachte und küsste die Stelle unter meinem Ohr. Seine Hand ließ meinen Hals los, um nach meiner Hüfte zu greifen. „Schling deine Arme um mich."

„Nein."

„Mmh." Er hob mich mit beiden Händen um meine Hüfte geschlungen in die Luft. Daraufhin packte ich ihn an seinen Schultern, rang nach Luft, als er seine Lenden zwischen meine Schenkel drückte. „Schling deine Beine um mich, Baby. Andernfalls wirst du runterfallen."

„Lass mich runter."

„Auf keinen Fall." Stattdessen küsste er mich und machte sich meinen Schock zunutze, ließ seine Zunge zwischen meine Lippen gleiten.

Was ist hier los? Warum tut er das?

Und oh, nein … Das … darf … nicht … wahr … sein.

Mir wurde schwindlig.

Adrenalin pumpte durch meine Adern.

Ich wollte ihm *wehtun*. Musste kämpfen. Denn das durfte nicht weitergehen!

Ich saugte mich an seiner Zunge fest und wurde mit dem wunderbarsten Geschmack belohnt. Ich erstarrte. Dann stöhnte ich. *Oh mein …* Exquisite Dekadenz füllte unsere Münder, lenkte mich von meinem Ziel ab und warf mich in einen Wirbel der Wonne, dem ich nicht entrinnen konnte. Stattdessen fiel ich blind hinein, ließ meine Instinkte überhandnehmen.

Meine Beine waren im nächsten Augenblick um ihn geschlungen.

Meine Arme umgaben seinen Hals.

Und seine Essenz bedeckte meine Lippen, meinen Mund, meinen *Hals*.

Ich stöhnte, sehnte mich nach einem weiteren Schluck, wollte ihn mehr als alles andere. Er gab ihn mir mit seiner Zunge, ließ sie über meine gleiten und fütterte mich mit dieser köstlichen Flüssigkeit, die ich so begehrte.

Eine Hand verblieb auf meiner Hüfte, während seine andere in mein Haar glitt. Seine Finger fuhren durch mein Haar und er legte meinen Kopf schief, damit er mich besser küssen konnte.

Ein Teil von mir schrie, dass wir aufhören sollten. Aber

ich konnte die Stimme angesichts des lauten Brüllens der *Lust* in meinem Kopf nicht hören.

Hitze wie keine, die ich je erfahren hatte, durchfuhr mich, kursierte durch meine Adern mit einem treibenden Gedanken: *Mehr.*

Sein Schwanz zwischen meinen Schenkeln wurde steifer, seine Hose rieb gegen meine dünne Spitzenunterwäsche. Mein Rock war an meine Hüfte hochgerutscht, meine Bluse aufgeknöpft, sodass mein BH hervorblitzte. Und ich konnte mich nicht daran erinnern, wie es passiert war. Aber es war meine Hand, die an meiner Bluse hinabwanderte. Meine Finger, die den letzten Knopf lösten.

Ich erschauderte. „Was machst du mit mir?" Ich fühlte mich wie besessen. Beherrscht. Hypnotisiert von diesem Mann. Und doch komplett bei Sinnen. „Wie machst du das?"

„Du warst das", flüsterte er und seine Lippen berührten meine. „Du hast mich gebissen, Aflora."

„Damit du aufhörst", erinnerte ich mich, aber ich wusste nicht mehr, *warum.* „Ich mag dich nicht."

Er lächelte. „Das beruht auf Gegenseitigkeit, Baby. Aber das macht das hier umso heißer." Sein Mund legte sich auf meinen, bevor ich etwas erwidern konnte. Seine Berührung raubte mir jegliche Fähigkeit, zu denken.

Seine Hände waren überall und nirgends zugleich.

Sein Kuss ein Brandmal auf meinen Lippen.

Sein Schwanz drückte gegen die Stelle, an der ich am sehnlichsten berührt werden wollte.

Zu viele Kleider.

Meine Handgelenke waren in einer seiner Hände gefangen und über meinem Kopf. „Noch nicht", keuchte er. „Nicht hier."

„Nicht was?", erwiderte ich benommen.

„Schhh", sagte er leise, sein erfrischender Geruch zog mich in ein Wirrwarr aus Empfindungen.

Bäume.

Wasser.

Blühende Blumen.

Die Bekanntheit der Gerüche ließ mich zufrieden seufzen, während mein Körper mit erneuter Leidenschaft wiederauflebte.

Ich küsste ihn mit all meiner Kraft, gab ihm das Leben, das in meiner Seele blühte, nur um im Gegenzug von seinem dunklen Netz umgarnt zu werden. Er zog mir den Boden unter den Füßen weg, erfüllte mich mit einer giftigen Energie, die sich falsch unter meiner Haut anfühlte.

„Shade", wimmerte ich und wand mich gegen ihn.

„Ich passe auf dich auf", versprach er.

Aber ich glaubte ihm nicht.

Ich konnte ihm nicht vertrauen.

Wie Zephyrus gesagt hatte – es wäre besser, wenn ich mir eine ähnliche Schutzhaltung zulegen würde. Eine, die von Misstrauen heraufbeschworen war.

Meine Gliedmaßen begannen zu zittern.

Tränen kullerten aus meinen Augen.

Die Welt um mich herum bebte und ich konnte es nicht aufhalten – selbst als ein Inferno sich in mir ausbreitete, mich anflehte, losgelassen zu werden.

Es verängstigte mich.

Bezauberte mich.

Besaß mich.

Shades Zunge dominierte meine, sein Schwanz eine dicke Präsenz an meiner Mitte. Er brachte mich an einen Abgrund von etwas Beängstigendem. Ich klammerte mich mit aller Kraft an ihn, hatte Angst und war gleichzeitig gefesselt. Nichts, was ich tun würde, würde das hier aufhalten. Ich konnte ihn in meinem Blut spüren. Diesen unbeirrbaren Drang, mich Shades Aufmerksamkeiten zu ergeben.

Ein Teil von mir rebellierte.

Der andere Teil ... frohlockte.

Ich hasste ihn in diesem Moment mehr als alles andere jemals zuvor. Und doch gewann meine Sehnsucht nach ihm.

Ekstase machte sich in mir breit, ließ einen Schrei aus meinem Rachen dringen, der voller Selbsthass und Schmerz war. Und auch den mächtigsten Orgasmus meines Lebens repräsentierte.

Ich war nicht vollkommen unschuldig.

Ich hatte unzählige Male mit Glacier rumgemacht. Und obwohl die Wasserfee gut im Bett war, hatte er mir *nie* ganz dieses Gefühl gegeben.

Wie flüssiges Eis.

Innen heiß, außen eiskalt.

Ein Beben durchfuhr mich von Kopf bis Fuß, meine Lust klang angesichts einer erneuten Welle des Schreckens ab.

Ich konnte oben nicht mehr von unten unterscheiden, richtig von falsch oder Leidenschaft von Hass. Shades Lippen lagen an meinem Hals. Sein Kuss war viel zu sanft für meinen Geschmack. Ich hätte seinen Biss vorgezogen, damit ich ihn noch mehr hätte hassen können. Aber er hielt mich verehrend in seinen Armen, sein warmer Körper um mich geschlungen, vermittelte mir ein falsches Gefühl von Sicherheit.

„Ich hasse dich", flüsterte ich mit feuchten Augen. „Ich hasse dich. Ich hasse dich. Ich hasse dich."

„Ich weiß", erwiderte er leise. „Ich hasse mich auch." Er stupste meinen Hals mit seiner Nase an und seufzte. „Ich sollte nicht hier sein, aber ich wollte sichergehen, dass es dir gut geht."

„Es geht mir nicht gut", sagte ich zu ihm und erschauderte. „Überhaupt nicht gut."

Er küsste meinen Kiefer, dann wich er zurück und sah mir in die Augen. „Du bist stark, kleine Rose", sagte er leise, der neue Kosenamen mit tiefer Zuneigung gesprochen. „Am Ende wird alles gut werden. Du wirst schon sehen." Er presste seine Lippen ein weiteres Mal auf meine und trug mich zum Stuhl. Er setzte mich darauf, schwebte über mir mit einem sündhaften Blick. „Ich muss gehen, bevor Wächter Zephyrus seinen Bann fertigstellt. Aber wir sehen uns bald wieder. In deinen Träumen."

Shade löste sich in eine Rauchwolke auf, die den ganzen Raum einzunehmen schien – berührte alle Kleider und die Wände, bis ich nur noch schwarz sah.

„Aflora!" Zephyrus' wütende Stimme schlug mir ins Gesicht, was mich vom Stuhl aufschrecken ließ. Er stand mit wütendem Gesicht vor mir, sein Zauberstab in seinen Händen.

Ich sah ihn stirnrunzelnd an, dann drehte ich mich im mir bekannten Raum herum. *Moment mal ...* Ich sah nach unten und war vollständig angezogen, in einen Umhang gehüllt wie eine Decke.

Mein Rock sah brandneu aus, meine Bluse war zugeknöpft, und ich hatte sogar kniehohe Stiefel an.

Ich blinzelte. „Was ...?"

„Ein Schlafzauber", fauchte Zephyrus. „Dieser kleine Mistkerl." Er schüttelte seinen Kopf, ein Fluchwort entwischte seinen vollen Lippen. „Er umgeht die Regeln, indem er mit deinen Gedanken spielt. Ich wäre beeindruckt, wenn er nicht gegen hunderte Regeln verstoßen würde, um es zu tun."

„Also war er nicht ... Das ist nicht ... Ich ..." Meine Wangen erhitzten sich, ich konnte den Satz nicht beenden. Mein feuchtes Höschen war alles, was mit meinem angeblichen Traum übereinstimmte. Entweder war ich also angeheizt aufgewacht oder im Schlaf gekommen.

Was bedeutete, dass Zephyrus es vermutlich gesehen hatte.

Ach du heilige Mutter Erde … Wärme nahm jeden Zentimeter von mir ein, als ich daran dachte, was er eben gesehen hatte. Zum Glück schien er nicht allzu erpicht darauf, es zu erwähnen. „Wir sind fertig mit Einkaufen", sagte er stattdessen, drehte sich überlegen um und Einkaufstaschen scharten sich um ihn. „Ich nehme an, dass du dich für diesen Umhang entschieden hast. Dasselbe gilt für den Zauberstab. Die anderen Gegenstände werden in deinem Wandschrank sein, wenn wir nach Hause kommen." Er sah meine Stiefel und meinen Rock an. „Ist etwas zu sehr Schulmädchen für unseren Rückweg, aber ich bezweifle, dass es irgendwem auffallen wird. Lass uns gehen."

„Moment mal. Welchen Zauberstab?", fragte ich. „Ich habe mir keinen ausgesucht."

„Sieh in deiner Tasche nach, Aflora. Einer hat dich bereits erwählt."

Ich berührte die Seite meines Umhangs und weitete meine Augen. „Das tun sie?"

Er warf mir nur einen Blick zu und deutete mit seinem Kinn auf den Spiegel. Ich nahm an, dass er von mir erwartete, hindurchzugehen. Also tat ich das und war im nächsten Moment wieder in der Garderobe.

Mein Umhang fächerte aus, als ich mich scharf herumdrehte. „Wie …?"

„Du musst noch so viel über unsere Welt lernen", erwiderte Zephyrus, als er nach seinem Umhang griff und ihn mit einer schwungvollen Bewegung um seine Schultern legte. „Und ein Zauberstab ist kein magisches Wesen. Es handelt sich dabei um einen verlängerten Arm unserer Kraft."

Mit einer Handbewegung ließ er ein Keypad erscheinen und tippte einen Code ein, den ich dieses Mal sehen konnte. Natürlich war es an jenen Ort, an den ich nicht wirklich gehen wollte – also nicht direkt hilfreich.

„Wir benutzen sie als Leiter", fuhr er fort und schlang seinen Arm um meine Schultern, um mich nahe an sich zu drücken, während das Portal sich um uns herum zu drehen begann. „Wie ich schon gesagt habe ... Er ist eine Erweiterung deiner Kräfte. Er hilft dir dabei, dich auf ein Buch im Regal zu konzentrieren anstatt auf die ganze Sammlung."

Krählaute durchfuhren meinen Kopf, als die Krähen übernahmen und uns wieder auf dem Akademiegelände willkommen hießen.

Binnen Minuten hatten sie sich wieder in ihre steinerne Form verwandelt, waren auf dem Hof verstreut.

Wieder entzündeten sich Flammen am Wegrand, erleuchteten den ansonsten ruhigen Campus.

„Wann fangen die Schüler an einzutreffen?", fragte ich, während er zurück zu Kolstovs Gebäude lief.

„Einige sind bereits hier, bleiben aber für sich. Die Mehrheit wird in den kommenden fünf Tagen zurückkommen, um dem jährlichen Herbstfeuer beizuwohnen." Er bewegte sein Handgelenk, sandte die Einkaufstaschen mit einem Zug, der auf das Gebäude zufuhr, voraus. „Lass uns einen kleinen Rundgang machen, bevor wir zurückgehen. Wir können in der Kantine anhalten und was essen."

Mein Magen knurrte, als ich das hörte, und stimmte zu.

Abgesehen vom Tee, den er mir aufgedrängt hatte, als ich aufgestanden war, hatte ich nichts gegessen.

„Aber sei gewarnt", ergänzte er und lief bereits davon. „Das Essen auf dem Akademiegelände ist menschlich. Also entweder wirst du dir ein paar Essens-Zauber aneignen oder aber deine Geschmacksknospen anpassen müssen. Ich empfehle Letzteres." Er schnippte mit den Fingern, woraufhin eine Fackel in seiner Hand erschien. „Und jetzt versuch mitzuhalten, Aflora. Ich werde dir einen Crashkurs übers Leben an der Akademie geben – und ich werde mich nicht wiederholen."

ZEPH

Iᴄʜ ʜᴀᴛᴛᴇ diesen Ort nicht vermisst.

Weder das Essen.

Noch die herumlungernden Krähen.

Noch die allgemeine Aura von Elend.

In einer Woche würde dieser Ort der Inbegriff der Hölle sein, vollgestopft mit Studenten, die ganz begierig darauf waren, ihre Ausbildung fortzuführen.

Ich beneidete sie.

Von Geburt an war mein Lebensweg vorgezeichnet gewesen. Es war mir bestimmt, einer Familie zu dienen, die ich verabscheute. Alles, was Malik Nacht mir auftrug, tat ich.

Inklusive einen Job als Direktor an der Akademie

anzunehmen, obwohl ich weder Interesse daran noch den Wunsch besaß, zu unterrichten.

Ich nahm einen Schluck von meinem Kaffee, genoss, wie er meinen Mund und auf dem Weg nach unten meinen Rachen verbrannte. Schmerz gab mir das Gefühl, am Leben zu sein. Anders als meine derzeitige Umgebung.

Aflora saß mir gegenüber, zog mit ihren vollen Lippen eine Schnute, während sie auf unsere Tabletts hinunterblickte. Ich hatte ein paar meiner Lieblingsspeisen für sie ausgewählt, die sie probieren sollte – aber sie schien nicht sonderlich begeistert.

Diese Frau war unmöglich.

Sie gehörte genauso wenig hierhin wie ich.

Ich stellte meine Tasse ab und verschränkte meine Arme auf dem Tisch, lehnte mich zu ihr. „Willst du eine Magie-Lektion?"

Wir hatten während des Rundgangs nicht viel geredet. Größtenteils sprach nur ich, zeigte auf Gebäude und sagte ihr, welche Kurse wo stattfanden. Dann besichtigte ich die verschiedenen Unterkünfte mit ihr. Sie blieb die ganze Zeit über mucksmäuschenstill, vermutlich, weil sie nicht vorhatte, lange hierzubleiben.

Gemäß dem, was ich in *AcaWard* vorhin beobachtet hatte, würde sie weitaus länger hierbleiben, als sie vermutete. Denn Shade hatte ganz offensichtlich ihre Psyche im Griff – etwas, das darauf hindeutete, dass ihr Blutband stärker war, als es sein sollte.

Was bedeutete, dass ihre Kräfte zusammenwachsen und stärker werden würden. Und das würde vermutlich zu ihrer beider Tod führen.

Ein enttäuschender Gedanke, aber realistisch.

„Was für eine Lektion?", fragte Aflora und bezog sich auf meine Frage.

„Na ja, da du nicht allzu scharf auf das Essen hier zu

sein scheinst, werde ich dir einen einfachen Zauberspruch beibringen, um Alternativen herbeizuzaubern." Und ihr gleichzeitig klarmachen, warum sie ihre Meinung über unsere Nahrungsquellen ändern musste.

Beschaffungszauber bedurften Energie.

Etwas, das ihr in den nächsten paar Minuten äußerst bewusst werden würde.

Ich zog meinen Zauberstab hervor und legte ihn auf den Tisch. „Wie ich zuvor schon erwähnt habe, sind Zauberstäbe nicht die Quelle der Magie. Wir benutzen sie nur als Hilfsmittel, um unsere Magie zu konzentrieren. Ich werde dir ein Beispiel zeigen." Wir hatten einen ganzen Tisch zur Verfügung und die zwanzig Stühle darum herum waren allesamt leer, was mir genug Raum gab, um diese Lektion etwas zu übertreiben. „Der Zauberspruch, um etwas Essbares herbeizuzaubern lautet *Tareero Tamida* gefolgt vom Namen des Nahrungsmittels."

Ziemlich einfach, um ehrlich zu sein. Aber ihr Gesichtsausdruck sagte mir, dass sie dem nicht beipflichtete.

„Also sage ich einfach die beiden Worte und das Essen, das ich will. Und dann erscheint es vor mir?"

„Na ja, du musst etwas Magie einfließen lassen. Aber ja, das ist so ungefähr die Idee."

Sie sah mich stirnrunzelnd an. „Und ich benutze dazu den Zauberstab?"

„Er ist nicht nötig, nein. Wie ich schon sagte ... Der Zauberstab konzentriert unsere Magie." Dass sie ihre Stirn runzelte, sagte mir, dass sie mir nicht folgen konnte. „Okay. Ich werde es dir vormachen. Sag mir ein Nahrungsmittel, nach dem du dich sehnst."

„Ähm, ich weiß nicht. Ein Sandwich?"

Jetzt war ich es, der seine Stirn runzelte. „Du hast ein Sandwich vor dir." Ich zeigte auf das Schinken-Käse-Schmelzsandwich auf ihrem Teller.

„Das ist kein Sandwich."

„Das ist definitiv ein Sandwich."

„Das hier ist aus Brot und Fleisch und geschmolzenem Käse. Ein Sandwich besteht aus grünen Blättern, die perfekt gebacken und mit Knollenstrich, Beeren und manchmal einem Hauch Hartminze gefüllt sind, wenn man besonders schlemmerhaft ist."

Aha. Ich hatte nicht den leisesten Schimmer, was auch nur etwas davon war. „Wie wäre es stattdessen mit einem weiteren Laib?" Wenigstens wusste ich, wie man das machte, zumal ich zuvor schon eins gekostet hatte.

Sie kräuselte ihre Lippen und zuckte mit den Schultern. „Klar, das geht auch. Kannst du ein Kaltbeeren-Laib machen?"

„Es gibt verschiedene Arten von Laiben?"

Nachdem sie mich einen langen Augenblick gemustert hatte, sagte sie: „Ein Pilzlaib ist auch gut."

Gut, denn das war die einzige Art von Laib, den ich zuzubereiten wusste. Anstatt den Plan erneut zu erklären, führte ich einfach den Zauberspruch aus. „*Tareero Tamida Laib.*"

Ein Laib in der Größe ihres Tellers erschien, was sie ihre Augen weiten ließ.

„Der ist ja riesig", sagte sie nach Atem ringend.

„Ja, weil ich die Größe nicht mit meinem Zauberstab kontrolliert habe."

Das stimmte nicht ganz. Kinder konnten diese Art Magie im Schlaf ausführen und noch immer einen normalgroßen Laib schaffen, aber ich wollte etwas übertreiben, um ihr etwas beizubringen,

Hey, sieh mal einer an. Ich bin ein richtiger Direktor, dachte ich verbittert.

König Malik wäre stolz auf mich.

Arroganter Mistkerl.

Ich räusperte mich und schob die negativen Gedanken beiseite, konzentrierte mich wieder. „Indem du den Leiter benutzt, kannst du das magische Resultat beeinflussen." Ich hob meinen Zauberstab hoch und führte den Zauberspruch erneut aus. Dieses Mal produzierte ich einen perfekt proportionierten Laib. Dann gab ich murmelnd einen Putzspruch von mir, der alles Essen auf dem Tisch verschwinden ließ – inklusive des Essens, das wir vom Koch bekommen hatten. Dann sagte ich: „Versuchs mal."

Sie dachte einen Moment lang nach, dann nickte sie. „Okay." Dann zog sie ihren Zauberstab aus dem Umhang, wedelte ihn leicht herum und sagte. „*Tareero Tamida Sandwich.*"

Nichts.

Nicht einmal ein Hauch von Magie.

Ich lehnte mich in meinem Stuhl zurück und sah ihr dabei zu, wie sie es erneut versuchte.

Und nochmal.

Und nochmal.

Alles ohne ein Resultat oder auch nur dem Hauch von Gefühl. Nach ihrem zehnten Versuch schnaubte sie. „Es funktioniert nicht."

„Ganz offensichtlich nicht."

Sie starrte mich wartend an.

Wenn sie erwartete, dass ich ihr noch mehr Anweisungen gab, dann hatte sie sich geschnitten. Ich hatte bereits erklärt, wie der Prozess funktionierte. Wenn sie nicht selbst herausfinden konnte, wie sie ihn anwenden musste, dann war das ihr Problem – nicht meines. Außerdem hätte ich gar nicht hier sein sollen.

„Ist mein Zauberstab kaputt?", fragte sie und hielt mir den magischen Leiter hin.

Ich sah nicht einmal hin. „Nein." *Weil es nicht um den Zauberstab geht*, ergänzte ich in Gedanken. Sie musste das selbst herausfinden. Magie kam aus dem Blut. Ich konnte ihr nicht dabei helfen, die Verbindung zu finden. Das musste sie selbst machen.

„Ganz schön hilfreich", murmelte sie und legte ihren Zauberstab beiseite. „Könntest du mir wenigstens sagen, wie ich ihn zum Funktionieren bringe?", fragte sie langsam, als würde sie mit einem Idioten sprechen.

Ich antwortete ihr im selben Ton. „Du zapfst einfach deine Magie an."

„Aha. Und wie?"

„Wie rufst du deine Erd-Essenz?", konterte ich.

„Es ist eine natürliche Verbindung durch meine Seele."

„Da hast du es", erwiderte ich. „Der Unterricht ist beendet."

Sie deutete auf das Halsband an ihrem Hals. „Ich glaube, du hast das hier vergessen."

„Du lässt dich von einer Halskette zurückhalten? Wie enttäuschend." Es blockierte nur ihre Erdmagie, nicht ihren Zugriff auf die dunklen Künste. Ich hätte ihr das sagen können, aber das hätte die Aufgabe zu einfach gemacht.

„Mich zurückhalten lassen?", wiederholte sie. „Es hat mir meine Fähigkeiten genommen!"

„Und?"

Sie gaffte mich an. „Wow. Du bist der schlechteste Lehrer, dem ich jemals begegnet bin."

„Es ist mein erstes Jahr", erklärte ich. „Und technisch gesehen, habe ich noch nicht angefangen."

„Na, du hast einen schrecklichen Start hingelegt", murmelte sie. Ich zog eine Schulter hoch, war von ihrem Versuch, mich zu beleidigen, unbeeindruckt. Das hier war nicht meine Karrierewahl gewesen. Und wenn es nach mir ginge, würde ich diesen Job los sein, bevor ich überhaupt damit anfing.

„Also, ihr alle erwartet von mir, dass ich mit einem

Handicap zaubere", säuselte sie. „Oh, aber es könnte sein, dass ich überhaupt keine dunkle Magie besitze – was diese Aufgabe zu bestätigen scheint."

„Aber trotzdem hast du gestern einen starken Zauber in deinem Kopf aufgelöst, was auf das Gegenteil hinweist", sagte ich. „Nicht jeder kann einen Fesselbann von einem Nacht überlisten."

„Meinst du dieses kleine Netz?"

„Nichts daran war klein." Und doch … Dass sie es als *klein* ansah, sagte so einiges. „Wie hast du ihn aufgehoben?" Ich hatte mich letzte Nacht dasselbe gefragt, war aber zu amüsiert davon gewesen, dass sie Kols mit einem Knallbaum angegriffen hatte. Gefährlich, ja. Und unterhaltsam wie sonst was. Ich war beinahe enttäuscht gewesen, als sie verloren hatte.

Bei den Göttern, das würde sie immer.

„Ich habe ein Stück meines Lichts gefunden und bin ihm gefolgt", antwortete sie vage. „Jetzt sehe ich kein Licht, wegen dem hier." Sie deutete wieder auf ihren Hals.

„Das schränkt nur deinen Zugriff auf deine elementare Magie ein, nicht auf die dunkle Magie, die in dir heranwächst." Welche ich unter ihrer Haut summen spürte. Ein weiterer Hinweis, den ich ihr hätte geben können, aber wozu? Man lernte am besten durch Handeln – und nicht, indem man geführt wurde. Wenn sie eine Hoffnung darauf haben wollte, in unserer Welt zu überleben, musste sie anfangen, selbständig zu denken und zu handeln. Und sich nicht darauf verlassen, dass andere sie beschützten.

Auch wenn das technisch gesehen momentan mein Job war. Sie schüttelte ihren Kopf. „Das hier ist reine Zeitverschwendung."

„Ist es das?", säuselte ich. „Ich hatte ja keine Ahnung."

„Wow. Lehrer ist wirklich nicht der richtige Beruf für dich."

Ich lächelte. „Dein Argumentationstalent ist beeindruckend, Aflora." Ich lehnte mich nach vorne. „Und du hast absolut recht."

„Warum bist du dann hier?", wollte sie wissen.

„Weil ich meiner Pflicht an die Krone nachkomme, wie ich es sollte." *Ob ich es mag oder nicht*, ergänzte ich in Gedanken. Aber genug davon. „Was deine Kräfte anbelangt ... Mitternachtsfeen zapfen sie durch das Blut, nicht durch die Seele an. Also versuch das mal."

Voilà. Ich hatte ihr einen Tipp gegeben. Niemand konnte mir vorwerfen, dass ich nicht versuchte, zu helfen.

„Durch mein Blut", wiederholte sie mit skeptischem Tonfall. „Genau."

„Hör zu, wenn du es nicht versuchen willst, dann iss den Scheiß vom Buffet und lass uns zurückgehen. Ich könnte ein Nickerchen gebrauchen und du hast eine Unmenge an Büchern, die du zu lesen anfangen solltest." Nicht, dass auch nur eines von ihnen ihr helfen würde.

Das arme Mädchen war ganz schön geliefert.

Und überhaupt nicht mein Problem.

Warum versuchst du ihr dann etwas beizubringen?, fragte eine wenig hilfreiche Stimme in meinem Hinterkopf.

Ich schob die Stimme beiseite. Ich half ihr nicht, ich gab ihr nur einen Stoß in die richtige Richtung, um sich zu orientieren.

Aflora funkelte mich an, ihre blauen Augen glitzerten auf eine Weise, die mich an Sex erinnerte.

Heißer.

Leidenschaftlicher.

Wilder. Sex.

Die Art Sex, die ich genoss.

Kommt nicht infrage.

Aber ich wollte immer das, was verboten war. Und nichts war verbotener als die Frau, die mir gegenübersaß. Mit ihrem vollen Schmollmund, ihrem schönen Kiefer, dem schlanken Hals und, mh, diesem Körper. Sie mochte im Moment von einem Umhang verhüllt sein, aber ich hatte ihre drallen Vorzüge bereits bemerkt. Große Brüste, schlanke Taille und einen herzförmigen Arsch.

Ich war nicht blind.

Aflora war eine beeindruckende Frau. Und aus zig Gründen verboten.

Was sie nur noch verlockender machte.

„*Tareero Tamida Sandwich*", sagte sie plötzlich mit kraftunterlegter Stimme.

Mein Kiefer klappte runter, als ein riesiger, wrapartiger grüner Kloß erschien. Das vordere Ende landete zwischen uns und der Rest davon erstreckte sich über die gesamte Länge des – sehr – langen Tisches bis auf den Boden.

Afloras zusammengekniffene Augen weiteten sich augenblicklich. „Oh ... Zauberstab."

Ja. Zauberstab.

Aber ich machte mir weniger Sorgen um das immer größer werdende Sandwich, sondern eher um die schockierte Blässe, die sich auf ihren Wangen ausbreitete. „Aflora –"

Sie begann zu zittern und ihre himmelblauen Augen rollten in ihren Hinterkopf, als ihrem zierlichen Körper die Energie wich.

Scheiße.

Ich sprang aus meinem Stuhl auf und hechtete über den Tisch – und der immer größer werdenden Monstrosität darauf – und landete rechtzeitig neben ihr, um sie aufzufangen, bevor sie zu Boden ging.

„*Qalto*", fauchte ich und mein Spruch überwältigte ihren, sodass die grüne Abscheulichkeit sich in Staub auflöste.

Aflora stöhnte. Ihr Bewusstsein wollte weiterkämpfen, doch ihr Körper gab auf.

„Darum rate ich dir, dein Essen zu verzehren",

informierte ich sie mit sanfter Stimme. „Magie bedarf Stärke, und Stärke erlangt man durch die richtige Ernährung."

Wenn sie mich gehört hatte, so antwortete sie nicht.

Mit einem Seufzen hob ich sie in meine Arme. „Ich schätze, wir werden diese Lektion später fortführen."

Wann immer sie aufwachen würde.

AFLORA

ICH HATTE fünf Tage lang ununterbrochen gelesen und ich verstand immer noch nicht, wie dunkle Magie funktionierte. Sie fühlte sich unnatürlich und falsch an, als müsste ich einen unrichtigen Teil von mir anzapfen, um meine Fähigkeiten zu aktivieren.

Weil ich nicht hierhingehöre, dachte ich zum millionsten Mal.

Nicht in der Lage zu sein, den Mitternachtsfeen-Teil in mir zu aktivieren, war vermutlich gut. Das bedeutete, dass dieses mir aufgezwungene Band mit Shade nicht lange bestehen würde. Vielleicht würde es sich bald verflüchtigen.

Als ich den hoffnungsfrohen Gedanken gestern gegenüber Zephyrus geäußert hatte, war er stoisch wie immer geblieben, hatte mir nichts verraten.

Er war der schlechteste Lehrer in allen Feenreichen und es tat ihm nicht einmal leid.

Es war offensichtlich, dass keiner von uns beiden hier sein wollte. Wenigstens etwas, das wir gemeinsam hatten. Nicht, dass uns das einander näherbrachte.

Nein, Zephyrus war ein Buch mit sieben Siegeln.

Und ich versuchte nicht einmal, es zu öffnen.

Stattdessen verbrachte ich den Großteil meiner Zeit damit, allein in meinem neuen Zimmer zu lesen. Wenn mein Magen sich meldete, schloss ich mich Zephyrus entweder zum Essen im Wohnzimmer an oder wir liefen zur Kantine. Irgendwann war er wohl einkaufen gegangen oder hatte Essen bestellt. Und einige Nahrungsmittel kannte ich sogar. Aber die meisten Mahlzeiten waren menschlich.

Igitt.

Mein Magen war vom Frühstück, das er mir aufgezwungen hatte, noch immer verstimmt. Eier mit Käse und Zwiebeln. *Ein Omelett*, hatte er es genannt.

Ekelhaft.

Ich hatte es bevorzugterweise *Folter* genannt, das eklige Zeug aber gegessen, weil er sich geweigert hatte, etwas anderes zu kochen. Und mein Zauberstab wollte nicht kooperieren. Wie sich herausstellte, war seine ganze Standpauke darüber, dass Magie Energie bedurfte, wahr gewesen. Je weniger ich aß, desto schlechter wurde ich.

Während ein Teil von mir es vorzog, nicht in der Lage zu sein, die dunklen Kräfte anzuzapfen, so erkannte ein anderer Teil in mir an, dass ich die Magie brauchte, um in dieser Welt zu überleben.

Denn ja, die Akademie der Mitternachtsfeen stellte sich als ein gefährlicher Campus heraus. Nicht genug damit, dass schlangenähnliche Ranken jede meiner Bewegungen beobachteten – auch die gesamte Tierwelt musterte mich neugierig. Und ich hatte ziemlich schnell gelernt, dass keine der Pflanzen oder Tiere in diesem Reich nett waren.

Meine Schulter schmerzte, ein Mahnmal an den Feuerkäfer, dem ich letzte Nacht begegnet war.

Es war kein hübscher Leuchtkäfer, sondern ein Biest mit scharfen Zähnen und einem brennenden Biss.

Zephyrus hatte die ganze Szene mit gelangweiltem Gesichtsausdruck beobachtet, hatte mir nicht geholfen. Als ich wissen wollte, warum, hatte er nur mit den Achseln gezuckt und gesagt: „Es wird dich nicht umbringen."

Nur schon daran zu denken, ließ einen finsteren Blick auf meinem Gesicht aufziehen. Schon wieder. Direktor Zephyrus war lebender Beweis dafür, dass äußerliche Schönheit nicht auch innerliche gewährleistete. Denn er war zweifellos gutaussehend, aber in ihm lebte ein finsteres, unbehilfliches Arschloch von einem Mann, der mich mehr als Bürde als ein Projekt sah.

Na gut. Er konnte sich sein unkooperatives Verhalten in seinen muskulösen Arsch stecken. Nicht, dass ich eine Menge Zeit damit verbracht hatte, den erwähnten Arsch zu bewundern. Oder daran zu denken, wie viele Stunden er im Fitnessstudio verbringen musste, um so auszusehen.

Okay, das war eine Lüge. Aber nicht viele Feen der Elemente waren Kämpfer, also reizte mich Zephyrus' Kämpferstatur ein bisschen. *Stark* schien nicht wie ein hinreichendes Adjektiv für ihn. Er verströmte sozusagen pure Kraft, ohne sich großartig Mühe zu geben. Ein bisschen wie Kolstov, aber anders.

Mit einem Kopfschütteln schob ich die Gedanken an die beiden Männer beiseite und konzentrierte mich auf das Buch in meinem Schoß. Es erklärte die Hierarchie der Mitternachtsfeen und alle Blutlinien. Zephyrus hatte mir gesagt, dass es nur fünf gäbe, aber gemäß meinem Buch gab es sechs Arten von Mitternachtsfeen.

Ich hatte den gestrigen Tag damit zugebracht, alles über die Eliteblute und Kolstovs Familienerbe als die älteste jener Blutlinie zu lesen. Als hauptsächlicher Leiter für die Quelle der dunklen Magie wurden Eliteblute als die mächtigsten aller Mitternachtsfeen angesehen. Darum führten sie auch alle anderen an.

Die Kämpferblute waren mit außergewöhnlicher körperlicher Kraft und Beweglichkeit gesegnet, was es ihnen erlaubte, als Wächter der Eliteblute zu dienen. Ergo Zephyrus' Rolle. Was ich noch immer nicht verstand, war, wieso er in die Akademie verbannt worden war, obwohl seine Familie seit unzähligen Jahren für den Schutz der Nachts zuständig war. Soweit ich gelesen hatte, war die Tatsache, dass er hier war, eine Degradierung der anderen Art. Wenn er nicht so ein Blödmann gewesen wäre, hätte ich ihn gefragt.

Ich öffnete mein Buch, begann über die nächste Blutlinie zu lesen.

Die Todesblute.

Shadows Familie waren die Monarchen. Aswad war ihr derzeitiger König. Ihre Kräfte waren mit Totenbeschwörung und den dunkleren Seiten von dunkler Magie verlinkt. Es schien, als ob auch sie Zugriff auf die Quelle hatten, aber auf eine ganz andere Art. Durch die Kunst des –

Ein Knall in der Suite ließ mich kerzengerade aufschnellen und ich sprang vom Bett.

Weibliches Gelächter folgte.

Ich runzelte die Stirn. Zephyrus hatte erwähnt, dass die Schüler heute zurückkommen würden. Hatte etwas von wegen eines Herbstfeuers heute Abend gefaselt. Offenbar gehörte sich das so. Ich hatte darüber nachgedacht, die Ablenkung auf dem Campus dazu zu benutzen, um zu fliehen, aber ich konnte nirgendwohin gehen.

Die Tatsache, dass Claire sich noch nicht bei mir

gemeldet hatte, bestätigte, dass der Rat der Feen der Elemente sich vor meiner Rückkehr fürchtete. Wenn man bedachte, was sich kürzlich in diesem Reich zugetragen hatte, verstand ich das. Das Letzte, was sie im Moment tun wollten, war, sich mit einer potenziellen Mischung aus Mitternachts- und Elementefee zu befassen.

Aber ich fühlte mich nicht anders.

Außer der Tatsache, dass ich meine Erdmagie nicht anwenden konnte.

Ich hoffte inständig, dass Sol und Claire die Quelle zusammen aufrechterhielten, während ich weg war. Sie waren die einzigen anderen, die noch lebten, die die Erdmagie auf eine ähnliche Art anzapfen konnten wie ich. Ihre Verbindungen waren nicht so stark wie meine, aber sie sollten reichen, um den Erdfeen dabei zu helfen, ihre Kräfte zu bewahren.

Ich stieß einen Atemzug aus und begann wieder zu lesen, als männliche Stimmen im Gang zu hören waren.

Kolstov, dachte ich, erkannte die tiefe Stimme.

Es klopfte an der Tür und er sagte: „Das ist meine Fünf-Sekunden-Warnung, Prinzessin. Versuch, dieses Mal was anzuhaben."

Ich funkelte zur Tür. „Arschloch", murmelte ich, legte mein Buch beiseite und stand gerade auf, als die fünf Sekunden Gnadenfrist ausgelaufen waren.

Seine leuchtenden goldenen Augen musterten mein Oberteil und meine Jeans, Belustigung schien in seinen Zügen zu liegen. „Ich bin fast etwas enttäuscht, dass du was anhast."

Mh-hm. „Na, ich *bin* enttäuscht, dass du wieder da bist", erwiderte ich und fügte meiner Aussage ein zuckersüßes Lächeln bei.

Er lachte. „Ich habe dich auch vermisst, Schätzchen."

Ich rollte mit meinen Augen. „Das wette ich."

„Hör auf zu flirten und stell uns einander vor." Die geschmeidige Stimme kam aus dem Gang, gerade, als ein Mann sich Kolstov im Türrahmen anschloss. Ich erkannte ihn aus meinem Schulbuch.

„Trayton Nacht", sagte ich. „Hm. Also verändern sich die Fotos wirklich in Echtzeit." Ich hatte mich genau das gefragt, als die Bilder sich letzte Nacht immer wieder bewegt hatten. Irgendeine Form von Magie erlaubte es ihnen, sich alle paar Sekunden zu erneuern.

„Hast du bereits gelernt?", fragte Kolstov mit neckischem Ton. „Ich schätze, du hattest eine Menge aufzuholen."

Nicht schon wieder. „Ja, ich hatte etwas Zeit allein diese Woche, um zu lesen. Und da mein Zauberstab nicht funktioniert, habe ich beschlossen, stattdessen die verschiedenen Blutlinien zu studieren."

Er lehnte sich gegen den Türrahmen, zog arrogant eine Augenbraue hoch. „Hast du was Interessantes erfahren?"

„Ja, die Todesblute besitzen interessantere Kräfte als die Eliteblute." Ich hatte in den Texten gelesen, dass die beiden Mitternachtsfee-Arten seit Jahrhunderten im Krieg miteinander standen, und Kolstovs finster werdender Gesichtsausdruck bestätigte das.

Eins zu null für Aflora, dachte ich und grinste bei mir selbst.

„Ich schätze, als illegal gewählte Gefährtin eines zukünftigen Todesblut-Monarchen musst du das sagen. Schade, dass du nicht von einer Blutlinie erwählt werden konntest, die würdiger wäre."

Und Kolstov gleicht aus, indem er eine ähnlich verletzende Bemerkung zurückschießt, ergänzte die Stimme in meinem Kopf, ließ meinen Moment des Triumphs verblassen. „Wie zum Beispiel deine?", konterte ich. „Nein, danke."

„Sag nicht Nein, bevor du es versucht hast, Baby", säuselte er.

Trayton schüttelte seinen Kopf. „Hör auf, mit unserer neuen Mitbewohnerin zu flirten."

„Das ist, als würde man Kols sagen, dass er zu atmen aufhören sollte." Eine zierliche Frau erschien neben Trayton. Ihr weißblonder Haarschopf reichte kaum über seine Schulter. Ihre strahlend blauen Augen sahen in meine. „Ich bin Ella. Lass mich wissen, wenn diese beiden Mistkerle dich nerven, und ich werde ihnen die Leviten lesen."

Trayton schenkte ihr ein mildes Grinsen und schlang einen Arm um ihre Taille. „Ach ja? Und wie hast du vor, das anzustellen?"

„Wer flirtet jetzt?", unterbrach Kolstov.

„Oh, ich flirte nicht." Trayton drehte sich zu Ella um, drückte sie gegen eine Wand. „Wir sind lange am Flirten vorbei."

Ella lachte und packte seine schlanken Hüften. „Immer so romantisch."

„Du liebst mich so oder so."

„Tue ich das?" Sie tippte nachdenklich an ihr Kinn. „Manchmal weiß ich nicht, warum."

„Und du hast dir das Zimmer neben ihrem ausgesucht", murmelte Kolstov mir zu, der jetzt in meinem Zimmer stand. Er sah sich neugierig um. „Es sieht unglaublich langweilig aus hier drinnen."

„Oh, tut mir leid. Hätte ich einrichten sollen?", fragte ich und klimperte mit meinen Wimpern. „Das ist mir entgangen."

Er zückte seinen Zauberstab. „Erlaube mir, dir zu helfen."

Ich packte sein Handgelenk, bevor er ihn herumwedeln konnte. „Nein, ich habe nicht vor, lange zu bleiben."

„Ach ja?" Er starrte mit diesen durchdringenden Augen auf mich herab und mir stockte der Atem.

Warum sahen alle Mitternachtsfeen so gut aus? Sogar sein Bruder war nett anzusehen.

„Wohin planst du zu gehen?", fragte Kolstov leise und kam einen Schritt näher.

Ich ließ sein Handgelenk nicht los, auch wenn ich es vermutlich hätte tun sollen. Aber seine Nähe ließ mich vor ihm erstarren. Sein intensiver, männlicher Geruch lullte mich in eine Wolke berauschenden Männerdufts ein.

„Ich …" Ich verstummte, mein Hals zog sich fest zusammen.

Sein Blick fiel auf meine Lippen. Ich leckte instinktiv darüber, mein Mund wurde trocken. Etwas an Kolstov lockte meine innere Fee. Seine Kraft war ein würdiger Gefährte für meine Erd-Essenz. Nur, weil wir beide königliches Blut hatten. Ich hatte es gespürt, als unsere Energien vor ein paar Tagen im Wohnzimmer miteinander getanzt hatten.

Aber er war keine Fee der Elemente und darum auch kein geeigneter Partner.

Auch wenn meine Instinkte etwas anderes sagten.

„Hm, ich glaube, du willst einen Vorgeschmack", flüsterte Kolstov und seine freie Hand legte sich auf meine Hüfte. „Wenn du brav bist, werde ich dir vielleicht erlauben –"

„Warum ist meine neue Suite neben deiner?!", wollte Zephyrus aus der Tür wissen. „Der Sinn und Zweck dieser neuen Position ist – gemäß deinem Vater –, Schülern mit meinem Wissen zu helfen. Und mit Schülern meine ich Kämpferblute, nicht Eliteblute."

Kolstov ließ mich los, sein Handgelenk befreite sich mühelos aus meinem Griff, und er drehte sich herum, wandte mir den Rücken zu. „Wir beide wissen, dass es sich dabei um eine temporäre Sache handelt."

„Neben dir zu wohnen? Oder dass ich Lehrer spiele?"

Die Verbitterung in Zephyrus' Stimme passte zu seinem Gesichtsausdruck.

„Letzteres."

„Aha. Weil du vorhast, es zu ändern, wenn du König wirst."

„Wollen wir uns wirklich nochmal deswegen streiten?"

Kolstov hörte sich plötzlich gelangweilt an. „Komm schon, Zeph. Du weißt, warum das passiert ist."

Der Direktor kniff seine Augen einen Moment lang zusammen, dann drehte er sich um und ging ohne ein weiteres Wort.

Kolstov seufzte, folgte ihm. „Du kannst mich so oft bestrafen, wie du willst. Das wird mich nicht davon abhalten —"

„Hör auf", unterbrach Zephyrus. „Hör einfach *auf.*"

„Dann hör auf, ein Arschloch zu sein", war die Antwort.

„Fick dich."

Ein Krachen ließ mich aufschrecken. Ich spähte gerade rechtzeitig aus der Tür, um Trayton eine geküsste Ella im Gang zurücklassen zu sehen. Sie blinzelte ihm nach, dann sah sie zu mir. „Willkommen im Nacht-Familiendrama. Es wird nie langweilig."

Raufgeräusche drangen aus dem Wohnzimmer, was vermuten ließ, dass die Jungs sich verkloppten. Ein Bild davon, wie Zephyrus Kolstov zu Boden drückte, zog vor meinem inneren Auge auf, provoziert vom ersten Mal, als ich sie beide zusammen streiten gesehen hatte.

Zephyrus schien mir der Stärkere von beiden, aber ich hatte einen Hauch von Kolstovs Kraft erfahren, und ja, sie waren definitiv ebenbürtig.

„Mach dir keine Sorgen. Tray stellt sicher, dass die beiden nichts allzu Wertvolles zerstören", sagte Ella, lief an mir vorbei und ging ins Zimmer. Sie sah sich um, ganz so, wie es Kolstov getan hatte. „Langweilig? Vielleicht. Aber ich kann das verstehen. Du willst nicht hier sein. Es war idiotisch von Shade, dich zu beißen."

Meine Mundwinkel zuckten. *Endlich jemand, der es versteht.*

Sie drehte sich zu mir um und ergänzte: „Wenigstens hat Tray mich ins Reich der Mitternachtsfeen eingeführt, bevor er mich gebissen hat."

„Dich eingeführt?", wiederholte ich, verwirrt über ihre Aussage. „Du meinst, du wurdest nicht hier geboren?"

„Ich bin ein Halbling", informierte sie mich, dann hielt sie inne, als wartete sie auf eine Reaktion.

„Also bist du im Reich der Sterblichen aufgewachsen." Das war nur ein Rateversuch, basierend auf ihre vorherige Aussage, dass sie das Reich der Mitternachtsfeen erst später in ihrem Leben betreten hatte.

„Genau." Der herausfordernde Ton in ihrer Stimme verwirrte mich.

„Wusstest du, dass du zu einem Teil Fee bist?"

„Nein. Nicht, bis Tray es mir gesagt hat."

Ich zog meine Augenbrauen hoch. „Na, das muss ein ganz schöner Schock gewesen sein."

„Ja, ich nehme an, es ist so ähnlich, wie gegen seinen Willen gebissen und gezwungen zu werden, einer Akademie in einem anderen Reich beizuwohnen." Sie sah auf die Bücher auf meinem Bett und grinste. „Ah, die Mitternachtsfeen-Fraktionen. Welches Kapitel liest du gerade?"

„Ich habe gerade über die Todesblute angefangen zu lesen."

Sie nickte. „Willst du einen Crashkurs über die Blutlinien? Es wird schneller gehen, als dieses langweilige Ding zu lesen."

„Du bietest mir an, mich zu unterrichten?" Ich schüttelte meinen Kopf angesichts der Tatsache, wie blöd sich das laut ausgesprochen anhörte. „Tut mir leid. Die anderen waren nicht sehr … hilfreich." Technisch gesehen hatte Zephyrus es ein bisschen versucht. Und Kolstov … Na ja, er war nur ein pompöser Arsch deswegen, dass ich nichts über die Mitternachtsfeen gelernt hatte, während ich aufgewachsen war. Ella schnaubte und ließ sich auf die Kante meines Betts sinken. „Kolstov ist ein wenig beschäftigt mit seiner Zukunft, und Zephyrus ist, ähm, … nicht dazu gemacht, Lehrer zu sein."

„Und doch ist er ein Direktor."

„Ja, er wird uns dieses Jahr das Leben zur Hölle machen", murmelte Ella. „Wie auch immer. Genug davon. Was du brauchst, ist ein kurzer Überblick, etwas, das ich dir geben kann, zumal ich all das vor Kurzem selber lernen musste." Sie tätschelte die Stelle neben sich auf dem Bett. „Ich verspreche: Ich beiße nicht. Meine Blutaufnahme findet hundertprozentig durch Essen statt."

Ich gaffte sie an. Die Bemerkung war so ironisch gewesen, dass sie mich völlig überrascht hatte. Was sie zum Lachen brachte. „Dein Gesicht ist unbezahlbar und sieht meinem ähnlich, als Tray mir das erste Mal erzählt hat, dass Mitternachtsfeen Blut trinken. Oh, aber das erinnert mich an etwas … Lektion eins: Nenne sie nicht Vampire. Sie hassen das."

„Ja, Kolstov könnte das erwähnt haben, nachdem ich ihn einen Blutsauger genannt habe."

Ihre Mundwinkel zuckten. „Ich wette, das hat er sehr gemocht."

„Nicht wirklich."

Sie lachte. „Na, lass dich nicht von ihm ärgern. Er ist ein Mistkerl mit zig Frauengeschichten. Aber tief drinnen hat er ein Herz. Man muss nur wirklich tief graben, um es zu finden."

Endlich setzte ich mich neben sie aufs Bett, fühlte mich zum ersten Mal seit einer Woche etwas entspannt. Etwas an

Ella beruhigte mich. Vielleicht war es ihre ruhige Art oder – was plausibler war – ihre Direktheit. Ich mochte ihre Aufmerksamkeit und Höflichkeit.

Sie verurteilte mich nicht dafür, dass ich nicht alles über die Mitternachtsfeen wusste.

Und ich wusste das mehr zu schätzen, als ihr bewusst war.

„Okay, also … Lass es mich kurz machen", sagte sie, zog ein Bein an, während das andere über die Bettkante baumelte. „Es gibt fünf Hauptblutlinien. Kennst du die Namen?"

Ich nickte. „Todesblute, Eliteblute, Sangréblute, Kämpferblute und Malusblute."

„Kennst du die Charakteristiken jeder Linie?"

„Ich habe nur gelesen, dass die Eliteblute die zentrale Quelle dunkler Magie erhalten und die Todesblute die rauesten Ressourcen von einem anderen Punkt anzapfen. Sie ziehen Todesmagie vor und beschäftigen sich mit Totenbeschwörung." Ich griff nach dem Buch. „Etwas, das ich nicht ganz verstehe, ist, wie sie die Quelle indirekt anzapfen. Das war der Teil, den ich gerade gelesen hatte, als ihr alle reingekommen seid."

Ella griff nach dem Buch und schmiss es beiseite. „Ja, vertrau mir … Du willst das definitiv gesagt bekommen und nicht nachlesen. Alle Blutlinien zapfen Quellen der dunklen Magie an, aber die Eliteblute haben den stärksten Zugriff – was auch der Grund dafür ist, dass sie als *königlich* angesehen werden. Sie sind die Stärksten. All die schwarzen Linien, die sich um Kols Hals und Arme räkeln und zu seinem Herz führen … Das ist die Quelle, die ihm die Herrschaft Stück für Stück überträgt. Ganz schön gruselig, wenn du mich fragst."

Ich hatte die sich windenden schwarzen Ranken an seinem Hals und Händen bemerkt, aber hatte nicht realisiert, dass sie sich an seinen Armen hochzogen. „Sind sie permanent?", fragte ich.

„Nein. Offenbar werden sie verschwinden, wenn er den Thron bestiegen hat." Sie zuckte mit den Schultern. „Ich schätze, wir werden sehen. Wie auch immer ... Die Todesblute greifen auf die dunkelsten Abschnitte der Quelle zu. Sie erblühen buchstäblich unter Todesmagie. Wie zum Beispiel Totenbeschwörung – wie du gesagt hast. Man munkelt, dass sie genauso mächtig wie die Eliteblute sind, was auch erklärt, warum Malik und Aswad einander hassen."

Die beiden amtierenden Monarchen, dachte ich, erkannte die Namen.

„Dann gibt es da die Kämpferblute wie Zeph, die sich auf Verteidigungsmagie spezialisieren. Sie sind sozusagen aus Stein gemeißelt, was sich darin zeigt, dass sie harte Züge haben, muskulös, athletisch und stoisch wie sonst was sind. Wenn Zeph diese Woche also ein Arschloch ist, nimm es nicht persönlich. Sie sind alle so. Und er ist besonders mürrisch, seit er aus Kols persönlicher Garde verbannt wurde. Die Direktoren-Stelle ist eine Art Degradierung."

„Und wie ist es dazu gekommen?", fragte ich.

Ella verzog ihren Mund. „Ähm, also ... Kols und Zeph ... Sie teilen sich gerne Frauen. Und, lass uns einfach sagen, dass sie sich die Falsche ausgesucht haben. Die Dinge sind ganz schön schiefgelaufen."

„Sie haben sich beide in sie verliebt?", riet ich.

Ella lachte laut und schüttelte ihren Kopf. „Oh, Gott nein. Nichts Derartiges. Kols? Liebe? Das ist ein schlechter Witz." Sie schüttelte ihren Kopf, ihre Schultern zuckten vom unterdrückten Lachen. „Aber ja, nichts Derartiges. Wie auch immer. Die Sangréblute sind als Nächstes dran. Ihre Macht liegt in der Intelligenz. Sie sind sozusagen Experten darin, Spielchen zu spielen." Sie deutete auf das Halsband um meinen Hals. „Das wurde von einem Sangréblut erfunden. Das sieht man an der Magie, von der es umgeben wird."

Ihr nicht allzu subtiler Themenwechsel zurück auf unsere Lektion machte mich neugierig. Ich wollte die Wahrheit darüber, was zwischen Zephyrus und Kolstov vorgefallen war, erfahren, aber ich ließ sie weitersprechen.

„Also sind die Sangréblute unglaublich intelligent", folgerte ich.

„Jepp. Du wirst sie an ihren kahlen Köpfen erkennen. Sie malen diese Muster auf ihre Haut, und je komplizierter das Muster ist, desto mächtiger die Fee. Es ist ihre Art, anzugeben, oder jedenfalls sehe ich das so. Die Kämpferblute haben Muskeln und Narben, die Sangréblute malen wunderschöne Muster auf ihre Köpfe, die Eliteblute schmücken sich mit teuren Juwelen und Roben und die Todesblute lieben ihren Totenkopf-Kram."

„Wie … charmant."

Sie lachte höhnisch. „Ja, Shade ist das größte Arschloch auf dem Campus. Aber vertrau mir, der Rest dieser Spezies ist genauso fies wie er."

„Großartig. Kann es kaum erwarten", sagte ich ausdruckslos.

Sie lächelte. „Ich mag dich. Obwohl mir bewusst ist, dass du nicht bleiben willst, freue ich mich darauf, dich eine Weile hierzuhaben. Du kannst mir dabei helfen, Tray und Kols in Schach zu halten."

„Na ja, ich bezweifle, dass sie auf mich hören werden."

„Oh, ich werde dir beibringen, wie ich sie handhabe", versprach Ella. „Du wirst schon sehen. Zusammen können wir sie zähmen."

Ich bezweifelte es, lächelte aber trotzdem. „Also, was ist mit den Malusbluten?"

„Oh ja, die letzten der fünf Blute. Die Malusblute sind auf Angriffsmagie spezialisiert. Sie sind das Gegenteil der

Kämpferblute. Die Letzteren verteidigen, die Ersteren mögen es, Sprüche auszuüben, die Chaos stiften. Als ich das alles gelernt habe, habe ich sie die *Bösartigen* genannt, um mir einzuprägen, dass ihre Magie gefährlich und oft absichtlich grausam ist."

Okay. Diesen Mitternachtsfeen sollte ich aus dem Weg gehen, sagte ich zu mir selbst. „Kann man sie irgendwie auseinanderhalten? Ich meine, … die Sangréblute werden offensichtlich sein gemäß dessen, was du gesagt hast. Was ist mit den anderen?"

Ihre blauen Augen sahen in meine und ein Grinsen zog auf ihrem Gesicht auf. „Wie wäre es, wenn wir die Lektion heute Abend beim Herbstfeuer weiterführen? So kann ich sie dir zeigen, anstatt nur von ihnen zu erzählen."

„Zephyrus hat ein Feuer erwähnt."

„Ja, es ist eine alljährliche Tradition", erwiderte sie und stand vom Bett auf. „Es ist echt witzig. Aber, wenn ich dir einen Rat geben darf: Trink nichts vom Beezlepunsch. Du wirst es bereuen." Sie begann auf die Tür zuzulaufen. „Ich werde ein paar Sandwiches schmieren, wenn du auch eins willst. Ich bin mir sicher, dass diese Idioten hungrig vom Herumwerfen von Magie sein werden. Du darfst dich uns gerne anschließen, wenn du so weit bist."

AFLORA

Iᴄʜ sᴄʜʟᴏss mich Ella nicht für Sandwiches an, willigte aber ein, mit ihr und Trayton zum Lagerfeuer zu gehen. Kolstov und Zephyrus waren verschwunden. Ob zusammen oder getrennt voneinander wusste ich nicht. Es war mir auch egal.

Oder jedenfalls sagte ich mir das immer wieder.

Es *hätte* mir egal sein sollen.

Sie waren nur zwei heiße Feen, die ihre eigenen Probleme hatten. Das hatte nichts mit mir zu tun. Meine Neugierde darüber, was zum Teufel zwischen ihnen vorgefallen war, verblasste im Vergleich zu meinem Drang, in dieser neuen Welt zu überleben.

Und doch hörte ein Teil von mir immer wieder Ellas

beiläufige Aussage, wie die beiden Männer früher Frauen geteilt hatten.

Es war nicht unüblich im Reich der Feen, dass wir mehr als einen Gefährten hatten – vor allem, wenn eine Fee Zugriff auf mehrere Elemente hatte. Unsere neue Königin hatte Zugriff auf alle fünf Elemente und brauchte darum fünf Gefährten, um ihre immer größer werdende Macht im Zaum zu halten. Und doch war das nicht, was Ella gemeint hatte.

Sie hatte angedeutet, dass sie Frauen zum Spaß teilten.

Und jetzt fragte ich mich, was das beinhaltete. Denn zwischen diesen beiden wunderschönen, starken Männern eingeklemmt zu sein? Ja, das bot ein ziemlich heißes Bild.

Eines, das ich rasch mit Wasser übergoss, weil es nie passieren würde.

Jedenfalls nicht außerhalb meiner Gedanken.

Denn in meinem Kopf spielte es sich definitiv schon ab. Und das musste wirklich, wirklich aufhören, damit ich mich darauf konzentrieren konnte, was Ella neben mir sagte. Etwas von wegen Blutlinien-Farben.

Obwohl allesamt Freizeitklamotten anzuhaben schienen, waren sie alle in ähnliche Farben gehüllt.

„Die Malusblute tragen immer alle Schwarz. Sie tragen nie irgendwelche Farben", sagte sie und deutete mit ihrem Kinn auf eine Gruppe Mitternachtsfeen, die auf einer Seite des Feuers miteinander plauderten.

„Weil wir auf der Akademie sind?", fragte ich. Ich hatte mich für einen der von der Akademie bewilligten schwarzen Röcke und eine weiße Bluse entschieden. Nichts allzu Schickes, aber angemessen fürs Schulgelände. Ella hatte Jeans und ein Tanktop an. Die meisten anderen trugen ihre Umhänge. Die Frauen mit Röcken, Männer mit Anzughosen darunter.

Außer den Elitebluten. Sie alle schienen ihren

Modegeschmack mit einer reichen Auswahl an verschiedenen Farben zur Schau zu stellen. Ich hatte sie beinahe augenblicklich erkannt, weil die Kraft um sie herum waberte. Es erinnerte mich an Kolstov.

„Nein. Sie tragen überall Schwarz, egal zu welchem Anlass und welchem Ereignis. Das ist ihre charakteristische Farbe." Sie zuckte mit den Achseln. „Alle Blutlinien haben eine. Die Todesblute tragen violett. Sangréblute marineblau. Kämpferblute ziehen dunkelgrün vor, wie die Farbe des Leta-Waldes, der die Akademie umgibt. Eliteblute tragen dunkelrot. Und Malusblute ..." Sie deutete mit dem Kinn auf dieselbe Gruppe, schloss damit.

Tragen Schwarz, überlieferte ich. „Wo ist dieser Leta-Wald?", fragte ich und sah mich in der offenen Aue um, hielt nach Bäumen Ausschau. Wir waren nicht mehr in der Nähe der Akademie, aber wir befanden uns auch nicht in einem Wald.

„Hinter den Mauern", erklärte sie. „Wir sind noch immer auf dem Akademiegelände. Aber wenn du durchs Tor mit den Wasserspeiern gehst, wirst du den Leta-Wald schnell finden. Geh nicht allein da rein. Da drinnen haust jede Menge gruseliges Zeug und es ist voll von wilden Knallbäumen." Sie erschauderte, als sie das sagte – was Trayton seinen Mund nach unten verziehen ließ, als er mit einer Art Cocktail anzulaufen kam.

Er reichte ihr einen. „Alles in Ordnung?"

„Ich habe Aflora nur vor dem Leta-Wald gewarnt."

Sein ernster Gesichtsausdruck verwandelte sich in ein wissendes Grinsen und er hielt mir den anderen Becher hin. Ich nahm ihn mit einem leisen Danke entgegen.

„Gern geschehen. Und ja, Ella mag keine Dinge, die nachts ihr Unwesen treiben. Als ich sie zu meiner Gefährtin gemacht habe, wusste ich nicht, dass sie Angst vor Phantomen hatte. Hätte ich das gewusst ..." Er ließ die

LEXI C. FOSS

Aussage in der Luft hängen und Ella stieß ihm einen Ellbogen in die Seite.

„Halt die Klappe. Du bist in dieser Welt aufgewachsen. Ich nicht. Und diese *Phantome* sind total verrückt."

Er zog eine Schulter hoch. „Darum komme ich ihnen nicht zu nahe."

„Ja, ja. Du wirst wohl nie damit aufhören, was?"

„Nein."

Sie rollte mit ihren Augen und sah dann wieder mich an. „Es könnte sein, dass ich in meinem ersten Jahr etwas auf Erkundungstour gegangen bin. Und es könnte sein, dass ich plötzlich von Geisterrittern mit gezogenen Schwertern umgeben war, die nicht greifbar, aber durchaus echt waren. Sie waren nicht erfreut darüber, dass ich in ihr Nest eingedrungen war, oder wie auch immer sie es genannt haben."

„Oase", korrigierte Trayton. „Du hast unseren Wilde-Kriecher-Kurs letztes Jahr total verschlafen, was?

„Nein. Aber eure Welt ist voll von solchen Schein-Viechern. Es ist ganz schön schwierig, die Übersicht zu behalten."

„Mh-hm. Ich glaube –"

Ich ließ meinen Becher fallen, als Shade aus der anderen Richtung erschien, an seiner Seite zwei Mitternachtsfeen. Er sah mir augenblicklich in die Augen. Die Flammen, die uns voneinander trennten, funkelten in seinen eisblauen Augen.

„Grr, dir habe ich so einiges zu sagen", grummelte ich, mehrheitlich zu mir selbst, zumal Shade noch nicht in Hörweite war.

„Was?" Ella runzelte die Stirn.

Trayton ging in die Knie, um meinen Becher aufzuheben. Der Inhalt hatte sich über das schwarze Gras unter unseren Füßen verteilt. Ich hatte nicht einmal einen Moment Zeit, um darüber nachzudenken, wie falsch die

Farbe für *Grün* war. „Aflora?", fragte er und zog eine Augenbraue hoch.

Ich sah aus meinem Augenwinkel, dass das Pärchen mich anstarrte. Ihr Gesichtsausdruck war verwirrt. Bis Trayton meinem Blick folgte. „Oh."

Ja. Oh. „Halt meine Blumen", sagte ich und ging auf meinen jetzt grinsenden Mitternachtsfeen-*Gefährten* zu.

„Ihre Blumen halten?", hörte ich Ella hinter mir wiederholen. „Soll das eine Abwandlung von ‚Halt mein Bier' sein?"

„Vielleicht?", erwiderte Trayton.

Ich blendete sie aus.

Meine Ausdrücke gehörten ganz offensichtlich nicht in dieses Reich. Genauso wie ich nicht hierhingehörte. Aber im Moment konnte ich nichts dagegen tun.

Außer vielleicht diesem Tulpenarsch von Mitternachtsfee in den Hintern zu treten, der mich in diese Situation gebracht hatte.

Er beobachtete, wie ich auf ihn zuging. Belustigung zog auf seinem Gesicht auf. „Hallo, meine Schöne."

Sein Gesichtsausdruck und seine Worte machten mich so wütend, dass ich meine Faust nicht davon abhalten konnte, direkt in sein Gesicht zu fliegen.

Eine Stille kam über die Versammelten, Schock stand den Feen an Shades Seite ins Gesicht geschrieben. Es war mir egal. Ich zog meine Faust zurück, war bereit, ihm nochmal eine reinzuhauen. Doch er packte mein Handgelenk.

Sein Grinsen erstarb und Genervtheit zog auf seinem Gesicht auf. Er benutzte seinen Griff um mein Handgelenk, um mich an seinen muskulösen Körper zu ziehen. „Es scheint, als würdest du eine Lektion darin gebrauchen, wie man einen alten Freund angemessen begrüßt."

„Alter Freund?" Ich lachte schnaubend. „Na, das bist du ganz bestimmt nicht."

Ich winkelte mein Knie an, zielte auf sein Gemächt.

Traf aber stattdessen seinen Schenkel.

Er kniff seine Augen bedrohlich zusammen. „Wer hat dir das Kämpfen beigebracht? Eine Blume?"

Er hüllte mich in eine Rauchwolke, die mir die Luft abschnitt und mir die Sicht nahm. Ich drehte mich im Kreis, versuchte freizukommen, nur um meinen Rücken gegen etwas Hartes gepresst zu spüren. Windend versuchte ich mich zu befreien, aber stahlharte Muskeln schlossen mich von vorne ein. Zwei starke Hände packten meine Hüften und hielten mich an Ort und Stelle.

„Lass mich los!", verlangte ich.

„Dafür ist es zu spät, Prinzessin", erwiderte er mit seinen Lippen an mein Ohr gepresst. „Du gehörst schon mir."

Ich packte seine Schultern – erkannte, dass Shade die Wand vor mir bildete – und versuchte die Oberfläche an meinem Rücken als Hebel zu benutzen, um ihn von mir zu stoßen.

Aber er blieb vor mir stehen, seine Kraft übertrumpfte meine mühelos.

Ein Wimmern stieg in meinen Rachen. Er hatte mich binnen weniger als einer Minute umgarnt, mich in seiner dichten, rauchigen Umarmung gefangen. „Wage es ja nicht, mich nochmal zu beißen", fauchte ich, fühlte mich hilflos und gleichzeitig wütend.

„Du bist auf mich losgekommen, Baby", flüsterte er bedrohlich. „Was für ein Gefährte wäre ich, wenn ich dich nicht angemessen bestrafen würde, hm?"

„Ich werde bereits bestraft, du Weidenstumpf!"

Er lachte und schüttelte seinen Kopf an meinen Hals gelegt. „Aflora, Schätzchen, wir müssen wirklich an deinem Vokabular arbeiten."

Er küsste meine pochende Halsschlagader, sandte einen Schauer an meinem Rücken hinab, der sich in meinem unteren Bauch einzunisten schien.

Nein, kein Schauer.

Ein Zittern.

Eines, das ein seichtes Beben in mir zum Leben erwachen ließ, das mich noch mehr verängstigte.

Denn es bedeutete, dass irgendein kranker und verrückter Teil von mir seine Berührungen genoss.

Ich schloss meine Augen, zwang diese Empfindung, zu verschwinden. Nein. Nein. Nein.

Seine Zähne fuhren über meine Haut, ließen Gänsehaut an meinen Armen aufziehen. „Bitte nicht", flehte ich, und meine Nägel vergruben sich in seinem Umhang.

Wenn er mich nochmal beißen würde, würde das das Band vertiefen. Kolstov hatte gesagt, dass Shade das Band nur angefangen hatte und ein zweiter Biss es besiegeln würde. Dann ein dritter … Ich erschauderte, konnte den Gedanken nicht zu Ende führen, weil ich nicht zulassen durfte, dass er Wirklichkeit wurde.

Oder irgendwas hiervon.

Ich musste ihn aufhalten.

Musste kämpfen.

Entkommen.

Er murmelte etwas, das ich angesichts des Chaos, das in mir herrschte, nicht verstand. Die Schlinge an meinem Hals hielt mich davon ab, meine Erdmagie anzuzapfen. Aber irgendwo tief drinnen hatte ich eine Verbindung zur dunklen Magie − wegen Shade. Ich musste sie nur gegen ihn einsetzen.

Ich stieß mich von der Realität ab und ignorierte den schattigen Smog, der meine Sicht trübte. Ich suchte tief in meinem Kopf nach einer Art Verbindung. Irgendetwas, das nicht dahingehörte. Irgendetwas, das ich *benutzen* konnte.

Seine Zunge glitt an meinem Hals hoch, seine Berührung lenkte meine Aufmerksamkeit kurz zurück auf die Hände an meinen Hüften und die zunehmende Erregung, die sich an meinen unteren Bauch drückte.

Die Flamme in mir flackerte auf, sehnte sich danach, mit ihm auf eine intime Weise zu tanzen, was keiner von uns beiden sich jetzt leisten konnte. Das musste das Band sein. Dieser Drang, mich ihm sexuell hinzugeben und zu tun, was immer er wollte.

Ich spannte meinen Kiefer an, weigerte mich, nachzugeben.

Ich bin stärker als das.

Lass dich nicht von seinen Gedankenspielchen verrückt machen.

Konzentrier dich.

Ich atmete tief ein, tauchte wieder in meine Gedanken ab und suchte verzweifelt nach einem Weg, dem ich folgen konnte. Der mich aus dieser Misere rausführen würde. Denn ihm und diesen unangebrachten Trieben nachzugeben, war keine Option.

Mich noch mehr an ihn zu binden, würde uns beiden schaden. Nicht, dass ihn das zu interessieren schien.

„Ich will dir nicht wehtun, Aflora", murmelte Shade. „Ich weiß, dass ich das habe, aber es war nie meine Absicht."

„Lüge", würgte ich heraus, hin- und hergerissen zwischen dem, was er tat und sagte, und meinem Bedürfnis, zu kämpfen.

„Nein, Schatz. Ich habe dich nie angelogen – und werde es auch nie tun." Er küsste meinen Kiefer, bahnte sich seinen Weg zu meinem Mund hoch.

„Du kannst mich hassen – und das solltest du auch –, aber ich verspreche dir, dass es einen Grund für all das gibt."

„Was für einen Grund?"

„Schicksal", erwiderte er kryptisch, bevor er seine Lippen auf meine legte.

Ich weigerte mich, sie für ihn zu öffnen.

Weigerte mich, ihn zurückzuküssen.

Weigerte mich, in seine lustvolle Falle zu tappen.

Er ergab keinen Sinn. Hatte mein Leben ruiniert. Gab mir keine Details darüber, was er wollte. Und jetzt hatte er mich gegen einen Baum oder gegen eine Wand gedrückt, umgeben von seiner zähen Essenz, durch die ich nicht blicken konnte. Waren wir noch beim Lagerfeuer? Oder komplett woanders? Er schien sich teleportieren zu können – in Ergänzung zu seiner Fähigkeit, meine Gedanken zu kontrollieren.

Zu was war er sonst noch fähig?

Zur Hölle, war das hier überhaupt real?

Ich hatte diese Woche beinahe jede Nacht von ihm geträumt, war in verschiedenen Stadien meines Orgasmus erwacht. Allesamt durch seinen Mund und seine Hände herbeigeführt. Waren diese Träume eine Reaktion auf seinen Biss? Oder manipulierte er mich?

Ich hasste es, dass ich es nicht wusste.

Hasste noch mehr, dass ich nicht wusste, wie ich ihn aufhalten sollte.

Seine Zunge glitt über meinen versiegelten Mund, wollte Einlass.

Ich verweigerte.

Sein Griff um meine Hüften verstärkte sich, was mich zusammenzucken ließ. Ich griff nach seinem Nacken und vergrub meine Nägel als Antwort darauf in seine Kopfhaut, musste ihm irgendwie wehtun.

Aber alles, was das bezweckte, war, dass er an meine Lippen gelehnt grinste. „Ich liebe es, dass du nicht nachgibst", gab er leise zu. „Es beweist, dass du von Anfang an die richtige Wahl warst. Eine einfache Gefährtin würde mich unheimlich langweilen."

„Ich bin eine *unwillige* Gefährtin", fauchte ich „Du –"

Er machte sich meine scharfe Antwort zunutze und ließ seine Zunge in meinen Mund gleiten, raubte mir den Atem. Ich biss beinahe darauf, doch dann erinnerte ich mich daran, was das in meinen Träumen anrichtete. Sein Blut brachte mich um den Verstand.

Nein.

Ihm zu gestatten, mich zu küssen, ergab mehr Sinn.

Aber ich wollte nichts hiervon, auch wenn mein Körper sich nach seinen Berührungen zu sehnen schien.

Ich wandte mich wieder meiner inneren Suche zu, navigierte durch das komplexe Netz meiner Gedanken, suchte nach irgendetwas, das nicht dahingehörte. Als ich nichts fand, tauchte ich in meine Seele ab, suchte verzweifelt nach dem Band zu meiner Erde.

So dunkel.

Schwarz.

Falsch.

Moment mal, was ist das? Ein himmelblaues, funkelndes Licht erhaschte meine Aufmerksamkeit, zog mich an. Es führte in den dunklen Abgrund, begann zu glitzern, als ich näherkam. Ich zog am Strang und folgte ihm in die Untiefen meiner Seele.

Ein Schaudern überkam mich, gefolgt von einer warmen Welle, als Shade unsere Liebkosung vertiefte. Sosehr ich ihn auch hasste, musste ich zugeben, dass der Mann wusste, was er mit seiner Zunge machte. Ich konnte nicht anders, als darauf zu reagieren. Mein Körper drückte sich an seinen, als würde er von einem Faden hochgezogen.

„Ich hasse dich", murmelte ich an seinen Mund gepresst.

„Das hast du bereits gesagt", erwiderte er. „Und ich habe zugegeben, dass ich mich selbst dafür hasse, was ich dir antun musste."

„Und doch sagst du mir nicht, warum."

„Weil ich nicht kann." Er legte seine Lippen wieder auf

meine, beendete unser Gespräch damit, und ließ seine Hände an meinen Seiten hochgleiten, als würde er meinen Körper zum ersten Mal berühren. Und vielleicht tat er das auch. Ich konnte wirklich nicht sagen, ob er meine Träume besuchte oder sich das alles nur in meinem Kopf abspielte.

Ich konnte nicht einmal abschätzen, ob das hier wirklich geschah oder nicht.

Das himmelblaue Glimmern zog mich tiefer hinab, teilte meine Aufmerksamkeit zwischen Shades Berührungen und dem mysteriösen Rätsel in meiner Seele auf. Etwas entwirrte sich. Eine Art Locke, die ich mit dieser merkwürdigen Schwade aus wunderschönem Blau zu verformen schien.

„Ich kann das spüren", flüsterte Shade. „Was auch immer du da machst."

Ich blendete ihn aus.

Er konnte nicht so tief in meiner Seele sein. In den dunkelsten Tiefen meines Wesens tanzen.

„Wir sind Gefährten", ergänzte er. „Mein Biss hat uns für die Ewigkeit zusammengeschlossen. Je eher du das akzeptierst, desto besser."

„Ich bin keine Mitternachtsfee", erwiderte ich und war wieder verärgert.

„Bist du dir da sicher?", konterte er und ich blinzelte ihn an.

Der Rauch war verflogen, sodass ich seine azurblauen Augen sehen konnte. *Ich bin gegen einen Baum gepresst*, dachte ich, konnte endlich meine Umgebung sehen. Wir waren nicht mal in der Nähe des Feuers.

Also entweder hatte er uns teleportiert oder ich befand mich wieder in einem Traumzustand.

„Lass mich los, Shadow."

„Ich kann nicht."

„Das scheint dein Lieblingssatz zu sein", erwiderte ich kühl. „Du kannst mir nicht sagen, warum du mich gebissen hast. Du kannst mich nicht loslassen. Du kannst nicht erklären –"

„Du redest zu viel." Er küsste mich erneut, was mich frustriert grummeln ließ.

Das himmelblaue Band in meinen Gedanken spannte sich plötzlich an, woraufhin ich mich versteifte, bevor eine Welle der Kraft über meine Haut fuhr. Shade flog zurück, landete mit weit aufgerissenen Augen ein paar Meter entfernt auf seinem Po.

Und der Baum hinter mir verwandelte sich in Asche.

Ich sah die hellblauen Flammen, die in meinen Händen tanzten, an, und erschauderte, als sie verschwanden.

„Was zum Teufel war das denn?!", wollte eine scharfe Männerstimme wissen.

„Ihre Kraft, die erwacht ist?", war die gedehnte Antwort.

Ich wirbelte herum und erblickte Kolstov, der mich anfunkelte, und Zephyrus, der gegen einen anderen Baum gelehnt war. „Das war nicht meine Absicht", sagte ich. Ein seichtes Flehen wohnte meiner Stimme inne. „Ich wollte nur, dass Shade mich loslässt."

„Na, es hat jedenfalls funktioniert." Zephyrus schien amüsiert.

Kolstov ganz und gar nicht.

Und Shade, wie es schien, auch nicht, als er sich vom Boden aufraffte, um sich neben mich zu stellen. „Fass sie noch einmal an und ich werde dich verdammt nochmal alle machen."

Ich blinzelte, war überrascht, wie beschützerisch Shades Tonfall war. Er hatte mich vor nur wenigen Momenten geneckt, hatte sich geweigert, irgendetwas zu erklären, und mich ohne meine Erlaubnis geküsst.

Jetzt wollte er sich für mich stark machen? Wie lächerlich.

„Versuchs ruhig", erwiderte Kolstov und verschränkte seine Arme. „Du bist geschwächt und allein."

Shade hob seine Arme hoch und lederne Handfesseln kamen zum Vorschein. „Oh, du meinst die hier?" Die Bänder verschwanden einen Augenblick später. „Ja, die habe ich deaktiviert, sowie Chern sie mir angelegt hatte. Aber danke für die Accessoires."

Energie schwirrte um Kolstov, sein Gesichtsausdruck donnernd. „Hast du einen Todeswunsch, Todesblut?"

„Soll das eine Art Oxymoron sein?", fragte Shade gelassen. „Denn dann musst du direkter sein. Ich habe eine Menge meiner Sprachlektionen in den letzten paar Jahren geschwänzt. Na ja, die und andere Lektionen."

„Deine Arroganz wird dich noch umbringen."

Shade grinste. „Ach wirklich? Gut zu wissen."

„Kann mir irgendjemand sagen, was gerade passiert ist?", fragte ich, unterbrach ihren kleinen, von Testosteron erfüllten Streit. „Warum bin ich blau geworden?" Das Feuer hatte sich gelegt, aber ich spürte es durch meine Adern kursieren. Es wartete darauf, dass ich es wieder hervorrief.

„Blau?", wiederholte Kolstov. „Ich habe violett gesehen."

Zephyrus runzelte die Stirn. „Und ich rot."

Die beiden Männer tauschten einen Blick aus, und Shade sah auf mich herab. „Blau?", fragte er leise, sein Tonfall jetzt anders als noch gerade eben mit den anderen Männern.

„Ja. Ein helles Blau."

„Du meinst ein hellblauer Ton?"

Ich nickte.

„Interessant", sinnierte er, sah wieder zu Kolstov. „Werden wir Probleme kriegen?"

„Wir haben bereits eines", erwiderte der Prinz knurrend. „Du hast sie gegen ihren Willen gebissen."

„Hat sie das gesagt?", erwiderte er und klang viel zu amüsiert. „Na ja, sie könnte recht haben. Aber unsere

Gesetze machen sie trotzdem zu meinem Besitz. Faszinierend, wie das funktioniert, oder?" Sein Lächeln war boshaft. „Es ist deine Familie, die auf diese archaischen Regeln pocht, Kolstov. Wir können nicht einfach die Regeln brechen, oder?"

Kolstov schien drauf und dran, Shade umzubringen.

Aber seine Worte gingen mir im Kopf herum.

Kolstovs Familie erlaubt den Männern, Frauen auf die Art an sich zu binden, wie Shade es getan hat? Ohne irgendwelche Konsequenzen? Warum?

„Feen der Elemente wählen ihre Gefährten", sagte ich. „Das ist eine weitaus bessere Praxis. Und ich werde meinen auserwählen."

Shade lachte mit gutmütigem Gesicht. „Das ist ein bezaubernder Gedanke, aber nicht anwendbar in unserer Welt. Du gehörst mir bereits, Aflora."

„Ich gehöre gar niemandem."

Er packte mich an meinem Nacken, zog mich an sich. „Streite es nur weiter ab, Baby. Das macht unseren Tanz umso interessanter." Er drückte mir rasch einen Kuss auf, bevor er mich losließ und wieder Kolstov anblickte. „Also … Ich werde noch einmal fragen … Werden wir ein Problem kriegen? Denn sie gehört mir und ich beschütze, was mir gehört."

„Ich brauche deinen Schutz nicht", korrigierte ich ihn. „Ich habe Schlimmeres als das hier überlebt und ich werde weiterhin überleben, vielen Dank auch."

Er blendete mich aus.

Genauso wie Kolstov.

Eine merkwürdige Konversation schien sich zwischen den beiden Männern abzuhandeln.

„Das war eine kleine Explosion von Kraft", sagte Kolstov einen Augenblick später. „Es wird keine Konsequenzen für sie haben."

„Gut." Shades Schultern schienen sich etwas zu entspannen, was andeutete, dass er angespannter gewesen war, als mir aufgefallen war.

„Warum sollte ich dafür bestraft werden, dass ich mich verteidigt habe?", fragte ich verwirrt.

„Normalerweise würdest du das nicht. Aber nichts an deinen Umständen ist normal. Jedes Anzeichen darauf, dass du dich in eine Abscheulichkeit verwandeln könntest, wird notiert und vom Rat beurteilt werden." Kolstov sah mich mit hochgezogener Augenbraue an. „Ich glaube nicht, dass ich dir sagen muss, was passieren wird, sollten sie entscheiden, dass du zu mächtig geworden bist wegen dieses Gefährtenbands."

Ich schluckte trocken. *Oh.*

„Na, das war echt unterhaltsam", unterbrach Shade. „Aflora und ich werden jetzt gehen."

Moment mal, wie bi–

„Nein." Zephyrus stieß sich vom Baum ab. Er sah noch immer gelangweilt und doch irgendwie nervös aus. „Ich werde sie zurück zu den Elitebluten bringen, zumal sie unter meinem Schutz steht."

„Ach ja? Und wer beschützt sie vor Kolstov, falls er eine königliche Entscheidung über ihr Leben fällt?", konterte Shade.

„Vielleicht hättest du dir das vorher überlegen sollen – bevor du ihr Leben aufs Spiel gesetzt hast, um dein eigensüchtiges Bedürfnis zu stillen", erwiderte Zephyrus und ging der Frage aus dem Weg. „Lass uns gehen, Aflora."

Ich starrte sie alle drei an und schüttelte meinen Kopf. „Ähm, nein. Danke auch. Ich werde allein zurückfinden, vielen Dank auch."

Ich machte auf meinem Absatz kehrt, lief auf – ähm – die Dunkelheit zu. Dann wirbelte ich wieder herum. Eine dicke tiefschwarze Wand blockierte meine Sicht. Nicht, weil

Shade mit meinen Gedanken spielte, sondern weil er uns an einen Ort gebracht hatte, an dem es nur wenig Licht gab.

Als ich mich umdrehte, erblickte ich drei amüsierte Augenpaare.

„Hast du dich verlaufen, Schätzchen?", fragte Kolstov.

Ich spannte meinen Kiefer an. „Sagt mir einfach, in welche Richtung ich gehen soll."

Sobald ich das gesagt hatte, bemerkte ich, wie dumm meine Aussage gewesen war.

Auch wenn sie in eine gewisse Richtung zeigten, konnte ich mich nicht darauf verlassen, dass sie mir die Wahrheit sagten. Mit meinem Glück würde ich in diesem Leta-Wald enden, den Ella vorhin erwähnt hatte. Oder sogar an einem noch schlimmeren Ort.

Ich knirschte mit den Zähnen, gab nach und wandte mich wieder Zephyrus zu. „Na gut. Bring mich zurück."

Seine Mundwinkel zuckten freudig, als würde ihn mein Untergang belustigen.

Mistkerl.

„Hier lang, *Prinzessin*", sagte er und deutete auf einen Weg hinter sich.

Ich erwiderte nichts und sah die anderen Männer auch nicht an, folgte dem Direktor nur wortlos.

Vielleicht würden Shade und Kolstov sich in meiner Abwesenheit umbringen.

Man darf ja noch träumen, dachte ich. Dann verzog ich das Gesicht, als ich realisierte, dass alles, was Shade mir heute Abend angetan hatte, echt war.

Und mit meinem Glück würde es vermutlich weitergehen, sobald ich meine Augen schloss.

„Dieses Reich ist doof", grummelte ich zu mir selbst.

„Ätzt", korrigierte Zephyrus. „Oder du könntest auch sagen, dass es beschissen ist."

„Was?"

„Sieh es als eine Sprachschatzübung", sagte er über seine Schulter. „Immerhin bin ich ein Direktor."

Ich rollte mit meinen Augen. „Ja, du bist ein sagenhafter Lehrer."

Eine Sekunde lang schien er beinahe amüsiert über meine Sottise.

Aber das verging im nächsten Moment und sein üblicher stoischer Ausdruck zog auf seinem Gesicht auf.

„Tu mir einen Gefallen, Aflora. Versuch morgen in der Schule nicht zu explodieren. Noch so eine Zurschaustellung von Macht könnte dein Todesurteil sein."

Damit führte er mich, ohne ein weiteres Wort zu verlieren, zurück in Kolstovs Suite.

Zehn Minuten später ließ er mich im Wohnzimmer zurück und ich fühlte mich einsamer als jede Nacht zuvor in dieser Woche.

Denn seine Worte waren eine nicht allzu subtile Warnung gewesen. Eine, die mir sagte, dass mein Leben hier in Gefahr war. Etwas, das ich bereits gewusst hatte – und doch stach die Realität.

Wie sollte ich eine Macht kontrollieren, über die ich nichts wusste?

Und was noch schlimmer war … Was, wenn ich sie nicht kontrollieren könnte?

KOLS

„HAT SIE GEFRAGT, wie wir sie gefunden haben?", fragte ich, als ich Zephs Suite, ohne anzuklopfen, betrat. Sein Wasserspeier hatte keine Miene verzogen, was mir sagte, dass ich willkommen war.

Zeph bestätigte meine Annahme, als er mit zwei Flaschen Bier ins Wohnzimmer trat. Er schmiss mir eine davon zu und ich fing sie am Flaschenhals ab.

„Aflora war zu eingenommen von ihrer Kraftexplosion, um Fragen zu stellen", erwiderte er und ließ sich auf einen Fernsehsessel im Zimmer plumpsen. „Wenn sie später darüber nachdenkt, wird sie vermutlich annehmen, dass wir ihr vom Lagerfeuer gefolgt sind."

Das war nicht unbedingt zu weit entfernt von der

Wahrheit. Als ihr Positionsangeber den Ort gewechselt hatte, hatte ich gewusst, dass etwas passiert war. Trays Textnachricht hatte das bestätigt, als er sagte, dass Shade einen Rauchspruch benutzt hatte, um sie vom Lagerfeuer wegzuholen. Dieser Mistkerl konnte sich ganz offensichtlich nicht an die Regeln halten. Er hatte nicht nur seine Fesseln gelöst – etwas, zu dem er nicht hätte imstande sein sollen –, er hatte auch mit Aflora interagiert, obwohl man ihm ausdrücklich gesagt hatte, sie in Ruhe zu lassen.

„Ich sollte ihn melden", sagte ich, bezog mich dabei auf Shade.

Zeph nahm den Deckel von seinem Bier ab und nahm einen langen Schluck, sein Rachen bewegte sich mit jedem Schlucken. „Das würde nicht viel bringen."

Ein paar Meter entfernt von seinem Stuhl an eine Wand gelehnt, seufzte ich. „Ich weiß." Wenn ich Shade anzeigen würde, würden sie ihn vielleicht verweisen. Dann würde er nur in den dunklen Ecken des Campus verweilen. „Was treibt er für ein Spielchen mit ihr?"

Zeph stellte seine Flasche beiseite, sein Gesichtsausdruck nachdenklich. Ich hatte diese Seite an ihm beinahe vergessen angesichts der ganzen Feindseligkeit, die er mir in den letzten paar Monaten entgegengebracht hatte. Ein Teil von mir hoffte, dass unsere Prügelei bedeutete, dass wir uns endlich auf dem Weg zur Besserung befanden. Der andere Teil von mir wusste es besser.

Es würde nie wieder wie früher zwischen uns werden.

„Du hast wirklich violette Flammen gesehen?" Er sah mich an.

„Ja, die Art, die man von einem Todesblut erwarten würde." Sie hatten geleuchtet und violett gefunkelt.

„Na, ich habe rot gesehen – wie die Flammen, die du heraufbeschwörst."

Wir sahen einander stirnrunzelnd an. „Und sie hat sie als

himmelblau beschrieben. Was unmöglich ist. Keine Mitternachtsfee brennt hellblau."

„Vielleicht hat sie marineblau gemeint, wie ein Sangréblut?"

„Wie zum Teufel wäre das überhaupt möglich?"

„Keine Ahnung, aber sie ist alles andere als normal. Könnte es von ihrer elementaren Kraft stammen?", schlug Zeph vor.

Ich öffnete meine Flasche und nahm einen großen Schluck davon, während ich darüber nachdachte. Dann schüttelte ich langsam meinen Kopf. „Sie ist eine Erdfee, keine Feuerfee. Die Flammen sind an das Erwachen ihrer Verbindung zur dunklen Magie gebunden."

„Was darauf hindeutet, dass ihr Gefährtenband mit Shade sie wirklich in eine Abscheulichkeit verwandelt", fügte Zeph an.

Wir beide wurden still. Ich trank mein Bier, Zeph schob seines mit seiner nachdenklichen Art auf dem Tisch herum.

„Scheiße, das ist nicht gut", sagte ich schließlich. „Das ist überhaupt nicht gut."

„Wirst du es melden?"

Ich nickte. Dann schüttelte ich meinen Kopf. „Ich weiß nicht, was zum Teufel ich tun soll. Es könnte immer noch vorübergehend sein. Vielleicht hat sie die wenige Kraft, die sie besitzt, ausgestoßen und wird jetzt wieder normal." Ich hörte die Lüge in meinen Worten, sah die Bestätigung dafür in Zephs Gesicht.

„Es sieht dir nicht ähnlich, dich dumm zu stellen, Kols."

Kols. Nicht Prinz Kolstov oder Kolstov, sondern Kols. Er hatte meinen Spitznamen seit Monaten nicht mehr benutzt. Ich nahm einen weiteren Schluck, um nichts Blödes zu sagen oder ihn die aufflackernde Hoffnung, die dieses Wort mir geschenkt hatte, sehen zu lassen.

Wir konnten nicht zu den alten Zeiten zurückkehren,

wieder wie früher sein – aber ich war nicht davon abgeneigt, nach vorne zu blicken.

Zeph war es gewesen, der allen Kontakt abgebrochen hatte.

Nicht ich.

„Ich weiß, dass du sie ficken willst – genauso wie du jede andere heiße, unerreichbare Frau, die dir über den Weg läuft, ficken willst", ergänzte er, ruinierte damit den Moment. „Aber das sollte dich nicht davon abhalten, zu tun, was du tun musst. Fick sie einfach und bring sie dann um."

Eine kaltblütige Vorgehensweise. Obschon ich wusste, dass er es nicht so meinte. Jedenfalls nicht vollständig. Zeph dachte logisch. Und für ihn erschien es praktisch, Lust zu erfahren, bevor man seine Pflicht tat.

Aber nichts an dieser Aufgabe war praktisch.

„Ich kann nicht einfach die letzte königliche Erdfee töten", erinnerte ich ihn. „Und vielleicht ist meine Vorgehensweise naiv, aber ich muss darauf hoffen, dass diese Vermischung von Kraft einfach weggehen wird."

„Falsch. Was du tun solltest, ist, dich auf das Unvermeidliche vorzubereiten. Ihre Kraft wächst. Ich habe sie die ganze Woche lang beobachtet und sie wird nicht schwächer. Sie wird stärker. Beinahe so, als hätte Shades Biss einen Schalter in ihr umgelegt. Etwas stimmt nicht, und ihre kleine Machtentfaltung heute Nacht beweist das auch."

Er griff nach seiner Flasche und leerte sie mit ein paar großen Schlucken. Dann hielt er seine Hand über das Glas, füllte es mit einem gemurmelten Zauberspruch wieder auf.

Ich zog mein Handy hervor, drückte auf die App, die mit Afloras Tracker verbunden war, und sah, dass sie nebenan war. Sie hatte noch nicht versucht, zu fliehen, was mich ein bisschen bewundern ließ. Es deutete an, dass sie ihre Feen über sich stellte. In ihrem derzeitigen Zustand zurückzukehren, würde das Gleichgewicht stören. Und sie wäre dort auch nicht sicher, zumal die Feen der Elemente vor Kurzem eine wahnsinnig gewordene Abscheulichkeit getötet hatten. Sie würden ihre Rückkehr nicht begrüßen.

Vielleicht war es also nicht, dass sie ihre Feen über sich selbst stellte, sondern ihr Überlebensinstinkt, der einsetzte.

So oder so, die intelligente Entscheidung, hierzubleiben, machte sie in meinen Augen nur noch attraktiver. Was die komplett falsche Entwicklung war, weil ich nicht daran denken konnte – und nicht sollte –, Aflora zu ficken.

Sie war eine verbotene Frucht.

Tabu.

Wie Zeph bereits gesagt hatte ... *Unerreichbar.*

Ja, ich konnte nicht bestreiten, dass ich vorhin den Drang verspürt hatte, sie zu küssen. Was ganz nebenbei Shade wütend gemacht hätte. Dieses Arschloch hatte sich in Rauch aufgelöst, bevor ich ihm meine Meinung hatte geigen können. Aber ich spürte seine verweilende Präsenz bis zu meinem Gebäude, was darauf hindeutete, dass er Aflora gefolgt war.

„Es scheint ihm was an ihr zu liegen", sinnierte ich.

„Wem?"

„Shade", sagte ich. „Er ist dir und Aflora bis zur Elite-Residenz gefolgt."

Zeph dachte einen Moment lang nach, dann zuckte er mit der Schulter. „Ich glaube, seine Besorgnis gilt eher dem Band als ihr. Wenn ihr etwas zustößt, wird er für die Ewigkeit Schmerzen erleiden."

„Vielleicht hätte er daran denken sollen, bevor er sie gebissen hat", grummelte ich.

„Das ist wahr, aber ich glaube, hinter dem Ganzen steckt ein größerer Plan."

Zeph stellte seine fast noch volle Flasche ab und stemmte seine Arme auf seine Beine. „Versteh mich nicht falsch ...

Shade ist ein Mistkerl, aber dieses Arschloch tut nichts ohne Grund."

„Ich weiß ja nicht. Er scheint die ganze Zeit über Dinge zu tun, nur um andere zu verärgern", murmelte ich. „Das ist ein Aspekt, der ihn zu so einem Arschloch macht."

„Ja, aber das sind kleine Dinge. Sich eine Fee der Elemente als Gefährtin zu nehmen – vor allem Aflora – ist eine fatale Entscheidung für ihn und sie. Warum würde er das tun? Es muss mehr dahinterstecken, als nur seinen Vater verärgern zu wollen … Oder deinen Vater … Oder den Rat. Er führt etwas im Schilde."

Was uns zurück zur anfänglichen Frage bringt, dachte ich und erinnerte mich daran, wie unser Gespräch angefangen hatte. „Etwas sagt mir, dass wir es nicht wissen werden, bis sein Plan sich erfüllt."

„Genau darum schlage ich vor, dass du nichts sagst und beobachtest. Lass uns sehen, was er mit ihr macht."

„Du willst die königliche Fee der Elemente als Köder benutzen?"

Er streckte seine Handflächen in die Höhe. „Shade hat ihr Todesurteil unterzeichnet, als er sie gebissen hat, und wir beide wissen das auch. Dieses ganze Beobachtungsspiel ist nur dazu da, um ihre Ermordung rechtfertigen zu können. Wir können genauso gut herausfinden, was zum Teufel Shade im Schilde führt, und die kurze Lebensdauer, die sie noch hat, ausnutzen."

Ich stieß ein freudloses Lachen aus. Seine Worte glichen wiederholten Schlägen in die Magengrube. „Du bist ein eiskalter Mistkerl. Das weißt du, oder?"

„Ich denke nur pragmatisch. So bin ich nun mal."

„Ja, und obwohl du gut darin bist, könntest du einen

Moment lang in Betracht ziehen, dass sie ein lebendiges Wesen ist und keine Schachfigur."

Technisch gesehen, ist sie eine zukünftige Königin, korrigierte ich mich. *Weitaus wichtiger als nur irgendeine Schachfigur.*

„Shade hat sie in diesen Schlamassel reingeritten, nicht ich. Ich könnte Mitleid mit ihr haben oder aber ich kann sicherstellen, dass er nie wieder so etwas tut. Ich bin für Letzteres. Du solltest es auch sein."

„Es ist nicht so schwarz und weiß, Zeph."

„Warum nicht? Weil du sie ficken willst? Dann steck deinen Schwanz in sie, sättige deine Lust und mach weiter. Darin bist du am besten."

Ich knackte mit meinem Kiefer, als ich den bissigen Kommentar vernahm. „Aha, und du bist überhaupt nicht daran interessiert, sie zu ficken?" Ich wusste, dass dem so war, denn ich hatte den interessierten Funken in seinen Augen bemerkt, als er sie angesehen hatte. Oh, er verbarg es gut, aber ich kannte ihn besser, als er mir zugestand. Ein paar Monate getrennt voneinander änderten nichts daran.

Außerdem standen wir beide auf einen gewissen Typ Frau, und Aflora erfüllte all unsere Ansprüche in höchstem Maße. Zudem stellte sie eine der größten Herausforderungen dar, der ich je begegnet war. Vorwiegend, weil mit ihr zu flirten ähnlich war, wie mit dem Tod zu tanzen. Eine falsche Bewegung und wir würden neben ihr auf der Schlachterbank landen. Was sie nur noch attraktiver machte, zumal das dem Ganzen ein Hauch von Gefahr verlieh.

„Um das geht es jetzt nicht", sagte er mit tiefer werdender Stimme.

Ich zog meine Mundwinkel hoch. „Du hast recht. Wir müssen auch nicht darüber reden. Ich weiß bereits, dass du sie willst. Und du hast es angesprochen – zweimal –, nicht ich. Ich werfe den Ball nur zu dir zurück. Wenn du sie teilen willst, sag es einfach."

„Hör auf."

„Warum? Weil ich deine Grenzen austesten werde?", neckte ich. „Weil deine Position als Direktor eine bereits gefährliche Situation noch verbotener macht?"

Funken sprühten in seinen grünen Augen. Entweder hatte ich ihn gerade ganz schön verärgert oder ihn echt heiß gemacht. Vermutlich beides.

Zeph genoss harten Sex.

Wut war sein Aphrodisiakum.

Zu kämpfen, war Vorspiel für ihn.

Und wir hatten in den vergangenen Monaten oft gekämpft. Mental und physisch.

Unser Streit von vorhin simmerte zwischen uns. Er hatte ein paar gute Treffer gelandet, aber ich genauso, und wir beide waren wütend und innerlich etwas verletzt davon. Darum war ich auch nicht zum Lagerfeuer gegangen. Aber die Mitteilung auf meinem Handy, aktiviert durch Afloras Halsband, hatte mich dazu gebracht, vor Zephs Tür zu erscheinen. Dann hatte Trays Nachricht uns beide dazu veranlasst, loszuziehen.

Jetzt waren Zeph und ich wieder allein.

Zwei Jahrzehnte voller Erfahrungen hingen zwischen uns.

Fünf Jahre davon hatten wir mit mehreren Frauen unter demselben Laken verbracht – und manchmal nur zu zweit.

Ich datete nicht und hatte auch keine Freundinnen. Aber Zeph war immer meine Konstante gewesen.

Bis vor sechs Monaten, als wir die falsche Frau verführt hatten. Sie hatte die sexuelle Ablenkung dazu benutzt, um zu versuchen, mich zu benutzen und sich meine Kräfte zunutze zu machen ... Und sie hatte eine Menge Schaden angerichtet.

Es erübrigt sich, zu sagen, dass mein Vater nicht erfreut

über das Resultat oder Zephs Unfähigkeit ‚mich angemessen zu beschützen' gewesen war.

Und hier waren wir.

„Du musst gehen", sagte Zeph schließlich, seine Hände zu Fäusten geballt. „Sofort."

„Nein." Was wir tun mussten, war, die Sache ein für alle Mal aus der Welt zu schaffen. Sechs Monate waren lange genug gewesen. „Was soll ich denn tun, Zeph? Mich nochmal entschuldigen? Dir versprechen, dass ich es wieder hinbiege? Denn ich habe bereits beides getan. Was kann ich noch tun? Willst du, dass ich dir die ganze Nacht den Schwanz lutsche? Dich mich von hinten nehmen lassen? Aflora für uns verführen? Einen Menschen finden, der gut zwischen uns passt? Sag mir, was ich tun kann, um es wieder zu richten."

„Du kannst es verdammt nochmal nicht wieder richten. Du hast mich für *deine* Entscheidungen den Kopf hinhalten lassen."

„Ich habe meinem Vater gesagt, dass ich sie ausgesucht und in unser Bett eingelassen habe. Er hat dir vorgeworfen, dass du sie nicht durchleuchtet hast. Was irgendwie dein Job ist als mein Wächter."

Er kniff seine Augen zusammen. „Er hat mich vor dem ganzen verdammten Königreich denunziert – wegen eines Fehlers, für den wir beide zu gleichen Teilen verantwortlich waren."

Ich zuckte zusammen, als ich mich an die Herzlosigkeit meines Vaters erinnerte. Denn, ja, er war in dieser Angelegenheit ein unglaubliches Arschloch gewesen. Dann hatte er sich umgedreht und mir gesagt, dass ich verdammt nochmal erwachsen werden sollte. „Wir haben an jenem Tag beide gelitten."

„Und doch besteigst du noch immer den Thron, während ich hier als Direktor verbleibe. Und sag mir nicht, dass du etwas daran ändern wirst. Ich will keine Gefallen von dir."

„Du bist mein bester Freund, du Mistkerl. Es ist kein Gefallen. Niemand kann dich als meinen Wächter ersetzen. Ich weigere mich."

Er verzog seinen Mund zu einem barschen Grinsen. „Na ja, ich kann und werde mich weigern, die Position anzunehmen."

Ich grinste genauso schroff zurück. „Du kannst es versuchen, Zeph. Aber wir beide wissen, dass mein Wort Gesetz sein wird."

„Was dich genauso wie *ihn* macht", schoss er zurück. „Du musst so stolz auf dich sein."

Scheiße, ich hasste es, wenn Zeph die Rolle des Arschlochs einnahm. „Ich bin nicht wie mein Vater."

„Dann beweise es und hör auf, damit zu drohen, andere in eine Lage zu bringen, in der sie nicht sein wollen."

Mir fiel beinahe Flasche aus der Hand, seine Worte trafen mich schwer. „Du willst wirklich nicht mehr mein Wächter sein." Es war keine Frage, sondern eine Aussage. „Alles nur wegen einer schlechten Erfahrung?"

„Es war mehr als eine schlechte Erfahrung, und das weißt du auch. Wir waren rücksichtlos und dumm, und Feen haben ihr Leben verloren, als dieses Miststück deinen Zugriff auf die Quelle angezapft hat. Wie kannst du dich deswegen nicht schuldig fühlen?"

Ich öffnete meinen Mund, schloss ihn aber wortlos wieder. Denn plötzlich verstand ich.

Es ging nicht darum, mich zu bestrafen, sondern darum, sich selbst für einen Fehlschlag zu bestrafen, für den er sich verantwortlich fühlte.

„Diese Frauen sind wegen Dakota gestorben, nicht wegen dir oder mir."

„Du bist echt naiv, wenn du das glaubst. Es ist deine

Pflicht gegenüber dem Reich der Mitternachtsfeen, diesen Zugriff zu beschützen, und das hast du nicht. Genauso wie es meine Pflicht war, dich zu beschützen. Und ich habe versagt, als ich dieses Miststück in dein Bett gelassen habe." Er stieß sich aus seinem Sessel und rollte seinen Nacken. „Ich bin für heute fertig. Du bist dran mit Babysitter spielen. Ich gehe eine Runde laufen."

„Zeph –"

„Nein." Er ließ mich mit einem wütenden Gesichtsausdruck verstummen. „Ich bin fertig, Kolstov. Absolut fertig. Es ist an der Zeit, dass du das begreifst und weiterziehst." Er rauschte an mir vorbei, ging auf die Tür zu und sah nicht einmal zurück, bat mich nicht einmal darum, zu gehen. Stattdessen ging er. Seine wütende Aura fraß sich noch immer durch die Luft, selbst nachdem er fort war.

Aber zum ersten Mal seit Monaten wusste ich, warum.

Er war nicht wütend auf mich.

Er war wütend auf sich selbst.

Nein, er war wütend auf *uns*. Wegen all dem Leid, das wir verursacht hatten. Und obwohl ich die Schuldgefühle und Verantwortung wegen dem, was passiert war, verstand, wusste ich auch, dass es nichts brachte, der Vergangenheit nachzuhängen.

Stattdessen lernte ich aus meinen Fehlern.

Ich hatte, bevor es passiert war, kaum Mitternachtsfeen gefickt, und jetzt würde ich das nie wieder.

Nur Menschen.

Und ich hatte fest im Sinn, es dabei zu belassen, auch nachdem ich mich mit Emelyn verbinden würde.

Ich erschauderte beim Gedanken an sie und unsere verflochtenen Schicksale. Sie nicht zu ficken, würde das Einfachste der Welt sein.

Anders als Aflora …

Ich zog mein Handy erneut hervor, sah, dass sie noch

immer nebenan war. Vermutlich lag sie im Bett. Es wäre ein Einfaches gewesen, sich ihr anzuschließen und sie als Ventil für meine zunehmende Frustration zu benutzen.

Aber angesichts ihrer stärker werdenden Kräfte war es möglich, dass auch sie meine Quelle anzapfen könnte.

Was sie unter die Kategorie ‚*Wird nie passieren*‘ fallen ließ, wo sie auch hingehörte.

„Scheiße", murmelte ich und rieb mir mit der Hand übers Gesicht.

Ich stellte meine Flasche in Zephs Spülbecken und umklammerte den Tresen.

Ein Ventil wäre jetzt bitter nötig. Anstatt rumzuficken, wie ich es diese Woche hatte tun wollen, hatte ich den Großteil meiner Zeit mit Cyrus und Exos – den beiden Elemente-Feenkönigen – verbracht und über Aflora gesprochen. Sie hatten hartnäckig verlangt, dass ich sie beschützen würde, und hatten mir gesagt, dass sie nicht nur eine königliche Fee, sondern auch Claires Freundin war. Was bedeutete, dass, wenn die wunderschöne Prinzessin Gefahr ereilen würde, mich das auf die schwarze Liste einer Königin und ihrer beiden Könige setzen würde. Ganz zu schweigen von ihren anderen drei Gefährten.

Ich sitze zwischen Hammer und Amboss, dachte ich seufzend. Okay. Na, in Zephs Küche rumzustehen, würde mir auch nichts bringen. Wie ich ihn kannte, würde er heute Nacht nicht zurückkommen.

Ich würde ihn mir morgen nochmal vorknöpfen.

Denn obwohl ich seine Köder-Idee mochte, brauchten wir eine bessere, um Aflora zu beschützen.

Auch wenn ihr Tod, in der Tat, unausweichlich war.

AFLORA

„Okay. An dieser Stelle verlasse ich dich", sagte Ella, hielt vor einem unheimlich aussehenden Gebäude mit hohen schwarzen, sich bewegenden Türmen an. Na ja, sie bewegten sich nicht direkt. Es war eher so, dass die Ranken, die sich darum gelegt hatten, sich bewegten.

Wegen der Schlangen.

Ich unterdrückte ein Schaudern.

„Geh einfach zum Wasserspeier da oben, sag ihm deinen Namen und er wird dich durchlassen", ergänzte Ella und deutete auf eine knurrende Steinstatue ein paar Meter entfernt.

„Ja, sieht echt nett aus", murmelte ich.

Ella lachte schnaubend. „Sie sind alle so. Sie glauben, der

Campus gehöre ihnen." Sie begann rückwärts davonzulaufen und sagte: „Ich rate dir davon ab, einen von ihnen zu treten. Diesen Fehler habe ich früh begangen. Habe es versucht und er hat daraufhin einen Versuch gestartet, mir den Fuß abzubeißen. Nervige kleine Scheißerchen, wenn du mich fragst." Sie zuckte mit den Achseln und drehte sich winkend um. „Viel Glück."

Ich zog meinen Umhang fester um mich, als wäre er eine Decke und nicht etwa Teil meiner Akademie-Garderobe. Mein Zauberstab, der in meiner Innentasche in meinen Körper pikste, machte es unmöglich, den wahren Zweck des Kleidungsstücks zu vergessen.

Ich biss mir auf die Unterlippe, lief zur steinernen Statue und sagte: „Ich bin Aflora von den Erdfeen der Elemente."

Zwei rote Augen musterten mein Outfit und der unfreundliche Gesichtsausdruck wurde noch fieser. „Deine Energiespur ist ein verwirrender Mix aus Magie – teilweise königlich, teilweise Mitternachtsfee." Das Knirschen von Stein vertiefte die Stimme des Wesens, verlieh ihr einen barschen Ton und ließ mich zusammenzucken.

„Ich habe hier eine Unterrichtsstunde in Todesmagie", sagte ich ihm. „Wenn du mir bitte Zutritt gewähren würdest, damit ich hingehen kann."

„So höflich. So abnormal. Genau wie deine Magie. Du hast was von einem Malaise, was?" Die scharfen roten Strahlen sahen in meine Augen. „Das ist nicht der richtige Kurs oder das richtige Fachgebiet für dich."

„Lass sie einfach durch, Sir Schmahl", sagte Shade und materialisierte sich neben mir. „Als meine erwählte Gefährtin fließt Todesblut in ihren Adern. Das ist ein angemessener Kurs für sie, auch wenn sie zu schwach ist, um ihn zu meistern."

„Zu schwach?", konterte ich und sah den Weidenstumpf zu meiner Linken an. „Ich bin nicht schwach."

„Das werden wir ja sehen, was, Liebste?" Er konzentrierte sich wieder auf die sich sträubende Steinstatue. „Komm schon, Sir Schmahl. Du weißt, dass du genauso sehen willst, wie dieses kleine Experiment ausgehen wird, wie ich. Es wird lustig werden, sie scheitern zu sehen, oder nicht?"

„Hm, ja. Ja, sie wird scheitern", stimmte der Wasserspeier zu.

„Echt jetzt?" Ich sah die beiden abwechselnd an. „Ihr mobbt mich an meinem ersten Unterrichtstag? Wie charmant." Es entging mir nicht, wie oft ich Shade schon auf sarkastische Weise *charmant* genannt hatte.

„Wir mobben dich nicht, wir sprechen nur aus Erfahrung", erwiderte Shade und seine Grübchen traten hervor. „Was sagst du, Sir Schmahl? Bist du für etwas rebellischen Spaß zu haben?"

„Wenn sie stirbt, bin ich nicht verantwortlich", lautete die düstere Antwort des Wasserspeiers.

Die Tür flog neben ihm auf, legte einen Tunnel frei, der mit Fackeln erleuchtet war. Großartig. *Das Innere passt zum ominösen Äußeren.* Shade legte seine Hand an meinen unteren Rücken, schubste mich leicht an. „Mach dir keine Sorgen, Sir Schmahl. Ich kümmere mich um jegliches Chaos, das sie herbeiführen wird."

Ein Schnauben folgte auf diese Aussage. Oder vielleicht war es einfach nur die Statue, die sich bewegte. Ich konnte es nicht wirklich sagen, zumal die Geräusche, die dieses Ding machte, hart zu entziffern waren.

„Komm, Mäuschen", flüsterte Shade in mein Ohr. „Ich werde dich zum Hörsaal bringen."

Ich erschauderte, wandte jedoch nichts ein. Vor allem, weil ich keine Ahnung hatte, wohin wir gingen. Der Stundenplan, den Zephyrus mir gegeben hatte, hatte keine Zimmernummern, nur Gebäudenamen. Und auf unseren

Rundgängen diese Woche hatte er nie etwas davon gesagt, wohin man gehen sollte, wenn man mal im Innern dieser schlossähnlichen Strukturen angekommen war.

Shades Wärme driftete durch meinen Umhang. Sein Pfefferminzgeruch umgab mich und hüllte mich in eine Welle der Erfrischung ein. Jedes Einatmen schärfte meine Sinne mehr, ließ mich in dieser neuen Welt der Mitternachtsfeen erwachen, beruhigte mich gleichzeitig auf eine Art, auf die es nicht sollte.

Es ist der Biss, sagte ich mir selbst. *Er hat mein Blut hypnotisiert.*

„Die Gänge verändern sich", sagte er, während seine Hand an meine Hüfte glitt, um mich davor zu bewahren, einen Schritt weiterzumachen. Er schlang seinen Arm auf eine intime Art und Weise um meinen unteren Rücken. Als ich mich zu entfernen versuchte, verstärkte er seinen Griff. „Warte."

„Hör auf, mich zu –"

Sich bewegender Stein unterbrach meinen Satz, ließ mich an Ort und Stelle erstarren, als die Flure sich in eine andere Art von kerkerartigen Wänden veränderten. Mein Hals wurde trocken, als ich die fensterlosen Holztüren und die Flammen an den verschiedenen Fackeln sah.

„Jeder Schüler kreiert einen anderen Weg", erklärte Shade leise. „Unser Alter diktiert, welchen Kurs wir belegen sollen, und führt uns zum richtigen Schulzimmer. Du kannst unseren Weg mit violettem Feuer da runtergehen sehen." Er zeigte auf das violette Glühen.

„Sind alle Gebäude so?" Denn wenn sie das waren, würde das eine echt lange Woche werden, in der ich meine verschiedenen Schulzimmer finden müsste.

„Es gibt Ähnlichkeiten, aber jedes Fach hat seine eigenen Nuancen. Für Verteidigungskünste, zum Beispiel, musst du eine Fantasiegestalt bekämpfen, um eintreten zu können.

Deine Erfahrung und Fähigkeiten werden danach beurteilt, wie gut du dich schlägst, und du wirst entsprechend zugewiesen. Also nehme ich an, dass du im Kämpferblut-Kurs als Anfängerin beginnen wirst."

Er zwinkerte mir zu.

Ich funkelte ihn an. „Du weißt nichts über meine Fähigkeiten. Und es ist nicht meine Schuld, dass dein Rat mich gehandikapt hat." Ich zeigte auf mein Halsband, dann erinnerte ich mich an seine gestrige Aussage über seine Fesseln. „Moment mal —"

„Oh, nein. Ich weiß, worauf du hinaus willst, und nein, ich werde dir nicht dabei helfen, es zu entfernen. Beweise deine Stärke und werde es aus eigener Kraft los. Ich vertraue auf dein Scheitern, Baby."

Bäh! „Du bist so ein ignoranter, unmöglicher Mistkerl von Weidenstumpf!"

Er lachte laut, schüttelte seinen Kopf. „Ich kann dich nicht ernst nehmen, wenn du solche Sachen sagst, Aflora. Versuch es mit *Arschloch*, dann können wir reden."

„Wie wäre es, wenn ich dich stattdessen Blutsauger nenne?", schoss ich zurück, fuchsteufelswild über seine Herzlosigkeit und sein unbeständiges Benehmen. „Einen manipulativen, impulsiven *Blutsauger*, der Grausamkeit als Werkzeug zum Flirten benutzt."

Sein Grinsen erstarb. „Vorsicht."

„Oder was?"

„Oder du wirst jede Mitternachtsfee in diesem Gebäude verärgern. Diese Bezeichnung ist hier nicht erlaubt."

Ich lachte höhnisch. „Na, aber das bist du doch. Also weiß ich nicht, warum ich vor dem Wort zurückscheuen sollte. *Blutsauger*."

Er musterte mich einen langen Moment, sein bösartiges Grinsen zog wieder auf seinem Gesicht auf.

„Weißt du was? Ich habe meine Meinung geändert. Benutz die Bezeichnung ruhig. Mal sehen, was passiert."

Damit drehte er sich um und ging in Richtung unseres Klassenzimmers, oder jedenfalls nahm ich das an. Es war vermutlich ein direkter Weg in die Hölle, aber ich folgte ihm trotzdem.

Und hielt in der Türschwelle inne, als ich einen normalaussehenden Hörsaal mit Schreibtischen und Stühlen und Fenstern, die über den Hof voller brennender Knallbäume blickten, vorfand.

Dieser Ort war ein einziges Rätsel. Der Flur sah aus wie eine Höhle, die für Kriminelle bestimmt war, und dieses Zimmer erinnerte mich an eines auf einem College-Campus im Reich der Sterblichen. Es gab sogar eine Wandtafel.

Ich trat ein, erwartete halbwegs, dass es sich in einen Albtraum verwandeln würde, aber alles blieb, wie es war.

Shade hatte sich inmitten von Schülern hingesetzt. Sie alle sahen ihn bewundernd an, während sie mit ihm sprachen.

Er musste sich sein ‚charmantes' Gehabe für mich aufsparen. Oder vielleicht mochten sie diese Seite an ihm.

Ich setzte mich auf der anderen Seite des Zimmers hin, behielt ihn im Auge, während ich sicherstellte, dass ich genug Abstand zu ihm hatte.

Als mehrere Schüler eintraten, begrüßten sie ihn mit einer Serie von merkwürdigen Handschlägen. Ein paar gaben ihm Fäustchen. Alle setzten sich in seine Nähe, was mich äußerst allein zurückließ. Was gut war. Es war mir lieber so.

Jedenfalls bis sie anfingen, mich anzustarren und ihm Dinge zuflüsterten, die ihn zum Lachen brachten.

Ich kniff meine Augen zusammen. Dieses Spielchen hatte sich als äußerst gefährlich herausgestellt. Vorwiegend, weil ich nicht wusste, wie man es richtig spielte. Er hatte mich gebissen, verführt, gestern Nacht so getan, als würde er mich beschützen, und mich heute hierhingeführt, während er mich beleidigt hatte. Und jetzt schien es so, als würde er sich über mich lustig machen.

Schlossen sie Wetten darüber ab, wie schnell ich scheitern würde?

Na, ich würde ihnen nur allen zeigen müssen, dass sie falsch lagen.

Aber ich hatte keine Ahnung, was ich machte oder wie ich meinen Zauberstab benutzte.

Und dieses Band an meinem Hals glich einem Galgenstrick.

Shades Worte hallten in meinen Gedanken wider. *„Beweise deine Stärke und werde es aus eigener Kraft los. Ich vertraue auf dein Scheitern, Baby."*

Pompöser Eselhengst, dachte ich in seine Richtung. Sein Anstacheln schürte ein Feuer in mir. Eines, das sich mit der himmelblauen Energie vermischte, die ich gestern Abend geschaffen hatte. Ich spürte sie unter meiner Haut wabern. Sie war während meines Schlafs nicht ganz versickert. Als würde sie jetzt zu mir gehören, obwohl sie sich fremd anfühlte.

Ich sah auf meine Finger, erwartete beinahe, sie glühen zu sehen, als ein lauter Knall im vorderen Bereich des Schulzimmers meinen Blick aufschnellen ließ.

Ein stämmiger Mann erschien aus einer Rauchwolke, sein Umhang flatterte um ihn herum wie die Flügel einer Fledermaus. Ein angemessener Auftritt, wenn man seinen winzigen Kopf bedachte. Er passte nicht recht zu seiner stämmigen Statur. Er war nicht dick, eher solide. Sein Nacken war muskulös, seine Schenkel so breit wie meine Hüften. Und er war mindestens dreißig Zentimeter größer als ich.

Er erinnerte mich ein bisschen an Sol, was mein Herz

höherschlagen ließ. Nicht auf die Art von früher, als ich in ihn verknallt gewesen war, sondern auf eine familiäre Art. Der Mann hatte mich sozusagen mit der Hilfe seiner Mutter großgezogen, und seine Schwester war meine beste Freundin gewesen, bevor sie gestorben war.

Es fühlte sich an, als wäre es eine Ewigkeit her.

Eine ferne Erinnerung, wenn ich so über meine derzeitige Realität nachdachte.

Welche einen auf- und abgehenden Riesen vor der Wandtafel beinhaltete. Er hielt eine Schriftrolle in seinen Händen. Alle waren still geworden, damit er sprechen konnte.

Zwei Augen der Mitternachtsfee musterten den Raum, landeten auf mir.

Jetzt kommts.

Aber anstatt etwas zu sagen, zuckte er mit den Schultern und wandte sich wieder der Schriftrolle zu. Das Pergament ging einen Moment später in violetten Flammen auf und er klatschte in die Hände.

„Willkommen bei Heraufbeschwörung für Fortgeschrittene. Die Meisten von euch kennen meine Lehrmethoden bereits. Für die unter euch, die es nicht tun: Ich ziehe Pärchen-Unterricht vor. Zückt eure Zauberstäbe, damit wir beginnen können."

Alle Schüler zückten ihre Leiter-Werkzeuge, also tat ich dasselbe.

„Ihr kennt den Spruch", ergänzte er. „Na ja, vielleicht auch nicht." Diese letzte Aussage war an mich gerichtet. Er bestätigte meine Annahme, als er mir in die Augen sah. „Ich werde auf drei zählen und ihr werdet dann euren Zauberstab dreimal in einem Kreuzmuster wedeln und *Sharikana* sagen."

Ich nickte, um ihm anzuzeigen, dass ich verstanden hatte, aber er hatte seinen Blick bereits abgewandt.

„Und los", sagte er.

Man konnte Echos von den gesungenen Sprüchen im Zimmer hören und ich tat es den anderen schnell gleich. Ich erschrak jedoch, als eine Energie um mich herumschwirrte. Eine Art Lasso legte sich um mein Handgelenk und die magische Substanz zog mich direkt auf die andere Seite des Raumes zu Shade.

Er lächelte und warf mir einen Luftkuss zu.

Ich versuchte mich von ihm loszureißen, was die Verbindung nur verfestigte und ein ohrenbetäubendes Pfeifen durch die Luft sandte.

Ich zuckte zusammen, duckte mich hinter meinen Schreibtisch und ließ meinen Zauberstab beinahe fallen. Dann spürte ich Shades subtiles Ziehen. Ein Necken. Und es sandte mich über die Klippe in einen Abgrund der Wut.

Ich zielte mit meinem Zauberstab auf ihn und fauchte: „Lass mich los."

Was nichts bezweckte, außer ihn zu belustigen.

Also sandte ich einen Stoß von blauem Feuer am Seil entlang, direkt in sein Handgelenk.

Er fuhr aus seinem Stuhl auf und ließ seinen Zauberstab fallen, schlang seine Hand um das brennende Seil. Dieses Mal fiel ich von meinem Stuhl, als er zog.

Ich schrie und sandte einen weiteren Stoß meiner himmelblauen Magie los, bis die Verbindung kappte.

Und ein fuchsteufelswilder Professor vor mir stand. „Hast du deinen verdammten Verstand verloren, Mädchen?!"

Ja, dachte ich in seine Richtung, wischte mir meine Hände an meinem Rock ab und zog meine weiße Bluse zurecht. „Er hat mich mit einem Lasso eingefangen", erklärte ich verstört. Das musste er doch gesehen haben, oder?

„Weil das der Sinn und Zweck des Banns ist!", brüllte der Professor. *„Pärchen-Magie."* Er deutete auf die Klasse, zeigte auf die Seile, die andere Schüler aneinanderbanden. „Deine

Magie hat seine Magie erwählt. Dann hast du versucht, ihn mit deiner Kraft zu verbrennen – was ich in meiner Klasse nicht dulde."

Ich starrte ihn mit offenem Mund an. „Meine Magie hat seine auserwählt?" Das war unmöglich. Ich würde diesen Weidenstumpf nicht mal in einer Million Jahren auserwählen!

Eine weitere Einsicht kam mir genauso schnell. *Mein Zauber hat funktioniert. Oh, das kann kein gutes Zeichen sein. Es sollte doch aufhören, nicht zu wirken anfangen.*

Elfenstiele. Das war nicht gut. *Gar* nicht gut.

Shade stand ein paar Meter entfernt, seine Belustigung über unsere Situation klar in seinen Augen zu erkennen. „Vielleicht sollten wir das nochmal versuchen, Direktor Irwin? Es scheint, als ob Aflora nicht daran interessiert ist, meine Unterrichtspartnerin für das Jahr zu sein."

Der kräftig gebaute Mann machte auf seinem Absatz kehrt. „Der Zauberspruch kann nicht einfach aufgelöst werden, Shadow. Sie ist deine Partnerin und ihr werdet lernen, zusammenzuarbeiten. Beginnend mit Nachsitzen, wenn wir hier für heute fertig sind."

„Nachsitzen", wiederholte ich, war mit dem Wort bekannt, hatte es aber noch nie erlebt.

„Ja. Und ihr werdet Übungen machen, die eure Zusammenarbeit stärken werden, bis ich sicher bin, dass ihr den Begriff *Teamarbeit* versteht."

Er murmelte einen Zauberspruch und wedelte mit seinem dicken Zauberstab in der Luft herum. Die Welt drehte sich wieder richtig herum und er sandte mich mithilfe eines Schwebebanns zurück auf meinen Stuhl. Ich versuchte, ihn wegzuschlagen. Die schwarze Präsenz, die mein Wesen umgab, war mir unangenehm. Aber sie verschwand, sobald mein Po den Stuhl berührte.

Shade wurde nicht dieselbe Behandlung zuteil.

Er ließ sich nur gemächlich in seinen Stuhl sinken, lümmelte wie ein richtiger König herum.

Ich hasste ihn.

Verabscheute ihn.

Konnte seinen Anblick nicht ausstehen.

Und jetzt hatte ich ihn als Gefährten *und* als Unterrichtspartner am Hals.

Dieses Jahr konnte nicht schlimmer werden.

AFLORA

ICH HATTE MICH GEIRRT.

Dieses Jahr konnte definitiv noch schlimmer werden.

Während ich mich buchstäblich an Shades Seite gebunden in Direktor Irwins Art von Nachsitzen befand, wollte ich einfach nur sterben. Aber wir mussten einen Aufsatz schreiben – zusammen. Er hatte unsere Hände mit einem magischen Stift zusammengeschweißt, der unser beider Einverständnis über die Worte bedurfte, um zu funktionieren.

Das Thema? *Definiert Partnerschaft.*

Ich knirschte mit den Zähnen, als Shade etwas über Partnerschaft schreiben wollte. Nämlich, dass der Stärkere von beiden führen sollte. Als die Schrift verschwand, seufzte er und funkelte auf mich herab.

„Dann versuch du es."

„Fick dich", schoss ich zurück.

„Er wird uns nicht gehen lassen, bis wir fertig sind."

„Dann, schätze ich, leben wir jetzt hier." Es war kindisch, das zu sagen, aber mit diesem Monster konnte ich auf keinen Fall zusammenarbeiten. „Du bist an allem Schuld. Es ist nicht so, als ob ich dich darum gebeten habe, mich zu beißen."

Er schnaubte. „Diese alte Diskussion schon wieder?"

„Sie ist nicht alt", konterte ich. „Sie ist sehr frisch und *falsch*."

Sein Arm spannte sich an meinen gedrückt an, das Seil band seinen linken Arm an meinen rechten, spannte sich angesichts der Bewegung an. Ein weiterer Strang Magie war um unsere Torsi geschlungen, presste meine rechte Seite an seine linke. Immer, wenn er einatmete, spürte ich den Strang sich um meine Brust anspannen.

Mit jedem anderen wäre es intim gewesen.

Mit Shade aber stiftete es mich nur dazu an, ihn umbringen zu wollen.

Aber es war uns verboten worden, unsere Zauberstäbe zu benutzen.

Nicht, dass ich wusste, wie ich meinen benutzte. Die heutige Unterrichtsstunde hatte aus mehreren verrückten Aufgaben bestanden, bei denen man unter anderem Gegenstände wie Totenschädel und Knochen und *Herzen* heraufbeschwören musste.

Wie Shade vorausgesagt hatte, hatte ich keine Aufgabe gemeistert.

Vor allem, weil ich mich geweigert hatte, es zu versuchen. Mit dem Tod zu spielen, ging gegen jedes meiner Prinzipien, die ich als Erdfee hatte. Ich beschwor Leben herauf, nicht den Tod.

Shade aber brillierte auf angsteinflößende Weise. Jeder Zauberspruch, den er murmelte, endete in Perfektion. Seine Aura war ein Umhang aus dunkler Essenz. Wenn ich ihn doch nur in einen Geist verwandeln und ihn verschwinden hätte lassen können.

„Hör zu … Wenn ich verspreche, dir Nachhilfe zu geben, wirst du dann aufhören, dich wie eine verzogene Göre aufzuführen?", fragte er. Sein aufrichtiger Tonfall war beinahe komisch.

Aber seine Worte ließen mich rot sehen.

„Du bist die letzte Fee in allen Reichen, von der ich Nachhilfe haben wollte. Und ich benehme mich *nicht* wie eine verzogene Göre."

„Diese gesamte Aussage war der Inbegriff von verzogener Göre, Aflora", erwiderte er, klang erschöpft. „Ich bin der beste Beschwörer auf dieser Akademie. Zum Teufel, ich bin einer der Besten überhaupt, Punkt. Mein Angebot abzulehnen, ist unzweckmäßig und dumm. Du lehnst mich nur ab, weil du wütend auf mich bist. Und das ist görenhaftes Benehmen."

„Na, entschuldige bitte, dass ich leicht angesäuert wegen unserem derzeitigen Dilemma bin. *Du* hast mich in diese Lage gebracht."

„Und was getan ist, ist getan. Es ist das, wie man mit seiner Vergangenheit umgeht und was man daraus macht, das einen definiert. Und bisher beeindruckst du mich nicht gerade."

„Oh, na dann ist es ja gut, dass ich nicht versuche, dich zu beeindrucken, Shade", erwiderte ich mit zuckersüßer Stimme und klimperte mit meinen Wimpern.

Sein Kiefer knackste, weil er sich so angestrengt auf die Zähne biss. Das erste Anzeichen von Frustration, das ich jemals in ihm gesehen hatte. „Wir müssen diesen verdammten Aufsatz schreiben, Aflora. Es sei denn, du hast vor, dich mir an intimeren Orten anzuschließen – wie zum Beispiel die Toilette oder in der Dusche." Sein Blick fiel auf den obersten Knopf meiner Bluse. „Eigentlich hört sich das nach einem tollen Plan an. Sollen wir gehen?"

Ich versuchte ihm meinen Ellbogen in die Rippen zu rammen, schaffte es wegen der Fesseln aber nicht. Stattdessen knurrte ich ihn an. „Auf keinen Fall."

Er lächelte und presste seinen Mund an mein Ohr. „Das sagst du in deinen Träumen nicht, meine kleine Rose."

Ich rang nach Luft und versuchte mich zu ihm zu drehen, wurde jedoch durch den mächtigen Bann wieder an seine Seite gepresst. „Du bist in meinem Kopf!"

„Nein, ich bin in deinem *Blut*." Er küsste meinen Hals, bevor ich realisierte, was er vorhatte. Dann knabberte er an meiner Halsschlagader.

„Du gehörst mir, Prinzessin. Für immer. Und jetzt arbeite mit mir zusammen oder lass uns ins Bett gehen und spielen."

„Niemals."

„Hör auf, dich selbst zu belügen", sagte er leise. „Ich weiß, wie du wirklich fühlst, und du auch. Je schneller wir diese brutale Umwerbungsphase hinter uns lassen, desto besser. Denn ich brenne darauf, dich zu ficken."

„Shade!"

„Was?", wollte er wissen, seine blauen Augen glühten voller Macht. „Wäre es dir lieber, wenn ich auch lüge? So tue, als wäre mein Schwanz jetzt nicht steinhart von deinem blumigen Parfüm und deinen verführerischen Kurven?" Er schnaubte. „Und ich mag Blumen noch nicht einmal. Aber alles, woran ich denken kann ist, deine blütenweiche Haut zu erforschen und meine Zunge in deine feuchte Muschi gleiten zu lassen. Denn, lass uns ehrlich sein: Wir beide wissen, dass du feucht bist. Ich kann es *riechen*, Aflora."

Mir fiel die Kinnlade runter, seine unangebrachten Worte taten Dinge mit mir, die sie definitiv nicht sollten.

Und mit Direktor Irwin im Nebenzimmer schon gar nicht.

Ach du heilige Mutter Erde, rette mich vor dieser unheimlich gutaussehenden Fee!

„Mh, und jetzt wird der Geruch intensiver!", sinnierte er und lehnte sich zu mir, um wieder an meinem Hals zu knabbern. „Hat Glacier nicht so mit dir gesprochen, Baby? Mit Absichten und lusterfüllten Versprechungen?"

Ich erschauderte, seine Nähe brachte mich durcheinander.

Bis seine Worte wirklich einsanken.

Glacier. Ich konnte mich nicht daran erinnern, jemals den Namen meines *festen Freundes* genannt zu haben. Na ja, technisch gesehen, Ex-Freund. Er hatte unsere gemeinsame Zeit nie an oberste Stelle gestellt. Unser letztes Date, das er versäumt hatte, hatte das Fass aus vielen Gründen zum Überlaufen gebracht. Nicht zuletzt, weil Shade mich entführt hatte.

„Woher weißt du von Glacier?", fragte ich mit plötzlich belegter Stimme, was ich zu ignorieren versuchte.

„Ich weiß alles über dich, Aflora", flüsterte er mir ins Ohr. „Du warst schon länger meins, als dir bewusst ist."

„Was soll das denn heißen?" All diese kryptischen Worte über ein Schicksal, über das er alles zu wissen schien, machten mich verrückt. „Warum hast du mich gebissen?"

„Weil es mir gesagt wurde", erwiderte er an mein Kinn gepresst, seine freie Hand glitt hoch, um sich an meine Wange zu legen.

Ich ließ ihn meinen Mund an seinen führen, nur, weil ich zu durcheinander war, um ihn aufzuhalten. Und ein kleiner Teil von mir wollte ihn erneut kosten, seine Lippen auf meinen spüren.

Denn Shade war ein guter Küsser.

Ein wirklich, *wirklich* guter Küsser.

Seine Zunge überwältigte meine mit einer einzigen Bewegung, ließ unser Gespräch verstummen, während er mich mit einer Ablenkung versorgte, von der mir nicht bewusst gewesen war, dass ich sie gebraucht hatte.

Er hatte diese bizarre Macht über mich. Eine Macht, die jeglichen logischen Gedanken in meinem Kopf sich in Luft auflösen ließ und ein atemberaubendes *Bedürfnis* an seine Stelle rückte. In diesem Zustand sehnte ich mich nach einem weiteren Biss. Nicht, dass ich das jemals laut zugegeben hätte. Aber etwas sagte mir, dass ich das nicht brauchte. Shade behauptete, dass er in meinem Blut war, aber das verband ihn irgendwie auch mit meinen Gedanken. Ich konnte spüren, wie er in jeden Zentimeter von mir eindrang, mein Wesen mit seinem einnahm.

„Ich hasse, was du mit mir machst", gab ich flüsternd zu. Mein Versuch, mich zu lösen, wurde von seiner Hand, die in mein Haar glitt und mich an Ort und Stelle hielt, zunichtegemacht.

„Dein pochender Puls und deine Erregung sagen etwas anderes", erwiderte er und küsste mich erneut.

Sein Kuss von vorhin verblasste im Vergleich zu dem hier. Er hatte mich vorhin geschont. Jetzt verlangte er Unterwerfung, und das mit jedem Zungenschlag. Seine Hand umschlang meinen Hals, drückte zu und hielt mich an Ort und Stelle, um mich zu dominieren.

Die Fesseln um uns schienen sich etwas zu lösen.

Sein Arm bewegte sich an meinen gedrückt.

Aber ich war zu beschäftigt damit, mit dem Angriff auf meinen Mund mitzuhalten, als darüber nachzudenken, was vor sich ging.

Er hatte mich der Fähigkeit beraubt, zu atmen, seine Lippen wurden auf eine Weise violett, die ich verabscheuen sollte. Aber stattdessen spannten sich meine Schenkel an. Mein Bauch spannte sich an. Und meine sensiblen Stellen flehten um seine Aufmerksamkeit.

Feucht beschrieb es nicht einmal ansatzweise. Warum heizte mich das so an? Wegen unseres Bandes? Ein weiterer Bann? Oder genoss ich dieses Spiel von Liebe und Hass zwischen uns?

Ich wimmerte hin- und hergerissen.

Mein Kopf verabscheute diesen Mann.

Aber mein Körper unterwarf sich jeder seiner Berührungen, beinahe so, als hätte er mich in meinen Träumen darauf konditioniert, so zu reagieren.

Er lächelte an meine Lippen gedrückt. „Voilà. War doch gar nicht so schwer, oder?", fragte er leise und ich runzelte die Stirn.

„Was?"

Er küsste meine Wange sanft, bevor er sich wieder auf seinen Stuhl setzte. „Wir sind fertig!", rief er.

Ich sah ihn blinzelnd an.

Dann auf den Aufsatz, den er geschrieben hatte, *während* er mich geküsst hatte.

Er verschwand, bevor ich ihn lesen konnte, und Direktor Irwin erschien im Türrahmen, hielt den Aufsatz in seiner Hand. Sein überraschter Ausdruck sagte mir, dass – was auch immer drin stand – nicht war, was er erwartet hatte, und vermutlich etwas, dem ich überhaupt nicht zustimmen würde. Shade hatte etwas getan, um die Lektion zu umgehen, und in Ergänzung dazu, mir die Seele aus dem Leib zu küssen.

„Na gut", sagte Direktor Irwin und löste unsere Fesseln. „Ich erwarte besseres Benehmen in der nächsten Unterrichtsstunde." Der letzte Satz war an mich gerichtet, dann löste er sich in eine Rauchwolke auf.

Shade stand auf und streckte sich. Seine beeindruckende

Länge war nur wenige Zentimeter von meinem Gesicht entfernt. Er hatte bezüglich der *Härte* nicht gelogen.

„Mein Angebot für Nachhilfe steht immer noch, wann immer du erwägst, Logik über Gefühle walten zu lassen", sagte Shade und griff dann nach meinem Kinn, richtete es nach oben, sodass ich ihm in die Augen sah. „Genauso wie mein Angebot auf eine Dusche und ein Bett." Mit einem Zwinkern wandte er sich zur Tür um. „Ich schlage vor, du folgst mir, kleine Rose. Andernfalls wirst du dich im Gebäude verlaufen, bis die Schüler morgen früh reinkommen – was deinen Stundenplan völlig durcheinanderwerfen wird."

Er verschwand durch den schimmernden Türrahmen, gab mir keine Sekunde, um meine Gedanken zu ordnen oder meine Sachen zu packen.

Aber sie waren alle weg.

Direktor Irwin hatte einen Text, ein Heft sowie Füller verteilt. Die anderen waren mit den Sachen gegangen. Aber meine waren nirgends zu sehen.

Ich rannte Shade nach. Er wartete gegen die Wand gelehnt, seine und meine Bücher unter den Arm geklemmt. „Wie …?"

„Wie ich schon sagte … Beschwörung ist meine Spezialität." Er legte seinen Kopf schief und sein schwarzes Haar fiel über seine Stirn, dann über eines seiner Augen. „Sie werden in deinem Zimmer sein, wenn du dort ankommst. Sieh es als meine Art eines Friedensangebots. Nimm es auf eigenes Risiko an."

Er ließ mir keine Zeit, zu antworten, ging nur den Korridor weiter hinab. Ich blieb an seiner Seite, hielt inne, wenn er es tat, um die Wände sich verschieben zu lassen. Dann atmete ich erleichtert auf, sobald wir nach draußen in die dunkle Nacht traten.

Bis ich Zephyrus mit einem finsteren Blick neben dem Wasserspeier warten sah.

„Was zum Teufel hat so lange gedauert?!", wollte er wissen, funkelte erst mich, dann Shade an.

„Nachsitzen", erwiderte Shade. „Sie hat mich mit grünem Feuer angegriffen. Es war echt beeindruckend, aber es lässt mich wundern, woher sie diesen Kämpferblut-Einfluss hat." Er legte seinen Kopf schief und blickte den Direktor an. „Irgendeine Idee?"

Ich sah Shade stirnrunzelnd an. „Es war nicht grün. Es war blau. Und du hast es verdient."

„Ich glaube, du bist farbenblind, Baby. Vielleicht sollten wir uns das später mal ansehen." Er sah mit einem Grinsen über seine Schulter, hatte offenbar beschlossen, dass das Gespräch beendet war – trotz seiner Frage an Zephyrus. „Wir sehen uns in deinen Träumen heute Nacht, kleine Rose."

„Bleib ja aus meinem Kopf raus!"

„Blut, Baby", erinnerte er mich, seine Worte ein Flüstern in meinem Ohr, trotz der Distanz, die er zwischen uns gebracht hatte.

Ich schlug ins Leere, versuchte, was auch immer für eine Präsenz oder einen Bann er hinterlassen hatte, loszuwerden. Und bemerkte, wie Zephyrus mich mit hochgezogener Augenbraue ansah. „Blaues Feuer?"

„Ja, blau."

„Kannst du es mir zeigen?", fragte er.

Seufzend streckte ich eine Hand aus, rief die Kraft in meine Fingerspitzen. Und natürlich passierte nichts. „Ich glaube, Shade hat mir für heute jegliche Energie ausgesaugt", murmelte ich.

Zephyrus sah mich einen langen Augenblick prüfend an, dann nickte er. „Dann vielleicht morgen. Wir sind sowieso spät dran für die Kantine, und du musst was essen."

„Ist es jetzt schon dein Job, mich zu füttern?", fragte ich.

„Nein. Ich will nur, dass du überlebst", erwiderte er. „Folge mir, wenn es dir auch so geht."

Dem konnte ich nichts entgegenhalten, also tat ich, was er verlangte.

Aß ein widerliches menschenähnliches Abendessen in Stille.

Und sah meine Bücher auf meinem Bett liegen, als ich in mein Zimmer zurückkehrte. Neben ihnen lag eine schwarze Rose und eine Notiz, auf der stand: *Süße Träume.*

AFLORA

AN MEINEM ZWEITEN Schultag stand Kämpfermagie-Unterricht an.

Denn offenbar genossen es Mitternachtsfeen, zu kämpfen.

Wenigstens die Garderobe passte mir. Eine schwarze Stretchhose, ein T-Shirt und mein Haar, das zu einem Pferdeschwanz hochgebunden war. Ich hatte sogar Tennisschuhe an. Alle anderen waren ähnlich angezogen – inklusive Kols und Shade. Nur die Malusblute trugen schwarze anstatt weiße T-Shirts.

„Du hattest recht", sagte ich zu Ella. „Die verschiedenen Blute werden immer einfacher zu erkennen." Die Sangréblute waren die einfachsten mit ihren farbenfrohen

Köpfen. Dann die Malusblute, wegen ihrer Vorliebe für Schwarz. Die Todesblute erkannte ich wegen der gestrigen Stunde und die Eliteblute schienen sich um Kolstov herum zu scharen.

Die Kämpferblute waren nicht in diesem Kurs, weil man hier die Verteidigungsgrundlagen erlernte und sie uns alle abschlachten würden. Oder jedenfalls hatte Ella es so erklärt.

So oder so, ich war bereit für einen körperlich aktiven Kurs. Ich hatte eine Menge angestauter Wut abzubauen dank Shades mentaler Gymnastik letzte Nacht. Er hatte mich wieder und wieder mit seiner Zunge geneckt, hatte mich nie einen Orgasmus erfahren lassen, und ich war keuchend und heiß und *äußerst* frustriert aufgewacht.

Sein Grinsen, das er mir jetzt zuwarf, sagte mir, dass er es wusste.

„Ich weiß nicht, ob du ihn ficken oder töten willst", bemerkte Ella, die meinem Funkeln zur Quelle meiner Wut folgte.

„Töten", sagte ich. „Definitiv töten." Ich zog an meinem Halsband, war von seiner Präsenz verärgert. Ich hätte alles darum gegeben, einen Baum zu erschaffen und seine Äste dazu zu benutzen, den Kopf dieses Weidenstumpfes in den Boden zu rammen.

Natürlich wäre es vermutlich ein brennender Knallbaum.

Ähm, ja … Mit denen wollte ich nicht nochmal rumspielen. Stille kam über die Schüler, als Zephyrus in losen Hosen und einem ärmellosen Oberteil eintrat. Er sah weder mich noch Kolstov an, hob nur seinen Holzstab vom Boden auf, drehte ihn herum und entzündete beide Enden mit grünen Flammen.

„Ihr alle wisst, wer ich bin. Ihr alle wisst, warum ihr hier seid. Verteidigungsmagie ist ein Schlüsselfach eurer weiterführenden Ausbildung. Aber ich werde eure Zeit nicht damit verschwenden, euch Sprüche aus einem Buch beizubringen, das ihr selbst lesen könnt. Stattdessen werden wir sie praktisch anwenden. Aber bevor ich euch in Gruppen unterteilen kann, muss ich eure Fähigkeiten einschätzen. Heute werden wir also eruieren, was ihr wisst und was ihr aushalten könnt."

Ella und ich tauschten einen Blick aus.

Ich war mir ziemlich sicher, welcher *Gruppe* ich zugeteilt würde.

„Wir werden dies mittels altmodischer Duelle mit Sieger- und Gewinnerringen machen. Ich habe euren ersten Gegner bereits bestimmt." Er schnippte mit den Fingern und Namen begannen in smaragdgrüner Schrift aus Feuer durch die Luft zu tanzen.

„Ha. Na, unsere Freundschaft war von kurzer Dauer", bemerkte Ella und zeigte auf unsere Namen. „Du bringst besser mehr als ein paar Blumen zu diesem Kampf mit, Erdmädchen. Ich habe mit Tray geübt." Sie bewegte ihre Finger, an denen dunkelrote Magie waberte, und warf mir einen neckischen Blick zu.

Ihr neckischer Ton erwärmte mein Herz etwas, sodass ich mich ein kleines bisschen entspannte.

Bis der erste Kampf begann.

Glimmende Funken flogen durch die Luft und Angriffe wurden mit Verteidigungssprüchen abgeblockt.

Verteidigungssprüche, die ich nicht kannte.

„Ähm, das wird ein echt kurzer Kampf werden", sagte ich zu Ella. Sie grinste. „Ich weiß. Aber ich verspreche, dass ich dich schonen werde. Vertrau mir … Ich war vor nicht allzu langer Zeit auch ein Neuling. Ich verstehe das. Wir können heute Abend ein paar geläufige Verteidigungssprüche durchgehen, oder an einem unserer freien Tage."

Ich nickte abwesend, mein Blick fiel auf Shade, während er mit einem schlaksigen Malusblut in den Ring stieg. Der

Mann kniff seine Augen zusammen. „Ich bin so froh, dass wir einander zugeteilt wurden, Shadow. Ich brenne schon die ganze Woche darauf, dir in den Hintern zu treten, seit du Schande über meine Schwester gebracht hast."

„Ist das, was sie dir erzählt hat?", sinnierte Shade.

„Das würde bedürfen, dass sie sprechen könnte, was –"

„Hört auf zu flirten und fangt an", unterbrach Zephyrus das Malusblut.

„Sehr gerne", erwiderte der schlaksige Kerl und eine unsichtbare Klinge erschien in seiner Hand.

Ich erschrak, als er Shade mit einem Kraftstoß angriff, direkt auf das Herz des anderen Mannes zielte. Es war ein brutaler Angriff – einer, der ganz offensichtlich töten sollte.

Aber Shade wich mühelos aus, beschwor eine dunkle Wolke hinter sich herauf und umschlang den Hals des anderen damit. „Wenn du so kämpfen willst, dann fordere mich angemessen heraus", sagte er mit scharfer Stimme, zog an der Wolke und zwang den anderen Mann in die Knie.

„Genug", fauchte Zephyrus.

Shade ließ den anderen mit einer leichten Handbewegung los und zuckte mit den Schultern. „Stiggis hat angefangen."

„Mistkerl!" Das Malusblut raste durch die Luft in Shades Richtung, während mehrere Waffen sich in seinen Händen bildeten. Aber er klatschte mit dem Gesicht voran in eine magische Wand und wurde zurückgeworfen, fiel zu Boden.

Meine Augen weiteten sich, als Zephyrus seinen Zauberstab weglegte, woraufhin die Wand verschwand. „Chig, bring diesen Idioten zum Sanitäter."

„Ja, Sir", sagte ein weiteres Malusblut, sein Körper doppelt so breit wie jener des Mannes am Boden. Er hob den bewusstlosen Mann hoch und warf ihn über seine Schulter, als ob er federleicht wäre, dann entfernte er sich vom Feld.

„Ich werde dich in den Gewinnerring vorschieben,

Shade. Aber ich erwarte, in deinem nächsten Kampf Verteidigungsmagie zu sehen." Zephyrus ging davon, bevor Shade etwas erwidern konnte, und bedeutete den nächsten Duellanten, hervorzutreten.

Was Kols und eine zierliche Frau mit einem niederträchtigen Lächeln waren. „Bereit, mein Zukünftiger?", fragte sie ihn und ihre katzenähnlichen Augen glühten mit roter Kraft.

„Wenn du glaubst, dass ich dich schonen werde, Emelyn, hast du dich geschnitten."

Ihr darauffolgendes Lachen erinnerte mich an das Geräusch, das Nägel erzeugten, wenn sie über eine Wandtafel kratzten. Ihr Gesichtsausdruck war weder amüsiert noch nett. Sie warf ihren langen schwarzen Zopf über ihre Schulter und begab sich in Kampfposition. „Ich habe geübt."

„Dessen bin ich mir sicher", erwiderte Kols mit entspannter Postur, während sie in Angriffsposition gingen. „Gib dein Bestes, Jyn."

„Ist ihr Name Jyn oder Emelyn?", fragte ich Ella leise.

„Emelyn Jyn", erwiderte sie mit bitterem Tonfall. „Sie ist Kols zukünftige Gefährtin."

Ich zog meine Augenbrauen hoch. „Wirklich?" Hatte er nicht gesagt, dass er keine Beziehungen hatte?

„Ja, vom Rat auserwählt. Wegen einer Art Abmachung zwischen Malik und Lima."

„Ja, unser Rat mag arrangierte Paarungen", ergänzte Shade, als er sich neben uns stellte. „Ich war Cordelia, Stiggis älterer Schwester, zugedacht."

Ich sah ihn stirnrunzelnd an. „Warum hast du mich dann gebissen?"

„Ja, warum?", sinnierte er und zog seine Mundwinkel hoch. „Vielleicht wollte ich meinem arrangierten Schicksal entrinnen. Oder aber es war aus einem ganz anderen

Grund. Und vielleicht, wenn du eine gute kleine Rose bist, werde ich es dir eines Tages verraten." Er berührte meine Nasenspitze mit seinem Zeigefinger und lief davon – gerade, als Kols Emelyn mittels einer Wand aus Kraft zu Boden drückte. Sie erinnerte mich an jene, die Zephyrus benutzt hatte, um Stiggis' Angriff auf Shade abzublocken.

Emelyn schrie schmerzerfüllt auf, aber Kols hörte nicht auf.

Und Zephyrus sah nur zu.

„Wird er ihn nicht aufhalten?", verlangte ich, war hin- und hergerissen zwischen Shades Bemerkung und dem, was sich vor meinen Augen abspielte.

„Wer? Zeph?", fragte Ella schnaubend. „Nein. Er wird es weitergehen lassen, bis Emelyn das Zeichen gibt, was in etwa drei, zwei ... Oh, das ist es ja."

Eine rote Rauchwolke stieg empor und Kols löste seine magische Wand auf. „Üb härter, Jyn", sagte er und lief davon.

„Wir sind als Nächstes dran", informierte mich Ella.

„Großartig." Ich folgte ihr in den Ring und bemerkte, wie mehrere Feen still um uns wurden, ihre Neugier spürbar.

Zu schade, dass es eine kurze Show werden würde.

„Ich habe keine Ahnung, was ich tue, also fang du an", sagte ich, stand zu meiner Unerfahrenheit.

Ella grinste. „Tue ich bereits, Prinzessin."

Ich fragte beinahe, was sie meinte, dann aber *spürte* ich ihre Energie mich in einen Mantel einhüllen, der meine Beweglichkeit einschränkte. Der Gedanke daran, gefesselt zu werden, ließ mich in Aktion treten. Dieses blaue Licht in mir entzündete sich und durchschnitt ihre unsichtbaren Fesseln mit Leichtigkeit, während sie sich das magische Gefühl von ihnen einprägten.

Indem ich mir dieses Wissen zunutze machte, versuchte ich meinen eigenen Bann zu schaffen, um ihn um sie zu legen, und lächelte beinahe, als ihre Beine sich durchdrückten.

„Heilige Scheiße, du lernst schnell", sagte sie und zog ihren Zauberstab hervor. „*Italaka.*"

Mein Bann löste sich auf.

Ich zückte meinen Zauberstab ebenfalls, war mir nicht sicher, inwiefern er mir helfen würde, und wartete auf ihren nächsten Angriff. Welcher in Form eines Fantasiewesens aus Wasser, das zu einem Löwen geformt war, auf mich zukam. Ich sprang zur Seite, als er seinen Kiefer aufsperrte und gähnte. Seine Zähne schienen viel zu real. Sie erinnerten mich an Kristalle. Scharf, präzise … und direkt vor mir.

Eine kraftvolle himmelblaue Welle stieß aus mir, zerstörte ihr Fantasiewesen und ließ Ella zu Boden stürzen.

Zephyrus ließ eine dieser Wände hochgehen. Sie schloss mich ein, während er und Tray sich hinkniete und sich um Ella kümmerte. Ich stand starr da, für jeden zu sehen, nicht in der Lage, mich zu bewegen, und unglaublich verwirrt.

„Habe ich es falsch gemacht?", fragte ich, aber meine Worte hallten von den Wänden meines provisorischen Gefängnisses wider. Ich presste meine Hand dagegen und schreckte angesichts des Zuckens zurück. Dann legte ich meinen Kopf schief, als die Energiespur sich in meinem Kopf zu zerlegen schien und mich das Wissen absorbieren ließ – genauso, wie ich es mit dem Fesselungsspruch getan hatte.

Merkwürdig, dachte ich, als ich mir den Bann einprägte, den Zephyrus geschaffen hatte, und – was noch wichtiger war – wie man ihn auflöste.

Ich schloss meine Augen, entwirrte die Stränge, zerlegte das Gehege und ich konnte hören, wie die Hölle um mich herum ausbrach.

Fragen und Anschuldigungen flogen von allen Seiten des

Hofs in meine Richtung, gefolgt von jemandem, der schrie: „Zephyrus! Sie flieht!"

Er wirbelte herum, sah, dass ich mich aus meinem Gefängnis befreit hatte, und kniff seine grünen Augen zusammen. „Du. Komm mit mir mit. *Sofort.*"

Mir wurde nicht einmal Gelegenheit gegeben, freiwillig mitzugehen. Eine Art unsichtbare Schlinge spannte sich um meine Taille und zog mich vorwärts.

Kolstov lief neben mir mit, sein Kiefer angespannt. „Warum hast du uns nicht gesagt, dass du dazu imstande bist, Aflora?"

„Zu was imstande?", fragte ich. „Alles, was ich getan habe, ist, ihr Wassermonster auseinanderzunehmen."

„Du hast sie mit Kriegsfeuer angegriffen", fauchte Kolstov.

„Was?! Ich weiß nicht einmal, was das ist!"

„Das ist die riesige violette Kugel, die du eben auf die Gefährtin meines Bruders geschmissen hast", erwiderte er zähneknirschend.

„Violett?" Ich blinzelte ihn verwirrt an. „Sie war blau."

„Und wieder habe ich rot gesehen", ergänzte Zephyrus, öffnete eine Tür zu einem nahe gelegenen Gebäude und scheuchte uns nach drinnen. „Was ist dir lieber? Friedensstifter oder Wächter?"

„Friedensstifter", erwiderte Kolstov. „Ich bin der Einzige, der den richtigen Umgang am Krankenbett hat." Er richtete seinen Blick auf mich. „Tu genau das, was Zeph dir sagt. Andernfalls habe ich keine andere Wahl, als dich öffentlich maßzuregeln."

Er machte auf seinem Absatz kehrt, ließ uns im alten Steingemäuer zurück. Ich gaffte ihm nach, erschrocken über die Drohung und dem flehenden Blick in seinen Augen, als er sie ausgesprochen hatte. „Ich verstehe nicht."

Shade materialisierte sich neben uns, sichtlich belustigt.

„Na, das war ganz schön aufregend. Du weißt wirklich, wie man sich Freunde macht, kleine Rose."

„Wusstest du, dass sie dazu in der Lage ist?", wollte Zephyrus wissen.

„Nein, aber ich bin entzückt von den Möglichkeiten, die uns dieser Umstand bietet."

„Würde mir jemand bitte sagen, was ich angeblich getan habe?", unterbrach ich, bevor der Direktor antworten konnte.

„Kriegsfeuer", sagte Zephyrus. „Du hast Kriegsfeuer erschaffen und es in Ellas Richtung gesandt. Es handelt sich dabei um eine Flamme, die töten kann. Und es bedarf starken magischen Kräften, um es heraufzubeschwören. Etwas, von dem du behauptest, es nicht zu besitzen ... Aber diese kleine Show eben lässt auf das Gegenteil schließen."

„Ich ..." Ich war mir nicht sicher, was ich darauf antworten sollte. „Alles, was ich getan habe, ist, diesen Wasserlöwen zu zerstören."

„Was für eine Farbe hast du gesehen?", fragte Zephyrus Shade, ignorierte mich. „Ich habe rot gesehen. Kolstov schwört, dass es violett war. Du?"

„Grün", erwiderte Shade. „Wie gestern."

„Es ist himmelblau", insistierte ich, war genervt darüber, dass wir über die Farbe meiner Flamme sprachen und uns nicht damit befassten, was zum Teufel eben passiert war. „Geht es Ella gut?"

„Himmel ... ?", wiederholte Zephyrus, verstummte dann und tauschte einen Blick mit Shade aus. „Das ist unmöglich."

„Warum seid ihr alle so besessen von der Farbe? Ihr habt mir eben gesagt, dass ich Ella beinahe umgebracht habe. Geht es ihr gut?"

„Tray heilt sie", erwiderte Shade, der noch immer in Zephyrus' Augen blickte. „Und ich stimme dir zu ... Das ist unmöglich."

„Hast du Malaiseblut in deiner Familie?"

„Nein. Es ist eine ausgestorbene Linie."

„Das weiß ich."

„Warum fragst du mich dann?"

„Sagt mir einfach, was los ist", unterbrach ich, hatte diese ganzen Gespräche über Farben und Blutlinien satt. Es gab jetzt wichtigere Dinge. „Wie konnte ich bitte Kriegsfeuer heraufbeschwören? Ich kenne nicht einmal einen gängigen Verteidigungsspruch."

„Kriegsfeuer ist ein fortgeschrittener Angriffsspruch." Endlich richtete Zephyrus seine Aufmerksamkeit wieder auf mich. „Er ist unglaublich schwierig, heraufzubeschwören, und bedarf einer Menge Energie. Zudem ist er unheimlich illegal."

„Großartig." Ich warf meine Hände in die Luft und ging im kleinen Steingebäude auf und ab – hielt mich den staubigen Wänden und Spinnennetzen in den Ecken fern. *Wunderschön hier*, dachte ich und kniff mir in die Nase. „Du weißt schon, dass Erdfeen nicht kämpfen, oder? Wir sind äußerst friedliebende Wesen."

„Was du nicht sagst", murmelte Shade.

„Ich habe gelernt mich zu duellieren, als ich noch sehr jung war – wegen meines Erbes. Aber ich habe in der Schule kaum Verteidigungs- oder Kampffächer belegt. Ich kämpfe mit Magie. *Erd*magie. Und wir entzünden keine Feuer."

„Und doch sind wir jetzt hier", erwiderte Shade, gegen die Wand gelehnt und seine Arme verschränkt. „Wie hast du dir ihren Fesselungsspruch angeeignet? Oder hast du den aus einem Buch?"

„Ich weiß es nicht. Ich habe ihn einfach ... absorbiert."

„Und so hast du Zephs Kraftfeld auch niedergerissen?", riet Shade.

„Ist das, was es war?"

„Ja." Zephyrus sah mich mit zusammengekniffenen

Augen an. „Ein kraftvolles dazu. Welches du schneller aufgelöst hast, als ich es jemals jemand anderen habe tun sehen."

Ich schluckte trocken. „Oh." Das war aus vielen Gründen nicht gut. Na ja, nichts hiervon war gut. Es zeigte, dass meine dunkle Magie stärker wurde – was ich definitiv nicht wollte. „Ich werde wirklich zu einer Abscheulichkeit, was?"

„Es scheint so", erwiderte Zephyrus, nahm kein Blatt vor den Mund. „Bleibt die Frage, ob es so bleibt oder nur temporär ist."

Ich hatte keine Antwort darauf parat und Shade, wie es schien, genauso wenig. Er blieb nonchalant wie immer, nicht ein Hauch Reue lag auf seinem Gesicht.

Weil es ihm völlig egal war, in was für eine Lage er mich gebracht hatte.

„Was ist mit dir?", fragte ich. „Kriegst du elementare Fähigkeiten?"

Er zog eine Schulter hoch. „Alles fühlt sich wie immer an – außer meiner Verbindung zu dir. Die ist neu."

„Ja, du hast sie ins Leben gerufen."

„Ich erinnere mich."

„Und dir ist völlig egal, dass du es getan hast."

„Natürlich ist es mir nicht egal. Warum würde ich sonst aus freiem Willen in diesem heruntergekommenen vormaligen Schulzimmer mit dir stehen?" Er stieß sich von der Wand ab und kam auf mich zu. „Das ist nicht direkt der angenehmste Ort, aber ich wollte dich nicht allein mit Zeph und Kols lassen."

Ich sah mit finsterem Blick zu ihm hoch. „Ich stecke nur wegen dir in diesem Schlamassel."

„Ich weiß."

„Und es tut dir nicht einmal leid."

„Tut es nicht?", konterte er und legte seinen Kopf schief.

„Tut es das?", wollte ich wissen.

„Willst du wieder das Vielleicht-Spiel spielen?"

„Bäh!" Ich wollte ihm eine zimmern. „Du bist unmöglich und kryptisch und so ein … ein … ein blutsaugender Weidenstumpf!"

Er lachte und schüttelte seinen Kopf. „Du bist so nah dran, Aflora. So nah."

Offenbar hatte das Wort *blutsaugend* seit gestern seine verdammte Wirkung verloren, was mich wieder als Witzfigur dastehen ließ. „Na gut. Du bist ein verficktes Arschloch", sagte ich zu ihm und die Worte fühlten sich falsch in meinem Mund an.

Und natürlich belustigte ihn das nur noch mehr. „Oh, ich mag es, wenn dir dieses Wort über die Lippen kommt, kleine Rose. Sag nochmal *verfickt*."

Ich warf meine Hände in die Luft und wandte mich Zephyrus zu. „Kannst du ihn bitte dazu bringen, zu gehen?"

„Das wäre reine Zeit- und Energieverschwendung. Shade befolgt keine Regeln."

„Stimmt. Tue ich nicht", bestätigte das Todesblut. „Außerdem bin ich hier, um dich vor dem wütenden Mob draußen zu beschützen. Wenn Kols sie nicht beruhigen kann, werden wir einen Kampf an der Backe haben. Und ich bin noch nicht bereit, dich zu verlieren."

„Tu nicht so, als ob du selbstlos wärst." Zephyrus verschränkte seine Arme, woraufhin seine Muskeln sich anspannten. „Wir beide wissen, dass du nur dem Schmerz entgehen willst, den man erfährt, wenn man seinen Gefährten verliert."

„Ich habe nie etwas anderes behauptet", erwiderte Shade gelassen. „Aber mein Grund ist weder noch. Ich bin hier, um sie zu beschützen – und genau das werde ich auch tun."

„Oder ich könnte einfach eine weitere Kugel *himmelblauer*

Flammen heraufbeschwören", murmelte ich, meinte es aber nicht so.

„Tu es und ich werde dich eigenhändig töten", warnte Zeph.

Ein Schauer lief an meinem Rücken hinab, als mir bewusstwurde, wie ernst er das Gesagte gemeint hatte. Seine grünen Augen leuchteten zudem aufrichtig. Ich schluckte trocken und nickte. „Dann solltest du die Zeit vielleicht dazu nutzen, mir zu zeigen, wie ich die Macht kontrollieren kann."

„Ich werde mehr als ein paar Minuten für diese Lektion brauchen." Er sah mich einen langen Augenblick an. „Aber ich werde deinen Stundenplan mit Kols besprechen. Ich glaube, dein unabhängiges Studium sollte überdacht und mit mir ausgehandelt werden. Du wirst alle Hilfe mit Verteidigungsmagie brauchen, die du kriegen kannst – nach dem, was du da draußen eben getan hast."

Shade nickte, stimmte ihm offensichtlich zu.

Etwas sagte mir, dass es keine Rolle spielen würde, was ich sagte, also blieb ich still und wartete stattdessen.

Nach dem, was sich wie Stunden später anfühlte, schloss Kols sich uns wieder an, sein Gesichtsausdruck misstrauisch. „Ella geht es gut. Tray ist verärgert, aber verständnisvoll. Und die anderen … Na ja, lasst uns einfach sagen, dass Aflora sich keine Freunde gemacht hat."

Ist ja nicht so, als ob ich hier welche gehabt hätte, dachte ich verbittert.

„Niemand wird die Sache melden, aber ich musste zustimmen, ihr Halsband mit mehr Kraftbeschränkungen auszustatten", ergänzte er. Zeph zog seine schokoladenbraune Augenbraue hoch. „Wie willst du das anstellen?"

„Ich habe keine Ahnung." Er sah mich an. „Für den

Moment musst du in der Suite bleiben. Geh nicht in die Kantine. Misch dich nicht unter die Feen."

„Was ist mit Schule morgen?", fragte ich.

„Du wirst an meiner Seite sein, also wird es in Ordnung gehen. Aber von jetzt an brauchen wir etwas, das deine Kräfte besser im Zaum hält."

Also eine noch kürzere Leine. Toll.

Ich seufzte. „Okay." Obwohl ich die Aussicht darauf verabscheute, verstand ich den Grund dafür. Wenn meine Kräfte so weiterwuchsen, könnte ich jemanden ernsthaft verletzen. Und damit würde ich nicht leben können. Meine Kräfte weiter einzuschränken, ergab Sinn. Ich wollte den Schmerz lieber selbst ertragen, als ihn anderen zuzufügen.

„Du wehrst dich nicht mal dagegen?", fragte Kols mit überraschtem Gesichtsausdruck.

Ich schüttelte meinen Kopf, schluckte trocken. „Ich weiß, zu was eine Abscheulichkeit in der Lage ist, Prinz Kolstov. Wenn ich wirklich zu einer werde, ist es unabdinglich, dass ich eingeschränkt werde." Ich ließ meine Schultern hängen und sah zur Tür. „Wenn du mich zurück zur Suite bringst, werde ich dortbleiben, bis du mir was Gegenteiliges sagst."

Denn Flucht war unter diesen Umständen keine Option. Nicht, wenn das Feuer noch immer unter meiner Haut züngelte und losgelassen werden wollte.

Die Kraft in mir schien nach einem Ventil zu suchen, einem Weg, um auszubrechen. Es musste einen Weg geben, um es zu zügeln. Denn wenn nicht … Ich erschauderte, weigerte mich, an diesen Ausgang zu denken.

Ich werde das überleben, versprach ich mir. *Irgendwie.*

KOLS

„Ich schwöre, wenn du dich nochmal entschuldigst, werde ich dir einen neuen Kiefer verpassen", drohte Ella, als ich endlich nach Hause kam.

Mich mit Afloras kleiner Machtentfaltung zu befassen, hatte mich mehr gekostet, als ich zugeben wollte. Vor allem wegen Emelyn. Sie war zu ihrem Vater gegangen, was dazu geführt hatte, dass er ein Notfall-Ratstreffen einberufen hatte, um Afloras Entwicklung zu besprechen. Ich versicherte ihnen, dass ich sie unter Kontrolle hatte, und betonte immer wieder den schwierigen Umstand, dass sie die letzte königliche Erdfee war. Sie jetzt zu töten, würde einen Krieg heraufbeschwören. Sie mussten sich erst mit dem Rat der

Feen der Elemente absprechen, bevor das überhaupt eine Option war.

Mehrere wollten sie wegsperren.

Aber mein Vater stand auf meiner Seite und erinnerte alle daran, dass diese Aufgabe Teil meiner Krönungsproben war.

Eine Krönungsprobe, die sich als meine bisher schwierigste Aufgabe entpuppte.

Aflora saß auf einem Sofa neben Ella, ihre Schultern gekrümmt, während sie eine Tasse heiße Schokolade in ihren zarten Händen hielt. „Ich hatte keine Ahnung, dass ich dazu fähig bin."

„Ich weiß."

„Vielleicht sollte ich nicht mehr zum Unterricht gehen", fuhr Aflora fort. „Die Kraft scheint sich zu verstärken, nicht zu vermindern, und das kann nichts Gutes bedeuten."

„Unterricht ist Pflicht", sagte ich, brachte mich ins Gespräch ein, zumal mich keiner der beiden durch die Tür kommen zu hören schien.

Aflora zuckte zusammen, ihre blauen Augen weiteten sich, als sie zu mir hochsah.

Ella reagierte nicht. Vielleicht hatte sie also mitbekommen, dass ich eingetreten war.

„Wie ist das Treffen gelaufen?", fragte Tray, als er mit einem Bier aus der Küche lief. Er legte einen guten Job hin, seine Nervosität über das, was heute passiert war, zu verstecken – aber ich bemerkte, wie er seinen Kiefer anspannte, als er sah, wie nahe Aflora Ella war. Dieses Vorkommnis würde keiner von uns so schnell vergessen, auch wenn es Ella jetzt gutzugehen schien.

„Ich habe ein verstärktes Halsband für Aflora", erwiderte ich und zog den Gegenstand aus meiner Tasche, um es ihm und den anderen Anwesenden zu zeigen. „Aber sie haben zugestimmt, sie für den Moment hierbleiben zu lassen, solange sie ihren Unterrichtsstunden wie geplant beiwohnt. Ihren Tag des Selbststudiums wird sie mit Zeph verbringen. Und er wird versuchen, ihr etwas mehr über Verteidigungsmagie und Kontrolle beizubringen."

„Ich wette, er freut sich schon darauf."

„Er hat sich tatsächlich freiwillig dafür gemeldet", erwiderte ich.

Tray zog seine Augenbrauen weit hoch. „Hat er dem Treffen beigewohnt?"

Ich nickte. „Er war Zeuge im Prozess."

„Moment mal, es gab einen Prozess?", fragte Aflora. „Warum durfte ich nicht aussagen?"

„Weil du eine Frau bist", murmelte Ella. „Der Rat ist randvoll mit sexistischen Arschlöchern." Sie sah mich und Tray spitz an, als sie das sagte. Es war ein übliches Streitthema zwischen uns.

„So funktioniert unsere Welt nun mal", erwiderte ich, mehr zu Aflora als zu Ella. Die Letztere wusste ganz genau, wie die Dinge hier liefen. „Es dürfen nur Männer im Rat vorsprechen. Wenn du etwas zu sagen hast, schickst du deinen Gefährten."

Aflora schnaubte. „Weil ich Shade ja damit vertrauen kann, dass er in meinem Interesse handelt." Sie schüttelte ihren Kopf, sah mich an. „Technisch gesehen bin ich eine Königin, Prinz Kolstov. Ich spreche für mich selbst."

„Soweit ich verstanden habe, hast du deinen Thron noch immer nicht bestiegen, was dich zu einer Prinzessin macht", korrigierte ich. „Und wie ich schon gesagt habe … Unser Rat lässt keine Frau an unseren Treffen teilnehmen." Obwohl ich ihr, was ihre Bemerkung zu Shade anbelangte, zustimmte, sagte ich nichts darauf. Aber ich hatte das Gefühl, dass ich hinzufügen musste: „Aber Shade hat sich heute für dich stark gemacht. Und er war echt gut."

Sie sah mich mit offenem Mund an. „*Was?! *Was hat er gesagt?"

„Das ist nicht wichtig. Was du wissen musst, ist, dass der Rat beschlossen hat, dass du weiterhin zum Unterricht gehen darfst. Aber sie wollen, dass du dieses verbesserte Halsband trägst. Shade, Zeph und ich wurden zudem damit beauftragt, dein Kraftwachstum zu beobachten. Also wirst du mit mindestens einem von uns in jeder Unterrichtsstunde sein."

Ich sah zu Ella und Tray. „Könnt ihr uns einen Augenblick allein geben, um den Austausch des Bandes zu regeln? Nur für den Fall, dass es ein Nachwehen vom Wechsel gibt."

Normalerweise wäre es mir egal gewesen, es in ihrer Anwesenheit zu tun, aber ich wollte Ellas Gesundheit nicht nochmal riskieren.

Tray stimmte dem ganz offensichtlich zu, denn er stellte sein Bier wortlos ab, lief zu seiner Gefährtin und streckte seine Hand nach ihr aus.

„Echt jetzt?", sagte sie und warf uns beiden einen bitteren Blick zu. „Aflora wird nicht explodieren."

Keiner von uns sagte etwas, weil wir beide wussten, dass Aflora durchaus jeden Moment explodieren könnte – und ich war der Einzige, der mächtig genug war, um mit den Nachwehen davon umzugehen.

„Ist schon gut", murmelte Aflora und stand vom Sofa auf. „Lass uns einfach in mein Zimmer gehen. Ich werde mich nicht gegen das Auswechseln wehren."

Nach ihrer Kapitulation von vorhin hatte ich angenommen, dass sie so etwas sagen würde. Denn Aflora stellte jedermanns Sicherheit über ihre eigene. Dieses Halsband könnte ihr, soweit wir wussten, das Leben aussaugen und doch würde sie es mich willentlich anlegen lassen, wenn es bedeutete, dass sie leiden würde und nicht jemand anderes.

Ich bewunderte sie unheimlich für diese Einstellung.

Denn ich hätte in ihrer Situation dasselbe getan.

Es war die Verantwortung eines Royals, andere über sich zu stellen. Was konsequenterweise auch genau der Grund dafür war, dass ich Emelyn Jyn so verabscheute. Sie dachte nur an sich selbst, nie an andere. Als ich meinem Vater das gesagt hatte, hatte er nur mit der Schulter gezuckt und gesagt, dass es meine zukünftige Aufgabe wäre, die Frau in die Schranken zu weisen. Also noch eine Aufgabe, die zukünftig auf meinen Schultern lasten würde.

Ich schob die Genervtheit beiseite, konzentrierte mich auf Afloras dichtes schwarzes Haar, das in Wellen an ihrem Rücken hinabfiel, während sie ohne ein weiteres Wort zu ihrem Zimmer lief. Sie war wirklich wunderschön – auf eine überirdische Art und Weise – mit ihrer weichen Haut, den sanften Kurven und ihrem herzförmigen Arsch.

In einem anderen Leben hätte ich sie über ihr Bett gebeugt, wäre tief in sie eingedrungen und hätte sie meinen Namen stundenlang stöhnen lassen.

Aber dieses Leben verwehrte es mir, diese lusterfüllte Fantasie Wirklichkeit werden zu lassen.

Ich griff nach ihrer Hand, als sie ihr Zimmer betrat, und führte sie stattdessen in meines, wollte im bekannten Umfeld meiner vier Wände für das Gespräch sein, das wir führen mussten.

Sie wehrte sich nicht gegen meine nonverbale Bitte, ließ sich von mir in mein Schlafzimmer führen. Ich schloss die Tür. Ein paar Schritte weit in mein Zimmer hielt sie an, drehte sich um und blickte mich misstrauisch an. „Ich habe keine Ahnung, was dieses Ding tun wird, wenn ich es dir anlege", sagte ich, brach die Stille zwischen uns.

Sie schluckte leer. „Ich schätze, es gibt nur einen Weg, um es herauszufinden."

„Tatsächlich sehe ich zwei Wege, um es herauszufinden."

Darum wollte ich sie für dieses Gespräch in meinem Zimmer haben. Ich brach ein Dutzend Regeln damit, aber die Idee war mir auf meinem Nachhauseweg gekommen.

Ihr dieses Halsband anzulegen, erschien mir falsch. Wie ein steiler Hang, den ich nicht hinabgehen wollte, weil mir vermutlich nicht gefallen würde, was ich unten finden würde.

Aber ich würde die Entscheidung ihr überlassen, wie wir weitermachen würden.

„Meine Bedenken mit diesem neuen Halsband sind, dass es dir alle Macht rauben wird, sodass du dich nicht verteidigen kannst." Etwas, zu dem sie jetzt vermutlich in der Lage sein musste, weil sie gezeigt hatte, dass sie Kriegsfeuer heraufbeschwören konnte. Es war ein fortgeschrittenes, schwieriges Manöver. Und sie hatte es wunderschön und doch auf die schlimmste Weise präsentiert.

Aflora lief rückwärts auf mein Himmelbett zu, setzte sich ohne Erlaubnis darauf. Nicht, dass sie wirklich eine brauchte. „Wenn du es mir nicht ummachst, könnte es sein, dass ich die Kontrolle verliere und noch mehr Leute verletze."

„Ja", stimmte ich zu. „Aber wie willst du lernen, sie zu kontrollieren, wenn du so unwiderruflich gefesselt bist?" Ich stieß mich von der Tür ab, um mich ihr auf dem Bett anzuschließen, und reichte ihr das verbesserte Halsband. Sie zuckte zusammen, als es ihr einen Schock verpasste, so, wie es mich gezwickt hatte, als Chern es mir gegeben hatte. „Du kannst es spüren, oder? Wie es dir die Kraft direkt aus den Fingern saugt?"

Sie schluckte erneut trocken und sie streckte ihre Zunge aus, um ihre vollen Lippen zu befeuchten. „Ich werde tun, was ich tun muss."

„Ich weiß." Ich streifte eine ihrer schwarzen Locken hinter ihr Ohr, dann ließ ich meine Finger über ihr derzeitiges Halsband gleiten.

„Aber manchmal ist der sichere Weg nicht der richtige Weg."

Strahlend blaue Augen sahen in meine. „Was meinst du damit?"

„Ich meine, dass du Kontrolle erlernen musst, wenn du überleben willst – und keiner von uns kann dir das beibringen, wenn deine Macht gebunden ist." Ich ließ meine Hand auf den Gegenstand in ihrer Hand fallen. Ein unangenehmes Zucken fuhr an meinem Arm hoch. Es mir um den Hals zu legen, würde meine Macht vollständig abwürgen.

Ich hatte die Vermutung, dass es Aflora total zerstören – sie vermutlich in einen menschenähnlichen Zustand versetzen würde.

„Wie wäre es, wenn wir das Halsband für den Moment verstecken und es als Notfallplan behalten? In der Zwischenzeit kannst du mit mir und Zeph daran arbeiten, deine neuen Fähigkeiten zu meistern. Es wird nicht einfach werden und du wirst es nicht über Nacht lernen, aber mit etwas Vertrauen und Führung glaube ich, dass wir es schaffen können."

„Das ist eine Möglichkeit?"

„Es könnte eine sein, ja." Es war ein enormes Risiko, das ich auf mich nahm, vor allem, weil es gegen den Beschluss des Rates ging. Aber mein Vater hatte mich mit dieser Aufgabe beauftragt, hatte sie zu einer meiner Krönungsproben gemacht – was mir erlaubte, es auf meine Art zu machen. Und dieses Halsband fühlte sich einfach in so vielerlei Hinsicht falsch an.

„Euer Rat hat diese Möglichkeit nicht abgesegnet", sagte sie einen Augenblick später. Ihr intelligenter Blick durchschaute mich etwas zu gut. „Warum würdest du so ein Risiko für mich eingehen?"

„Ich bin der zukünftige König, und manchmal fällen

Könige unbeliebte Entscheidungen." Das war die Lektion, die mir mein Vater schon früh beigebracht hatte. „Das fällt in diese Kategorie."

Ich ließ den Gegenstand in ihrer Hand los, zog meine Schuhe aus und drehte mich auf dem Bett um, um sie anzusehen. Ich legte mich gegen den Berg aus Kissen und das Kopfteil zurück. Ich entspannte mich im seidenen Himmel, zog ein Knie an, um einen Arm darum zu schlingen, während das andere Bein von der Matratze baumelte.

Viel bequemer.

„Musstest du noch nie eine unbeliebte Entscheidung für deine Leute treffen?", fragte ich und musterte sie. Mir entging die Grimasse, die meine Frage erzeugte, nicht. Ich kannte ihre Antwort, bevor sie sie laut ausgesprochen hatte.

„Doch." Sie ahmte meine Pose nach. Aber sie konnte sich nicht an ein Kopfteil lehnen – Luft oder der dunkle Holzmast waren ihre einzigen Optionen. Sie entschied sich für keines von beidem und legte das Halsband beiseite. Sie bewegte ihre Finger, als versuchte sie, wieder Gefühl in sie reinzubringen. Ich verstand, warum, denn ich hatte dasselbe Taubheitsgefühl, das dieses kraftaussaugende Ding herbeiführte, in meiner Hand gespürt. „Als Kanzlerin Elana letzten Frühling angegriffen hat, habe ich eine Menge ihrer dunklen Magie absorbiert, um meine Leute zu schützen."

Na, das war ein interessantes Detail.

„Wie hast du das gemacht?"

Sie biss sich auf die Unterlippe, zog eine Schulter hoch. „Um ehrlich zu sein, weiß ich es auch nicht. Es war ein natürlicher Impuls, das Meiste ihres Angriffs abzubekommen und ihn zu zerlegen."

Ich sah sie einen langen Moment an. „Beschreib mir, was du mit *zerlegen* meinst." Zeph hatte mir gesagt, was sie vorhin über die himmelblauen Flammen gesagt hatte – sowie ihren

Bemerkungen darüber, Sprüche zu zerlegen und sie wieder zusammenzufügen. Ihre Bemerkung über Elana deutete an, dass hier etwas anderes vor sich ging. Etwas, das nichts damit zu tun hatte, dass Shade sie gebissen hatte.

„Es ist wie ein Spinnennetz." Sie zog ihren Mund zur Seite, ihr Blick schweifte ab, als würde sie nach dem Muster in ihrem Kopf suchen. „Ich kann alle Stränge sehen und sie auseinandernehmen, um sie in was auch immer sie sein sollen zu verwandeln. Oder, wie heute, kann ich mir einprägen, wie ein Spruch geschaffen wurde und ihn replizieren."

Heilige Scheiße. „Konntest du das schon immer?"

„Ja. Nein. Na ja, irgendwie schon." Sie blinzelte, öffnete ihre Augen wieder. „Bisher habe ich die Fähigkeit kaum gebraucht, aber ich konnte über Kraft schon immer so denken. Es ist natürlich für mich, weshalb ich auch auf Elana reagiert habe, wie ich reagiert habe. Und heute auch. Ich verstand die Magie auf eine merkwürdige Art, baute sie um, damit sie mir helfen würde – aber ich hatte keine Ahnung, dass sie Kriegsfeuer schaffen würde. Ich habe einfach ein paar Flammen, die unter meiner Haut brannten, freigelassen."

Sie ließ ihre Schultern seufzend sinken und ich kämpfte gegen den Drang an, übers Bett zu greifen und sie in eine Umarmung zu ziehen. Ich konnte sehen, wie besorgt sie über alles, was heute geschehen war, war. Es stellte sie als Abscheulichkeit hin – eine Bedrohung für die Feen. Und doch wollte sie ganz klar das Richtige tun. Anders als andere Feen in ihrer Lage, die die Kraft zu ihrem Vorteil nutzen, sich auf Kosten anderer zu beschützen versuchen würden.

Aflora war überhaupt nicht so.

Wenn ich ihr befohlen hätte, dieses Halsband zu tragen, hätte sie es getan – auch wenn es sie umgebracht hätte.

Und es hatte nichts mit ihrem Überlebenswillen zu tun, sondern mit ihrem Bedürfnis, ihr Volk richtig anzuführen.

„Ich will etwas ausprobieren." Ich stieß mich vom Kopfteil ab und setzte mich im Schneidersitz hin.

„Ähm, okay." Sie ahmte meine Pose wieder nach, sah mich an. Unsere Knie berührten sich um ein Haar.

„Ich werde einen Bann auslösen – nichts Gewalttätiges – und ich will, dass du versuchst, ihn, ohne deinen Zauberstab oder deine Stimme zu benutzen, zu beeinflussen. Genauso wie du es bei Ella vorhin gemacht hast. Aber benutz kein Feuer."

Sie nickte langsam. „Okay."

„Gut." Ich legte meine Handflächen nach oben und bedeutete ihr, dasselbe zu tun. „Das hier ist ein einfacher Bann, um einen Gegenstand zu erschaffen. Wie Stiggis das vorhin bei Shade gemacht hat. Bereit?"

„Jepp."

„*Ajamee* Apfel." Ein saftiger roter Apfel erschien in meiner Hand. Ich führte ihn an meine Lippen und nahm einen Bissen davon, wackelte mit meinen Augenbrauen.

Sie runzelte die Stirn. „Ich dachte, der Spruch, um Essen herbeizuzaubern sei ‚*Tareero Tamida*'."

„Oh ja, das ist ein Weg, um Essen heraufzubeschwören. *Ajamee* erschafft alles, was du willst." Ich stellte meinen Apfel auf den Nachttisch und öffnete meine Handfläche wieder. „*Ajamee* Messer." Ich stellte mir das Messer vor, das ich wollte, und es erschien eine Sekunde später, glitzerte im Mondlicht, das durch meine Fenster hineinschien. „Du musst dir vorstellen, was du erschaffen willst, wenn du den Spruch sagst, und der Gegenstand erscheint."

„Zephyrus hat mir gesagt, dass ich das nicht ohne Zauberstab tun soll."

„Na, ich will nicht, dass du einen Zauberstab oder Worte benutzt. Ich will nur sehen, ob du die Magie heraufbeschwören kannst, ohne etwas zu sagen. Wie du es heute beim Duell gegen Ella getan hast."

„Aber das war etwas anderes, weil die Magie gegen mich verwendet wurde. So kann ich deinen Spruch nicht spüren."

„Hm. Okay. Dann machen wir es anders. Leg dich hin", sagte ich, und eine gefährliche Idee formte sich in meinem Kopf.

Ich konnte sie nicht so berühren, wie ich wollte, aber ich konnte meine Fähigkeiten auf eine völlig andere Art an ihr benutzen. Ich hatte versprochen, keinen gewalttätigen Spruch auszusprechen. Ich hatte nichts von erotischen gesagt.

Aflora streckte ihre langen Beine aus und legte ihren Kopf auf ein Kissen, während ich mich auf meine Knie begab und auf Höhe ihres Bauches kniete.

„Okay, ich will, dass du versuchst, aufzunehmen, was ich tue. So, wie du es bei Ella gemacht hast. Und dann will ich, dass du es an mir verwendest." *Das wird lustig werden*, sinnierte ich. „Bereit?"

Sie nickte. „Ja."

Ich ließ meine Hand über ihre Bauchgegend schweben, bemerkte, wie ihr Oberteil etwas hochgerutscht war und einen neckischen Blick auf ihre weiche Haut freigab. Ich richtete meine Magie darauf, murmelte einen Spruch, der auf eine sinnliche Art Wärme erzeugen sollte.

Afloras Finger krallten sich in die Steppdecke auf beiden Seiten ihrer Hüften und ein lieblicher Klang stieg in ihren Rachen.

„Spürst du das?", fragte ich leise, bewegte den Spruch dazu, sich in ihrem Bauch und zu ihren Brüsten hoch auszubreiten.

Sie erschauderte und schloss ihre Augen.

„Konzentrier dich auf den Spruch, Aflora", flüsterte ich und benutzte meine Kraft, um eine Welle davon zwischen ihre Schenkel zu senden. „Versuch, ihn zu zerlegen und ihn an mich zurückzusenden, Schätzchen."

Gänsehaut machte sich an ihren Armen bemerkbar, als sie ihre Beine auf eine Art aneinanderpresste, die ich nur allzu gut kannte.

Es bedurfte eines hohen Maß an Zurückhaltung, mich nicht über sie zu beugen und ihr einen Kuss auf die Stelle über ihrer Gürtellinie aufzudrücken. Mmh, dann würde ich den Stoff runterziehen, um ihre feuchter werdende Mitte mit meiner Zunge zu erforschen. Ich wettete, dass sie süß schmeckte, genauso wie sie roch. Ihr betörender Geruch lockte mich an, bestätigte ihr Interesse und sagte mir, wie bereit sie war.

Mein Spruch webte sich tiefer in sie, suchte nach den Stellen an ihrem Körper, die fähige Berührungen brauchten, und heizte sie noch mehr an.

„Kolstov", keuchte sie und drückte sich vom Bett hoch.

„Kols", korrigierte ich und gab dem Bedürfnis nach, meine Hand auf ihren Bauch zu legen. Ich drückte sie auf das Bett herunter und schwebte über ihr. „Und jetzt beeinflusse den Spruch und bilde ihn nach – genau so, wie du es mit dem Fesselungsbann vorhin gemacht hast."

„O-okay", schaffte sie hervorzubringen, ihre Stimme heiser von der Lust, die sie verspürte.

Oh, das hier war ein gefährliches Spiel, denn jetzt wollte ich sie stöhnen hören. Sie kommen sehen. Meinen härter werdenden Schwanz in sie gleiten lassen, und uns beiden einen Orgasmus verschaffen, den keiner von uns in der nächsten Zeit vergessen würde.

Ich spannte meinen Kiefer an, um ein Stöhnen zu unterdrücken. Meine Eier schmerzten angesichts des Anblicks, der sich mir bot. Es wäre so einfach gewesen, uns unserer Kleider zu entledigen und uns stundenlang zwischen den Laken zu verlieren. Vielleicht sogar Tage.

Scheiße, ich muss echt flachgelegt werden.

Am liebsten von einer sich windenden, dunkelhaarigen Göttin mit strahlend blauen –

Meine Augen weiteten sich, als ich etwas Unmögliches sah.

Heilige Scheiße, sie ist *himmelblau.*

Ich konnte *sehen*, wie ihre Magie sich entfaltete, während sie meinen Spruch mental berührte und die Enden manipulierte, sie in ihren eigenen Bann verwandelte.

„Du bist –" Eine Hitze machte sich in meinen Lenden bemerkbar und ließ mich auf die Matratze neben ihr fallen. Das Zucken war so gewaltig, dass mein Herz wirklich kurz zu schlagen aufhörte.

Afloras wunderschöne Augen sahen in meine, ihr Lächeln jenes einer Verführerin, die ihren Bann um meinen Schwanz gelegt hatte. Buchstäblich. Sie streichelte ihn und ich packte ihre Hüfte daraufhin. Unsere Körper wandten sich einander zu.

„Scheiße, Aflora."

Definitiv keine Jungfrau, und auch nicht unerfahren.

Nicht, wenn sie *so* zupackte.

„Du hast gesagt, dass ich den Bann gegen dich verwenden soll", erwiderte sie mit noch immer heiserer Stimme. Dieses Mal aber schwang weibliche Lust darin mit.

„Wie schlage ich mich?"

„Wunderbar", gab ich heiser zu, zuckte zusammen, als sie es erneut tat. Mein Griff um sie verstärkte sich und ich kämpfte gegen den Instinkt an, sie auf ihren Rücken zurückzulegen und sie zu dominieren. Sie innig zu küssen, ihr die Klamotten vom Leib zu reißen und sie zu ficken, bis mein Herz wieder zu schlagen aufhörte. Aber dieser Hauch von himmelblauer Magie verführte meine Sinne, brachte mich zurück zum Ernst der Lage. Sie hatte nicht nur eben einen Spruch durch Berührung erlernt, sie hatte ihn auch zerlegt und ihn auf eine Art angewandt, wie nur ein Malaiseblut es konnte. Und die Farbe, die ihre magische Essenz umgab, bewies es.

Aflora war definitiv eine Abscheulichkeit.

Ein Monster, das ich irgendwann töten müsste.

Wenn ich klug gewesen wäre, hätte ich sie sofort umgebracht und nicht darauf gewartet, dass sie noch stärker würde. Es gab einen Grund, warum die Malaiseblute ausgestorben waren.

Die Mitternachtsfeen hatten sie alle umgelegt.

Diese Frau war eine größere Bedrohung für meinen Thron als jeder andere, den ich je getroffen hatte.

Und doch brachten meine Instinkte mich dazu, sie näher an mich zu drücken, anstatt sie von mir zu stoßen.

Der Drang, so ein wertvolles Geschenk zu beschützen, überkam mich, nahm meine Fähigkeit, klar zu denken, ein. „Aflora", flüsterte ich, meine Lippen plötzlich gefährlich nahe an ihren. „Du hast keine Ahnung, wie einzigartig du wirklich bist."

Sie löste ihren mentalen Griff um meinen Schwanz und ihre Energie verschwand, als sie in meine Augen sah. „Ich weiß mehr, als dir bewusst ist."

„Kannst du mir von deinen Eltern erzählen?"

„Was ist mit ihnen?"

„Stammten sie irgendwie von Mitternachtsfeen ab?", fragte ich und versuchte das Rätsel ihrer Herkunft zu lösen. Denn diese Fähigkeiten konnten nicht von Shade stammen. Er war durch und durch ein Todesblut. „Du zeigst Fähigkeiten eines Malaisebluts, und ich habe keine Ahnung, wie das möglich ist."

„Malaiseblut?", wiederholte sie stirnrunzelnd.

„Die sechste Blutlinie", erklärte ich, ignorierte meine leichte Genervtheit darüber, dass sie unsere Spezies nicht eingehend studiert hatte. Jedes Feenreich ging die Politik anderer Feenvölker anders an. Und sie hatte recht … Sie war völlig anders aufgewachsen als ich. Ich war mit Eltern aufgewachsen. Sie hatte gegen eine unbekannte Seuche um ihr Leben kämpfen müssen. Die, wie sich später herausstellte, von einer Abscheulichkeit gekommen war.

Wie ironisch, wenn man sich ihre Lage bedachte.

„Meine Eltern waren Erdfeen", sagte sie langsam. „Keine Mitternachtsfeen."

„Entweder ist das nicht wahr" – was meine Vermutung war – „oder Shades Biss hat dich irgendwie mit den seltensten Fähigkeiten unserer Art infiziert. Malaiseblute existieren seit über tausend Jahren nicht mehr."

„Was ist mit ihnen geschehen?"

Ich würde sie nicht anlügen. „Wir haben sie alle ausgerottet."

Sie zog ihre Augenbrauen hoch. „Was? Warum?"

„Weil Malaiseblute, als sie noch lebten, Energie auf eine Weise verändern konnten wie niemand sonst. Sie konnten zudem jede Verbindung nach Herzenslust kappen und einer Fee die Kräfte nehmen. Das Netz, von dem du gesprochen hast, ist deine Verbindung zum Spruch. Und –"

„Ich kann ihn zerlegen und ihn wieder zusammenfügen", beendete sie den Satz für mich, und ihr Körper erstarrte neben mir. „Das ist nicht normal."

„Nein, ist es nicht."

„Shade ist nicht dazu in der Lage?"

„Nicht, dass ich wüsste", erwiderte ich. „Es ist keine Fähigkeit der Todesblute." Aber ich musste mich fragen, ob er irgendwie von der Fähigkeit in Aflora wusste oder sie spürte. Vielleicht hatte er sie sich deswegen als Gefährtin ausgesucht – um Tod und Verwüstung über unser Königreich zu bringen.

„Meine Familie ist wegen eines Malaiseblutes an die Macht gekommen", fuhr ich fort, dachte über die Geschichte nach, die mein Vater mir einmal erzählt hatte. „Es gab einen Aufstand, der darin endete, dass ein Todesblut-König gestürzt wurde. Tatsächlich handelt es sich dabei um einen Vorfahren von Shade. Und ein Malaiseblut hat die Verbindung zur Quelle vom gefallenen Royal zu meinem Großvater transferiert."

Was ein Jahrtausend der Feindschaft zwischen unseren Familien eingeläutet hatte.

„Und dann habt ihr alle Malaiseblute ausgelöscht?"

Ich runzelte die Stirn, dachte darüber nach. „Ich nicht. Die Mitternachtsfeen."

„Warum? Wenn sie geholfen haben, warum habt ihr sie dann alle getötet?"

„Weil sie gefährlich waren. Wie ich schon sagte … Sie konnten einer Mitternachtsfee die Kräfte nehmen und sie als nichts weiter als einen Menschen zurücklassen."

„Haben sie das getan?", fragte sie.

„Ja. Die Todesblute haben sie vor rund tausend Jahren benutzt, um wieder an die Macht zu kommen. Die Malaiseblute wurden daraufhin ihrer Fähigkeiten beraubt und ausgelöscht, was den Todesbluten als Warnung dienen sollte, dass sie sich benehmen sollten."

„Hört sich nach einer eher mordlüsternen Herangehensweise an", erwiderte sie, ihr Missfallen klar in ihrem Gesicht zu erkennen. „Vielleicht waren einige von ihnen unschuldig."

„Wie du?", sagte ich und zog eine Augenbraue hoch. „Bist du unschuldig, Aflora?"

Ich gab dem Drang nach, sie auf das Bett zurückzudrücken. Mein Bein drückte sich zwischen ihre Schenkel und ich lehnte mich über sie. Unsere Lippen waren einander noch immer gefährlich nahe.

„Weil ich glaube, dass du weitaus mehr Erfahrung hast, als du zugibst", murmelte ich.

Die Doppelbedeutung war Absicht. Sie bezog sich auf ihre magischen Fähigkeiten und ihre sexuellen Talente. Denn so, wie sie den Spruch an mir verwendet hatte, ohne auch nur zu erröten, sagte mir eine Menge über ihr Selbstbewusstsein im Schlafzimmer.

Was mich nur dazu brachte, sie weiter erforschen zu wollen.

„Ich weiß nicht einmal, wie ich diese Kraft verwenden soll", flüsterte sie, und sah mich mit ihren blauen, harmlosen Augen an. Ich wollte es beinahe als Show abtun, aber ich spürte die Aufrichtigkeit in ihren Worten. „Ich habe keine Ahnung, woher sie kommt oder warum ich sie besitze."

„Höchst wahrscheinlich deine Eltern", erwiderte ich und stemmte meine Ellbogen an die Seiten ihres Kopfes. „Jetzt ist die Frage … Was mache ich bloß mit dir?"

Sie zu töten, war die naheliegendste Lösung.

Aber wenn Shade irgendwie Bescheid über ihre Blutlinie wusste, deutete das an, dass er ein anderes Motiv hatte, als nur seine Pflichten als Gefährte umgehen zu wollen.

Ich konnte Zeph praktisch in meinem Kopf sagen hören, dass ich sie als Köder benutzen sollte, um herauszufinden, wie weit Shade gehen würde.

Dieser Plan schien mit jedem Einatmen praktischer – und das nicht nur, weil er mir Antworten liefern würde. Das würde mir auch erlauben, dieses wunderschöne Wesen so lange wie möglich am Leben zu erhalten.

Ich konnte sie noch immer nicht haben – vor allem nicht jetzt, wo ich wusste, was für eine Kraft in ihrem Blut zu lauern schien. Aber das bedeutete nicht, dass ich nicht ein kleines bisschen Spaß haben konnte, oder?

„Wir werden das für uns behalten. Für den Moment", sagte ich zu Aflora und berührte ihre Nase sanft mit meiner. „Aber das heißt, dass du ganz genau das tun musst, was ich dir sage, was deine wachsenden Fähigkeiten angeht. Verstanden?"

„Warum würdest du sowas für mich tun?"

„Weil ich noch nicht fertig bin mit dir", gab ich flüsternd zu, meine Lippen strichen über ihren Mundwinkel.

Gefährlich.

Sehr gefährlich.

Aber, oh, wie gut es sich anfühlte.

Zu gut.

Diese Frau war eine ideale Gefährtin für mich – auf alle erdenkliche Arten. Oder jedenfalls sagte mir das mein Bauchgefühl.

Aber mein Kopf wusste es besser.

Ich hatte vor ein paar Monaten den Fehler begangen, mich von meinem Schwanz in eine brenzlige Lage bringen zu lassen.

Ich würde nicht zulassen, dass das nochmal passierte – egal, wie sehr es auch schmerzte, dieses kleine Spiel zwischen und zu beenden.

Was auch genau der Grund war, warum ich mich von ihr und auf meinen Rücken rollte. Mein Körper war angespannt, begierig darauf, mehr zu tun, als sie nur zurückhaltend zu küssen.

„Es wäre besser, wenn du jetzt gehst", sagte ich zähneknirschend. „Wir werden das morgen weiterbesprechen."

Aflora schien innezuhalten, aber ich konnte nicht riskieren, sie anzusehen. Denn wenn ich auch nur den Hauch von Lust in ihren Augen erblickte, hätte ich weitaus mehr getan, als nur ihren Mundwinkel zu kosten.

Obwohl ich es mochte, die Grenzen auszutesten und meine Entschlossenheit auf die Probe zu stellen – etwas sagte mir, dass diese Frau all meine aufrechterhaltene Kontrolle zerstören würde.

Was noch schlimmer war: Ich würde es geschehen lassen. Als die Tür sich sanft hinter ihr schloss, war alles, was ich tun wollte, ihr nachzugehen, sie gegen die Wand zu stemmen und sie zu vernaschen.

Und ihr erlauben, dasselbe mit mir zu tun.

ZEPH

„Ein Malaiseblut", sinnierte ich.

Die Neuigkeiten überraschten mich nicht. Ich hatte es vermutet, als wir alle verschiedene Farben in ihrem Feuer gesehen hatten. Das war eine typische Malaiseblut-Eigenschaft – eine Art, um ihre Magie zu verkomplizieren.

„Ich frage mich, was für einen Zauberstab die Fantasiewesen in *AcaWard* ihr gegeben haben." Ich hatte ihn mir nie angesehen, aber ich konnte mir vorstellen, dass Spuren ihrer Herkunft darin zu sehen waren. „Hast du sie schon darum gebeten, ihn dir ansehen zu können?"

Kols schüttelte seinen Kopf, sah müde aus. „Ich war heute im Elite-Unterricht zu konzentriert darauf, ihre Magie unter Kontrolle zu behalten. Emelyn hat beschlossen, dass

Aflora eine gute Zielscheibe für ihren Fiese-Mädchen-Kram hergibt. Was Aflora sich augenblicklich in Verteidigungsposition begeben ließ." Er seufzte, lehnte sich in mein Sofa zurück und brachte die Bierflasche an seine Lippen.

Wenn es so weiterging, würden wir binnen unserer ersten Woche meinen ganzen Vorrat aufbrauchen. Zum Glück hatten wir bald zwei freie Tage. Ich musste morgen nur noch eine Unterrichtsstunde hinter mich bringen, dann konnte ich ins Reich der Sterblichen gehen, um Nachschub zu kaufen. Aber dieses Mal würde Kols bezahlen. Seine Familie hatte Geld. Ich nicht.

„Wir könnten jetzt nach dem Zauberstab verlangen?", schlug ich vor. „Sie ist nebenan, oder etwa nicht?"

Kols nahm einen langen Schluck, seine goldenen Iriden glimmten auf eine bekannte Weise. Ich wusste, was er sagen würde, bevor ihm die Worte über die Lippen kamen. „Ich brauche eine Pause, bevor ich etwas Dummes mache."

„Wie zum Beispiel, sie zu ficken?"

„Ja, genau." Er sah mich mit zusammengekniffenen Augen an. „Und versuch nicht, mir einzureden, dass du die Anziehung nicht spürst. Wir mögen ein paar Monate lang nicht miteinander gespielt haben, aber ich kenne deinen Typ. Du willst sie genauso sehr, wie ich sie will."

Ich zog eine Schulter hoch. „Das wird nicht passieren."

„Ich weiß. Wenn mein Schwanz das jetzt noch begreifen würde, wären wir uns alle einig."

„Dein Schwanz hat dich immer schon in Schwierigkeiten gebracht", murmelte ich. *Technisch gesehen uns*, korrigierte ich. Sein Schwanz brachte *uns* immer in Schwierigkeiten.

Er stellte seine Flasche auf den Wohnzimmertisch und lehnte sich nach vorne, um seine Ellbogen auf die Knie zu stemmen. „Ja, wenn du mir an dem, was mit Dakota passiert ist, die Schuld geben willst, nur zu. Aber ich brauche deine

Hilfe, Alter. Das ist eine große Sache. Wenn Shade sie zu seiner Gefährtin gemacht hat, weil er weiß, was sie ist, dann ist das alles weitaus mehr als ein Akt der Rebellion."

Ich gebe dir keine Schuld. Ich gebe mir selbst die Schuld, dachte ich. Aber es spielte keine Rolle, weil er recht hatte. Wir mussten uns auf Shade und Aflora und darauf, was auch immer vor sich ging, konzentrieren.

„Was hast du in ihrem Gesicht gesehen, als ihr ihr Malaiseblut diskutiert habt?"

„Aufrichtige Überraschung und jede Menge Verwirrung", erwiderte Kols. „Entweder ist sie eine unheimlich gute Schauspielerin oder sie hatte keine Ahnung, dass sie diese Fähigkeiten besitzt. Ich tippe auf Letzteres, denn sie scheint zu glauben, dass es Shades Schuld ist. Sie behauptete felsenfest, dass ihre Eltern reinblütige Erdfeen waren."

„Ihre Fähigkeiten deuten an, dass das eine Lüge ist."

„Dem stimme ich zu, aber das bedeutet nicht, dass sie das glaubt. So oder so zeigt es, dass sie unschuldig ist. Ich glaube, sie ist bloß eine Schachfigur in einem weitaus größeren Plan. Was ich wissen will, ist: Wer zieht die Fäden? Ist es Shade, sein Vater oder jemand komplett anderes? Denn wir beide wissen, dass die Todesblute und die Malaiseblute eine dunkle Geschichte zusammen haben."

„Darum hat dein Großvater sie ja auch vor tausend Jahren getötet", sagte ich, erinnerte mich an meinen Geschichtsunterricht hier an der Akademie. Es war ein Thema, das mich immer beunruhigt hatte. Die Ausrottung einer gesamten Blutlinie, um für alle anderen ein Zeichen zu setzen.

Benehmt euch oder ihr werdet die Nächsten sein.

Die Malaiseblute wurden in der Geschichte als die Bösen hingestellt, aber ich hatte immer schon das Gefühl gehabt, dass hinter der Geschichte mehr steckte, als uns gesagt wurde. Es war ein Thema, das die meisten von uns umgingen. Etwas, von dem ich annahm, dass es absichtlich geschah. Wenn niemand die Geschehnisse des dunklen Zeitalters der Mitternachtsfeen anzweifelte, blieben die Geheimnisse aus dieser Zeit tief unter der Erde vergraben.

Vielleicht war das, weshalb Aflora hier war. Um ein paar dieser Leichen wieder auszugraben.

„Wir müssen sie am Leben erhalten", sagte ich und schlug mein Bein über mein Knie. „Sie ist zu kostbar, um nur ein Lockvogel zu sein."

Denn sie könnte der Schlüssel zu einer Wahrheit sein, die zu lange verheimlicht worden war.

„Mein Vater würde sie unverzüglich tot sehen wollen." Kols starrte mit strengem Gesichtsausdruck zu Boden. „Ich sollte sie umbringen, Zeph. Sie ist eine Abscheulichkeit. Ich habe Beweise dafür."

Ich musterte ihn einen langen Augenblick. „Warum hast du sie dann noch nicht exekutiert?"

Er hielt seinen Blick auf den schwarzen Teppich gerichtet. „Ich habe Exos und Cyrus versprochen, dass ich auf sie aufpassen werde", gab er leise zu. „Nicht, weil es das Richtige ist, sondern, weil ich das will." Er atmete hörbar aus, seine goldenen Augen sahen endlich in meine. „Ich verspüre diesen merkwürdigen Drang, sie beschützen zu wollen, Zeph. Ich kenne sie kaum, und doch …"

„Verspürst du dieses Pflichtbewusstsein, dass du sie vor der schrecklichen Zukunft, die sie erwartet, beschützen musst", beendete ich den Satz für ihn, mit ähnlich leiser Stimme.

Denn ja, ich verstand es. Dieser bizarre Drang, über sie zu wachen, vermischte sich mit meinem Bedürfnis, sie zu unterrichten – ihr dabei zu helfen, zu überleben. Und doch wusste ich, dass ihr Tod unvermeidlich war. Das Bedürfnis, sich um sie zu kümmern, stieß mir direkt in den Magen und ich hatte keine Ahnung, woher es gekommen war oder warum.

„Glaubst, es hat etwas damit zu tun, dass sie eine Abscheulichkeit ist?", fragte ich. „Vielleicht liegt eine Art Zauber auf ihr, der uns dazu zwingt, in ihrem Interesse zu handeln."

„Du meinst eine Art Selbsterhaltungsinstinkt?"

„Ja, genau." Ich rieb mir meine Bartstoppeln, was eine piksende Erinnerung daran war, dass ich mich bald wieder rasieren musste.

Ich hatte mich diese Woche wegen meines Kummers über meine neue Arbeitsstelle gehen lassen. Lehrer zu sein, war nichts für mich. Ich hatte nur wenig Geduld mit Idioten und die Hälfte der neuen Schüler waren zu grün hinter den Ohren, um links von rechts zu unterscheiden. Sie würden es lernen. Irgendwann.

„Möglich", antwortete Kols und dachte über meine Zauber-Theorie nach. „Ich werde vor Lust halb verrückt, wann immer ich in ihrer Nähe bin. Und bevor du sagst, dass ich das immer tue – das hier ist anders. Die anderen waren nur Trophäen, die zu sammeln ich genoss. Aflora ist mehr als eine Trophäe. Sie ist eine echte Bedrohung für mich und dieses Königreich. Und es geht gegen meine ganze Ausbildung und alle Prinzipien, sie am Leben zu lassen – ganz zu schweigen davon, ihr zu *helfen*."

„Du sprichst vom Halsband." Ich sah ihn mit einem strengen Blick an. „Sag mir, dass du es ihr angelegt hast."

„Du weißt, dass ich das nicht habe", murmelte er.

„Scheiße, Kols." Das war übel. Echt übel. „Das war ein direkter Befehl von Malik."

„Glaubst du, das weiß ich nicht?", konterte er kopfschüttelnd. „Ich habe meinen Fehler etwa dreißig Minuten, nachdem ich es habe passieren lassen, bemerkt."

„Du meinst, nachdem du dir einen runtergeholt hast",

überlieferte ich, kannte ihn in- und auswendig. Er hatte mir vom Hitzezauber erzählt, als er mir von seiner Entdeckung ihrer Kräfte erzählt hatte.

„Ja, zweimal. Aber das ist jetzt nicht wichtig. Ich weiß, dass es falsch ist, aber ich konnte es ihr heute Morgen immer noch nicht anlegen. Stattdessen habe ich all meine Energie darauf verwendet, sie heute im Zaum zu halten."

„Was, wie ich mir vorstellen kann, dich ihrer Macht nur noch nähergebracht hat." So funktionierten unsere Kräfte. Wir labten uns an den Kraftwellen des anderen. Kols war der Stärkste unter uns. Die schwarzen Linien an seinen Armen und seiner Brust deuteten seine Verbindung zur Quelle an. Wenn wir unsere Sprüche miteinander übten, verzehnfachte sich meine Kraft. Was vermuten ließ, dass Aflora dasselbe passieren würde.

„Du hast ja keine Ahnung", murmelte er. „Meine Macht ist begierig auf ihre – und das nicht nur in Bezug auf die Krönung."

„Sie ist eine ideale Gefährtin, was?"

Er griff nach seinem Bier und nahm einen großen Schluck davon, bevor er finster dreinblickend nickte. „Ich habe es gespürt, als ich sie das erste Mal gesehen habe. Ihr Charakter hilft auch nicht gerade."

„Soll heißen?"

„Sie ist selbstlos und intelligent – hat ein Rückgrat aus Stahl. Mal ganz abgesehen davon, dass sie umwerfend aussieht." Er stellte seine Bierflasche hin und legte seinen Kopf in seine Hände. „Es ist in so vielerlei Hinsicht falsch."

Ich erlaubte ihm einen Moment, im Selbstmitleid zu baden, während ich über alles, was er gesagt hatte, nachdachte. Einige Gedanken kamen mir immer wieder in den Sinn. Die meisten davon zu gefährlich, um sie laut auszusprechen. Ähnlich wie die historischen Geheimnisse, deren Geheimhaltung, wie ich vermutete, nicht in jedermanns Interesse war.

Aber da wir eh schon ein Gespräch führten, das uns in einen Kerker bringen konnte, warum nicht die Grenzen austesten?

„Unser ganzes Leben lang wurde uns eingetrichtert, dass Abscheulichkeiten bösartige Kreaturen sind", begann ich, wählte meine Worte mit Bedacht. „Aber kommt es nicht darauf an, wie man seine Fähigkeiten nutzt? Und nicht unbedingt, von wem wir abstammen?"

Er hob seinen Kopf gerade genug, um mich anzusehen, seine Hände noch immer auf seinen Mund gelegt. „Was willst du damit sagen, Zeph? Red offen mit mir."

„Aflora ist eine Abscheulichkeit, aber sie scheint mir überhaupt nicht böse. Ich würde sie eher *lieb* nennen."

„Wir kennen sie kaum", gab er zu bedenken.

Obwohl ich dem zustimmte, konnte ich es mir nicht verkneifen, zu sagen: „Du hast dich immer damit gebrüstet, dass du Leute gut einschätzen kannst. Würdest du Exos' und Cyrus' Einschätzung hinsichtlich Aflora Glauben schenken?"

Er ließ seine Hände sinken, legte sie zwischen seinen Beinen ineinander, während er seine Ellbogen weiterhin auf seine Schenkel stemmte. „Exos und Cyrus würden alles tun, um ihre Gefährtin zu schützen. Und ihre Gefährtin ist mit Aflora befreundet. Das allein bedeutet schon, dass ich mich auf ihre Aussage nicht verlassen kann, weil sie voreingenommen sind."

„Okay. Na, was sagt dein Bauchgefühl zu Aflora? Denn meines sagt mir, dass sie ein Mädchen ist, das damit aufgewachsen ist, mit Blumen zu spielen – und nicht damit, die Weltherrschaft an sich zu reißen."

Er schnaubte. „Oh, sie ist unschuldig. Aber nicht voll und ganz. Wie sie diesen Hitzebann an meinem Schwanz benutzt hat, sprach in Bezug auf ihre Unschuld Bände."

„Du denkst immer mit deinem Schwanz", sinnierte ich, war trotz des ernsten Themas amüsiert. „Nur, weil sie sich mit dem, was in deiner Hose steckt, auskennt, heißt das nicht, dass sie das Königreich der Mitternachtsfeen übernehmen will."

„Ja, ja ich weiß schon, was du meinst. Aber ich hätte vor einer Woche darauf wetten können, dass sie Jungfrau ist. Und bevor du jetzt sagst, dass das irrelevant ist: Ist es nicht. Wenn ich ihre sexuelle Erfahrung falsch eingeschätzt habe, könnte ich auch ihren *Charakter* falsch einschätzen."

„Stimmt", erwiderte ich. „Aber in meinen Augen hat sie nie jungfräulich geschienen. Sie hat nur nicht mehrere Partner gehabt. Was nach wie vor meine Vermutung ist, was dieses Thema anbelangt. Aber was das weitaus wichtigere Thema angeht, glaube ich nicht, dass Aflora jemals jemandem absichtlich wehtun könnte. Zum Teufel, sie sah aus, als wollte sie heulen, als du ihren brennenden Knallbaum letzte Woche zerstört hast."

Kols lachte. „Ja, sie war auch nicht allzu glücklich darüber, dass Direktorin Jenkins heute eine Krähe für ihren Zwangsbann benutzt hat. Aflora hatte Tränen in den Augen, als das Ding gestorben ist. Ich habe sie angelogen und ihr gesagt, dass der Vogel ein heraufbeschworenes Wesen und nicht echt war."

„Und sie hat dir geglaubt?"

„Ja." Er zog seine Mundwinkel hoch. „Ich habe ihr auf dem Weg zurück zur Suite eine Krähe geschaffen. Sie hat sie noch immer in ihrem Zimmer."

„Und diese Frau soll eine Bedrohung für unsere Spezies sein?", sagte ich höhnisch. „Du beobachtest sie in diesem Moment durch diesen Vogel, nicht wahr?"

„Nicht im Moment, aber ja, ich kann durch die Augen der Krähe sehen."

Ich grinste. „Ich würde dich genial nennen, aber dein Ego muss nicht noch mehr gestreichelt werden."

„Du hast recht. Ich weiß bereits, dass ich genial bin." Dann endlich lächelte er. „Also, was sollen wir tun?"

„Ich glaube, das ist offensichtlich", erwiderte ich und löste mein Bein, um mich auf dem Sessel auszustrecken. Obwohl ich den Standort meiner Suite hasste, konnte ich nicht bestreiten, dass die Möbel, die die Familie von Kols zur Verfügung gestellt hatte, ungemein gemütlich waren. Sie füllten meinen Kühlschrank auf – mit Ausnahme von Bier – und gaben mir allen Luxus, mit dem ich im Nacht-Anwesen aufgewachsen war. Kein schlechtes Leben. Ich hasste nur den neuen Lehrer-Teil davon.

„Wir werden sie beschützen", sagte ich zu Kols, bezog mich dabei auf unseren Plan.

„Ja. Bis wir herausgefunden haben, was zum Teufel Shade im Schilde führt." Und in der Zwischenzeit würden wir vielleicht ein paar Antworten auf historische Fragen finden. „Er hat sie gekostet, also muss er wissen, was sie ist."

Kols nickte zustimmend. „Die Frage ist … Hat er es gewusst, bevor er sie gebissen hat?"

„Ich schätze schon."

„Ich auch."

„Es gibt da eine Sache, die mich verwirrt –"

„Nur eine Sache?", witzelte Kols.

Ich erwiderte nichts darauf, fuhr einfach mit meinem Gedanken fort. „Er musste wissen, dass wir dahinterkommen würden. Wieso hat er nicht versucht, sie von uns fernzuhalten?"

„Er hatte keine andere Wahl."

„Er ist Shade", erinnerte ich ihn. „Er ist ein Mistkerl, der nicht nach den Regeln spielt. Und doch ist er die ganze Woche lang friedlich gewesen. Warum?"

Kols runzelte die Stirn. „Ich … Ich weiß es nicht."

Ich genauso wenig. Darum hatte ich es auch angesprochen. „Wir müssen ihn von Aflora fernhalten."

„Leichter gesagt als getan. Er besucht ihre Träume immer wieder."

Kols verzog das Gesicht. „Ich habe sie letzte Nacht zufällig seinen Namen stöhnen gehört."

Ich zog eine Augenbraue hoch. „Zufällig?"

„Okay, es könnte sein, dass ich versucht habe, in ihren Träumen mit ihr zu spielen. Es ist ein sicherer und einfacher Weg, etwas Druck abzubauen. Aber Shade war bereits da."

Meine Mundwinkel zuckten. „Vielleicht solltest du versuchen, ihn heute Nacht wegzudrängen, und abwarten, was passiert."

„Glaub nicht, dass ich das nicht tun werde."

„Oh, ich weiß, dass du das wirst." Nur schon der Gedanke daran ließ mein Schwanz in meiner Hose steif werden. Denn ich wusste, wie die Szene aus Kols' Sicht aussehen würde. Und ja, ich wollte mitmachen. Aber ich würde der Versuchung nicht nachgeben. Auch wenn ich die letzten paar Nächte mit dem Gedanken daran, wie Afloras volle Lippen um meinen Schwanz geschlungen waren, zu Bett gegangen war.

Ich räusperte mich. „Okay. Na, ich werde eine Runde laufen gehen."

„Noch eine Runde?", fragte Kols und zog eine Augenbraue hoch.

„Man(n) muss sich fit halten."

„Mh-hm." Er schenkte mir einen wissenden Blick. „Viel Glück."

„Wenn man bedenkt, dass du jede Nacht neben ihr schlafen musst, glaube ich, dass du das Glück dringender nötig hast, Kumpel." Ich stand auf und streckte mich, lächelte, als Kols mich mit seinen Augen auf Halbmast dabei beäugte. „Du darfst mich deiner kleinen nächtlichen Fantasie gerne beifügen. Du weißt ja, was ich mag."

Mit dieser neckischen Bemerkung – eine, die ich nicht hätte laut aussprechen dürfen – ging ich, um das Akademiegelände weiter zu erforschen.

Alles, während ich an eine dunkelhaarige Schönheit mit einem Schmollmund und Titten, die wie für Männerhände gemacht waren, dachte.

An sie zu denken, war nicht direkt eine Sünde.

Auch wenn es sich so anfühlte.

Zu schade, dass dieser Umstand meinen Schwanz nur noch härter werden ließ.

AFLORA

„Also, versuch mich dieses Mal nicht umzubringen, okay?"
Ella stand auf der gegenüberliegenden Seite der Matte, hielt
ihre Hände in die Luft. Es entging mir nicht, dass Trayton
am Rand lauerte und ein warnender Blick in seinen Augen
funkelte.

„Keine Magie", sagte er mit einem königlichen Tonfall in
seiner Stimme, den ich allzu gut kannte.

Ein genervter Blick zog auf Ellas Gesicht auf. „Sie weiß
es, Tray. Das ist ja der Punkt dieser improvisierten
Sportlektion."

„Konditionstraining", korrigierte Kols, der sich seinem
Bruder anschloss. Sie beide trugen Muskelshirts, die ihre
athletischen Körper zur Schau stellten. Ich konnte die

familiären Ähnlichkeiten zwischen ihnen definitiv sehen. Die königliche Haltung, die aristokratische Kieferstruktur … Aber Tray ähnelte eher der Nacht, während Kols mich an die Sonne erinnerte.

Eine Sonne, die ich sehr vermisste.

Meinen Unterricht abends zu beginnen, ließ meine innere Uhr verrücktspielen. Der Unterricht endete eher um die Zeit, um die ich üblicherweise aufwachte. Dann schlief ich tagsüber und begann jeden Abend von Neuem.

Kein Wunder, dass die Mitternachtsfeen blass waren.

Na ja, außer Shade. Er war leicht gebräunt, was – wie ich vermutete – an seinem Flair dafür lag, sich in Rauch zu verwandeln.

Er zwinkerte mir von der anderen Seite der Sporthalle zu, wo er darauf wartete, dass er an der Reihe war.

Ich funkelte ihn an.

Seine nächtlichen Träume brachten mich um, und er wusste es. Ich stritt mich jedes Mal mit ihm, wenn er in meinen Kopf eindrang. Und doch endete ich meistens nackt und mich windend unter ihm.

Außer letzte Nacht.

Meine Wangen brannten, als ich mich an all die Dinge erinnerte, die ich mit Kols getan hatte, während ich geschlafen hatte. Das hatte auch in meinem Kopf stattgefunden. Das hatte mir dabei geholfen, Shade rauszuwerfen. Und ich war etwas peinlich berührt darüber, wie gründlich ich die königliche Fee benutzt hatte. Er hätte mir helfen und mich unterrichten sollen, und doch hatte ich die Nacht damit zugebracht, verrückte Dinge mit seinem gemeißelten Körper anzustellen.

Ein Körper, der sich anspannte, als er einen Schritt vorwärts nahm und meine Arme leicht berührte. „Du schaffst das, Aflora. Es ist eine nur Trockenübung. Ella wird dir zeigen, wie es geht. Ruf einfach nicht dein Feuer, okay?"

Mutter Erde, sogar jetzt versuchte er mir zu helfen und hatte keine Ahnung, wie ich ihn gestern Nacht benutzt hatte. Mein Zögern auf der Matte hatte nichts mit Angst zu tun, sondern mit Schuldgefühlen.

Denk einfach nicht daran. Oder wie gut seine Hände sich an deinen Armen anfühlen. Tatsächlich solltest du einen Schritt zurücknehmen, coachte ich mich selbst.

Aber ich hörte überhaupt nicht hin.

Stattdessen sah ich tief in seine goldenen Augen und dachte daran, wie sie geglimmt hatten, als ich mich an ihm herunterbewegt hatte. Ich schluckte leer, sein Geschmack eine verweilende Erinnerung in meinem Rachen. „Ich schaffe das."

„Ich weiß, dass du es kannst."

Mit einem Nicken zwang ich mich, Ella anzusehen. Sie zog eine hellblonde Augenbraue hoch. „Oh, bist du endlich so weit? Denn mir wird langsam langweilig und ich lasse mir hier drüben Flügel wachsen."

Trayton lachte höhnisch. „Das hättest du wohl gerne."

„Tue ich!" Sie warf ihre Hände in die Luft. „Feen sollten Flügel und spitze Ohren haben."

Meine Ohren zuckten, als ich daran dachte, und ich streifte meine dunklen Strähnen hinter sie, um die Spitzen zu entblößen. „Ich habe spitze Ohren."

Ella wirbelte zu mir herum und ein breites Grinsen zog auf ihrem Gesicht auf. „Da! So sollten wir aussehen. Alles, was sie noch braucht, sind Flügel."

„Elfen haben Flügel", erklärte Trayton mit ruhiger Stimme. „Und sie sind nicht echt."

„Na ja, technisch gesehen, gibt es Elfen und sie haben Flügel."

Belustigung streifte kurz durch meine Brust, als ich an Claires Besessenheit von den kleinen Wesen dachte, die von ihrem Seelen-Element erschaffen wurden.

„Wir haben unsere eigene Version hier", murmelte Trayton. „Ella liebt sie."

„Aber er lässt mich keine als Haustiere haben", ergänzte sie.

„Weil sie beißen und zu gerne Feuer legen."

„Werdet ihr den ganzen Tag über rumstehen und ein Kaffeekränzchen halten oder euch an die Arbeit machen?", schallte Zephyrus' Stimme hinter mir. Die Wärme seines Körpers sandte einen Schauer an meinem Rücken hinab. Er trug heute eine graue Jogginghose und ein weißes T-Shirt, was die Aufmerksamkeit mehrerer weiblicher Feen auf sich zog. Meiner inklusive.

Ich machte Shade für meine unkontrollierbaren Hormone verantwortlich. Wenn er nicht jede Nacht damit verbracht hatte, mich mit seinen Berührungen und seiner Zunge zu necken, würde ich all diese unangebrachten Fantasien über Kols nicht haben und ich würde Zephyrus heute nicht so unverschämt unwiderstehlich finden.

„Bin ich unsichtbar?", fragte der Direktor.

„N-nein", stammelte ich, drehte mich zu ihm um und musste hochsehen, um ihm in die brennenden grünen Augen zu blicken. Ein Hauch von Braun umgab das innere seiner Pupillen, die meine Aufmerksamkeit einen langen Moment erhaschten, bevor ich meinen Kopf schüttelte. „Wir wollten gerade anfangen."

Er zog eine Augenbraue hoch. „Ach ja? Denn es sieht aus, als ob ihr hier drüben nur tratscht. Vielleicht muss ich die Gruppen neu einteilen."

Er sah nach links. Sein Mund bewegte sich, noch bevor ich etwas erwidern konnte. „Shade! Komm hier rüber!"

Das Todesblut fand mit einer seiner schwarzen Rauchwolken zu uns hinüber. Er sah gelangweilt aus. „Das ganze Direktoren-Ding scheint dir ganz gut zu bekommen, Zeph. Ich wette, es ist ein schönes Gefühl, endlich einmal

Befehle zu geben, anstatt sich von Kols die ganze Zeit in den Arsch ficken zu lassen."

„Oh, bitte, teil mich mit ihm ein", sagte Kols und trat nach vorne. „Ich werde ihm zeigen, wie es sich anfühlt, in den Arsch gefickt zu werden."

Zephyrus zuckte mit den Achseln. „Ich wollte ihn mit Tray zusammentun, aber klar." Er sah den anderen Royal an. „Hilf mir, den Kampf zwischen Ella und Aflora zu beaufsichtigen, und geh dann mit Fangzahn sparren."

Ich sah über meine Schulter und formte die Worte „Fangzahn?" wortlos in Ellas Richtung, hoffte, dass ich mich verhört hatte.

Sie prustete los und nickte. „Ja, ich weiß. Sehr originell."

„Hört auf, herumzualbern", fauchte Zephyrus. Er packte meine Hüfte, sodass ich mich wieder auf ihn konzentrierte. „Ich muss sehen, womit ich es zu tun habe, damit ich unser Selbststudium nächste Woche besser planen kann. Es sei denn, du willst, dass ich annehme, dass alles, was du kannst, ist, ein paar Blumen zu pflücken?"

Ich erschauderte, als ich seinen negativen Tonfall hörte. „Ich bin keine hilflose Elfe, Zeph."

Er zog seine Augenbraue erneut hoch, sagte nichts und alles mit diesem Blick. Wir standen einander nicht nahe genug, damit ich seinen Spitznamen hätte verwenden dürfen. Es war mir einfach so rausgerutscht.

„Direktor Zephyrus", korrigierte ich leise.

„Sei kein Arschloch, Zeph", unterbrach Ella und stellte sich neben mich. „Wir waren gerade dabei, loszulegen. Und wir müssen nicht beaufsichtigt werden."

„Das werden wir ja sehen", erwiderte er, sein Blick immer noch auf mich gerichtet. „Dann leg los, Elfenblume. Zeig mir, was du drauf hast. Ich warte."

„Glaubst du, es ist klug, das Mädchen zu reizen, das mich vor zwei Tagen beinahe umgebracht hat?", fragte Ella und verschränkte ihre Arme. „Ist nicht böse gemeint, Aflora."

„Sie ist keine Bedrohung. Sie trägt das neue und verbesserte Halsband, oder etwa nicht?" Er schien mich mühelos zu durchschauen, seine grünen Augen glimmten wissend.

„Genau", sagte ich und schluckte leer. „Ich schaffe das schon."

„Dann hör auf, Zeit zu schinden, und liefere mir eine Show, Elfenblume."

Hitze machte sich an meinem Nacken bemerkbar, als ich die Worte hörte – und den Tonfall, in dem er sie sagte. Streng. Fordernd. Und unbeugsam. Drei Worte, die Zephyrus nur zu gut beschrieben.

Mit einem entschlossenen Nicken wandte ich mich Ella zu und sah Kols und Shade neben Tray stehen. Sie hatten den ganzen Austausch beobachtet. Großartig. Also würde ich für sie alle eine Show hinlegen.

„Mach einfach und tritt mir in den Arsch, damit wir es hinter uns bringen können", murmelte ich Ella zu, als wir den Kreis betraten, der auf die Matten gezeichnet war.

Sie gaffte mich an. „Hast du gerade geflucht?"

„Ich weiß, wie man flucht", sagte ich und begab mich in etwas, von dem ich hoffte, dass es wie eine Kampfstellung aussah. Ich hatte mir ein paar Duelle von Machtlosen Champions im Königreich der Feen der Elemente angesehen. Ich wusste, was ich zu erwarten hatte. Ich hatte mich nur nie in einen der Kurse an der Akademie eingeschrieben, weil ich Einzelsportarten gegenüber Kampfsportarten bevorzugte.

„Ich bin klein, aber schnell", warnte Ella mich.

„Gut, dann wird die Sache schnell vorbei sein." Denn ich hatte keine Ahnung, was ich machte, und ich weigerte mich, ihr wie letztes Mal wehzutun.

Es war ein Wunder, dass sie mir so schnell vergeben hatte. Tatsächlich ließ mich das ihre Intelligenz anzweifeln. Aber sie sagte, dass sie mich mochte und wir mehr gemeinsam hatten, als mir bewusst war. Ich wollte unsere Freundschaft nicht kaputtmachen, also ließ ich den Mangel an gesundem Feenverstand schleifen. Immerhin kam es mir zugute. Ihre Faust flog auf mein Gesicht zu, woraufhin ich instinktiv zurücksprang. Sie ließ einen Schlag in meine Mitte darauf folgen, dem ich auswich, indem ich aus ihrer Reichweite wirbelte. „So willst du das Ding also machen?", keuchte ich und entging einer weiteren Faust.

„Du hast gesagt, dass du die Sache schnell hinter dich bringen willst. Halt still und ich werde dir deinen Wunsch erfüllen", keuchte sie und trat dieses Mal nach mir.

„Wieso zum Teufel würde man einen Kurs in Gewalt nehmen?", wollte ich wissen, sah Zephyrus an. „Was für einen Zweck erfüllt das —", ich duckte mich erneut, entging geradeso Ellas Ellbogen, „— bitte sehr?"

„Es ist eine Leibesübung, die es dir erlaubt, dich selbst in unpassenden Situationen zu verteidigen." Zephyrus' Arm schlang sich um meine Taille und er zog mich an seinen muskulösen Körper.

„Was für ,unpassende Situationen'?" Ich wirbelte herum. Meine Handgelenke waren in einer seiner Hände gefangen, bevor ich überhaupt an meinen nächsten Schritt denken konnte.

„Mitternachtsfeen gehen regelmäßig ins Reich der Sterblichen." Er begann mich von der Matte zu schleifen.

„Und dort gibt es Situationen, in denen Nahkampf nötig ist?", fragte ich, während ich Ella über seine Schulter zu erblicken versuchte. Er verstellte mir die Sicht, sodass ich Ellas Intervention nicht sehen konnte, indem er sein Tempo beschleunigte und mich mit seinem Griff sozusagen zurückschubste.

Es musste einen Weg geben, um sich aus seinem Griff zu befreien. Was, wie ich annahm, die Lektion war, die ich lernen sollte. Aber mein Körper schien ihm instinktiv zu gehorchen, obwohl mein Hirn gegenteilige Befehle sandte.

„Im Reich der Sterblichen gibt es so manche Gefahr, Aflora", murmelte er und mein Rücken klatschte gegen eine Wand. Er streckte meine Hände über meinen Kopf, seine andere Hand legte sich um meinen Hals. „Wurdest du vor Kurzem nicht im Reich der Sterblichen angefallen und überwältigt?"

„Von einer Mitternachtsfee", erwiderte ich und sah funkelnd zu ihm hoch. „Nicht von einem Menschen."

„Hm, aber wenn du gewusst hättest, wie man sich richtig verteidigt, wärst du jetzt vielleicht nicht hier", sagte er leise, während sein Griff um meinen Hals sich verfestigte. „Sogar jetzt bist du hilflos und hast keine Ahnung, wie du dich gegen mich wehren kannst. Ich kann deine Kapitulation in jedem deiner Schlucke spüren. In diesem Moment *gehörst* du ganz mir und es gibt überhaupt gar nichts, was du dagegen tun kannst."

Die Worte waren sanft, sein Blick bohrte sich in mich. Alles um uns herum schien zu verblassen, der Moment schien endlos, während er mich in einer unterwerfenden Position festhielt. Es hätte mich wütend machen sollen. Stattdessen begann mein Blut zu brodeln – und nicht auf eine wütende, angriffslustige Art. Auch wenn ich ihn hätte bekämpfen können – was ich definitiv nicht konnte –, hätte ich das nicht getan.

Denn ich *mochte* es, wie er mich überwältigte.

Die Einsicht überkam mich, was mich in seinem Griff dahinschmelzen ließ.

Ich wollte, dass er mich besaß, wie er es gesagt hatte.

Dass er mir sagte, was ich tun sollte. Mich führte. Mich

auf eine Art lehrte, die nichts mit diesem Fach zu tun hatte, sondern mit *uns*.

Oh, ich stecke echt in Schwierigkeiten.

Zuerst Kols.

Jetzt Zeph.

Und ganz zu schweigen von Shade, der immer noch jeden meiner Atemzüge heimsuchte.

„Du magst das", flüsterte Zephyrus, und seine Wärme umgab mich, sodass ich vergaß, zu atmen. Jedes Einatmen erfüllte mich mit seinem berauschenden Waldgeruch. Mir wurde schwindlig und ich war verwirrt und sehnte mich nach mehr.

„Du solltest das nicht mögen", fuhr er fort, seine Lippen an mein Ohr gelehnt. „Hast du dich deswegen so von Shade einnehmen lassen? Er hat dir ein kleines bisschen Aufmerksamkeit geschenkt und du hast ihm deinen Hals hingehalten. Bist du wirklich so einfach zu haben?"

Seine Bemerkung entfachte eine Flamme in mir, die sich durch die Hitze fraß, die seine Berührung in mir entfacht hatte, und ließ mich in Aktion treten. Mein Knie trat gegen seinen stahlharten Schenkel, was einen Schmerz an meinem Bein hochschießen ließ. Das machte mich nur noch wütender. Ich stampfte mit so viel Kraft, wie ich aufbringen konnte, auf seinen Fuß und wehrte mich wie wild gegen ihn.

Seine Hüften hielten mich an Ort und Stelle, sodass ich völlig wehrlos war und vor Wut kochte. „Lass mich los."

„Aber es wurde gerade interessant", flüsterte er, seine Zähne streiften mein Ohrläppchen. Er knabberte vorsichtig daran, was meinem Rachen ein Stöhnen entlockte.

„Du bist zu groß, um mit mir zu sparren", fauchte ich. „Das ist ein unfairer Kampf."

„Kämpfe sind nie fair", schoss er zurück.

„Dafür gibt es Magie."

„Ah, aber es ist gegen die Regeln des Rates der

Mitternachtsfeen, unsere Spezies im Reich der Sterblichen preiszugeben. Was tust du in so einer Situation also, Elfenblume? Würdest du dich von einem größeren Mann überwältigen lassen? Oder würdest du deine Magie an ihm verwenden und die Beweise verwischen?"

Ich gab den Versuch auf, mich von ihm befreien zu wollen, und sah ihm stattdessen in seine glimmenden Augen. „Fragst du mich, ob ich ihn mir Schaden zufügen lassen oder ihn töten würde?"

„Ein Mann in dieser Position würde mehr tun, als dir nur wehzutun", erwiderte er leise. „Er würde dich zerstören."

„Dann hätte ich keine andere Wahl, als mich wirklich zu verteidigen."

„Dann tu es", ermutigte er mich. „Verteidige dich."

„Du hast gerade gesagt, dass in einem Kampf wie diesem keine Magie zugelassen ist."

„Wir sind nicht im Reich der Sterblichen."

„Nein, wir sind im Fach ‚Verteidigung ohne Magie'", schoss ich zurück. „Hör auf, mich davon zu überzeugen zu versuchen, die Regeln zu brechen, *Zeph*."

Sein Mund näherte sich wieder meinem Ohr, sein Atem heiß an meiner Haut. „Wir alle hier brechen die Regeln, Prinzessin. Dein Halsband ist erst der Anfang der *Malaise*, in der wir uns befinden, oder?

Ich erstarrte. Meine Lungen schienen nicht mehr funktionieren zu wollen.

Und er entfernte sich mit einem wissenden Grinsen. „Wir haben eine Menge Arbeit vor uns, Aflora. Ich erwarte, dass du vorbereitet zu unserem Selbststudium erscheinst. Ich würde vorschlagen, dass du die nächsten zwei freien Tage darauf verwendest, zu lernen."

Damit ließ er mich los und verließ den Raum.

Ich sah ihm mit offen stehendem Mund nach – ganz wie mehrere andere der Schüler.

Kols warf mir einen entschuldigenden Blick zu, der Zephs Aussage bestätigte.

Er hatte dem Direktor alles über meine Blutlinie erzählt. Genauso wie über das Halsband an meinem Hals. Nicht, dass ich es ihm verübeln konnte – zumal die beiden sich trotz ihres Gezankes offenbar nahestanden. Aber jetzt fühlte ich mich noch einsamer als zuvor. Es erinnerte mich daran, dass ich in diesem Reich keine Verbündeten hatte. Kols' Hilfe hatte vermutlich seinen Preis.

Denn er würde seinesgleichen immer über mich stellen.

Wie er es sollte.

Ich hätte in seiner Lage dasselbe getan.

Was bedeutete, dass ich ihm nur bis zu einem gewissen Grad vertrauen konnte – wenn überhaupt.

Meine Schultern versteiften sich, ich streckte meinen Rücken durch. Ich würde mich davon nicht unterkriegen lassen.

Zeph hatte recht. Ich musste für mich selbst kämpfen, um das hier zu überleben. Was bedeutete, dass ich lernen musste, wie man sich anständig verteidigte. Im Reich der Sterblichen und in diesem hier. Denn bald schon würde mein Leben vermutlich davon abhängen.

AFLORA

MEHRERE WOCHEN des Unterrichts vergingen wie im Flug und ohne weitere Zwischenfälle. Vorwiegend, weil ich mich die ganze Zeit über in meinem Zimmer verschanzte und lernte. Ich hatte eine endlose Flut an Stoff aufzuarbeiten, um auf den Stand all meiner Kurse zu kommen.

Todesmagie-Kurs.

Kampfmagie-Kurs.

Elitemagie-Kurs.

Verteidigung ohne Magie.

Frei.

Frei.

Mitternachtsfeen-Politik – das einzige Fach, in dem ich halbwegs gut war, dank Ellas Nachhilfe.

Malusmagie-Kurs – das Fach, das ich am wenigsten mochte.

Selbststudium – *bäh.*

Frei.

Frei.

Frei.

Heute hatte ich einen weiteren Selbststudiumstag mit Zeph, der ein kompletter Arsch und viel zu praktisch veranlagt für meinen Geschmack war. Vor allem, weil er Gedanken anregte, die unangebracht waren. Vor allem, wenn er mich auf die Matte oder gegen die Wand presste. Von Zeit zu Zeit sah ich einen Funken Interesse in seinem Blick auftauchen, aber er verschwand immer gleich wieder, bevor ich mir sicher sein konnte. Was vermutlich bedeutete, dass ich mir das bloß einbildete.

Wer konnte es mir übelnehmen angesichts meiner nächtlichen Eskapaden? Wenn Shade nicht in meinem Kopf war, dann Kols. Was darin resultierte, dass ich immer angeheizt war, wenn ich in der Nähe des Mitternachtsprinzen war. Also war ich sozusagen ständig geil, weil er meine Seite nur selten verließ, mir in jeder Schulstunde half und sicherstellte, dass meine Magie nicht außer Kontrolle geriet.

Shade hingegen schien mich in Ruhe zu lassen. Vor allem, weil er die Schule immer wieder schwänzte. Es nervte mich unheimlich, weil ich ihn in der Todesmagie-Stunde brauchte und er nur selten auftauchte. Das zwang mich dazu, mich in den Gängen und Sprüchen selbst zurechtzufinden. Als ich ihn in meinen Träumen darauf angesprochen hatte, hatte er mich geküsst, um das Gespräch zu beenden.

Das einzig Gute daran war, dass es mich zwang, unabhängig zu sein und selbstständig zu lernen. Ein Segen und ein Fluch, weil ich keine Ahnung hatte, ob ich auch nur irgendetwas richtig machte. Ich folgte einfach meinem Bauchgefühl.

Meine Beine gaben unter mir nach, als Zeph seinen Fuß darum schlang und mich mit dem Po auf die Matte klatschen ließ. „Du bist abgelenkt", sagte er anschuldigend. „Glaubst du etwa, ich will meine Zeit damit verschwenden, auf dich aufzupassen? Streng dich an oder verlass meine Sporthalle."

„Deine Sporthalle?", sagte ich schnaubend, stemmte mich wieder auf die Beine. „Nimmst du deine Rolle als Direktor endlich an?"

Er lachte höhnisch und wechselte das Thema. „Zeig mir, was du gestern in der Malusmagie-Klasse gelernt hast."

Ich wusste, dass er danach fragen würde.

Nach wochenlangem Sparring mit ihm während mehrerer Schultage und einer Handvoll freier Tage wusste ich, was er erwartete. Er wollte, dass ich jedes Fach auf mein Sparring anwandte. Er wollte nicht nur, dass ich meine Kraft kontrollieren, sondern auch, dass ich sie zu meinem Schutz einsetzen konnte.

Oder, wie in diesem Fall, *offensiv*.

Ich richtete mich auf, streckte eine Hand aus und murmelte den Beschwörungsbann, den wir gestern gelernt hatten. Eiskristalle formten sich beinahe augenblicklich um uns herum, zielten alle auf Zeph. Seine Mundwinkel zuckten, als er sie mit einem schnellen Verteidigungszauber wegschleuderte. „Gut. Nochmal."

Ich wiederholte den Zauber.

Er zerstörte ihn eine Sekunde später.

„Nochmal."

Ich kniff meine Augen zusammen, beschloss, ihn eiskalt zu erwischen, und rief einen anderen Zauber hervor, von dem ich gestern Nacht in meinen Büchern gelesen hatte. Er stammte aus dem nächsten Kapitel und beinhaltete Feuer.

Ein gefährliches Unterfangen, wenn man meine Geschichte mit jenem Element bedachte, aber meine himmelblauen Flammen blieben kontrolliert, als ein Schwall schwarzer Funken Zeph umkreiste.

Er zog seine Augenbrauen weit genug hoch, um zu bestätigen, dass ich ihn überrascht hatte. Mit seinem nächsten Atemzug murmelte er Worte, die meinen Zauber auflösten. „Niedlich", murmelte er. „Wenigstens weiß ich jetzt, dass du lesen kannst."

Die spitze Bemerkung ließ mich mit meinen Augen rollen. „Ich bin kein Dummkopf."

Er musterte mich einen langen Augenblick. „Nein, bist du nicht."

„Vorsicht, Zeph. Das war beinahe ein Kompliment." Ich nannte ihn immer *Direktor* oder *Zephyrus* in der Anwesenheit von anderen, aber ich hatte mich daran gewöhnt, seinen Spitznamen zu verwenden, wenn wir unter uns waren. Er korrigierte mich nie, was ich als seine Art interpretierte, es zu dulden.

„Wie es scheint, kommst du gut mit Malusmagie klar, also lass uns ein paar Verteidigungszauber üben. Vielleicht wird dir das dabei helfen, nächste Woche nicht in den Hintern getreten zu werden."

„Lob, gepaart mit einer Beleidigung", sinnierte ich. „Da ist der Zeph, den ich zu kennen und schätzen gelernt habe."

Er funkelte mich an. „Hör auf zu reden und konzentrier dich."

„Ich bin konzentriert."

„Dann leg mich auf die Matte."

Ich seufzte. „Klar." Wir beide wussten, dass ich das nicht konnte. Er war nicht nur um die dreißig Zentimeter größer als ich, sondern bestand auch aus nichts als Muskeln und war ein ausgezeichneter Wächter. Ihn zu schlagen, kam in eine Wand zu dreschen nahe. Ihn auch nur das kleinste bisschen bewegen zu können, stellte sich immer, wenn wir diese Übung machten, als unmöglich heraus.

Aber ich würde es trotzdem versuchen, weil er es verlangte.

Indem ich eine Technik benutzte, die er uns letzte Woche in der Kämpfermagie-Stunde gezeigt hatte, versuchte ich ihm von hinten die Beine wegzutreten.

Er bewegte sich mit mir, seine Arme verschränkt, sein Gesichtsausdruck gelangweilt.

Zähneknirschend versuchte ich, wie er es eben bei mir gemacht hatte, meine Beine um seine zu schlingen.

Nichts.

Nicht die kleinste Regung. Er zuckte nicht einmal zusammen.

Es tat mir vermutlich mehr weh als ihm.

Also rannte ich um ihn herum, sprang auf seinen Rücken, schlang meine Arme um seinen Hals und meine Beine um seine Taille.

„Was zum Teufel machst du da?"

„Mich anhängen", sagte ich und meine Arme legten sich um seinen Hals. „Wenn du mich nicht mehr tragen kannst, wirst du zusammenbrechen."

„Du wiegst nahezu nichts", sagte er zähneknirschend, wollte seinen Kopf drehen, um mich anzusehen, scheiterte aber. „Geh runter."

„Nein."

„Das ist überhaupt nicht hilfreich." Er hörte sich fuchsteufelswild an, woraufhin ich mich nur noch fester an ihn klammerte. Ihn wütend zu machen, war zu einer meiner Lieblingsbeschäftigungen geworden. Er war ein Arschloch zu mir, also zahlte ich es ihm entsprechend heim. „Echt jetzt. Lass los."

Ich legte mein Kinn auf seine Schulter und seufzte. „Ich

glaube, ich werde einfach hierbleiben, bis du zusammensackst."

Sein darauffolgendes Grummeln vibrierte in meiner Brust durch den dünnen Stoff unserer Oberteile. Er trug wieder eines dieser ärmellosen T-Shirts, das seine Arme bloßlegte. Es war das Einzige, worauf ich mich an unseren Sparringstagen freute. Oh, und seine grauen Jogginghosen. Die mochte ich auch sehr.

„Aflora, du hast exakt drei Sekunden Zeit, bis ich dich losreiße, und du wirst nicht mögen, wie ich es tun werde", warnte er.

Ich gähnte. „Mach, was du willst, Professor."

Vermutlich war es nicht gerade weise, meinen Lehrer zu reizen, aber ich hatte keine Angst vor ihm. Vielleicht hatte ich mir eine zu sorglose Einstellung angewöhnt, seit ich auf die Akademie ging.

Mein Leben war noch immer bedroht, und das nahm ich ernst. Darum lernte ich ja ununterbrochen. Aber manchmal musste ich auch etwas Druck ablassen.

Und aus irgendeinem Grund schien das immer dann zu passieren, wenn ich in Zephs Nähe war.

Und in meinen Träumen mit Kols und Shade.

Diese drei Männer brachten mich dazu –

„Uff", keuchte ich, als mein Rücken gegen die Matte klatschte und Zeph sich über mich beugte, meine Handgelenke über meinen Kopf hielt.

Ich hatte nicht mal gespürt, dass er sich bewegt hatte – plötzlich war ich einfach in der Luft gewesen. Dann hatte er mich in einer Bewegung, die unmöglich hätte sein sollen, umgedreht.

„Göre", murmelte er, seine Hüfte presste mich zu Boden.

„Vielleicht", schaffte ich hervorzubringen, obschon das Wort mir mit einem atemlosen Keuchen über die Lippen kam, weil ich so rau gelandet war. „Aber ich habe dich" – ich atmete scharf ein, um meinen Lungen frische Luft zuzuführen – „zu Boden gebracht."

Dunkelgrün wirbelte in seinen Augen, erinnerte mich an die üppigen Wälder zu Hause. Ich seufzte beinahe, liebte diesen brennenden Blick und sehnte mich danach, wieder einen echten Baum zu sehen. Die dunkle Magie begann stärker zu werden, während mein Zugriff auf meine primären Fähigkeiten geradeso außer Reichweite blieb. Obwohl ich sie in letzter Zeit manchmal hatte aufflammen spüren – als würden sie darum flehen, sich mit der Quelle zu verbinden.

Kols hatte mir letzte Woche gesagt, dass er sich an einem seiner freien Tage mit Exos getroffen und erfahren hatte, dass Sol es auf sich genommen hatte, die Quelle während meiner Abwesenheit zu handhaben.

Ich war erfreut und traurig zugleich über diese Neuigkeiten. Erfreut, weil der Mann, den ich wie einen Bruder liebte, seine Erdmagie mehr annehmen musste und ich ihm endlich den Anstoß gegeben hatte, den er gebraucht hatte. Aber es machte mich auch traurig, weil es bedeutete, dass die Erdfeen sich einen Weg suchten, um ohne mich zu überleben.

Es war das Richtige. Ich konnte sie als Abscheulichkeit nicht anführen. Aber das hielt mich nicht davon ab, es versuchen zu wollen. Kols glaubte, dass ich mit meinen Malaiseblut-Kräften aufgewachsen war und Shades Biss mir bloß einen Vorwand lieferte, sie anzuzapfen. Oder vielleicht war es meine Anwesenheit auf der Akademie, was sie wirklich aktivierte.

Aber ich hatte sie zuvor benutzt – als ich Elana aufgehalten hatte.

„Warum hast du so einen verwirrten Ausdruck im Gesicht?", fragte Zeph, erinnerte mich daran, dass er immer noch über mir war. Nicht, dass ich es vergessen hatte. Sein waldiger Duft und sein muskulöser, männlicher Körper waren schwer zu ignorieren.

„Nichts."

„Lüg mich nicht an."

Ich sah ihn an. „Weil du mich nie anlügst?"

Er schien ehrlich beleidigt über die Aussage. „Tatsächlich nicht. Alles, was ich dir von Anfang an gesagt habe, ist wahr. Wir beide wissen, dass du hier nicht überleben wirst. Es ist nur eine Frage der Zeit. Das heißt, dass meine Bemühungen zwar umsonst sind, aber wenigstens habe ich es versucht."

Ich lachte amüsiert. „Du weißt wirklich immer das Richtige zu sagen, Zeph."

Aber er hatte recht. Er sagte in meiner Anwesenheit immer, was er dachte, ging der Wahrheit nie aus dem Weg. Das bedeutete nicht, dass ich ihm vertrauen konnte. Aber wenigstens konnte ich mich darauf verlassen, dass er Klartext mit mir redete.

„Du weichst meiner Frage aus. Worüber hast du nachgedacht?"

„Warum willst du es wissen?", konterte ich.

„Erheitere mich."

Ich hatte das Gefühl, dass er das wörtlich meinte – zumal ihn meine Bemerkung des Öfteren *erheiterten*. Das hier war genau dasselbe. „Ich habe darüber nachgedacht, dass Sol Kontrolle über die Erdquelle genommen hat und wie sehr ich mich für ihn freue, aber auch traurig bin. Als eine Abscheulichkeit kann ich meine Leute nicht anführen – egal, wie sehr ich das auch tun möchte."

Zeph sah mich einen langen Augenblick an und ließ meine Handgelenke los, um sich auf seine Ellbogen zu stemmen. Er fing mich mit seinen Armen ein – und das auf eine intime Weise, die er nicht zu bemerken schien. „Weißt du, warum Abscheulichkeiten getötet werden?"

„Ja. Weil sie bösartig sind."

Er zog eine Augenbraue hoch. „Sind sie das?", fragte er leise und sein Blick fiel auf meine Lippen. „Bist du bösartig, Aflora? Oder haben unsere Räte uns darauf konditioniert, uns vor dem zu fürchten, was wir nicht verstehen?"

Ich schluckte leer, die Wärme seines Körpers drang in meinen, brachte uns mit jedem Atemzug näher. Ein verbotenes Verlangen, ihn zu küssen, mache sich in meinem Kopf breit, während ich über seine Worte nachdachte. „Ich fühle mich nicht bösartig", flüsterte ich.

„Ich glaube auch nicht, dass du bösartig bist", stimmte er zu, seine Stimme genauso leise. Es war ein Gespräch, das wir nicht hätten führen dürfen. „Ich glaube, Abscheulichkeiten werden umgebracht, weil unsere Räte sich vor ihrer Macht fürchten. Sie behaupten, dass es das Gleichgewicht der Quelle stören würde. Aber ich glaube, was sie damit wirklich meinen, ist, dass es *ihre* Macht stören würde."

„Warum sagst du mir das?", wollte ich wissen, als er mir wieder in die Augen sah.

„Ich weiß es nicht." Er begann mit einer losen Strähne meines dunklen Haares zu spielen. Sein langer Finger wickelte es um ihn. „Etwas an dir weckt dieses Bedürfnis in mir, dich beschützen zu wollen. Ich kämpfe immer wieder gegen den Instinkt an, aber du lullst mich immer wieder ein. Es ist ein Rätsel, das ich nicht zu lösen weiß, aber ich habe die Vermutung, dass es mit deiner Kraft zusammenhängt. Malaiseblute werden als die tödlichsten Blute unserer Spezies gesehen. Dann wiederum frage ich mich, ob der Rat das nur aus Angst erfunden hat, nicht aus Notwendigkeit."

Er legte seine Stirn an meine, atmete tief ein und seufzte gegen meine Lippen.

„Du machst enorme Fortschritte", ergänzte er, seine Worte kaum hörbar. Dann ruinierte er den Moment, indem er sich von mir rollte und mithilfe einer seiner gekonnten

Bewegungen auf seine Beine kam. „Der Unterricht ist beendet, Aflora. Wir sehen uns in ein paar Tagen."

Mein Herz klopfte wie wild, als er davonlief. Mein Atem kam stockend angesichts seiner Worte und seiner Nähe.

Wenn meine Kraft mich nicht umbringt, werden es diese Männer tun, dachte ich, und konnte mich nicht bewegen. Mir war heiß und kalt zugleich, und ich war so unglaublich wuschig. Und meine heutigen Träume würden es nur noch schlimmer machen.

ZEPH

DEN FREIEN TAGEN SEI DANK.

Ich hatte drei Tage – technisch gesehen dreieinhalb, zumal ich Aflora früher hatte gehen lassen –, um diese bebende Lust in mir loszuwerden.

Jedes verdammte Mal, wenn ich meine Augen schloss, sah ich Aflora unter mir – wie sie sich unter mir auf der Matte oder meinem Bett oder gegen eine verdammte Wand räkelte, während sie meinen Namen stöhnte.

Diese ansteigende Lust, sie zu ficken, war ein Problem. Ich hätte dem Drang heute beinahe nachgegeben. Mein Schwanz war steinhart gewesen, als ich sie gegen den Boden gedrückt hatte. Zu sprechen war der einzige Weg gewesen, um fokussiert zu bleiben und nicht etwas wirklich Dummes zu tun.

Ich sah mich im Spiegel an, musterte die dunklen Augenringe und die Stoppeln, die sich auf meinem Kiefer breitmachten. Es sah so aus, als ob dieser Dreitagebart immerzu da war – egal, wie oft ich mich rasierte. Irgendwann würde ich einfach aufhören und mir einen Bart wachsen lassen.

Vielleicht.

„Verdammt", murmelte ich.

Was ich wirklich brauchte, war Blut. Die Ergänzungsmittel auf dem Campus reichten, um eine Mitternachtsfee über Wasser zu halten, aber sie konnten frisches Blut aus einer menschlichen Ader nicht ersetzen. Ich hatte die letzten eineinhalb Monate von diesen beschissenen Zusätzen gelebt, weil ich nicht herumvögeln wollte.

Heute Abend würde sich das ändern.

Eine heiße Ader und eine warme feuchte Muschi standen auf der Speisekarte.

Denn ich musste zuerst ficken, bevor ich etwas tun würde, das ich bereuen würde – wie zum Beispiel, nach nebenan zu gehen, Aflora die Kleider vom Leib zu reißen und sie zu nehmen.

Die verdammte Frau war mir unter die Haut gegangen – auf die übelste Art und Weise. All diese Einzellektionen machten es nur schlimmer. Ich hatte meine Hände täglich an ihr, mir ihre Kurven eingeprägt und ihren Körper an meinen gepresst zittern gespürt.

Sie war ein offenes Buch für mich. Es wäre so einfach gewesen, sie zu nehmen. Ich konnte Interesse in ihren Augen funkeln sehen. Ganz zu schweigen vom blumigen Geruch ihrer Erregung, der in den vergangenen Tagen als konstantes Aphrodisiakum zwischen uns fungierte.

Neuer Plan, beschloss ich, riss mir das Hemd vom Leib und zog die Jeans, die ich eben angezogen hatte, aus.

Wenn ich in diesem Zustand ins Reich der Sterblichen ging, würde ich nur wenige Sekunden in einer Frau durchhalten. Vor allem, wenn ich eine fand, die Aflora ähnlich sah.

Ich machte das Wasser in der Dusche an, wartete ein oder zwei Sekunden, damit es sich erhitzen konnte, und trat unter den Wasserstrahl, stützte mich mit meinem Arm am Marmor ab. Mir mehrere Male einen runterzuholen, würde diese steigende Obsession nicht stoppen, aber es würde mich auf heute Nacht vorbereiten. Dann würde ich mir Aflora aus dem System ficken.

Und die ganze Zeit über an sie denken.

Es war so falsch – was es sich nur umso besser anfühlen ließ.

„Verdammt", fluchte ich erneut. Mein Kopf fiel auf meinen Unterarm, als ich mit meiner anderen Hand meinen Schaft umschloss.

Er war hart gewesen, seit ich in die Sporthalle betreten hatte. Aflora hatte ihr wunderschönes Haar zu einem Pferdeschwanz hochgebunden, genauso wie sie es immer tat. Das löste immer allerhand Fantasien in mir aus. Ich wollte sie an den Haaren packen und ihren Kopf zur Seite legen, um meine Lippen an ihrem Hals hinabgleiten zu lassen und an ihrer süßen Haut zu knabbern. Mmh, dann würde ich meinen Griff dazu benutzen, sie auf ihre Knie zu drücken und mich in ihren –

„Hey, Aflora hat gesagt, dass du eure Lektion kurz gehalten hast. Hat ihre Magie … " Kols verstummte, als er ins Badezimmer trat. Meine begehbare Dusche stand weit offen, sprach eine unbeabsichtigte Einladung aus, weil ich die Türen nicht geschlossen hatte. Sein Blick wanderte zu meiner Hand und den festen Griff um meinen Schwanz. Sein Blick füllte sich mit Lust, als er das sah. „Oh."

Ein einziges Wort, das mir sagte, dass er verstand.

Ich streichelte mich, während er zusah. Erinnerungen an unsere frühere Intimität flackerte im nächsten Augenblick zwischen uns auf. Diese Intensität war über die Jahre hinweg nur gewachsen, hatte uns unsere Taten nicht sehen und nicht erkennen lassen, wie sie andere beeinflussten.

Jetzt war das nicht anders.

Ich wusste, dass ich nicht sollte.

Ich wusste, dass es ein Fehler wäre, diesem Drang nachzugeben.

Aber ich konnte die Lust in seinen Augen oder das scharfe Einatmen, als seine Erregung sich rasch meiner annäherte, nicht ignorieren.

Er wollte mich, wie er es immer tat.

Und im Moment steckte ich zu tief drinnen, um dagegen anzukämpfen.

Ich stieß mich von den Marmorkacheln ab, umschlang seinen Hals und zog ihn in die Dusche. Er ächzte, als sein Rücken gegen die Wand klatschte. Seine goldenen Iriden entflammten, als er mir herausfordernd in die Augen sah. Ich küsste ihn auf eine bestrafende Weise, was eine blutende Wunde hätte verursachen sollen, und er erwiderte den Kuss auf dieselbe Art. Seine Hand umschlang meinen Nacken und drückte zu, als er meine Dominanz mit seiner bekämpfte.

Er würde verlieren.

Wir beide wussten es.

Aber Teil der Anziehung zwischen uns war der Kampf, der immer stattfand, wenn wir einander fickten.

Ich ließ seinen Hals los, um nach seinem Oberteil zu greifen. Die Knöpfe flogen unter meiner Hand davon, als ich den Stoff von seiner Brust riss. Er knurrte. Ich fauchte. Und sein Hemd fiel in Fetzen auf den Boden der Dusche.

Er zog seine Schuhe aus – das Leder ruiniert vom Wasser. Seine Hose und seine Boxershorts folgten kurz darauf, bis wir nackt aneinandergepresst waren und keuchten. „Erzähl mir von den Träumen", verlangte ich. „Denn ich weiß, dass du jede Nacht in ihrem Kopf gewesen bist."

Kols drückte sich gegen meine Handfläche, als ich diese um seinen Schwanz schlang. Sein Atem wehte stockend über meine Lippen. „Nicht jede Nacht", erwiderte er. „Nur fast."

„Was tut sie? Wie hast du sie gefickt? Ich will Details hören. Alles." Ich griff fester zu, massierte ihn einmal mit heftigem Griff, um meinen Befehl zu untermauern.

„Fuck, Zeph."

„Das ist die Idee", erwiderte ich und legte meine Stirn an seine. „Sag mir, worauf sie steht."

„Sie steht auf alles", keuchte Kols und drückte seinen Rücken durch. „Ich habe sie im letzten Monat auf so viele verschiedene Arten genommen, und sie liebt alles davon. Manchmal übernimmt sogar sie die Kontrolle und lässt mich ihre Fantasien erkunden. Aber sie hat keine Ahnung, dass ich davon weiß oder dass es sich dabei um einen gegenseitigen Austausch handelt. Sie glaubt, dass sie mich gegen Shade verwendet, damit sie ihn aus ihrem Kopf vertreiben und sich ihren eigenen Fantasien hingeben kann."

„Mh, wenn dem so wäre, wäre ich auch dort." Denn ich wusste, dass sie mich wollte – hatte das interessierte Funkeln in ihren wunderschönen blauen Augen unzählige Male gesehen.

„Ich glaube, sie hat es versucht, aber ich bin immer der, der verfügbar ist", gab er zu. „Sie hält mich verdammt nochmal wach, mit ihrer Hand um meinen Schwanz gelegt. Massiert mich unermüdlich, bis sie zufriedengestellt ist."

„Kommst du?", fragte ich, und wir sahen einander in die Augen.

„Jedes Mal."

„Stellst du dir vor, wie sie danach rüberkommt und dich sauber leckt?"

„Ja."

„Was dich nochmal kommen lässt." Es war keine Frage, sondern eine Aussage. Denn ich kannte Kols. Wir beide tranken Blutergänzungsmittel, weil wir uns seit einer Ewigkeit nicht mehr anständig gelabt hatten. Und es war alles Afloras Schuld. Ihr verdammter Bann, ihr Reiz, ihr süßer blumiger Duft. „Sie treibt mich in den Wahnsinn."

„Ich weiß."

„Erzähl mir von den Träumen", sagte ich erneut, schlang meine Hand um unsere beiden Schwänze und massierte sie gleichzeitig. „Ich will die Details hören, Kols. Sag mir, wie sie schmeckt, wie sie schreit … Ihre Lieblingsstellung. Wie wird sie am liebsten gefickt?"

Er schluckte trocken, seine Hand noch immer an meinem Nacken, während seine andere Hand auf meinem Arm lag, als wollte sie mir dabei helfen, das Tempo zu führen. Ich liebte Kontrolle, und er genauso. Die arme Aflora wäre hilflos zwischen uns. Unsere Gelüste würden jede ihrer Bewegungen bestimmen.

Und sie würde es verdammt nochmal lieben.

Das würden wir sicherstellen.

„Sie bläst wie eine Göttin", sagte Kols und sein Kopf knallte gegen die Duschwand, als ich mit einem heftigen Drehen meines Handgelenks unsere Schafte aneinanderdrückte. „Ich habe sie noch nicht in den Arsch gefickt, aber ich will. Sie sieht unglaublich aus auf allen vieren und schreit, wenn ich sie von hinten nehme. Scheiße, sie ist unersättlich, Zeph. Ich kann sie stundenlang rannehmen, jedenfalls in ihrem Kopf. Ich habe sie letzte

Nacht viermal mithilfe meiner Zunge kommen lassen, und sie ist wenige Minuten darauf ein fünftes Mal um meinen Schwanz geschlungen gekommen."

Ich stieß einen barschen Atem aus, meine Hand bewegte sich schneller und schneller. „Sie würde perfekt zwischen uns passen."

„Ich weiß. Glaub mir, *ich weiß*." Er drückte seinen Rücken durch, gegen meine Hand, seine Augen geschlossen. „Aber es wird nie passieren. Sie ist unerreichbar."

Mein Schwanz bebte, als ich diese Worte hörte, was genau der Effekt war, den er erzeugen wollte. Er wusste, wie man mich anheizte.

Genauso wie ich wusste, wie man ihn anheizte.

„Wenn sie hier wäre, würde ich ihr befehlen, sich hinzuknien und uns beim Spielen zuzusehen", sagte ich zu ihm, drehte mein Handgelenk erneut ab. „Dann würde ich sie dazu zwingen, uns sauberzulecken, nachdem wir gekommen sind."

Kols fluchte, atmete scharf und wuschig aus. „Würdest du sie kommen lassen?"

„Ich würde sie zum Kommen zwingen", erwiderte ich. „Aber ich würde ihr befehlen, es sich selbst zu machen. Sie hat sich unsere Münder nicht verdient. Noch nicht."

„Weil sie verboten ist."

„Sie ist eine ungezogene Göre."

„Die komplett außerhalb unserer Reichweite ist", ergänzte er, und seine neckische Bemerkung sandte einen warmen Schauer von Lust an meinem Rücken hinunter. „Sie ist gefährlich, Zeph. Ein Spielzeug, das wir nicht anrühren dürfen."

„Ich weiß."

„Das zu tun, wäre, als ob wir mit dem Tod liebäugeln würden", fuhr er fort, schürte meine Flammen noch mehr.

„Sie ist die größte Herausforderung, der wir uns je gestellt haben."

„Ich weiß", wiederholte ich, legte meine Stirn an seine. „*Verdammt*, ich weiß."

„Wir können sie nicht haben, Zeph."

Ich grummelte, als er das sagte, bereitete mich darauf vor, zu kämpfen.

Er packte mich an meinen Schultern, um mich an die gegenüberliegende Wand zu drücken, las mich, wie er es immer tat. Und ich packte ihn, stieß ihn zurück, ließ nicht von uns beiden ab. „Du wirst über meine Hand kommen. Und dann wirst du es ablecken."

„Fick dich."

„Heute nicht", erwiderte ich mit einem heftigen Reißen, was ein kehliges Geräusch aus seinem Rachen kommen ließ. Ich hatte ihn mich einmal ficken lassen – nach einem langen Streit, der wildem Vorspiel gleichkam. Aber meistens war es andersherum.

„Du bringst mich um", stöhnte er, stieß mich wieder zurück.

Ich stöhnte, als ich gegen die Wand prallte, drehte uns dann herum, um seinen Rücken gegen die harte Oberfläche zu drücken und meine Brust an seine zu pressen.

Er grummelte. „Du bist in Ficklaune."

„Ich habe dich nicht darum gebeten, dich mir anzuschließen", sagte ich und meine Lippen trafen auf die Muskeln an seinem Hals, um seine Halsschlagader zu berühren.

„Nein, du hast mich gepackt und mir die Kleider vom Leib gerissen."

„Du wusstest, dass ich unter der Dusche war", flüsterte ich düster. „Du konntest es hören."

„Ich habe nicht erwartet, dass die Tür sperrangelweit offenstehen würde."

„Ich habe nicht erwartet, dass du in meine Suite reinplatzt. Aber hier sind wir." Ich ließ meine Zunge über seine pochende Halsschlagader gleiten, spürte, wie sein Schwanz mit einem Beben in meiner Hand darauf antwortete. „Das ist doch, was du gewollt hast, oder? Zu ficken?" Wir brauchten es beide. Alles wegen *ihr*.

Er griff mit einer Hand nach meiner Hüfte, seine andere Hand noch immer um meinen Hals gelegt – eine Geltendmachung falscher Kontrolle. Wir beide wussten, wer von uns beiden das Alpha war. Er mochte es einfach, dagegen anzukämpfen. Und ich liebte es, wenn er das tat.

„Sie schreit, wenn sie kommt", flüsterte er, presste sich an meine Hand. „Es ist der lieblichste Klang. Ich horche jede Nacht, ob ich es hören kann, weiß, dass ihre Finger tief in ihrer Muschi sind. Und jedes Mal stelle ich mir vor, dass ich meinen Schwanz tief in ihr vergrabe, während du in ihren Arsch gleitest." Er stieß einen fauchenden Atem aus, als ich als Antwort auf die lebendige Fantasie, die seine Worte entfachten, zudrückte. „Verdammt, Zeph. Sie würde die erregendsten Geräusche nur für uns machen."

Ich konnte es mir perfekt vorstellen. Wie wir aus zwei Richtungen in sie stießen und sie auf neue Höhen der Lust brachten – alles, während wir sie necken und reizen und sie dazu bringen würden, um mehr zu betteln. Noch mehr Bilder fluteten meine Gedanken. Wie sie Kols auf ihren Knien lutschte, meine Hand in ihrem Haar vergraben, um ihr Tempo zu bestimmen. Wie Kols an ihr runterging, nachdem ich sie gefickt hatte, und meine Ladung sich mit ihrem Nektar auf seiner Zunge vermischte. Wie Aflora ihn sauber leckte, nachdem er seinen Saft auf meinen Bauch gespritzt hatte, so, wie er es gleich tun würde.

Er legte seine Stirn auf meine Schulter, meine Lippen an seine Halsschlagader gelegt. „Tu es."

„Du hast seit Längerem nicht getrunken", erwiderte ich.

Mein Atem kam angesichts unseres Gesprächs und meinen Handbewegungen stockend.

„Es geht mir gut. Tu es, verdammt nochmal."

Meine Fangzähne bebten beim Gedanken daran. Kols' Blutlinie war das reinste Aphrodisiakum für mich. Als sein lebenslanger Wächter konnte ich von ihm trinken, ohne mir darüber Sorgen machen zu müssen, dass sich daraus ein Gefährtenband entwickeln könnte – denn wir waren bereits auf eine andere Weise verbunden. Ich hatte ihm vor zehn Jahren Gefolgschaft geschworen und unser Schicksal damit besiegelt.

Das war, was meine derzeitige Position zu einer temporären machte.

Niemand konnte Kols so beschützen, wie ich es konnte.

Wir waren durch eine alte Zeremonie miteinander verbunden, von denen nur Wenige außerhalb seiner angesehenen Linie wussten.

„Auf der Stelle, Zeph", verlangte er. Seine Stimme war heiser angesichts seines bevorstehenden Höhepunkts.

Ich gab ihm den Rest, als ich meine Zähne fest in seinem Hals versenkte und seine Ader anzapfte. Seine Macht floss in meinen Mund mit einer Welle aus geschmolzener Energie, die meine Verbindung zu den dunklen Künsten augenblicklich stärkte und mich zusammen mit ihm kommen ließ.

Unser Stöhnen hallte von den Marmorwänden meiner Dusche, sein Saft vermischte sich mit meinem an unseren Bäuchen und überzog uns mit einer Schicht von verbotener Lust, die immerzu zwischen uns waberte.

Genau darum genossen wir das – die Falschheit daran.

Wir beide waren beide gleich verrückt und nahmen diesen Wahnsinn an.

Zwischen uns würde es nie mehr geben als gegenseitige

Befriedigung. Unser Schicksal war vom Rat bereits besiegelt worden.

Ein Schicksal, dessen Erfüllung Aflora bedrohte – was mich nur noch mehr verführte.

Sie hatte das Potenzial, alles zu verändern.

Und uns alle zu zerstören.

Vermutlich auf die beste Art, die es gab.

Ich ließ von Kols' Hals ab, sah ihm in die Augen, als sich unsere Gedanken für einen kurzen Augenblick verbanden. Das passierte immer, wenn ich ihn biss.

Diese Gedanken an Aflora waren nicht meine gewesen, sondern seine. Aber ich fühlte es ihm nach, jetzt, wo ich sie gehört hatte. „Du willst, dass sie alles kaputt macht", flüsterte ich, nachdem ich das dunkelste Geheimnis in seinem Kopf gesehen hatte. „Du magst das Chaos, dass sie mit sich bringt."

„Es ist eine düstere Fantasie." Er leckte seine Lippen, seine Stimme war heiser von unserer gegenseitigen Lusterfahrung. „Es wird nie passieren."

„Aber du willst, dass es passiert."

„Genauso wie du auch."

Ich stritt es nicht ab.

Denn er hatte recht. Der verkommene Teil in mir, der so tief mit Kols verbunden war, sehnte sich danach, dass seine lüsternen Gedanken Realität wurden. Was auch der Grund war, weshalb ich ihn losließ. „Raus hier." Das hier hätte sowieso nie passieren sollen. Ich schuldete es ihm – allen –, mich zu distanzieren und zu verhindern, dass die Dakota-Erfahrung sich wiederholte.

Und Aflora war die größte Bedrohung von Kols' Sicherheit aller Zeiten.

Wir hätten nicht einmal über sie reden sollen, und über sie fantasieren schon gar nicht.

Kols kniff seine Augen zusammen, ignorierte meinen

Befehl an ihn, zu gehen. „Hör zu, ich verstehe es. Du verlierst deine Kontrolle in ihrer Anwesenheit. Aber ein Arschloch zu sein, genügt nicht, um dieses Problem zu lösen."

Ich knirschte mit den Zähnen. Der Drang, ihm eine runterzuhauen, verstärkte sich mit jedem Atemzug. „Das hat nichts mit meiner Kontrolle zu tun." *Sondern damit, dass ich dich beschützen will,* ergänzte ich in Gedanken.

„Es hat total mit deiner Kontrolle zu tun. Du willst sie, und es wird immer schwieriger, sie nicht zu ficken. Die Tatsache, dass sie eine Zukunft, die wir beide verabscheuen, kaputtmachen könnte, macht sie nur noch interessanter. Aber wir können nicht. Wir beide wissen, dass wir das nicht dürfen."

„Ich bin nicht derjenige, der diese Fantasie schürt", bemerkte ich.

„Vielleicht nicht, aber du magst den Gedanken genauso sehr wie ich", schoss er zurück, als er sich bückte, um seine durchnässten Klamotten aufzuheben.

„Das nächste Mal habe ich das Sagen."

„Es wird kein nächstes Mal geben, Kols."

Er warf mir einen Blick zu. „Seit wann belügst du dich selbst?", fragte er.

Er wartete nicht darauf, dass ich antwortete. Stattdessen verließ er die Dusche, warf seine ruinierten Kleider in meinen Mülleimer und griff nach einem Handtuch.

„Danke, dass du mir einen runtergeholt hast", sagte er in der Tür. „Aber wir beide werden weitaus mehr brauchen als das, um Aflora zu überleben."

Ich wusste nichts darauf zu sagen. Seine Worte waren wahrer als alles, was ich jemals gehört hatte.

Also lehnte ich mich gegen die Wand, schloss meine Augen und ließ das Wasser auf meine Haut niederprasseln, ließ es alle Beweise unserer Lust wegwaschen.

Er ging mit einem Handtuch um seine Hüfte geschlungen, seine Anschuldigung hing zwischen uns in der Luft.

Seit wann belügst du dich selbst?

Seit Aflora hier angekommen ist, dachte ich jetzt in seine Richtung. Nicht, dass er mich hätte hören können.

Das Eingeständnis war sowieso eher für mich gedacht.

So wie die Einsicht, dass ich immer interessiert an der kleinen königlichen Fee gewesen war – auch wenn ich so tat, als wäre ich es nicht.

Aber jetzt entglitt mir meine Kontrolle zusehends, ganz so, wie Kols gesagt hatte. Das bewies, dass er mich noch immer besser kannte als ich mich selbst.

Ich bin echt geliefert.

AFLORA

„Boah, Zeph hat echt schlechte Laune", ächzte Ella, als wir unsere vierte Runde um den Hof beendeten. Er hatte die heutige Stunde mit Cardio-Fitness begonnen und behauptet, dass uns das für die Verteidigungszauber aufwärmen würde, die er in petto hatte.

Aber ich musste Ella zustimmen. Zeph machte das nur, um fies zu sein. „Es ist viel zu heiß dafür."

„Ich weiß", keuchte sie und griff nach ihrer Wasserflasche am Boden, leerte sie zur Hälfte in einem Schluck. „Ich schwöre, der Mond ist an diesem Ort eher wie die Sonne – denn verdammt, ich verschmachte."

All die explodierenden brennenden Knallbaums in der Nähe halfen auch nicht besonders. Zeph blies fest in seine

Trillerpfeife, rief alle zusammen und teilte uns in Pärchen ein, wie für jede Stunde. Kols stellte sich in seinen Jogginghosen und seinem ärmellosen T-Shirt neben mich, sah trotz des schweißtreibenden Aufwärmens erfrischt aus. „Er führt sich auf wie ein Mistkerl", murmelte er.

„Ich weiß." Ich wusste nur nicht, warum. Wir hatten einander nicht mehr seit unserem Selbststudientag gesehen, den er verfrüht beendet hatte. Das war vor fünf Tagen gewesen. Normalerweise sah ich ihn mindestens einmal während unserer freien Tage, aber entweder hatte er die Akademie verlassen oder war mir die ganze Zeit über aus dem Weg gegangen. Ich hatte so ein Gefühl, dass es Letzteres gewesen war, zumal er mich heute nicht einmal ansah.

Er stand mit verschränkten Armen in der Mitte des Hofs, seine Beine breitbeinig hingestellt, als er die heutige Übung emotionslos erklärte.

„Dein Schutzwesen rufen", sinnierte Shade, als Zeph fertig war, und sein Arm berührte meinen, als er sich neben mich stellte. „Das dürfte dir neu sein, oder etwa nicht?" Er wartete nicht auf eine Antwort von mir, ergänzte stattdessen: „Ich frage mich, was auftauchen wird, um dich zu beschützen. Vielleicht eine hübsche Blume?"

„Greif mich an und finde es heraus", neckte ich. Da ich die Beschwörungsbanne gestern Nacht während meinen Vorbereitungen auf die heutige Unterrichtsstunde geübt hatte, wusste ich bereits, was mich beschützen würde. Und ich würde es nur zu gerne Shades Augen auskratzen sehen nach dem Traum, den er mir letzte Nacht aufgezwungen hatte. Ich konnte das Schaben seiner Zähne an meiner Haut zwischen meinen Schenkeln noch immer spüren. Und ich hasste, wie der pure Gedanke daran meine Schenkel sich anspannen ließ und meine Erregung wieder aufwallte.

Sosehr ich ihn hasste, Shade wusste, wie er seine Zunge benutzen musste.

Jedenfalls in den Visionen, die er mir immer wieder aufzwang.

Ich hatte ihn letzte Nacht gefragt, ob das alles nur Show war … Eine Fantasie, in der er lebte, weil die Realität nicht mithalten konnte. Er hatte das als Herausforderung interpretiert, um mich in den Wahnsinn zu treiben, und war überaus erfolgreich damit gewesen.

„Hm, du weißt es. Jetzt bin ich neugierig", sagte er und bezog sich damit auf meine herausfordernde Bemerkung.

„Du bist mit Stiggis eingeteilt", erinnerte ihn Kols. „Also mach dich vom Acker."

„Leider ist Stiggis heute nicht hier. Etwas von wegen Familien-Notfall bezüglich Cordelia. Ich bin sicher, es ist sehr tragisch. Wie auch immer … Ich bin rübergekommen, um stattdessen mit meiner kleinen Rose zu spielen", erwiderte Shade.

„Sie ist meine Partnerin, Shade. Such dir jemand anderen, den du ärgern kannst."

„Hm, vielleicht sollte ich mich einfach euch beiden anschließen", schlug Shade grinsend vor. „Es sei denn, du fürchtest, dass es zu viel für sie sein könnte. Ich meine, die Empfindungen und so." Ich zuckte angesichts seines anzüglichen Tons – und wie seine eisblauen Augen wissend glimmten – zusammen.

„Ich –"

„Hört auf, herumzualbern", unterbrach Zeph und schnitt mir das Wort ab. „Shade, du kannst mit Kols üben. Ich werde für die heutige Stunde mit Aflora arbeiten." Er packte mich am Ellbogen, führte mich von ihnen weg, bevor einer der beiden etwas erwidern konnte.

Ich löste mich aus seinem Griff, als wir in der Ecke des Hofes zu einem Halt kamen, und zog eine Augenbraue hoch. „Ist alles in Ordnung?"

„Wir sind nicht hier, um zu plaudern", fauchte er. „Hol

deinen Zauberstab hervor und führte den Zauberspruch aus, damit ich sehen kann, wie viel ich korrigieren muss, bevor wir zur nächsten Aufgabe übergehen."

Okay, jemand ist in Arschloch-Laune. Dem musste wohl eine Efeuranke den Arsch hochgekrochen sein und sich festgemacht haben.

Ich wollte nicht nachhaken oder die Dinge zwischen uns noch unangenehmer machen, also zückte ich meinen Zauberstab und murmelte den Bann. Ein wunderschöner Vogel mit schwarzen und weißen Federn erschien am Himmel und landete neben mir. Sein gelb-schwarzer Schnabel öffnete sich leicht, um einen Willkommensgruß von sich zu geben.

Ich lächelte die wunderschöne Kreatur an. „Ich wünsche dir auch einen guten Morgen, meine liebste Clove." Ich bückte mich, um einen Finger über ihre Federn gleiten zu lassen. Ich hatte ihr gestern Abend einen Namen gegeben. Sie blinzelte mich mit ihren großen tiefschwarzen Augen an, dann lehnte sie sich in meine Berührung, was der einzige Hinweis darauf war, dass sie sich wohlfühlte.

„Ein Falke", meinte Zeph und musterte mein Wesen. „Ich hatte eine Schnecke oder sonst was Langsames oder etwas, das leicht zu töten wäre, erwartet. Keinen Raubvogel."

Ich sah ihn mit zusammengekniffenen Augen an. „Ich bin nicht einfach zu töten."

Er schnaubte. „Doch, bist du." Im nächsten Augenblick hatte er seinen Zauberstab gezückt und denselben Spruch gemurmelt, um seinen tierischen Beschützer zum Leben zu erwecken.

Ich erschrak, als eine sich windende Schlange erschien. Sie hatte einen langen Schwanz, der so dick war wie mein Handgelenk. Aber es waren die *Köpfe*, die meine Aufmerksamkeit auf sich zogen. Sie hatte drei. Alle davon sprossen aus dem Schlangenhals – wenn eine Schlange sowas überhaupt hatte.

Mein Falke rührte sich, bemerkte mein Unbehagen. Die Federn an ihren Flügeln begannen machtvoll zu flattern, als sie diese spreizte. „Dein Schutztier ist eine Schlange?", fragte ich und nahm einen unsteten Schritt zurück.

„Offensichtlich."

Die schwarz-grünen Schuppen begannen sich zu bewegen, als die Schlange auf mich zukam. Drei rote Augenpaare schienen mich anzublicken. „Ich glaube, sie mag mich nicht besonders", flüsterte ich und nahm ein paar weitere Zentimeter zurück.

„Er ist mein Schutzwesen, nicht deines", erwiderte er und verschränkte seine Arme. „Er spürt, wie ich fühle, und reagiert entsprechend."

Was bedeutete, dass diese dreiköpfige Kreatur dieselbe Laune hatte wie ihr Meister.

„Vielleicht ist das keine gute Idee", sagte ich und musterte den mordlustigen Blick seines Wesens. Zeph mochte äußerlich gelangweilt wirken, aber tief drinnen schien er wegen etwas wütend zu sein.

Und diese Wut war seiner Hausschlange definitiv anzusehen, während sie auf mich zu schlängelte.

Mein Falke erschauderte erneut, stieß ein warnendes Krächzen aus, das mir Gänsehaut bescherte.

„Zeph", flüsterte ich.

„Direktor Zephyrus", erwiderte er mit eiskaltem Ton. Seine Schlange zischte daraufhin, die drei Köpfe gaben seine geistige Haltung wieder, was Clove dazu brachte, wütend zu krähen.

Ich sprang zurück, als die beiden Tiere gleichzeitig aufeinander losgingen und sich wütend am Boden herumrollten. „Hört auf!", verlangte ich, versuchte das schlängelnde Monster von meinem Falken wegzuziehen. Alle drei Münder waren an drei verschiedenen Stellen in ihn gedrungen, während sein Schwanz sich um den Körper schlang, zudrückte, während Cloves Krallen sich in den schuppigen Strang bohrten und sie versuchte, ihren Schnabel dazu zu verwenden, das schleimige Biest zu durchbohren. Alles passierte so schnell, weil die beiden Tiere so schnell und rau und tödlich waren.

Sie rollten zusammen über den Hof, während schreckliche Geräusche aus dem Rachen meines Falken drangen, während Zephs abscheuliche Kreatur drohte, ihn zu zerstören. „Mach, dass sie aufhören!", flehte ich ihn an, während Tränen aus meinen Augen kullerten. Aber er sah nur desinteressiert zu – seine grünen Augen so tot wie seine Seele.

Kein Wunder, dass er etwas so Bösartiges erschaffen hatte.

Es repräsentierte ihn perfekt.

Einfach dastehen und seinem *Haustier* dabei zusehen zu können, wie es meinen wunderschönen Falken zerstörte, ohne auch nur mit der Wimper zu zucken …

Ihre Schreie erstarben langsam. Ein Teil meines Herzens schien mit ihr zu brechen und zu verkümmern. Ich fiel auf meine Knie. Trauer überkam mich, erfasste mich in einer Welle der Trostlosigkeit. Im Schulbuch hatte nichts davon gestanden. Es hatte nur etwas über die absolute Treue eines Schutzwesens darin gestanden – und wie sie einen bis in den Tod beschützten.

Cloves tiefschwarze Augen blinzelten mich ein letztes Mal an. Ihr Bedauern darüber, dass sie mich enttäuscht hatte, war so spürbar, dass ich schmerzerfüllt aufschrie. „Bitte", flüsterte ich, griff nach ihr und konnte nichts tun, weil ich nicht wusste, wie ich ihr helfen konnte. Wie ich das aufhalten sollte. Wie ich dieses schreckliche dreiköpfige *Ding umbringen* konnte, das meine geliebte Schöpfung zerstört hatte.

„Du bist erbärmlich", sagte Zeph mit kalter Stimme und ohne jegliche Reue. „Genau wie dein Schutzwesen." Seine Schlange gab eine siegreiche Drehung von sich und Cloves Körper erschlaffte. Sie schloss ihre Augen.

Ich presste eine Hand auf meinen Mund, um ein Schluchzen zu unterdrücken. Was ich da sah, nahm mir den Willen, zu atmen. Worin bestand der Sinn, Leben zu erschaffen, nur um es auf so kaltherzige Weise genommen zu bekommen?

Das Monster sah wieder zu mir. Bösartige Absicht glimmte in den tödlichen Augen.

„Was hast du jetzt vor?", fragte Zeph. „Wegrennen? Eine Burg aus Blumen bauen, in der du dich verstecken kannst?" Ich erwiderte nichts, war vor Trauer wie gelähmt. *Wie konntest du nur?*, wollte ich ihn fragen. *Warum hast du mir das angetan? Was für eine Lektion willst du mir erteilen?*

Die Schlange ließ von meinem toten Schutzwesen ab. Die kleinen Augen des Bösen sahen mich mit einer klaren Absicht an.

Ich sah ihm nur in die Augen, wartete auf das Unvermeidliche. Auch wenn ich einen Zauberspruch gekannt hätte, der dieser Kreatur hätte wehtun können, hätte ich ihn nicht benutzt. „Ich nehme kein Leben. Ich erschaffe es", flüsterte ich dem Tier geschlagen und geknickt zu. „Also tu, was du tun musst."

„Darum wirst du in dieser Welt nicht überleben", erwiderte Zeph mit düsterer Stimme und unausgesprochener Emotion dahinter. „Niemand hier wird dich beschützen. Nur du selbst. Und ohne Überlebenswillen wirst du umkommen."

Ich schluckte trocken. Seine Worte hackten nur noch weiter auf meinem bereits kaputten Herz herum. „Es ist besser, umzukommen, als ein Monster zu werden." Ich blickte in seine Augen und sah Tod in seinen dunkelgrünen Iriden. „Ein Monster wie du", ergänzte ich, sah zum ersten Mal, wie er wirklich war. Was auch immer für Dämonen in ihm schlummerten, ich wollte nichts mit ihnen zu tun haben.

Wenn er mich mit dieser Aufgabe brechen wollte, so hatte er es geschafft. Aber nicht auf die Art, die er vermutlich beabsichtigt hatte.

„Andere zu töten und zu verletzen, ist nicht die einzige Art, um zu überleben", sagte ich zu ihm, kam auf meine Beine und ignorierte sein sich sträubendes Tier. Wenn dieses Ding mich angreifen wollte, na bitte. Ich würde mich nicht wehren − jedenfalls nicht auf die Art, die Zeph von mir erwartete. Stattdessen würde ich es auf meine Art machen − indem ich seinen Bann ungeschehen machen würde. Vielleicht würde ich im Prozess ein neues Haustier zähmen. Oder aber ich würde beim Versuch sterben.

Was spielte es jetzt noch für eine Rolle?

Ich machte auf meinem Absatz kehrt, ließ ihn zurück.

Er rief meinen Namen. Ich ignorierte ihn.

Er rief mir etwas hinterher. Ich hörte nicht hin.

Mehrere Schüler sahen mir dabei zu, wie ich den Hof verließ. Ich beachtete keinen von ihnen.

Mir reichts, dachte ich. *Ich will einfach nur nach Hause.*

KOLS

„Was zum Teufel?", wollte ich mit leiser Stimme wissen, als ich mich Zeph in den Weg stellte, um ihn davon abzuhalten, Aflora nachzugehen. Nach diesem beschissenen Auftritt von eben brauchte dieser Mistkerl ganz offensichtlich eine Verschnaufpause, bevor er die Situation noch schlimmer machte.

„Geh mir aus dem Weg", befahl er.

„Nein."

Smaragdgrünes Feuer waberte in seinen grünen Augen, seine Schultern spannten sich kampfbereit an.

Ich zog eine Augenbraue hoch, forderte ihn wortlos heraus, mich zu schlagen. Ob Schulstunde oder nicht, ich würde mich nur zu gerne mit ihm vor den Augen der ganzen

Schule duellieren. Auch wenn ich mich total blamieren würde. Was immer nötig war, um es Aflora zu ersparen, noch mehr von Zephs beschissener Laune abzukriegen. „Du hättest ihr wenigstens sagen können, dass Schutzwesen nicht wirklich sterben können." Na ja, es sei denn, sein Meister starb. Dann starb auch das Wesen.

Ein Muskel zuckte in seinem Kiefer, als er über meine Schulter in die Richtung sah, in die sie gegangen war. „Sie musste es lernen."

„Rechtfertigst du so, was du ihr eben angetan hast?", fragte ich. „Faszinierend."

„Ich habe ihr eine Lektion erteilt, die sie lernen musste."

„Und was für eine, wenn ich fragen darf? Dass sie dir nicht trauen kann?"

„Ja. Und dass sie sich nicht auf mich verlassen sollte."

Ich schüttelte meinen Kopf. „Etwas sagt mir, dass die Lektion mehr für dich als für sie war", murmelte ich und drehte mich um.

„Wo zum Teufel willst du hin?"

„Die hübsche kleine Blume wieder aufrichten, die du gerade geknickt hast", schoss ich zurück.

„Der Unterricht ist noch nicht vorbei."

„Dann lass mich durchfallen", erwiderte ich.

„Führe mich nicht in Versuchung, *Eure Majestät*."

Ich ignorierte ihn, folgte Afloras Energiespur zum Elite-Gebäude. Zeph konnte mir meine linke Nuss küssen. Und dann mit Shade sparren – vorausgesetzt, das Todesblut war noch da. Er war vermutlich verschwunden, sobald er gekonnt hatte – versäumte die Stunde lieber. So, wie sich Zeph heute aufgeführt hatte, konnte ich es niemandem übelnehmen, sich zu verziehen und dem *Direktor* zu sagen, dass er sich ins Knie ficken konnte.

Mistkerl, dachte ich, war wieder wütend. Als ich Raph – Zephs Hausschlange – sich über Afloras Falken hermachen sah, hatte ich beinahe eingegriffen. Aber dann ging Shades verdammte Fledermaus auf Night los – und niemand legte sich mit meinem Wesen an.

Night, der mein Unbehagen spürte, setzte sich auf meine Schulter. Seine schwarzen Federn berührten meinen Nacken liebevoll. Wir hatten uns vor vielen Jahren kennengelernt, als ich erlernt hatte, wie ich ihn heraufzubeschwören konnte – wie es bei den meisten Mitternachtsfeen so üblich war. Aber Aflora war das Band, das sie mit ihrem Beschützerbann geknüpft hatte, noch völlig neu. Was das, was Zeph eben getan hatte, nur noch schlimmer machte.

„Du kannst mir dabei helfen, ihr etwas zu demonstrieren, Night", sagte ich zu meiner Krähe. „Dann werde ich dich wieder in die Wildnis entsenden."

Die meisten Mitternachtsfeen hatten eine Beziehung zu ihren Schutzwesen, in der sie sie nur riefen, wenn sie sie brauchten. Oder, wie in diesem Fall, während einer Schulstunde. Sie wurden als Schutzwaffe gesehen, die vorwiegend in Kämpfen benutzt wurde. Aber ich ahnte, dass Aflora nicht denselben Bezug zu ihrem Falken haben würde.

Ich betrat meine Suite, bemerkte, wie still es im Wohnzimmer war, und ging direkt zu ihrem Zimmer. Sie hatte die Tür nicht geschlossen, war nur auf ihr Bett zugegangen und hatte sich darauf eingerollt, starrte aus dem Fenster.

Nach allem, was sie durchgemacht hatte, war diese Übung der Tropfen gewesen, der das Fass zum Überlaufen gebracht hatte. Diese Einsicht ließ mich meine Fäuste ballen. Meine Wut auf Zeph stieg mit jeder Sekunde. Er hatte diese starke wunderschöne Kreatur zu einer Kugel voller Kummer herabgesetzt. Alles, weil er nicht damit umgehen konnte, dass er in ihrer Anwesenheit die Kontrolle verlor.

Meine Krähe krähte, was Aflora aufschrecken und sich in

eine aufrechte Position setzen ließ. Hoffnung waberte in ihren blauen Augen.

Die rasch erstarb, als sie mich im Flur stehen sah. Ihr Blick wanderte zu Night, der auf meiner Schulter saß. Ihr Gesicht wurde betrübt. Sie sah wieder aus dem Fenster, krümmte ihre Schultern auf diese Art, die ich sofort wiedererkannte. Normalerweise wäre ich davon gerannt. Dieses Mal aber ging ich auf sie zu, um mich neben sie aufs Bett zu setzen.

Sie zitterte daraufhin, ihre stille Trauer durchschnitt die Luft und zog an meinem Herzen.

„Du kannst ihn wiederbeleben", informierte ich sie mit leiser Stimme und bezog mich dabei auf ihren Falken. Er hatte sich zu regen angefangen, als ich mich Zeph in den Weg gestellt hatte – was bedeutete, dass das Biest bald wieder bei voller Gesundheit sein würde. „Benutze einfach denselben Zauberspruch und er wird zu dir kommen. Es könnte ein paar Minuten dauern, bis er durch alle Türen gekommen ist. Sir Kristoff wird ihn einlassen, weil er an deine Essenz gebunden ist."

„Ich will kein neues Schutzwesen", sagte sie, ihre Stimme kaum lauter als ein Flüstern.

„Es wird kein neues Schutzwesen sein. Man bekommt nur eines."

Sie schüttelte ihren Kopf. Frisch geweinte Tränen glänzten auf ihren Wangen. „Zeph hat sie umgebracht."

Sie?, dachte ich stirnrunzelnd. Ich hatte den Falken nicht richtig sehen können, aber Aflora kannte das Tier besser als ich. Genauso, wie sie spüren könnte, dass das Band noch immer lebte, wenn sie danach suchen würde.

Night flog von meiner Schulter zu ihrem Nachttisch hinüber, folgte meinem mentalen Befehl, den ich durch unsere Verbindung gesandt hatte.

„Aflora", murmelte ich und legte meinen Arm um ihre

Schultern. Es war eine komische Umarmung, zumal sie ihre Beine teilweise unter sich verschränkt hatte. Doch sie schmiegte sie an mich, ihr Körper drückte sich an meinen, während eine Träne aus ihrem Auge kullerte.

„Ich dachte, dass das Krächzen …" Sie verstummte und ihre Schultern fingen zu zittern an.

Ich folgte ihrem Gedankengang. „Du dachtest, Night wäre dein Falke." Ich machte mir nicht die Mühe, zu erwähnen, dass Falken überhaupt nicht so klangen wie Krähen. Ihr Herz kannte den Unterschied nicht, weil Zeph es ihr mit seiner Grausamkeit gebrochen hatte.

„Tut mir leid. Das ist … Ich bin …"

„Ein Schutzwesen erschafft ein undurchdringbares Band mit seinem Wirt", flüsterte ich und meine Lippen berührten ihre Schläfe. „Darum hast du den Schmerz deines Falken gespürt, Schätzchen. Aber ich verspreche dir, dass es ihm – oder besser *ihr* – gut geht. Ein Schutzwesen kann nicht sterben – es sei denn, sein Meister stirbt. Zeph war ein Arschloch, dass er dir das nicht gesagt hat."

Na ja, er war aus vielerlei Gründen ein Arschloch.

Ich drückte sie rückversichernd und ergänzte: „Unsere Schutzwesen werden mit dem Schutzzauber geschaffen, was bedeutet, dass dein Falke aus deinem Bann gemacht wurde. Sie ist an deine Existenz gebunden, also wird sie sich immer wieder erholen, solange du am Leben bist." Was, wenn es nach mir ging, noch lange der Fall sein würde.

Ich strich ihr Haar über ihre Schulter, um nach ihrem Nacken zu greifen, und zwang sie, mir wieder in die Augen zu schauen.

„Sag *Ahaminee*", sagte ich zu ihr. „Du brauchst deinen Zauberstab nicht, nur den Zauberspruch." Es war ein fortgeschrittener Spruch als jener im Schulbuch. Einer, den ich nur kannte, weil ich so speziell aufgezogen worden war.

König der Mitternachtsfeen zu werden, hatte einem

gewissen Grad an verfrühten Verteidigungslektionen bedurft. Obwohl ich ein paar Dinge an der Akademie gelernt hatte, wohnte ich ihr vorwiegend aus Formalität, und weil es zum Erwachsenwerden gehörte, bei.

Aflora musterte mich einen langen Augenblick, als würde sie abwägen, ob sie mir vertrauen konnte oder nicht. Ich ließ ihr Zeit, um über ihre Alternative nachzudenken. Entweder glaubte sie mir oder nicht.

„Es gibt nur einen Weg, um die Wahrheit herauszufinden", flüsterte ich, als ich das Misstrauen in ihren Augen erblickte. Ich konnte es ihr nicht übelnehmen, dass sie misstrauisch war. Obwohl ich ihr in den letzten zwei Monaten geholfen hatte, war das nicht nur aus reiner Herzensgüte gewesen. Ich wollte, dass sie überlebte – und das aus mehreren Gründen. Einer davon lebte in meiner Hose.

Darum auch unsere regelmäßigen Träume. Was meine Sehnsucht nach ihr eher größer machte, als sie zu besänftigen. Sie zu kosten, brachte mich nur dazu, die Realität mit ihr umso mehr erleben zu wollen.

„*Ahaminee*", sagte Aflora mit ungläubigem Gesichtsausdruck. Aber sie hatte genug Kraft in den Zauberspruch gesteckt, dass er funktionieren würde. Ich spürte den Bann in der Luft schimmern. Er rief nach ihrem Wesen und gab ihm ein Zeichen, dass es sich uns anschließen sollte.

Als nicht sofort etwas passierte, kniff Aflora ihre Augen misstrauisch zusammen. „Es ist kein Trick", versprach ich ihr. „Hab einfach etwas Geduld."

Ihr Kiefer spannte sich an, aber sie nickte mir steif zu, beschloss, mir noch einen kleinen Augenblick länger zu vertrauen.

Ich ließ von ihrem Nacken ab, um ihren Rücken zu

streicheln, schenkte ihr währenddessen meine Stärke und koste die Energie, die ihre Aura umgab.

Es war gefährlich, meiner Kraft zu erlauben, sich mit ihrer zu vermischen. Ein intimer Akt, den ich nicht hätte zulassen dürfen. Einer, der den ganzen Rat erzürnen würde, wenn er jemals davon erfahren würde. Und doch war es so natürlich für mich, dass ich nicht aufhören konnte. Meine Verbindung zur dunklen Magie frohlockte, wenn ich ihr nahe war – wegen unseres Gefährtenpotenzials.

Sie entspannte sich sichtlich und ihr Gesichtsausdruck milderte sich. „Was machst du da?", fragte sie und ihre Pupillen weiteten sich.

„Etwas, das ich nicht tun sollte", murmelte ich. Ich ließ meine Finger an ihrem Hals hochgleiten, fühlte ihren schneller gehenden Puls.

Sie lehnte sich in meine Berührung, schloss ihre Augen halbwegs. „Warum fühlt es sich so gut an?"

„Weil es dich beruhigen soll." Mein Daumen berührte ihren Kiefer, mein Blick folgte der Bewegung. Sie hatte so weiche Haut. Sie erinnerte mich an ein Blütenblatt. Ihre Lippen waren auch so weich. Oder jedenfalls stellte ich sie mir in unseren gemeinsamen Träumen so vor. Sie sahen so weich aus in diesem Moment. Plump und voll. Ich leckte mir die Lippen, während meine Gedanken an einen Ort wanderten, an den sie nicht sollten, während ich unsere Verbindung festigte.

Sie erschauderte. Die Kraft summte synchron in uns. Es wäre so einfach für sie gewesen, nach einem Strang meiner Verbindung zur Quelle zu greifen, aber sie tat es nicht. Sie sonnte sich nur in ihrem Glanze. Ihre Augen waren jetzt vollständig und zufrieden geschlossen.

Bis ein Gurren sie dazu bewegte, sich überrascht aufzurichten. Unsere Verbindung wurde schwächer, als sie sich auf den Falken, der aus dem Flur reinflog, konzentrierte.

Ein aufgeregter und hocherfreuter Ausdruck zog auf ihrem Gesicht auf. „Clove!"

Afloras Schutzwesen landete auf dem Bett und schüttelte seine Federn, bevor es mich bedrohlich ansah.

Night krähte warnend, aber ich sandte einen Stoß Sicherheit durch unser Band, beruhigte das Tier, bevor es einen Streit mit dem weitaus größeren Vogel anzetteln würde. Ich machte mir nicht Sorgen darüber, dass Night nicht gewinnen würde. Ich wusste, dass er siegen würde – wie er es immer tat –, aber ich wollte keine Wiederholung von dem, was sich draußen abgespielt hatte.

Der Falke rückte näher zu Aflora. Seine schwarzen Augen ließen die ganze Zeit über nicht von mir ab.

„Ich bin keine Bedrohung für deine Fee", sagte ich zum Vogel, streckte meine Hand hin, damit er mich beschnüffeln konnte. Nicht, dass das half.

Schutzwesen waren unheimlich beschützerisch gegenüber ihren Meistern und weigerten sich, selbst einer königlichen Fee meines Kalibers zu gehorchen.

„Das Erste, was du lernen musst, ist, wie du mit deinem Schutzwesen durch das Band kommunizierst, dass du bei seiner Schöpfung kreiert hast", sagte ich mit sanfter Stimme, wollte keine weiteren Gefühle mehr wachrütteln, die einen Angriff ihres neuen Haustiers zur Folge hätte. „Zum Beispiel versichere ich Night derzeit, dass du und Clove keine Bedrohung für uns seid. Du solltest dasselbe mit deinem Falken tun."

„Wie mache ich das?", fragte sie.

„Komm, ich zeig es dir." Ich legte meine Hand langsam auf ihre und öffnete unsere Verbindung, um eine neue Übung über Schutzwesen und wie man sie kontrollierte zu beginnen.

Wir gingen ein paar Sprüche durch, die alle dazu bestimmt waren, unsere Wesen herbeizurufen. Ich gab ihr zudem ein paar Tipps, wie sie sich und Clove richtig verteidigte, wenn es nötig war, und zeigte ihr sogar ein paar Angriffssprüche.

Ein warnendes Gefühl nagte in meinem Hinterkopf während unseres gesamten Austauschs. Dieses Gefühl, dass meine Lehrmethode ein großes Risiko für die Krone darstellte. Aber Aflora versuchte kein einziges Mal, zuzugreifen. Sie benutzte unsere Verbindung nur dazu, zu lernen und ihre eigenen Fähigkeiten auszubauen.

Es dauerte mehrere Stunden. Unsere Schutzwesen sahen ununterbrochen zu und freundeten sich an.

Als wir fertig waren, hatte sich Aflora gegen das Kopfteil gelehnt, ihre Beine ausgestreckt und ihre Knöchel übereinandergeschlagen, und ich lag direkt neben ihr. Ein zufriedenes Grinsen lag auf ihren Lippen und Leben schimmerte wieder in ihren blauen Augen. Das bestätigte mir, dass ich ihre Laune mehr als nur ein bisschen aufgebessert hatte.

Sie seufzte zufrieden, als ihr Falke sich zwischen uns putzte. Er streckte seine langen Flügel aus, zeigte sein schwarz-weißes Gefieder. Aflora streichelte die Spitzen, ihre Mundwinkel zuckten erfreut. „Du weißt, dass du hübsch bist, was?"

„Ja, tue ich", erwiderte ich, obschon ich mir vollends im Klaren darüber war, dass das Kompliment an den Vogel gerichtet war.

Aflora lachte und schüttelte ihren Kopf. „Du bist *so* bescheiden, Kols."

„Extrem." Ich wackelte mit meinen Augenbrauen. „Wir wissen beide, dass ich attraktiv bin."

„Tun wir das?" Sie kratzte sich am Kinn, musterte mich kritisch. „Hm, ich schätze, du siehst ganz okay aus."

„Ganz okay?", wiederholte ich und zog eine Augenbraue hoch. „Bist du blind?"

Sie schnaubte belustigt. Ihre unbesorgte Art wärmte mir das Herz.

Denn *ich* hatte sie herbeigeführt.

Ich hatte dieses Lächeln auf ihre küssbaren Lippen gezaubert.

Ich hatte ihr den Tag gerettet.

Und es machte mich unheimlich glücklich, sie jetzt so zufrieden zu sehen.

Sie sah mir in die Augen. Ihr gütiges Lächeln verwandelte sich in ein lüsternes, als sie mich zunehmend ernster ansah. „Du siehst mehr als nur ganz okay aus", flüsterte sie und ihre Zunge befeuchtete ihre Lippen. „Du bist sehr viel mehr als das."

„Wie sehr mehr?", fragte ich, war mir dem riskanten Seiltanz, den wir uns lieferten, bewusst und wagte es, einen Schritt weiterzumachen. „Viel mehr, was?"

Sie drehte sich zu mir, und ihre Handfläche fiel auf die schmale Stelle auf der Matratze zwischen uns. „Gutaussehend", flüsterte sie und ihre glitzernden blauen Augen sahen auf meinen Mund.

„Nur gutaussehend?", fragte ich und lehnte mich wie magisch angezogen zu ihr.

Sie schluckte leer und sah mich mit sinnlichem Blick an. „Mehr als gutaussehend." Sie legte ihre Hand an meine Wange, ihre andere noch immer zwischen uns gelegt. „Du siehst umwerfend aus, Kolstov."

„Nein." Ich legte meine Hand an ihren Nacken, zog sie genau dahin, wo ich sie haben wollte. Meine Lippen streiften ihre um ein Haar. „Du bist hier die, die umwerfend ist, Aflora", korrigierte ich. „Verdammt nochmal unwiderstehlich." Sie erschauderte, und ihr süßer Atem war ein Kuss, den ich nicht länger ablehnen konnte. Als sie ihren nächsten Atemzug nahm, küsste ich sie. Meine Zunge lieferte sich nur eine Hundertstelsekunde später ein Duell mit ihrer und wir verloren uns beide im Moment.

Ich spürte das Eindringen tief in mir. Die Richtigkeit unserer Liebkosung hüllte uns in eine undurchdringbare Intimität ein.

Sie war im nächsten Moment unter mir, meine Hüften legten sich zwischen ihre Beine, während ich sie aufs Bett drückte. Monate des Vorspiels in unseren Gedanken hatten zu diesem Moment geführt. Unsere Körper fanden zusammen, wie zwei Magnete, nachdem die Barriere zwischen ihnen sich verflüchtigt hatte.

Das ließ uns beide in eine gefährliche Vergessenheit sinken, gegen die keiner von uns ankämpfen konnte.

„Aflora", murmelte ich, während meine Zähne über ihre Unterlippe strichen.

Ich hätte es unterbinden sollen.

Hätte mich vom Bett rollen und aus der Tür laufen sollen.

Aber Scheiße, mein Körper gehorchte meinem Kopf nicht.

Es hatte genug Momente gegeben, in denen sie meine Kräfte hätte anzapfen können. Warum sollte sie es jetzt tun?

Weil du abgelenkt bist, erinnerte mich ein dunkler Teil meiner selbst.

Aber sie schien genauso abgelenkt, während sie unter mir lag. Ihre Augen waren geschlossen, ihr Körper drückte sich an meinen, wollte *mehr*.

Ich küsste mir meinen Weg an ihrem Hals hinab und meine Fangzähne kamen ihrem sinnlichen Puls gefährlich nahe.

Nein, sagte ich zu mir selbst, erschauderte tief drinnen. *Das steht dir nicht zu.*

Oh, aber den Rest von ihr könnte ich kosten. Konnte lecken. Konnte knabbern. Konnte erforschen.

„Sag mir, dass ich aufhören soll", flüsterte ich, während meine Hände an den Saum ihres Oberteils gelegt waren und den Stoff fest umschlangen. „Sag mir, dass ich gehen soll."

Sie schüttelte ihren Kopf. Ihr leises, lustvolles Keuchen war Musik in meinen Ohren. „Ich habe so viele Male hiervon geträumt", gab sie mit belegter und unheimlich sinnlicher Stimme zu. „Ich will dich, Kols. Ich kenne … Ich kenne das Risiko. Ich weiß, dass es falsch ist. Ich weiß, dass wir es nicht tun sollten." Sie stöhnte und ihre Nägel versenkten sich in meinem Nacken, als sie mir in die Augen sah. „Aber ich *brauche* es. Bitte."

KOLS

Afloras Griff verfestigte sich, als sie mich zu sich nach unten zog. Ihre Lippen legten sich wieder auf meine, was mich dazu brachte, mich wieder in ihr zu verlieren.

Aber dieses Mal begrüßte ich die Verbotenheit unserer Liebkosung.

Ich sonnte mich in der süßen Gefahr, die zwischen uns brodelte.

Ließ sie meine Sinne verführen und mich in das zügellose Versprechen auf pure Sünde reißen.

Ihr Oberteil verschwand, was mir den ersten wahrhaftigen Blick auf ihre blasse Haut schenkte. „Du bist so schön", sagte ich und küsste mir einen Weg an ihrem

Spitzen-BH hinab. Leidenschaft und Lust brannten in ihren blauen Augen, was ein Lächeln auf meinen Lippen aufziehen ließ, als ich sanft einen Weg an ihrer Brust hinab entlang leckte. Ihre Nägel versenkten sich in meiner Kopfhaut, ihr Atem beschleunigte sich, als ich den Stoff mit meinen Zähnen wegzog, um einen steifen rosafarbenen Nippel zu entblößen.

Ich knabberte vorsichtig daran. Ein Stöhnen stieg in meinen Rachen, als ich die pure Lust in ihren Augen sah.

„Mehr", flehte sie.

„Mehr wovon, Schätzchen?"

„Einfach *mehr*." Sie wand sich unter mir, ihr süßer Körper heiß und willig von all unseren nächtlichen Liebeleien. Ich konnte sie beinahe in mir *spüren*, als wären wir durch einen intimen Gedankenpool verbunden.

Ihr Wimmern war Musik in meinen Ohren, ermutigte mich dazu, ihren Nippel tief in meinen Mund zu nehmen. „Kols!", schrie sie daraufhin, schmiss ihren Kopf in einer Welle der Lust zurück aufs Bett.

Ich knabberte an ihrem Nippel, bevor ich dasselbe an ihrer anderen harten Knospe wiederholte. Meine Hand legte sich an ihre andere Brust und drückte sanft zu. Verdammt, sie reagierte so heftig darauf. Ihr ganzer Körper summte voller Verlangen unter meinem, und das, nachdem ich ihren Brüsten nur das kleinste bisschen Aufmerksamkeit geschenkt hatte.

All diese Fantasien hatten mir gezeigt, auf was sie stand.

Aber sie hatten auch ihr eröffnet, was ich mochte, was sie bestätigte, indem sie ihre Finger an den Saum meiner Hose legte und sie mutig nach unten riss. Das legte meinen Schwanz frei.

Sie entschuldigte sich nicht.

Sah mich nicht an, um meine Erlaubnis zu ersuchen.

Sie benutzte ihren Fuß dazu, den Stoff an meinen Beinen runterzuziehen, was mich bauchabwärts entblößte. „Verdammt, Aflora. Ich will dich."

„Oh ja", erwiderte sie, während ihre Hände an mein Hemd hochglitten, um es nach oben zu schieben. „Ja, bitte."

Ein Grummeln verwandelte sich in meinem Rachen in ein Stöhnen, meine Stirn fiel an ihr Schlüsselbein. „Sag es nicht, wenn du es nicht so meinst."

Sie erschauderte und ihr Griff um den Stoff an meinen Schultern verfestigte sich. „Bitte, Kols." Sie schlang ihre Beine um meine Hüfte, platzierte den Schaft direkt an ihrer heißen Mitte. Ich konnte ihre Wärme und die Feuchte durch den Stoff ihrer Stretchhose spüren. Ihre Lust ging mir unter die Haut, während sie sich schamlos an mir rieb.

Ich fluchte.

Mein Schwanz bebte.

Meine Eier spannten sich an.

Und ich vergaß beinahe, zu atmen.

Denn ich wollte sie. *Sehnlichst.*

Nimm sie, flüsterte eine düstere Stimme. *Fick sie.*

Der Gedanke allein ließ mich beinahe auf ihr kommen.

Dass ich ihre größer werdende Lust spürte, intensivierte die Erfahrung nur noch mehr, drängte mich dazu, mir zu nehmen, was ich wollte. Den verbotenen Fantasien nachzugeben, die zwischen uns waberten.

Ihre Fersen drückten sich in meinen Arsch, verlangten, dass ich in Aktion trat. Meine Lippen schwebten über ihren Brüsten, meine Stirn noch immer an ihr Schlüsselbein gelegt.

Und dann stöhnte sie.

Das Geräusch wanderte direkt zu meinen Lenden runter, schlang sich um meinen Schwanz und streichelte ihn, was mich aller Logik beraubte.

Ich wollte sie.

Sie wollte mich.

Wir waren Erwachsene, die dem hier zustimmten.

Es wird passieren.

Eine verbotene Decke hüllte uns in einen Kokon der Lust und unerlaubten Gelüsten ein. Meine Gedanken rasten wild, gingen all die Arten durch, auf die ich sie nehmen wollte. Aber zuerst so, mit meinem Schwanz tief zwischen ihren Schenkeln vergraben.

Ich küsste sie erneut. Meine Zunge drang in ihren Mund, meine Entschlossenheit verwandelte sich in Asche.

Sie hieß mich mit einem süßen, willigen Geräusch willkommen.

Und dann verschwand der Rest unserer Klamotten mit einem leise gemurmelten Spruch.

„Oh", staunte sie, als die Magie über ihre Haut wanderte. Sie drückte sich an mich, ihre heiße Muschi begrüßte meinen Schwanz mit einem feuchten Kuss.

„Das ist die letzte Chance, um auszusteigen, Aflora", warnte ich sie, während mein Schaft durch ihre feuchten Lippen glitt.

„Fick mich", verlangte sie, genauso, wie ich es ihr in unseren Träumen beigebracht hatte.

Denn ich liebte es, diese beiden Worte von ihren Lippen kommen zu hören. Sie ließ sie so unangebracht klingen, was als Erinnerung daran diente, wie falsch das zwischen uns war. Das ließ meine dunklen Gelüste erwachen.

Ich wollte versaute Dinge mit ihr tun.

Ihr beibringen, wie man auf die beste Weise fickte.

Jeden Zentimeter von ihr erforschen.

Sie mir unterwerfen.

Sie beanspruchen.

Verdammt nochmal meinen Abdruck auf ihr hinterlassen.

Verdammt, ich war so hart, dass es beinahe wehtat. Jeder Teil von mir verzehrte sich danach, es zu Ende zu bringen – sie mein zu machen, sie so endgültig zu beanspruchen, dass sie niemand anderes mehr jemals wieder befriedigen konnte.

„Bitte", keuchte sie. „Nimm mich, Kols. Ich brauche es. Ich brauche *dich*." Das Flehen in ihrer Stimme durchschnitt die letzte Barriere zwischen uns, verminderte meine Kontrolle.

Ich stieß in sie, ein Energiestoß zuckte an meinem Rücken hinab. Verdammt, ich hatte mich einer Frau noch nie so verbunden gefühlt. Ihre Empfindungen waren meine und meine ihre, was das Ganze nur noch heißer machte und uns in einen sündhaften Tanz von Körper und Geist fallen ließ.

Sie schrie, während ich in sie und aus ihr glitt, uns beide in einen Strudel aus Keuchen und Ekstase schoss, von dem ich sicher war, dass ihn jeder auf dem Campus spüren würde. Denn unsere Kräfte vermischten sich wieder, ihre Fähigkeit webte sich in meine – auf eine berauschende Art und Weise, der ich mich nicht entziehen konnte.

Gefährlich.

Muss. Aufhören.

Kann nicht.

Oh, Scheiße.

Meins.

Ich kämpfte gegen den letzten Gedanken an, mein Körper spannte sich an ihren gedrückt an, nur um dann wieder in ihr Netz aus wahnbesessener Energie zu fallen, als sich ihre Schenkel um mich herum anspannten. Das hier war falsch. So, so, so falsch.

Oh, Scheiße. Ich kann mich nicht losreißen.

Mehr.

Weniger.

Zerstörung.

Wunderschön.

Mit einem vergötternden Tonfall kam ihr mein Name über die Lippen, der meine Haut sich erwärmen ließ. Ihr wunderschöner Körper war an meinen gepresst, während ich uns beide in einen Zustand der Vergessenheit fickte, den ich nie zuvor erreicht hatte. Sie schrie, als sie über die Kante in die Dunkelheit fiel und mich in einen leidenschaftlichen Abgrund des Wahnsinns und der Wonne zugleich riss.

Sie war genauso von Lust erfüllt wie ich. Ihre Gedanken waren mir auf eine Art zugänglich, die mir gänzlich unbekannt war.

Ich konnte ihre Erde spüren.

Konnte die Bäume und Blumen aus ihrem Zuhause riechen, die sie so vergötterte.

Konnte ihren sicheren Hafen mich willkommen heißen spüren.

Was ist hier los?, fragte ich mich, eingenommen von Lust und Verwirrung, während mein Schwanz erneut mit einem Orgasmus in ihr bebte, der mir wieder jeglichen Verstand raubte. „*Verdammt*", keuchte ich und ließ meinen Kopf auf ihre Schulter fallen.

Sie zitterte, ihre Ekstase erreichte angesichts meiner Lust ihren Höhepunkt. Unsere Vereinigung war so viel mächtiger als jeder Traum, den ich uns je hatte erfahren lassen.

Aber am Ende überkam mich ein kaltes Gefühl. Meine Seele spürte auf der Stelle eine Störung. Eine unbekannte Präsenz, die nicht in mir sein sollte. Ich schloss sie augenblicklich aus. Schrecken erfasste mich beim Gedanken daran, dass eine weitere Frau mich so schrecklich benutzen könnte.

Doch meine Kräfte umgaben mich noch immer, die Energiespur normal und unberührt.

Aber diese unbekannte Essenz verweilte, klammerte sich

an meine Lebensquelle und an mich – auf eine Art, wie sie es nicht sollte.

Ich versuchte erneut, sie durchzuschneiden, benutzte meine Kräfte, um das Band anzugreifen. Ich erstarrte, als Aflora schmerzerfüllt unter mir kreischte. Sie schlug ihre Augen auf, sah in meine. Ihre Lippen öffneten sich. Ich zog meine bedrohlich zurück. „Was hast du getan?", wollte ich wissen.

Denn ich konnte ihrem Blick ansehen, dass sie etwas wusste. Angst und Schrecken und Panik lagen in ihrem Gesicht.

Ihre Lippen bewegten sich wortlos.

Ihre Pupillen leuchteten auf.

„Was zum Teufel hast du getan?!", wiederholte ich und stemmte mich auf meine Ellbogen. Unsere Körper waren noch immer miteinander verbunden, mein Schwanz bebte noch immer in ihr. Aber Wut überkam die leidenschaftliche Wonne. Mein Kopf vollzog die Empfindungen in meinem Herzen langsam nach. „*Wie?*"

„I-ich weiß es nicht", stotterte sie. „Ich … Es sollte nicht …"

Ich zog mich von ihr zurück, kniete mich auf dem Bett hin und realisierte angewidert, was wir eben getan hatten. „Verdammt!" Sie hatte ein Gefährtenband mit mir geknüpft. Nicht als Mitternachtsfee, sondern als Fee der Elemente. Ich konnte die Efeuranken ihrer Erdmagie sich um mich zuziehen spüren. Sie drückten meine Verbindung zur Quelle ab und ertränkten mich in einer Essenz, die ich nicht wollte. „Mach es weg. Durchschneide es. *Entferne es.*"

„I-ich kann nicht", stammelte sie mit schockiertem Gesichtsausdruck. „Es befindet sich auf dem dritten Level."

„*Was?*" Ich wusste, wie Gefährtenbänder der Feen der Elemente funktionierten. Es gab vier Ebenen. Wenn sie sich auf den ersten beiden davon befanden, konnte sie gebrochen werden. Auf der dritten Ebene aber nicht. Es machte uns zu Verlobten. Bis zur letzten Zeremonie, die die Seelen der Feen der Elemente endgültig miteinander verband.

„Das ist verdammt nochmal unmöglich." Es bedurfte Zustimmung beider. Anders als Gefährtenbänder der Mitternachtsfeen, welche komplett einseitig geschmiedet werden konnten, wenn der Mann es wollte.

„Ich weiß nicht −"

„Wie zum Teufel konnte das passieren?!", schrie ich und sprang vom Bett, versuchte so weit von ihr wegzukommen wie nur möglich.

„Wie hast du mich ausgetrickst?"

„Das habe ich nicht!"

„Von wegen", fauchte ich, begann auf- und abzugehen. „Ich würde niemals absichtlich ein Band mit dir knüpfen." Ich hatte gegenüber meinem Königreich, gegenüber meinem Volk, eine Pflicht. Sie standen immer an erster Stelle. Und ich wusste es besser, als einer Erdfee zu erlauben, ein verdammtes Gefährtenband mit mir zu knüpfen.

Ich war der zukünftige König.

Ein Royal.

Eine verdammt mächtige Mitternachtsfee.

„Du hast mich irgendwie ausgetrickst", beschuldigte ich sie.

Ich wusste nur nicht, wann oder wie. Vielleicht war alles von Anfang an geplant gewesen. Eine List, um mich in etwas Niederträchtiges reinzuziehen. Das würde die Anziehung erklären.

„War das dein Plan von Anfang an?", wollte ich wissen, als mir kurz darauf ein weiterer Gedanke kam. Einer, der drohte, mich in einen mordlustigen Zustand zu versetzen. „Hat Shade dich dazu angestiftet?"

„Was?! Nein!"

„Warum würdest du sowas dann tun? Arbeitest du mit

ihm zusammen? Versuchst du, Schande über meine Familie zu bringen? Über mich? Willst du meine Herrschaft zerstören, bevor sie überhaupt begonnen hat?"

Ihre Unterlippe zitterte, Feuer waberte in ihren blauen Augen, als sie sich auf dem Bett aufrichtete. „Fick dich, Kols!"

„So weit waren wir bereits, Prinzessin", schoss ich zurück, war wütend auf mich selbst, dass ich so dumm hatte sein können. Ich griff mir an den Nacken, sah erneut zum Bett und wandte mich ab, bevor ich etwas Dummes tun würde – wie zum Beispiel, es in Flammen zu stecken. „Raus hier." Die Worte kamen mir über die Lippen, bevor ich sie zurücknehmen konnte. Dann kam mir in den Sinn, wie richtig dieser Befehl gewesen war. Wie wichtig es war, dass sie sofort ging, bevor ich sie umbrachte.

Denn das war die naheliegendste Lösung – ihr Tod.

Das würde das Band brechen.

Es würde Shade zerstören.

Es wäre eine angemessene Bestrafung für alle Involvierten – mir inklusive. Denn ich nahm an, dass es mir auch wehtun würde, sie zu verlieren dank diesem unbekannten Scheiß, den sie mir in die Brust gesetzt hatte.

Ich knurrte und legte meine Hand auf meine Brust. „Mach, dass du verdammt nochmal rauskommst, Aflora", verlangte ich. Sie musste so weit weg wie möglich von mir, bevor ich etwas tat, das ich nicht ungeschehen machen konnte.

„Und wohin soll ich gehen?", fragte sie. Ihre Stimme war jetzt plötzlich weitaus leiser als vorher.

Die Versuchung, sie anzusehen, mich zu entschuldigen, ergriff mich so unerwartet, dass ich erneut knurrte. Denn scheiß auf das. Sie verdiente mein Mitgefühl nicht. Sie hatte mich in ihrem verbotenen Netz gefangen und sichergestellt, dass ich mich nicht losmachen konnte, ohne uns beiden große Schmerzen zuzufügen!

Ich hasste sie.

Verabscheute, dass sie existierte.

Wünschte mir, dass ich ihr nie begegnet wäre.

„Raus hier!", schrie ich. Es war mir egal, wie gestört ich klang. Heiße Lava brodelte in meinen Adern. Meine Kraft wurde von Sekunde zu Sekunde stärker. Wenn sie nicht ging, würde ich explodieren und sie würde die volle Wucht dieses Ausbruchs abbekommen.

Ihr Schluchzen erfasste meine Ohren.

Ich ignorierte sie.

War zu konzentriert auf die größer werdende Wut, die drohte, uns beide in Asche zu verwandeln.

Ich bemerkte kaum, wie sie in einem Paar Hosen und einem T-Shirt an mir vorbeirannte, dachte keine Sekunde lang darüber nach, wie sie sich so schnell angezogen hatte. Stattdessen kniete ich mich hin und ließ die Kraft, die mein Leben bedrohte, los. Flammen breiteten sich überall in ihrem Zimmer aus, zerstörten die Beweise unseres Akts und fraßen sich mit einem mächtigen Kraftstoß durch ihre persönlichen Sachen.

Gegenstände konnten ersetzt werden.

Ich würde mir später etwas überlegen.

Wenn ich wieder klar denken konnte.

„Verdammt!", brüllte ich, als Flammen mich einkreisten und sich im Raum verteilten. Ein Energiestoß knallte die Tür zu, um die Flammen davon abzuhalten, sich in der Suite auszubreiten, was mich in einem wütenden Inferno zurückließ.

Ich hieß die Hitze willkommen.

Die Strafe für meine Taten.

Und fiel in einen gebrochenen Haufen aus Schuldgefühlen und Kummer zusammen. Nicht nur, weil ich die Mitternachtsfeen – und meine Eltern – im Stich gelassen hatte, sondern auch Aflora.

Ich verdiente es, zu brennen.

Ich hieß den Schmerz willkommen.

„Zerstöre mich", verlangte ich und meine Stirn berührte den Boden. „Bring mich einfach um."

AFLORA

HEIß.

Mir war so *heiß.*

Wie ein Vulkan, der kurz davorstand, auszubrechen.

Hitze brodelte unter meine Haut, fraß sich durch meine Adern und brachte mich ins Schwitzen, während ich ziellos durch die Nachtluft rannte.

Raus hier.

Mach, dass du verdammt nochmal rauskommst.

Kols' Wut brach mir das Herz. Seine Wut war ein Brandeisen, das sich mit jedem Schritt tiefer in mein Herz brannte.

Ich konnte seinen Zorn, seine Wut, seine *Vorwürfe* spüren.

Aber ich hatte das nicht gewollt, verstand nicht, wie es

überhaupt möglich gewesen war. *Er ist keine Fee der Elemente,* dachte ich zum tausendsten Mal. *Ich kann mich nicht mit ihm verbinden.* Und doch spürte ich die unverwechselbare Verbindung, die uns aneinanderband. Wir hatten die ersten beiden Ebenen übersprungen und waren direkt auf die dritte gerast. Unsere Verbindung war fix.

Das Band zu brechen, war unmöglich – außer durch den Tod.

Als hätte die Fee noch einen weiteren Grund gebraucht, um mich zu töten.

Ich muss hier weg, dachte ich, drehte mich irgendwo außerhalb der Akademiewände im Kreis. Ich war durch das offene Tor gegangen, hatte kein wirkliches Ziel gehabt. Und jetzt hatte ich keine Ahnung, wo ich war. Ein blöder Schachzug, der aus einem Gefühlschaos resultiert hatte.

Wie hatte ein so schöner Moment so schiefgehen können?

Kols' Essenz wärmte meine Schenkel noch immer, sein Samen feucht in meinem Innern ruhend.

Mutter Erde, konnte dieser Mann sich bewegen. Er hatte mich in einen Zustand der Vergessenheit versetzt. Um dann vom Schicksal, das seine üble Fratze zeigte, zerstört zu werden.

Das waren jetzt schon *zwei* Mitternachtsfee-Gefährten.

Ich schrie ein zusammenhangsloses Wort in die Finsternis, die mich umgab. Es gab kein Schimpfwort, das meine Frustration hätte beschreiben können. Oder die Situation besser gemacht hätte. Nicht einmal ein Zauber hätte das. Es sei denn, es gab einen, der die Zeit zurückdrehen konnte, aber ich bezweifelte es.

„Was zum Teufel hast du hier draußen zu suchen?", wollte eine tiefe Stimme wissen, woraufhin ich zu einem Schatten neben einem Baum herumwirbelte.

Ich konnte kaum etwas erkennen. Der Mond war von

dicken Ästen des Waldes verdeckt, in dem ich mich befand. „Zeph", sagte ich mit klopfendem Herzen.

Clove war mir nach draußen gefolgt, nur um zu flüchten, als ich davongerannt war. Und ich hatte keine Ahnung, wohin sie geflogen war. Vermutlich irgendwohin mit Kols' Krähe, da mir beide Vögel nach draußen gefolgt waren. Wenigstens konnte Zephs bösartige Schlange ihnen so nichts anhaben.

Er trat nach vorne, seine Schritte tonlos. „Geht es dir gut?"

Ich erschauderte. Seiner Stimme lag ein Hauch Besorgnis inne, aber ich wusste es besser. Außerdem war es eine bescheuerte Frage, weil es mir offensichtlich nicht gut ging.

Nur schon dieser Gedanke ließ mich ein Lachen ausstoßen. Doch im nächsten Moment überkam mich das Bedürfnis, zu weinen.

Ihm zu antworten, wäre sinnlos gewesen, also ignorierte ich ihn stattdessen, drehte mich wieder um und lief weiter zwischen den Bäumen hindurch.

Aber er griff nach meinem Arm und riss mich zurück zu sich.

Ich reagierte instinktiv, gab einen Tritt von mir, um ihn aus dem Gleichgewicht zu bringen. Meine Faust flog hoch, zielte auf seinen Kiefer ab.

Beide Angriffe hätten mich im Verteidigungsunterricht stolz gemacht. Sein darauffolgendes Ächzen und Grummeln aber ließ mich meine übereifrige Reaktion bereuen.

Ich stürmte davon, musste ihm entkommen.

Aber seine Arme schlangen sich keine zwei Schritte später um meine Taille.

„Was zum Teufel war das denn, Aflora?", wollte er wissen, seine Lippen an mein Ohr gelegt. „War es wegen Raph?"

„Raph?", wiederholte ich verwirrt. „Wer ist Raph?"

„Meine dreiköpfige Schlange", erwiderte er leise und sein Griff verfestigte sich, während er seine Nase an meinen Hals legte. „Wieso riechst du nach Kols?" Eine Frage, die ich nicht beantworten wollte.

Ich hatte nicht gewollt, dass ein Band entsteht.

Hatte mich nicht im Moment verlieren wollen.

Raus hier.

Mach, dass du verdammt nochmal hier rauskommst.

„Lass mich los", flehte ich und Hitze bildete sich erneut unter meiner Haut. Sie war kurz abgeflacht, weil ich so überrascht über sein Auftauchen gewesen war, aber sie war brennend wieder zurückgekehrt, füllte meine Adern mit flüssigem Feuer.

„Nein." Sein Ton riet an, dass er keine Widerrede dulden würde. Aber er musste mich loslassen. Diese Kraft in mir bedrohte jeden meiner Atemzüge.

„Zeph …" Ich versuchte ihn zu warnen. Mein Atem kam stockend und Schweiß bildete sich auf meiner Haut. „Es brennt", flüsterte ich. Meine Beine begannen angesichts der Energie, die meinen Geist durchfuhr, zu zittern.

„Was machst du da?", fragte Zeph, drehte mich in seinen Armen um und fing mich auf, als meine Knie unter mir nachgaben. „Sie sieht aus, als würde sie gleich explodieren – und das nicht auf eine sinnliche Art", sagte eine weitere Stimme, als Shade sich neben uns materialisierte. Er legte seine Hand an meine Wange, sein dunkler Blick musterte mich. „Was beunruhigt dich so, kleine Rose? Wieso sehe ich Kols in dir?"

„Woher wusstest du, dass wir hier sind?", unterbrach Zeph.

„Ihre Angst hat mich gerufen", murmelte Shade, der mir unentwegt in die Augen sah. „Was hat Kols dir angetan, Aflora? Warum fließt seine Kraft durch unser Band?"

Ich konnte es nicht ausspucken, obwohl ich es wollte. All die Emotionen und die Angst hatten einen Kloß in meinem Hals gebildet, während die Flammen drohten, auszubrechen. Wenn Zeph mich nicht losließ, würde ich ihn bei lebendigem Leibe verbrennen. Und auch wenn er das, nach dem, was er Clove angetan hatte, verdient hatte, konnte ich ihm nicht wehtun. Nicht so.

Ich schluckte leer, drückte die Hitze herunter, nur um sie in mir hochschießen und an meinen Fingerspitzen züngeln zu spüren.

„Ihre Augen glühen", sagte Zeph. „Himmelblaues Feuer."

„Wo ist Kols?", wollte Shade wissen.

„Nicht die leiseste Ahnung."

„Ist es nicht sein Job, ihre Kräfte unter Kontrolle zu behalten?" Er ließ mich los, um sich auf den Mann hinter mir zu konzentrieren. „Er hat etwas mit ihren Kräften gemacht."

Ist das Besorgnis in Shades Stimme?, fragte ich mich. Langsam fühlte ich mich wie benommen. *Nein, das kann nicht sein.*

„Ich spüre es auch", erwiderte Zeph, hatte denselben Tonfall inne.

Das ist nicht gut, dachte ich, zitterte unter einem elektrischen Summen, dass sich auf meiner Haut ausbreitete. „Brennend", schaffte ich zu flüstern, während meine Knie wie wild zitterten. „Werde –"

Ein Schrei stieß aus meinem Rachen, unterbrach den Satz, während Schmerz wie kein anderer, den ich je verspürt hatte, ein Loch durch meine Brust bohrte. Zeph ließ mich fauchend los, ließ mich zu Boden fallen. Himmelblaue Flammen brachen aus mir und steckten den Waldboden in Flammen.

„Verdammt!"

„Was zum Teufel ist das?!"

Ihre Stimmen vermischten sich. Ich konnte sie nicht mehr auseinanderhalten. Ich konnte nichts anderes hören als das Donnern der Kraft, die meine Essenz begierig auf- und meine Seele einnahm.

Tränen kullerten aus meinen Augen.

Alles tat weh.

Mein Herz klopfte schneller.

Zu viel.

Es ist zu viel.

Ich wusste nicht, wie ich das alles ausbalancieren, mein Gleichgewicht finden sollte. Es erinnerte mich an das erste Mal, als ich die Quelle meiner Erdkraft angezapft hatte. Dieses unglaubliche Bedürfnis, meine Seele und den Kern des Elements zu beruhigen.

Aber ich konnte dieses Gleichgewicht nicht finden.

Es rückte immer wieder außerhalb meiner Reichweite und überschüttete mich mit Elektrizität, zischte gefährlich durch die Luft, warnte mich vor der Falschheit meiner Präsenz.

„Helft mir", flehte ich, war mir nicht sicher, ob ich die Worte laut gesagt hatte oder nur in meinem Kopf. „Zu heiß. Ich sterbe."

Ein schmerzerfüllter Schrei erfüllte meine Ohren. Das Geräusch war ohrenbetäubend. Eines, von dem ich nachträglich begriff, dass es von mir gekommen war. Alles um mich herum glitzerte blau, ein kräuselnder Effekt meiner überhitzten Aura.

Konzentrier dich, sagte ich zu mir selbst. *Bring es unter Kontrolle.*

Aber ich wusste nicht, wie, zumal ich zu viel Energie in mir hatte, um mehr aufzunehmen.

Ich riss am Halsband, brauchte meine Erde, hoffte, dass ich mich in der Quelle verstecken konnte, um mein Gleichgewicht wiederzufinden.

Da, dachte ich. Mein Element reagierte augenblicklich – trotz des Dings an meinem Hals. Ob ich es irgendwie deaktiviert oder außer Kraft gesetzt hatte, wusste ich nicht. Aber meine wunderbaren Fähigkeiten antworteten und erdeten mich mit meiner bekannten Erdessenz.

Ich verwurzelte mich im Boden, sonnte mich in meinem Erbe und klammerte mich an meine königliche Blutlinie, um Zuflucht in meinem gewohnten Element zu finden.

Jeder Atemzug erfüllte meine Nase mit blumigen Aromen und jedes Ausatmen beruhigte das Feuer – bis ich wieder genug bei Sinnen war, damit ich meine Umgebung wahrnehmen konnte. Die Lichtung war verkohlt und von Sonnenlicht geflutet.

Blaue Funken tanzten durch die Luft, zogen meine Aufmerksamkeit auf den Schaden, den ich angerichtet hatte.

Ich öffnete meinen Mund, konnte aber keinen Ton von mir geben. Nur ein weiteres schmerzerfülltes Wimmern, als die Flammen sich in mir erneut aufbäumten.

Oh nein …

Mein Magen hievte. Ein Krampf bildete sich in meinem Unterbauch und krümmte sich angesichts der unterdrückten Kraft.

„Wir müssen sie erden!", schrie jemand. Es klang wie Kols, aber das konnte nicht sein.

„Und wie zum Teufel stellen wir das an?!" *Hm … Shade*, sagte mein Kopf. Seine Präsenz war ein kurzfristiger Balsam für meine ungestüme Seele. *Gefährte.*

„Ich habe eine Idee." Die Stimme erinnerte mich noch immer an Kols – ein Teil von mir spürte seine Aura ganz in der Nähe. Oder vielleicht in mir. Immerhin war er jetzt mein Erd-Gefährte. Irgendwie. Vielleicht.

Was habe ich getan?

Alles wurde wieder still, als eine weitere Welle unerträglichen Schmerzes mich bis ins Mark erschütterte.

Ich rollte mich am Boden zu einer Kugel ein, suchte nach dem Utopia, das nur von meinem wahren Gleichgewicht kreiert werden konnte.

Es entzog sich mir. Meine Fähigkeiten waren zu erpicht und ungezähmt, um irgendwelche Befehle zu befolgen.

Ich wimmerte, zuckte zusammen, als eine Hand sich um meinen Hals legte und zudrückte. „Wir werden dir helfen", sagte eine tiefe Stimme zu mir.

Zeph.

Er drehte mich auf meinen Rücken und seine Hand drückte zu, als ich versuchte, mich wieder in mir selbst einzurollen. „Du musst so liegen", erklärte er, und legte sein Bein zwischen meine.

Haut an Haut.

Ich runzelte die Stirn.

Warum bin ich nackt?

„Wehe, das funktioniert nicht", sagte Shade, seine Lippen plötzlich an meinem Ohr, als er sich neben mich legte.

„Wenn es nicht funktioniert, gibt es nur eine Alternative", erwiderte Kols. Sein Mund war nahe an meinem anderen Ohr, seine Wärme drang in meine Seite.

„Kols", schaffte ich hervorzubringen. Mein Hals fühlte sich trocken an, als ich ihn anzuschauen versuchte – mich zu entschuldigen und zu fragen versuchte, woher er gekommen oder wie er hierhergelangt war.

„Nicht", erwiderte er mit barscher Stimme.

Schmerz durchfuhr meine Brust, nur um dann von der Lava überwältigt zu werden, die durch mein Wesen strömte. Ich konnte es später nochmal versuchen. Vorausgesetzt, ich würde diesen nächsten Hitzeschwall überleben.

Zeph ließ meinen Hals los. Seine Hand glitt an meinem Bauch hinab zu meiner Hüfte und er legte sich zwischen meine gespreizten Beine.

„Was … ?" Ein weiterer Hitzeschwall durchfuhr mich,

ließ mich verstummen. Meine Fähigkeit, mich auf irgendetwas anderes als das Beben, das durch meine Gliedmaßen streifte, zu konzentrieren, verflüchtigte sich.

„Jetzt!", befahl Kols. „Bevor sie wieder in die Luft geht!"

Wieder?, dachte ich und wimmerte, als sich etwas Scharfes in meinen Hals bohrte. *Shade*, erkannte ich augenblicklich. Unser Band verfestigte sich angesichts seines Bisses noch mehr.

„Nein!", schrie ich, aber das Wort verflüchtigte sich in der Ekstase, die sein Mund durch mein System jagte. Ich erschauderte, war hin- und hergerissen zwischen dem Inferno, das mein Wesen bedrohte, und der Ekstase, die durch meine Adern floss.

Ich rang nach Luft, als Kols auf der anderen Seite zubiss. Seine Fangzähne vergruben sich tief in meine Ader, schluckten mein Blut mit festen Zügen.

Ein Schrei stieg in meinen Rachen. Der Schmerz vermischte sich mit Lust, als ein dritter Mund an meine Brust glitt. Der Kuss war beinahe sanft. Scharfe Zähne machten sich an meiner zarten Haut bemerkbar, sodass ich meinen Rücken durchdrückte. *Zeph*. Ich spürte, wie er mich beanspruchte, sein Band zog an meinem Geist und versenkte buchstäblich seine Zähne in meiner Seele. Zusammen mit Kols.

Alle drei labten sich gleichzeitig an mir, tranken mein Blut, ließen mich schwach und hilflos unter ihnen zurück.

Und völlig machtlos.

Ich weinte beinahe. Mein drohender Tod war die herrlichste und lustvollste Erfahrung meines Lebens.

Bis ich realisierte, dass ich überhaupt nicht starb, sondern lebte.

Erblühte.

Mein Gleichgewicht fand.

Sie nahmen mir die übermäßige Energie, tranken ihren

Anteil und ließen mich ausgelaugt zurück. Sie erschufen ein neues Gleichgewicht – eines, dass es mir erlaubte, wieder zu atmen, zu denken, zu begreifen, wie schwer ihr Opfer wog.

Sie alle drei hatten mich gleichzeitig zu ihrer Gefährtin gemacht.

Sie hatten meine Essenz getrunken, um mir dabei zu helfen, Ordnung in mein mächtiges Chaos zu bringen.

Und ich hatte nicht den blassesten Schimmer, warum. Ich öffnete meinen Mund, um zu fragen, aber meine Lippen fühlten sich plötzlich zu taub an, um sich zu bewegen.

Sie nahmen zu viel.

Ich versuchte es ihnen zu sagen, sie zu warnen, sie anzuflehen, aufzuhören. Aber jeder Schluck ließ mich tiefer in das Netz der Ekstase driften, dem ich nicht entkommen konnte. Zwei Münder an meinem Hals, einer an meiner Brust und ein bebendes Bedürfnis, das zwischen meinen Schenkeln erblühte.

Als würde Zeph das wissen, ließ er von meiner Brust ab, um seinen Mund an meinen Nippel gleiten zu lassen. Seine grünen Augen sahen in meine, während er die Spitze sanft mit seiner Zunge neckte. Schwach drückte ich meinen Rücken durch. Mein Körper reagierte, während mein Geist nicht ganz mithalten konnte. Dann nahm er meinen Nippel tief in seinen Mund, was auch den letzten klaren Gedanken in meinem Kopf verstummen ließ.

Kols lachte an meinen Hals gedrückt, seine Zunge tanzte über die Wunde, die er geschaffen hatte. „Das macht echt Spaß", sinnierte er und leckte eine Spur zu meinem Ohr hoch. „Wenn ich dich nicht umbringen wollte, würde ich deine Reaktion mehr genießen."

Ich erschauderte, war mir nicht sicher, wie ich auf die Drohung reagieren sollte.

„Du wirst sie nicht umbringen", sagte Shade. Sein Mund flüsterte über meinen Kiefer gelehnt, bewegte sich dann auf meine Lippen zu, um darüber zu schweben. „Es wird zu sehr wehtun." Er küsste mich sanft, seine Zunge drang zwischen meine Lippen, um mir eine Kostprobe meines eigenen Bluts zu geben.

Zeph knabberte fest an meiner Brust, was mich scharf nach Atem ringen ließ, und Kols ahmte die Bewegung an meinem Ohrläppchen nach. „Was zum Teufel sollen wir jetzt tun?", fragte er.

„Mh, du bist der zukünftige König", murmelte Shade, sprach jedes einzelne Wort gegen meine Lippen. „Ich glaube, du wirst dir was ausdenken können. In der Zwischenzeit werde ich unser Dornröschen in meinem Zimmer unterbringen, zumal du ihres zerstört hast."

„Wage es ja nicht –"

Ich hörte das Ende von Kols' Aussage nicht. Seine Worte verblassten in einer Rauchwolke. Eine, die sich wenige Sekunden später lichtete und Sicht auf ein Bett voller violetter Seidenlaken freigab.

Shades Bett.

ZEPH

„Verdammt!", schrie Kols und sah auf die Stelle, wo Shade und Aflora eben noch gewesen waren. „Ich werde ihn verdammt nochmal umbringen."

„Vorausgesetzt, du wirst lange genug leben, um das zu tun", murmelte ich, sah mich auf dem Feld um. „Du hast sie zu deiner Gefährtin gemacht, oder etwa nicht?"

Kols stieß einen langen Atem aus, gefolgt von mehreren Schimpfwörtern. Dann sagte er: „Wir alle drei haben das gerade."

„Oh, der Teil ist mir bekannt." Ich presste eine Hand auf meine Brust, war irritiert vom Strang, der mein Herz umkreiste und zu einer Frau führte, die keiner von uns zu seinem hätte machen dürfen. „Ich habe mich auf das bezogen, was geschehen ist, *bevor* unsere kleine Gruppennummer stattgefunden hat. Aflora war von deiner Kraft durchtränkt."

Kols verzog das Gesicht, griff sich an seinen Nacken und stieß einen langen Atem aus. „Wir, ähm, haben miteinander gefickt."

Das hatte ich ihrem halb angezogenen Zustand entnommen. Sie war ohne Schuhe, mit zerzaustem Haar und dem T-Shirt verkehrt herum hier rausgerannt. Das war ein Mitgrund, weshalb ich ihr von der Elite-Residenz gefolgt war. Der andere Grund waren Schuldgefühle. Ich war heute echt hart zu ihr gewesen. Vielleicht etwas zu hart.

Und jetzt war alles den Bach runtergegangen.

„Ich verstehe, warum du sie gefickt hast" – und das mehr, als ich zuzugeben bereit war – „aber warum zum Teufel hast du sie gebissen?!" Ich kannte Kols. Er konnte sich besser zusammenreißen als das. Sogar, wenn er in der Nähe von jemand so Verlockendem war wie Aflora.

„Habe ich nicht. Jedenfalls nicht bis eben." Er stieß sich vom Boden ab und kam auf seine Beine. Er musterte den Schaden um uns. „Ihr Elementefeen-Band hat sich entfacht und uns direkt auf die dritte Ebene gehoben."

Mir klappte die Kinnlade runter. „Darum habe ich sie an dir gerochen." Ich hatte gewusst, dass es tiefgreifender gewesen war als Sex, hatte aber nicht verstanden, warum sie seine Magie ausströmte. Jetzt begriff ich es. „Sie hat dich zu ihrem Gefährten gemacht."

„Genau." Wut lag in seiner Stimme, aber ich nahm an, dass er wütender auf sich selbst war als auf sie. Kols wusste genauso gut wie ich, dass das Band zwischen Elementefeen das Einverständnis beider Parteien bedurfte, um sich zu formen.

Was bedeutete, dass er Aflora tief drinnen zu seiner Gefährtin hatte machen wollen.

Und das musste ihn echt wütend machen.

„Es hat unsere Kräfte sich verbinden lassen", ergänzte er schroff, musterte die Zerstörung um uns. „Und deswegen ist sie explodiert."

„Deine Kraft hat ihr den Rest gegeben."

„Und sie direkt in die Untiefen gestürzt." Er schüttelte seinen Kopf, seine Genervtheit spürbar. „Ich habe keine Ahnung, wie wir das wieder hinbiegen sollen. Das wird schwerwiegende Konsequenzen nach sich ziehen."

„Sie werden sie dafür definitiv umbringen – und mich vermutlich auch."

Weil ich wieder darin gescheitert war, Kols zu beschützen. Zudem hatte ich mich einem vierarmigen Band angeschlossen. Und das nicht, um Kols zu helfen, sondern um eine Abscheulichkeit zu retten. Das würde nicht leichtfertig vergeben werden, wenn überhaupt.

„Ja", stimmte Kols leise zu. „Sie werden sie öffentlich hinrichten, um uns drei zu bestrafen. Dann werden sie dir auch das Leben nehmen, um mir wehzutun. Und mein Vater wird meine Krönung definitiv verschieben." Er sprach die Worte mit eiskalter Stimme. Kraft und Wissen funkelten in seinen goldenen Iriden. Langsam kam ich auf meine Beine, steckte meine Hände in die Hosentaschen. „Ist das der Weg, den du einschlagen wirst?"

Er zog eine kastanienbraune Augenbraue hoch. „Fragst du mich gerade, ob ich zulassen werde, dass sie euch umbringen?"

„Wirst du das?"

„Nein."

„Du wirst keine Wahl haben." Sobald der Rat hiervon erfahren würde, würden sie uns allen die Köpfe abschlagen.

„Es gibt immer eine Wahl", konterte Kols, sah mir

unentwegt in die Augen. „Aflora umzubringen, wird buchstäblich einen Teil meiner Seele zerstören – dank unserem illegalen Gefährtenband – und nichts als eine kummererfüllte Hülle aus mir machen. Ich habe gesehen, wie sie es anderen Feen angetan haben. Es ist die schlimmste Strafe, die es gibt." Er nahm einen Schritt nach vorne, packte mein T-Shirt und riss mich zu sich. „Und dich zu verlieren, ist ein Schicksal, das ich nie akzeptieren werde. Ich werde nicht zulassen, dass sie mir dich oder Aflora wegnehmen."

Aflora eher zu seinem eigenen Überleben. Seine Gefährtin zu verlieren, würde ihn zerstören, und sie hatte ihn als Fee der Elemente und als Mitternachtsfee an sich gebunden. Was ein unermesslicher Verlust wäre, wenn sie sterben würde. Es konnte ihn sogar umbringen.

Aber er konnte definitiv ohne mich leben.

Er wollte nur nicht.

Ich packte sein T-Shirt mit einer Hand, während meine andere sich um seinen Nacken legte, und küsste ihn, um das eben Gesagte zu erwidern.

Sosehr ich diesen Mann manchmal hasste, so konnte ich auch nicht ohne ihn leben.

Auch wenn ich es wollte.

Er erwiderte die Liebkosung. Seine Zunge, auf der Afloras Blut noch immer verweilte, glitt tief und dominant in meinen Mund. Ich erwiderte den Kuss, küsste ihn mit einer Fieberhaftigkeit, der er sich nicht entziehen konnte, und lächelte, als er stöhnte.

Jetzt war weder der richtige Zeitpunkt noch der richtige Ort dafür.

Außerdem wollte ich Aflora bei uns haben. Wir würden sowieso alle zur Hölle fahren, also konnte ich mir genauso gut erlauben, was ich seit Wochen begehrt hatte.

Aber zuerst brauchten wir einen Plan – und um diesen zu entwickeln, brauchten wir Zeit.

„Dein Vater wird die Störung in der Kraft gespürt haben", sagte ich und ließ Kols genauso schnell los, wie ich ihn gepackt hatte.

Er nickte. „Ich weiß."

„Entweder sagst du ihm die Wahrheit und wirst uns alle in die Hölle verdammen, oder du erfindest eine Ausrede. Und wenn du dich für Letzteres entscheidest, müssen wir unsere Verbindung zu Aflora irgendwie verbergen."

Denn alle, die uns nahekamen, würden sie in unserem Blut riechen können – und uns in ihrem. Es wäre offensichtlich, was wir heute Nacht getan hatten, und die Neuigkeiten würden sich in Windeseile verbreiten und zum Rat gelangen. Vor allem, weil mehrere Kinder der Ratsmitglieder die Akademie der Mitternachtsfeen besuchten.

„Ich kann mir etwas ausdenken", murmelte Kols. „Aber wir müssen sichergehen, dass Shade auf unserer Seite steht, zumal er das Alibi sein wird."

„Du wirst deinem Vater sagen, dass ihr euch illegal duelliert habt", überlieferte ich.

Kols nickte. „Das wird das hier erklären." Er deutete auf die verbrannte Lichtung, die Aflora mit ihrer Kraftexplosion herbeigeführt hatte. „Mein Vater wird uns beide bestrafen, aber es wird mehr eine mündliche Verwarnung sein als etwas anderes. Er wird sagen, dass es zum Erwachsenwerden gehört, dass wir uns duellieren."

Ein guter und fairer Punkt. „Das wird hinhauen, aber wir müssen die Bänder irgendwie verstecken."

„Das hingegen wird schwieriger sein", murmelte er.

„Nein, es wird uns was kosten", korrigierte ich. „Eine Menge."

„Was willst du damit sagen?"

„Ich kenne da jemanden", murmelte ich, massierte meinen Kiefer, während ich darüber nachdachte, was ich gleich preisgeben würde. „Er kann Dinge verschwinden lassen ... Wie zum Beispiel Bänder."

Kols kniff seine Augen zusammen. „Wie Schutzschwüre?"

„Ja, wie zum Beispiel Schutzschwüre."

Er wurde still und sah mir tief in die Augen, während eine Welle von Gefühlen über sein Gesicht zog.

Verständnis.

Schmerz.

Wut.

Leid.

Jede dieser Emotionen stieß mir in den Magen, was mir von Sekunde zu Sekunde ein mieseres Gefühl gab. Denn ja, ich kannte den Typen, weil ich selbst recherchiert hatte, wie man Bänder brach. Spezifisch gesagt, den Schutzschwur, den ich Kols geleistet hatte. Er brauchte jemand anderen. Jemanden, der besser dafür geeignet war, ihn zu beschützen. Und ich hatte mittlerweile mehr als einmal bewiesen, dass ich nicht der richtige Mann für den Job war.

Bestes Beispiel dafür ... Er war losgezogen und hatte sich unter meinem Schutz mit einer Abscheulichkeit verbunden.

Das machte mich zum schlechtesten Wächter in der Mitternachtsfeengeschichte.

„Wir werden später darüber sprechen, woher du ihn kennst", sagte Kols schließlich. „Kannst du ihn kontaktieren und herausfinden, ob er uns dabei helfen kann, das Gefährtenband zu überdecken?"

Ich nickte, sagte nichts weiter. Er konnte das Thema so oft anschneiden, wie er wollte, aber das würde nichts ändern. Was getan war, war getan.

„Es ist eine temporäre Lösung, die uns Zeit verschafft, um diesen Scheiß zu lösen." Kols atmete langsam aus, sein

Blick wanderte zum dämmernden Himmel über unseren Köpfen. Eine Million Gedanken rasten über sein Gesicht – jeder davon an ein Gefühl geknüpft, das ich in seiner Aura spüren konnte, ohne dass er was zu sagen brauchte.

Denn ich spürte dasselbe.

Das alles war so verdammt verzwickt.

Als Kols vorgeschlagen hatte, dass wir drei sie alle gleichzeitig beißen sollten, hatte ich nicht gezögert. Ich hatte den Vorschlag beinahe begierig akzeptiert. *Zu* begierig. So sehr, dass ich die Konsequenzen nicht bedacht hatte. Ich hatte Aflora einfach nur retten wollen.

Ich hätte sie stattdessen töten sollen.

Das hätte die ganze Angelegenheit so viel einfacher gemacht. Wenn ich sie einfach ausgeschaltet hätte, als sie angekommen war, hätte Kols sie nie zu seiner Gefährtin gemacht. Seine Zukunft wäre nicht gefährdet. Und er hätte sein Leben so leben können, wie er es hätte leben sollen.

Sie war vom ersten Tag an unser aller Schwäche gewesen. Ein Teil von mir hasste sie dafür – darum auch Raphs Verhalten während des heutigen Unterrichts. Er hatte aufgrund meiner Wut auf sie gehandelt, hatte sie an ihrem kostbaren Schutzwesen ausgelassen.

Ja, es war falsch gewesen.

Aber es hatte sich gut angefühlt, etwas von meiner Frustration so gewaltsam abzulassen. Bis die Schuldgefühle mich mitten ins Herz getroffen hatten.

Wir alle fühlten uns von dieser Frau magisch angezogen, was ein Netz aus Möglichkeiten erschaffen hatte, in dem ich und Kols uns beinahe willentlich verfangen hatten.

Ich verabscheute sie dafür.

Und betete sie gleichzeitig an.

„Ich bin froh, dass mein Plan funktioniert hat", sagte Kols. Seine Gedanken schienen einen ähnlichen Weg einzuschlagen wie meine, denn ich fühlte genauso. „Es ist falsch und ich hasse sie, aber ich hasste es mehr, sie leiden zu sehen.“

„Weil du sie in Wirklichkeit nicht hasst.“ Genauso wie ich.

„Ich weiß“, stimmte er mit leiser Stimme zu. „Aber ich will.“

„Ich weiß“, erwiderte ich, wiederholte seine Worte absichtlich. Ein Moment des gegenseitigen Verständnisses kam über uns. Unsere Gedanken waren auf unheimliche Art und Weise miteinander verbunden, die wir in den letzten Jahren angefangen hatten, zu respektieren. Genau darum funktionierten wir so gut zusammen, auch wenn wir es nicht sollten.

„Ich werde mich um meinen Vater und Shade kümmern, während du … “ Kols verstummte, sah zu Boden. Er bückte sich, um einen Zauberstab aufzuheben, und zog seinen Mund zur Seite. „Ich schätze, ich werde auch mit Aflora reden. Der hier gehört ihr, oder?“

Ich hatte mir ihren Zauberstab nicht eingehend angesehen, aber es sah ganz danach aus. „Ja, ich glaube schon. Aber ich erinnere mich nicht daran, dass sie ihn benutzt hat.“

„Sie hat ihn vermutlich herbeigerufen, ohne es zu realisieren.“ Kols sah das magische Werkzeug interessiert an, hob es ins Licht, das die aufgehende Sonne spendete, und runzelte die Stirn. „Ihre Essenz klebt daran, also gehört er definitiv ihr. Aber ich schwöre, er hat sich irgendwie verändert. Siehst du diesen blauen Streifen? Sieht aus wie ein Riss, oder etwa nicht?“

Ich musterte die scharfe Goldspitze und erblickte die Buchstaben oben am Stab. „Dieser Zauberstab hat mal jemand anderem gehört. Bist du sicher, dass es ihrer ist?“

„Es ist definitiv ihr Zauberstab“, erwiderte er, sah meinen

Blick auf das Wort am Zauberstab gerichtet und folgte ihm. „*Lahaz*. Hört sich an wie ein Zauberspruch."

„Oder ein Name."

„Ich werde sie fragen, ob sie weiß, was das bedeutet, sobald ich sichergestellt habe, dass es ihrer ist." Er drehte den Zauberstab und runzelte die Stirn. „Wie konnte ich die himmelblauen Streifen übersehen?"

„Vielleicht hat der Zauberstab seine Beschaffenheit geändert", schlug ich vor. Magische Leiter waren bekannt dafür, sich ihren Meistern anzupassen. „Er könnte sich weiterentwickeln – genauso wie Afloras Verbindung zu den dunklen Künsten."

Er spannte seinen Kiefer an, sah mir erneut in die Augen. „Sie wird ganz schön anspruchsvoll sein."

„Das ist sie bereits."

Er schnaubte belustigt. „Stimmt." Mit einem leisen Fluchen sah er wieder zur Lichtung. „Okay. Geh und sprich mit diesem Typen. Ich werde Shade aufsuchen und dem Arschloch meine Meinung geigen. Dann werde ich sicherstellen, dass wir einer Meinung sind."

„Und was, wenn nicht?"

„Dann werde ich wirklich von einem Duell berichten können." Er machte auf dem Absatz kehrt, Frustration und Genervtheit drangen aus seiner Essenz.

Alles wegen einer Frau.

Einer Frau, mit der keiner von uns verbunden sein wollte.

Und doch bereute ich es nicht, sie zu meiner Gefährtin genommen zu haben – obwohl ich wusste, dass ich es sollte.

Diese nagende kleine Einsicht kam mir, als ich zum Portal schritt und mich zu Ching begab. Als ich ankam, hatte ich noch immer keine Antworten – hatte nur beschlossen, dass wir getan hatten, was wir tun mussten, und es keine wirkliche Alternative gegeben hatte.

Was nicht stimmen konnte.

Wir hatten unsere Zukunft für ein Mädchen zerrüttet, das nicht hierhingehörte.

Eine Abscheulichkeit.

Eine Falschheit.

Warum also fühlte es sich so richtig an?

AFLORA

Ein paar Minuten zuvor

SEIDENLAKEN.

Violette Farbtöne.

Obsidianschwarze Möbel.

Alles passte zu Shades üblicher Einrichtung, wenn er mich in meinen Träumen besuchte. Alles in seinen Lieblingsfarben, bis ins kleinste Detail.

Ich saß auf seiner Matratze, war zu erschöpft, mich gegen ihn zu wehren oder zu verlangen, dass er mich in mein Zimmer brachte. Was für eine Rolle spielte es schon? Ich würde nicht mehr lange leben. Also konnte ich genauso gut mit Stil sterben.

Ich legte meinen Kopf in die Hände, mein Körper zitterte vom Kraftaustausch auf dem Feld. Ich spürte alle drei von ihnen in mir – ihre Präsenz erdete mich irgendwie. Die Frage lautete: War das permanent oder temporär?

Nicht, dass es etwas an meinem Schicksal ändern würde.

Ich war zweifellos eine Abscheulichkeit. Mein Kraftausbruch hatte es bewiesen. „Ich bin eine Gefahr für die Allgemeinheit", flüsterte ich und krümmte meine Schultern.

„Das bist du", stimmte Shade, nett wie immer, zu. „Aber wir können dir dabei helfen, mit deiner Kraft umzugehen."

Ich lachte fast. Aber es kam mir eher als halbes Schluchzen und halbes spöttelndes Schnauben über die Lippen. „Fee, ich bin hoffnungslos", sinnierte ich gebrochen. „Wann bin ich zu so einer so verweichlichten Frau geworden?"

„Du bist nicht verweichlicht, kleine Rose", flüsterte er, strich mit seinen Knöcheln über eine meiner Hände, die noch immer mein Gesicht bedeckten. „Du bist eine der stärksten Frauen, denen ich jemals begegnet bin."

Dieses Mal lachte ich wirklich und ließ meine Hände in meinen Schoß sinken, sah ihm in die Augen. „Das hast du nicht gesagt, als wir uns das erste Mal begegnet sind. Ich glaube, du hast mich eine zerbrechliche Blume genannt – direkt nachdem du gesagt hattest, dass jemand gesagt hätte, dass ich wunderschön wäre." Ich runzelte die Stirn, als mir die Erinnerung kam, und mein Fokus schärfte sich. „*Wer* hat dir gesagt, dass ich wunderschön wäre, Shade?"

„Spielt es eine Rolle?", konterte er. „Was getan ist, ist getan."

„Da ich bald sterben werde, würde ich gerne wissen, wer mir dieses Schicksal auferlegt hat. Also ja, es spielt eine Rolle. Wer bei den Feen hat dich mir als eine Mission aufgetragen?" War das nicht, als was er mich bezeichnet hatte, als wir uns zum ersten Mal begegnet waren? Eine ‚Aufgabe'?

„Du wirst nicht sterben, Aflora." Er nahm mein Kinn zwischen seinen Daumen und Zeigefinger, drückte es leicht. „Wir werden nicht zulassen, dass dir jemand wehtut."

Wir bedeutete er, Zeph und Kols.

Ha. „Genau. Das glaube ich nicht." Hatten die drei mich geerdet? Ja. Aber das hieß nicht, dass ich auf sie bauen konnte. Nicht nach den vergangenen paar Monaten mit ihnen. „Warum habt ihr mich gebissen?"

Ich meinte alle von ihnen gleichzeitig, was er verstanden haben musste, weil er erwiderte: „Um dich davor zu bewahren, nochmal zu explodieren." Sein Tonfall deutete an, dass das auf der Hand lag.

Das stimmte zwar. Aber nur, weil er mir nicht auf meine Frage geantwortet hatte.

„Was kümmert es euch, wenn ich in die Luft gegangen wäre? Ich meine, warum tötet ihr mich nicht einfach? Ich bin eine Bedrohung für *alle*. Warum habt ihr mir geholfen?"

Ich hätte tot sein sollen. Eine begrabene Abscheulichkeit. Zerstört. Nicht, mich in meiner Unmenge an Kraft ausgeglichen zu fühlen. Nicht, Gefährtenbänder zu drei männlichen Feen haben.

Nichts davon ergab irgendeinen Sinn.

Er seufzte, ließ mein Kinn los und drehte sich zu einer seiner Kommoden um. Ich wartete auf eine Antwort, während er eine Schublade öffnete. Ich wartete weiter, als er eine zweite aufzog. Dann zog ich eine Augenbraue hoch, als er zurückkam und mir ein Paar Boxershorts und ein T-Shirt reichte.

„Ich will keine Kleider. Ich will Antworten."

Sein Blick glitt an mir herab, Hitze flackerte in seinen Augen auf. „Na, das liegt ganz bei dir. Aber ich muss zugeben, dass ich etwas abgelenkt bin, wenn du in meinem

Zimmer bist und nichts anhast. Vor allem nach dem monatelangen Vorspiel in unseren Träumen."

Bäh! Ich hatte vergessen, dass ich nackt war. Meine Aufmerksamkeit hatte auf meinem Schicksal und meiner Verwirrung darüber, was da draußen eben passiert war, gelegen. „Wie habe ich all meine Kleider verloren?" Ich war mit Hosen und einem T-Shirt aus meinem Zimmer gerannt. Ich hatte keine Schuhe angehabt, aber ich hatte nicht die leiseste Ahnung, wie –

„Du hast sie zerstört, als du auf dem Feld in die Luft gegangen bist."

Ich blinzelte. „In die Luft gegangen?"

„Du hast in Flammen gestanden, Aflora." Er ließ das T-Shirt und die Boxershorts neben mich fallen. „In leuchtenden, himmelblauen Flammen, wenn ich anmerken darf. Und du hast die gesamte Lichtung zerstört. Ich wäre beeindruckt, wenn du mich und Zeph nicht um ein Haar getötet hättest."

Ich zog meine Augenbrauen schockiert hoch. „*Was?!*"

Er musterte mich einen langen Augenblick. Die Pupillen seiner eisblauen Augen weiteten sich. „In dir steckt zu viel Kraft, kleine Rose. Sie brauchte ein Ventil. Aber deine Explosion hat nicht ausgereicht und du hast dich auf eine größere vorbereitet. Also haben wir entsprechend gehandelt."

Indem sie mich gebissen haben, überlieferte ich.

„Warum?", wollte ich wissen.

„Warum braucht es einen Grund?"

„Weil ich tot sein sollte, Shade!", fauchte ich und war über seine stets ausweichendes Verhalten genervt. Dieses ewige Hin und Her musste aufhören. „Sag mir einfach, warum das passiert ist. Warum hast du mich gebissen? Wer hat dich dazu angestiftet? Wer ist dein –"

Seine Lippen legten sich auf meine, wie sie es zu diesem Zeitpunkt in unseren Träumen immer taten.

Ich hielt mich davon ab, ihn zu beißen – war mir bewusst, was das anrichten würde.

Und stattdessen vergrub ich meine Nägel tief in seinem Nacken. Tief genug, um die Haut aufplatzen zu lassen.

Er zuckte zusammen und legte seine Hand um meinen Hals, drückte mich auf sein Bett. „So willst du also spielen, Aflora?"

„Ich habe das Spielen satt", sagte ich zu ihm mit einem leisen Grummeln. „Ich will Informationen, Shade. Genug mit diesen halben Antworten."

„Eine halbe Antwort deutet an, dass ich dir zumindest die Hälfte einer Antwort gegeben habe – was ich sonst nicht getan habe oder tue."

„Genau", sagte ich entnervt.

Er benutzte seinen Griff um meinen Hals, um mich auf dem Bett hochzuziehen, bis mein Kopf auf einem Kissen landete. Er legte sich neben mich, stemmte sich auf seinen Ellbogen, während seine andere Hand um meinen Hals gelegt blieb.

„Wie fühlst du dich?", fragte er mit der zärtlichsten Stimme, die man sich vorstellen konnte, war wieder unheimlich süß.

„Genervt. Wütend. *Mordlustig*."

Seine Mundwinkel zuckten, aber nur ein kleines bisschen. „Und körperlich? Bist du wund? Tut irgendetwas weh?"

„Nur mein Hirn", murmelte ich. „Dank den kryptischen Antworten und allem."

Seine Belustigung verschwand und eine leichte Genervtheit zog auf seinem Gesicht auf. „Ich meine es ernst, Aflora. Du bist buchstäblich in Flammen aufgegangen. Ich dachte, du würdest dich unter der Einwirkung dieser Welle aus Kraft in Asche verwandeln." Er klang bei diesem Gedanken beinahe traurig, aber ich wusste es besser, als seinem Tonfall Glauben zu schenken. „Sag mir, wie du dich fühlst. Bitte."

Ich hätte beinahe gefragt, ob es ihm wehgetan hatte, dieses Wort auszusprechen, sagte ihm jedoch stattdessen die Wahrheit, weil ich zu erschöpft war, um ihn anzustacheln. „Ich fühle mich ausgeglichen und müde."

Er nickte, sein Griff löste sich und seine Hand glitt nach unten zwischen meine Brüste, was mich daran erinnerte, dass ich noch immer nackt war.

Ich hätte die Kleider annehmen sollen.

Aber es spielte keine große Rolle. Er hatte mich in unseren Träumen unzählige Male nackt gesehen.

„Hast du irgendwelche Schmerzen?", fragte er lieblich, wiederholte seine vorherige Frage.

„Nein." *Nur in meinem Kopf.*

Ein weiteres Nicken, dieses ernster. Er griff nach meiner Hüfte, um mich auf meine Seite zu drehen, sodass ich ihm zugewandt war. Dann legte er seinen Kopf auf mein Kissen. „Haben Kols oder Zeph dir irgendetwas über Malaiseblute erzählt?"

„Ich weiß, dass sie Magie auseinandernehmen und neu anordnen können", erwiderte ich. „Und dass sie mit den Todesbluten zusammengearbeitet haben, bis die Eliteblute sie alle umgebracht haben."

Er nickte. „Ja. Sie fürchten, was sie nicht kontrollieren können."

„Wie Abscheulichkeiten."

„Wie Abscheulichkeiten", stimmte er zu. „Was dich in ihren Augen unberechenbar und gefährlich macht."

„Weil ich zu mächtig bin, um mich zu kontrollieren", flüsterte ich. „Du hast es selbst gesagt – ich habe dich und Zeph heute Nacht beinahe umgebracht." Ich zuckte zusammen, als ich die Worte aussprach. Mein Herz stach beim Gedanken daran, einer anderen Seele etwas zuleide zu tun – und dazu zweien, die meiner so nahestanden.

„Aber das hast du nicht", murmelte er. „Ich habe ihn rechtzeitig mit mir in Rauch aufgelöst und du hast deine Explosion eingegrenzt, sobald sie aus dir gebrochen ist. Na ja, abgesehen davon, dass du all die umliegenden Bäume getötet hast."

Wenn das ein Witz hätte sein sollen, fand ich ihn nicht gerade komisch. „Jedes verlorene Leben ist inakzeptabel. Wenn ich nicht kontrolliert werden kann, sollte ich zerstört werden."

„Das ist eine sehr engstirnige Sichtweise, Aflora", murmelte er und seine Hand glitt an meiner Seite hoch und dann wieder runter. „Was, wenn du Kontrolle erlernen könntest?"

„Das habe ich versucht, seit ich hier bin. Und die heutige Nacht sollte dir gezeigt haben, wie ich mich bisher schlage."

„Aber jetzt hast du ein Hilfssystem, auf das du dich verlassen kannst."

„Ich habe niemanden, auf den ich mich verlassen kann", konterte ich. „Du sagst mir nie etwas Wichtiges. Zeph ist der schlechteste Lehrer im Reich. Und Kols hasst mich. Echt tolles Hilfssystem."

„Ja, er ist ein beschissener Lehrer", stimmte Shade grinsend zu. „Aber Kols hasst dich nicht und ich erzähle dir die ganze Zeit über wichtige Dinge. Du hörst mir einfach nicht zu."

„Mh-hm." Ich machte mir keine Mühe, ihm zu widersprechen. Es brachte nichts, es zu versuchen – es würde sowieso nichts ändern. Er sagte mir nicht einmal, warum er mich gebissen hatte – und schon gar nicht, wer ihn dazu angestiftet hatte.

Eine angespannte Stille kam über uns, seine eisigen

Augen blickten unentwegt in meine, während er weiterhin seine Hand an meiner Seite hoch- und runtergleiten ließ. Langsam. Bestimmt. Zärtlich. Gänsehaut breitete sich auf meinen Armen aus. Seine bekannte Nähe löste Erinnerungen an unsere Träume und die Berührungen, die seinen Streicheleinheiten folgten, aus. Aber er versuchte nicht, mich zu küssen. Versuchte nichts, außer seine Hand an der Kurve meiner Hüfte sanft runterzugleiten und wieder hochfahren zu lassen.

„Kols' Großvater hat die Hinrichtung der Malaiseblute angeordnet. Kurz nachdem sie der Nacht-Familie geholfen hatten, den Zugang zur Quelle der dunklen Magie von meiner Familie auf ihre zu übertragen. Ich glaube, es ist, weil sie nicht riskieren wollten, dass diese Kraftablösung jemals wieder ungeschehen gemacht würde. Es ist der ultimative Streitpunkt zwischen den Elitebluten und den Todesbluten. Was auch der Grund dafür ist, warum du beschützt werden musst."

Das war das Meiste an Informationen, das er mir jemals auf einmal gegeben hatte – und trotzdem nicht annähernd genug.

„Hast du es gewusst?", fragte ich. „Hast du gewusst, dass ich zu Malaise-Magie fähig bin?"

Er sah mich einen langen Moment an, bevor er sagte: „Mir wurde von deinem Potenzial erzählt, ja. Ich habe es nicht geglaubt, bis ich dich das Halsband in deiner ersten Woche übermannen habe spüren. Und seither habe ich alles in meiner Macht Stehende getan, um dir dabei zu helfen, es zu verstecken."

Ich runzelte die Stirn. „Du hast mir dabei geholfen, mich zu verstecken?"

„Du hast doch nicht etwa gedacht, dass Kols der Einzige war, der dir geholfen hat, oder?" Seine Lippen zogen sich nach oben. „Er ist genauso in deinem Kopf gewesen wie ich,

Aflora. Das hast du mittlerweile wohl schon herausgefunden."

„Er hilft mir im Unterricht."

„Und nachts", ergänzte er mit einem teuflischen Grinsen in seinen eisblauen Augen. Irgendwie ließ ihn dieser Blick nur noch gutaussehender wirken. Es ließ mein Herz auf eine sündhafte Weise höherschlagen.

Dann sickerten seine Worte ein. „Er weiß von den Träumen." Es war keine Frage, sondern eine Aussage. Ich öffnete meinen Mund schockiert. „Aber ich dachte, das war wegen unseres Bandes!"

„Nein, Schätzchen. Traummanipulation ist alte Magie. Du bist ein einfaches Ziel, weil du dich nicht dagegen zu verteidigen weißt, und keiner von uns hat dir beigebracht, wie. Mein Grund sollte offensichtlich sein, aber Kols musst du selbst fragen, was er in deinem Kopf zu suchen hat. Wenn ich raten müsste, würde ich sagen, dass es seine Art war, gegen eine offensichtliche Anziehung anzukämpfen. Ich wollte einfach nur mit meiner temperamentvollen kleinen Gefährtin spielen."

Ich funkelte ihn an, was sein Lächeln nur noch verstärkte. „Du bist ein seltener Diamant in einem Meer aus Juwelen, Aflora. Ich kann es Zeph und Kols nicht verübeln, dass sie dich wollen. Ich bin sogar willens, zu teilen, aber du gehörst an erster Stelle mir. Denn mein Anspruch reicht tiefer. Und bald werden wir unser Band finalisieren. Dann kann die Wahrheit ans Licht kommen. Jedenfalls in Häppchen."

„Noch mehr Rätsel", murmelte ich und drehte mich auf meinen Rücken. Doch seine Hand zog mich wieder auf meine Seite.

„Dir alle Antworten zu liefern, würde dich schwächen, Aflora. Rätsel, wie du sie nennst, sind, was ein Malaiseblut erblühen lassen. Und einige Dinge im Leben müssen wir selbst herausfinden, um daran zu erblühen. Aber das heißt nicht, dass ich weniger da bin für dich. Ich habe dir von Anfang an geholfen – mehr, als du je wissen wirst."

„Hast dabei geholfen, mich zu foltern und mich gegen meinen Willen zu entführen", sinnierte ich. „Was für ein großartiger Gefährte du doch bist, Shade." Ich konnte mir den sarkastischen Ton nicht verkneifen. Ich wusste nicht mehr weiter. „Du hast mein Leben zerstört und jetzt werde ich deswegen sterben. Und du sagst mir nicht einmal, warum." Dieses Mal ließ er mich auf meinen Rücken rollen.

Ich schloss meine Augen, hatte es satt, mit ihm zu sprechen.

Er würde mir nichts Hilfreiches erzählen.

Das tat er nie.

„Du warst nicht die Einzige, die keine Wahl hatte", sagte er einige Zeit später mit leiser Stimme. „Wir sind alle Schachfiguren auf einem Brett, die einem höheren Zweck dienen. Einem Schicksal, das eintreffen oder nicht eintreffen wird. Nur die Zukunft wird es zeigen."

„Was soll das denn heißen?", fragte ich und öffnete meine Augen, sah ihn auf seinen Ellbogen aufgestützt traurig auf mich hinabblicken. „Jemand hat dir gesagt, dass du mich beißen sollst. Hat man dir nicht gesagt, warum?"

„Ich wusste bereits, warum, Aflora. Aber das bedeutet nicht, dass ich dich gegen deinen Willen entführen wollte. Dass ich dir ein Band aufzwingen wollte, ohne dich vorher zu kennen." Er legte seine Hand an meine Wange, ließ seinen Daumen über meine Unterlippe gleiten. „Wenn es eine Entschuldigung ist, die du willst, kann ich sie dir nicht geben. Denn ich bereue es nicht. Nicht mehr. Nicht, nachdem ich so viel über dich erfahren habe. Jetzt begreife ich, warum es unseren Schicksalen bestimmt war, sich zu vereinen."

„Wegen meiner Malaise-Magie."

„Nein, wegen *dir*." Er lehnte sich zu mir, um mich zu küssen, sein Mund berührte meinen. „Ich weiß, dass nichts davon Sinn ergibt … Dass du mir an allem, was passiert ist, die Schuld gibst. Und du hast allen Grund dazu, so zu fühlen. Aber bald schon wirst du verstehen, und dann wirst du mir dafür danken, dass ich dir das alles aufgezwungen habe."

„Unwahrscheinlich", grummelte ich, sprach die Worte gegen seine Lippen.

Er grinste. „Ich freue mich schon darauf, dir das Gegenteil zu beweisen."

Ich wusste, dass er das nicht könnte – dass es unmöglich war, dass ich ihm jemals dafür danken würde, mich in diese Welt verschleppt und mein Leben zerstört zu haben. Aber ich konnte die aufsteigende Hitze, die mich überkam, als er mich erneut küsste, nicht verleugnen.

Ich hasste ihn.

Wollte *ihm* so wehtun, wie er mir wehgetan hatte.

Und doch flammte das Feuer, das er mit jeder Berührung, jedem Lecken, jedem Knabbern in mir entzündete, immer höher auf. Das bewies, dass Lust und Hass im Kreis der Emotionen, der über uns herrschte, wirklich nahe beieinander lagen. Denn die Leidenschaft zwischen uns brannte mit jedem Tag heißer.

„Ich hasse dich", flüsterte ich.

„Ich weiß."

„Ich wünschte, ich wäre dir nie begegnet", ergänzte ich mit einem heiseren Knurren in meiner Stimme.

„Ich weiß", wiederholte er und sein eisiger Blick sah in meine Augen. „Aber wenn du mir nicht begegnet wärst, würdest du nichts von deinem Malaiseblut wissen."

Ein weiterer Kuss. Dieser war inniger, und seine Augen sahen die ganze Zeit über in meine.

„Du hättest deine anderen Kräfte nie erforscht", fügte er

hinzu. Seine Stimme wurde düster, drehte mir den Magen um. Seine Zunge glitt durch meine Lippen, kostete, neckte und reizte. Ich verkniff mir ein Stöhnen, versuchte nicht zu zeigen, was für ein Gefühl er mir gab. Versuchte die Lust, die er so mühelos entfachte, zu verstecken. Aber das Bein, das meine Schenkel spreizte, wusste es sofort. Seine Hose streifte mein nacktes Geschlecht und meine Feuchte drang augenblicklich in den Stoff seiner Hose ein.

„Und doch wäre deine heutige Zurschaustellung unausweichlich gewesen – mit oder ohne meinem Einfluss", fuhr er mit schroffem Ton fort. „Aber anders als heute Nacht hättest du dann niemanden gehabt, der dich geerdet hätte." Er spannte sein Bein auf eine Weise an, die Lust in mir entfachte. Meine sensible Stelle bebte voller Begierde, die er so gekonnt entfacht hatte.

„Shade ..."

„Du hättest nicht gewusst, was mit dir geschieht, Aflora", flüsterte er. „Oder wie du es aufhältst."

Ich schluckte leer. Alles, was er sagte, stimmte. Seine Berührung entzündete eine vulkanartige Reaktion in meinem Bauch, die drohte, mich vollends einzunehmen.

„Ohne mein Eingreifen in dein Leben hättest du Leute, die du liebst, verletzt." Er knabberte an meiner Unterlippe, während er sein Bein an meine bebende, heiße Mitte presste.

Dieses ganze Gespräch sollte mich nicht anheizen.

Er hätte nicht in der Lage sein sollen, mich so scharfzumachen.

Ich vergrub meine Finger in seinem dichten dunklen Haar, klammerte mich an ihn, obwohl meine Gedanken mir sagten, dass ich ihm befehlen sollte, aufzuhören.

Sich gegen ihn zu wehren, stellte sich als unmöglich heraus.

„Du gibst mir so ein Gefühl ..." Ich verstummte, konnte

es nicht erklären. Mein Körper stand auf eine ähnliche Art wie zuvor in Flammen, aber doch so anders.

Kols hatte mich mittels Kraft und Sinnlichkeit entzündet.

Shade koste meine Seele irgendwie mit eisigen Flammen – einem Element, das nur zwischen uns zu existieren schien.

„Komm für mich, meine Schöne", flüsterte er in mein Ohr. „Ich halte es aus."

Ich wollte ihm zuschreien, dass er mich loslassen sollte. Wollte ihn anflehen, dass er mir meinen Höhepunkt bescheren sollte. Und ihn gleichzeitig umbringen. Die Intensität zwischen uns kochte über. Mich überkam ein Wonnegefühl, das so überwältigend war, dass ich beinahe vergaß, zu atmen.

Und dann schrie ich seinen Namen – ein Fluch und Segen zugleich –, während Kraft um uns herumschwirrte.

Er nahm sie in sich auf, ließ mich in einem lusterfüllten Zustand schweben, der jeden Zentimeter meines Körpers durchrüttelte und mich meinen Körper verlassen und wieder zurück in ihn finden ließ.

„Shade!" Das Zimmer glimmte und mein Herz pochte wie wild, weigerte sich, sich zu beruhigen, bis sein Mund mich zurück in die Realität und unseren Moment zusammen holte.

Seine Zunge streichelte meine, seine Hände glitten wieder an meinen Seiten hoch und runter. Seine Hitze wärmte meine kühle, feuchte Haut.

Ich erschauderte, verlor mich so vollkommen und komplett in ihm, während ich ihn gleichzeitig verabscheute – und ihn doch küsste, als würde mein Leben davon abhängen.

„Du bist wunderschön", sagte er und schmiegte sich an mich – was eine beinahe zu liebevolle Geste für unser unbeständiges Band war. „Schlaf, Aflora. Wir werden morgen früh weiterreden."

Ich öffnete meinen Mund, um zu widersprechen. Doch

ich erschlaffte angesichts eines Banns, mit dem er mich belegt hatte. Ich kniff meine Augen genervt zusammen, wünschte mir, dass er aufhören würde, meine Träume und meine Schlafzustände zu sabotieren.

Aber er löste sich in eine Wolke seines berauschenden Rauches auf, bevor ich die Nachricht übermitteln konnte.

Und dann wurde alles schwarz.

SHADE

I̲c̲h̲ ̲h̲a̲t̲t̲e̲ ̲g̲e̲s̲p̲ü̲r̲t̲, dass Kols in meiner Suite war, und das eine Minute bevor Aflora gekommen war. Er hatte Sir Black irgendwie davon überzeugt, ihm Eintritt zu gewähren – etwas, zu dem niemand sonst jemals imstande gewesen war. Ich vermutete, dass unser gemeinsames Gefährtenband dabei geholfen hatte.

Obwohl das nicht erklärte, wie das Eliteblut es geschafft hatte, die königlichen Gemächer der Todesblute zu betreten.

„Hast du einen Befehl ausgesprochen, um eingelassen zu werden?", sinnierte ich und materialisierte mich neben ihm im Wohnzimmer. Er war in der Mitte des Zimmers stehengeblieben, vermutlich weil er Afloras Lustschreie im Nebenzimmer gehört hatte. Ich hätte auch angehalten, um zu horchen, wenn ich an seiner Stelle gewesen wäre. Sie war wahrhaftig eine wunderschöne Kreatur. Überaus einzigartig und definitiv meins. Ein goldener Funke erhellte seinen Blick, als er sich sichtlich entspannte. „Sie schreit lauter für mich."

„Ach ja?" Ich dachte darüber nach, was ich über ihre angespannte Beziehung wusste, und lächelte. „Wir werden morgen früh sehen, ob ich dem zustimme."

„Dann wird sie nicht mehr in deinem Bett sein."

„Ach ja? Und wohin willst du sie bringen? Zurück in dein Bett? Zumal du ihre Gemächer ja in Asche verwandelt hast", säuselte ich, und lehnte mich gegen die Wand, die in einen schmalen Flur führte.

Anders als Kols hatte ich nur ein Schlafzimmer. Gäste waren nicht wirklich mein Ding. Es sei denn, sie waren dunkelhaarig und atemberaubend wie die Frau, die unter meinen Laken schlief. Ich würde sie richtig zudecken, wenn ich zurückging.

Er runzelte die Stirn. „Hat sie dir das gesagt?"

Ich zog eine Schulter hoch, verriet ihm nichts. Denn nein, sie hatte es mir nicht gesagt. Ich hatte es *gespürt*. Kols' Zurschaustellung von Macht hatte Afloras Reaktion heraufbeschworen und ihre Verbindung zur Quelle der dunklen Künste überladen. Ihre Hilfeschreie hatten mich aufgeweckt und mich dazu bewogen, in den frühen Morgenstunden nach meiner gequälten Gefährtin zu suchen.

Nie im Leben hätte ich mir träumen lassen, dass ich sie im Leta-Wald finden würde. Es war ein Wunder, dass sie ihre Wanderung dahin überlebt hatte.

Ein Wunder, das, wie ich annahm, Zeph zuzuschreiben war. Er war ihr ganz offensichtlich nach draußen gefolgt und hatte vermutlich ein paar Bedrohungen ausgeschaltet, bevor er auf sie zugegangen war.

Oder vielleicht war alles nur ein Wink des Schicksals gewesen.

Aflora schien diese zu lieben.

„Mach dir keine Sorgen, Mitternachtsprinz, unsere Königin liegt sicher und behütet in meinem Bett. Es gibt keinen Grund, sie zu stören oder woanders hinzubringen."

„Du solltest nicht einmal in ihrer Nähe sein. Und ein Zimmer mit ihr teilen schon gar nicht", erwiderte er, verschränkte seine Arme und tat sein Bestes, um königlich zu wirken.

„Oh, spielen wir ein Spiel, in dem es darum geht, wer die meisten Regeln brechen kann? Denn ich glaube, heute Nacht hast du mir was voraus, Kols. Wie viele Gesetze hast du gebrochen, als du sie zu deiner Gefährtin gemacht hast? Oder sollen wir die nächtlichen Besuche in ihren Träumen besprechen?" Ich tat so, als würde ich über unsere Situation nachdenken, und kratzte mich am Kinn. „Nein, Letzteres war technisch gesehen erlaubt. Aber was ist mit dem Halsband, dass du ihr nie angelegt hast nach ihrer kleinen Magieshow des Kampfmagiekurses?" Ja, ich wusste davon.

„Hast du dich in meinen Räumlichkeiten versteckt?", wollte er wissen. Ich gab ein weiteres Achselzucken von mir, denn ich würde meine Geheimnisse nie preisgeben. Nicht ihm. Niemandem. „Was willst du wirklich, Kols? Eine nackte, wunderschöne Frau liegt in meinem Bett, und ich möchte zu ihr zurückkehren. Und das bald, wenn es dir nichts ausmacht."

„Und was, wenn es mir was ausmacht?"

„Das wird mich nicht abhalten", gab ich lächelnd zurück. „Genauso wie mein Anspruch dich nicht abgehalten hat."

„Na, das musst du mit ihr besprechen, da *sie mich* zu ihrem Gefährten gemacht hat."

„Funktionieren Gefährtenbänder der Feen der Elemente so?", fragte ich mit gespielter Unwissenheit. „Denn ich könnte schwören, für die braucht es gegenseitige Zustimmung." Ja, darüber wusste ich auch Bescheid. Ich hatte es gespürt, sobald es sich gebildet hatte. Es hatte sich angefühlt, als würde ein Feuerkäfer sich an unser Band hängen und sich weigern, loszulassen. Ich hatte es nicht verstanden, bis ich Aflora gefunden hatte.

Sobald ihre Kraft in Flammen aufgegangen war, war alles an seinen Platz gefallen. Ich hatte angenommen, dass sie als Mischfee mehrere Gefährten haben würde. Kols war nicht direkt meine erste Wahl dafür, aber ich hätte wissen sollen, dass das Schicksal es erfordern würde.

Er hatte es vermutlich vorhergesehen. Genau wie alles andere.

In Kols' Kiefer zuckte ein Muskel. „Was spielst du hier für ein Spiel, Shade? Du musst gewusst haben, dass sie von Malaisebluten abstammt. Darum hast du sie dir ausgesucht. Was ich nicht begreife, ist, was dein Endziel ist. War das Teil davon? Ein vierarmiges Band zu schmieden?"

„Wer sagt, dass ich ein Endziel habe?", konterte ich. „Vielleicht zieht jemand anderes die Fäden."

Er schnaubte höhnisch. „Das ist unmöglich. Du verachtest alle Arten von Autorität."

„Das stimmt", erwiderte ich. „Aber das heißt nicht, dass ich nicht versuchen kann, einem höheren Zweck zu dienen. Vielleicht will ich diese uralte Fehde zwischen unseren Familien beilegen."

Ungläubigkeit zog auf seinem Gesicht auf. „Wir beide wissen, dass das nicht stimmt."

„Tun wir das?", konterte ich, zuckte wieder mit der Schulter. „Ich schätze, wir werden es herausfinden."

Er nahm einen Schritt vorwärts, seine ruhige Fassade bröckelte. „Spar dir den Scheiß, Shade. Warum Aflora? Was führst du im Schilde?"

„Vielleicht mag ich sie", schlug ich vor. Das war nicht gelogen. Ich mochte sie ziemlich –

Ich duckte mich, als seine Faust auf meine Nase zuzufliegen begann, schwebte aus seiner Reichweite und durch den Raum, gerade als Sir Black eine Warnung durch den Raum schrie. Der gerissene kleine Wasserspeier verabscheute Gewalt. Das war das Einzige, was ich nicht an ihm mochte. Ich meine, wer genoss ein bisschen Brutalität nicht? Vor allem zwischen einem Todesblut und einem Eliteblut.

Kols ignorierte Sir Black und zog seinen Zauberstab hervor. Ihm stand ins Gesicht geschrieben, dass er Schaden anrichten wollte. Ein Spruch kam ihm über die Lippen, gerade, als ein lautes Klingeln aus dem Gegenstand, den er in die Luft hielt, kam.

Die Mordlust wich ihm aus dem Gesicht, wurde von einer Grimasse abgelöst, als er den magischen Anruf mit einer Handbewegung beantwortete. „Hallo, Vater", grüßte er mit beeindruckend ruhiger Stimme. Er warf mir einen Blick zu, der sagte, dass ich keinen Mucks von mir geben sollte. Ich dachte darüber nach, ihm aus Prinzip nicht zu gehorchen, entschied aber, dass es das Beste für Aflora war, wenn ich meine Präsenz nicht ankündigte.

Je weniger Aufmerksamkeit wir auf uns zogen, desto besser.

Denn dieses vierarmige Band? Ja, das würde alles andere als gut ankommen, wenn die Mitternachtsfeen davon erfahren würden.

Ein Teil von mir konnte es kaum erwarten. Ich wollte sie beinahe dazu anstacheln, etwas dagegen zu tun. Unsere kollektive Kraft als Einheit hatte das Potenzial, den gesamten verdammten Rat zu überwältigen.

Aber unser stärkstes Glied hatte noch nicht den leisesten Schimmer, wie sie ihre Malaise-Magie benutzen konnte.

Was mich zum pragmatischen Teil von mir brachte, der wusste, dass wir noch nicht im Geringsten bereit waren. Darum lehnte ich mich gegen die Wand und hörte Kols' Seite des Gesprächs schamlos mit. Seine Familienmagie erlaubte es seinem Vater, direkt in sein Ohr zu sprechen, während der Zauberstab aktiviert war. Ähnlich, wie wenn man mit einem menschlichen Gerät telefonierte, aber ohne den Apparat.

Ich persönlich bevorzugte physische Handys und trug eines bei mir, um mit meinem Vater zu kommunizieren. Je weniger dieses Arschloch in meinen Kopf dringen konnte, desto besser.

Kols und Malik jedoch hatten eine ganz andere Beziehung zueinander als ich und mein Vater.

„Ja, Shade und ich haben uns duelliert", sagte der Mitternachtsprinz, woraufhin ich eine Augenbraue hochzog. „Das war die Störung, die du vermutlich gespürt hast."

Ah. Clever. Unsere Rivalität vorschieben, anstatt unserer Aflora die Schuld zu geben. Keine schlechte Idee. Sein Vater würde glauben, dass Kols den Kampf mühelos gewonnen hatte – erkannte die Stärke meiner Macht nicht an, wie die meisten Eliteblute. Genau darum konnte ich so unbemerkt handeln. Sie alle saßen auf ihren hohen und mächtigen Thronen, wähnten sich als die rechtmäßigen Erben des Königreichs, während die wahren Royals sich in den Schatten versteckten.

Royals wie ich.

Eines Tages würde ich ihnen demonstrieren, wie falsch sie hinsichtlich mir und meiner Art gelegen hatten.

Aber nicht heute.

Stattdessen nickte ich Kols zu, akzeptierte seine Geschichte und hörte dabei zu, wie er seinem Vater unser erfundenes Duell schilderte. Man musste es ihm lassen: Er räumte mir ein paar gute Treffer ein. Dann aber gab er damit an, wie er mich schließlich am Ende alle gemacht hatte. Es bedurfte großer Zurückhaltung, um über die lächerliche Zusammenfassung nicht höhnisch zu schnauben.

Als würde ich mich jemals so einfach geschlagen geben.

Aber um Aflora zu beschützen, würde ich die absonderliche Erzählung durchgehen lassen. Ich würde Kols sogar dafür danken, sie erfunden zu haben, weil das bedeutete, dass er beschlossen hatte, unsere Gefährtin zu beschützen und sie nicht zu verraten. Jedenfalls für den Moment.

Seine Meinung konnte sich jederzeit ändern.

Aber etwas sagte mir, dass das nicht passieren würde. Ich hatte seine Sorge über die königliche Erdfee mehr als nur einmal gesehen. Und heute Nacht hatte er die Besorgnis auf ein ganz neues Level des *Bedürfnisses* gebracht. Vorzuschlagen, dass wir alle drei sie gleichzeitig beißen, hatte ihm ganz schön was abverlangt. Doch er hatte es, ohne darüber nachzudenken, getan. Er hatte sein Königreich verraten, um ihr Überleben zu gewährleisten.

Denn jetzt würde sich ohne Frage alles ändern.

Mit Aflora als Gefährtin konnte er den Thron nicht besteigen. Nicht, weil die Quelle ihn abstoßen würde – sondern weil der geschätzte Rat seine Kandidatur ablehnen und verlangen würde, dass er zurücktreten würde. Da er einen Zwilling mit einer mehr oder weniger angemessenen Gefährtin hatte, wäre er eine einfache Lösung für sie. Ein paar von ihnen würden die Nase darüber rümpfen, dass Ella ein Halbling war, aber wie ich Tray kannte, würde er ihnen sagen, dass sie ihm seinen königlichen Arsch küssen konnten.

Dann würde er seinen Zwilling dafür bestrafen müssen, dass er eine Abscheulichkeit gerettet hatte, anstatt sie zu töten.

Kols' Schultern waren genervt angespannt, seine goldenen Augen funkelten, während er reuevoll lauschte, was auch immer sein Vater sagte. „Ich entschuldige mich für mein Verhalten. Es wird nicht wieder vorkommen."

Um ein Haar hätte ich gesagt: „Mach keine Versprechen, die du nicht halten kannst", verkniff es mir aber. Stattdessen ging ich in meine Küche, um mir was zu trinken zu holen.

Kols folgte mir einen Augenblick später, sein Zauberstab sicher verstaut.

„Wenn jemand fragt –"

„Hast du mir in einem nicht bewilligten Duell in den Arsch getreten", beendete ich den Satz für ihn, während ich drei Eiswürfel in mein Glas fallen ließ. „Verstanden."

Er musterte mich einen Moment lang, sah misstrauisch aus. „Wie zur Hölle soll ich darauf vertrauen, dass du das alles nicht gehörig vermasselst?"

„Hm." Ich holte meinen Lieblingslikör hervor, nahm ihn aus dem Küchenschrank und schenkte mir einen guten Schluck ein.

„Ist das alles, was du zu sagen hast? *Hm?*" Er schien drauf und dran, seinen Zauberstab wieder hervorzuholen.

„Du kannst damit anfangen, Aflora heute Nacht mir zu überlassen", erwiderte ich, schwenkte mein Glas ein kleines bisschen, um den Inhalt abzukühlen. „Wir treffen uns morgen, wenn du ihr was zum Anziehen bringst."

Er sah mich mit einem düsteren Funkeln in seinen Augen an. „Wenn du sie anrührst –"

„Oh, das habe ich bereits. Dessen kannst du dir sicher sein", unterbrach ich, liebte es, wie er daraufhin knallrot im Gesicht wurde. „Aber ich würde ihr nie wehtun."

„Und du denkst, das glaube ich dir so einfach? Dass ich mich einfach darauf verlasse, dass du auf sie aufpasst?"

„Ja", sagte ich auf beide Fragen. „Sie ist meine Gefährtin, Kolstov. Ich mag es genießen, sie zu necken, aber ich würde nie zulassen, dass etwas oder jemand ihr wehtut. Warum sonst wäre ich im Leta-Wald aufgetaucht? Bestimmt nicht, weil ich einen frühmorgendlichen Spaziergang machen wollte. So viel steht fest." Ich nahm einen großen, wirklich nötigen Schluck von meinem Getränk, liebte es, wie die Flüssigkeit in meinem Rachen brannte.

Kols gab mit einem Seufzen nach, schwenkte seinen Kopf geschlagen zustimmend vor und zurück. „Ich werde das hier sowas von bereuen."

„Jepp, hundertprozentig", stimmte ich zu, aber ich bezog mich dabei weniger auf den Teil, dass er mir vertraute, sondern eher darauf, dass er sich mit Aflora verbunden hatte.

Er würde definitiv Momente der Reue erleben, gefolgt von wunderschönen Momenten, die es das Ganze wert machten.

Oder aber vielleicht war das nur mein Schicksal, nicht seines.

Die Zeit würde es zeigen.

„Zeph ist zu jemandem gegangen, der uns dabei helfen kann, die Bänder zu verbergen", informierte er mich mit leiser Stimme. „Bis wir unsere nächsten Schritte geplant haben, müssen wir die Bänder vor dem Rat verbergen."

„Und sie nennen *mich* den Rebellen", murmelte ich amüsiert.

„Das ist kein verdammtes Spiel", fauchte Kols.

„Alles im Leben ist ein Spiel für jemanden", gab ich zurück, ging um ihn herum, um das Wohnzimmer zu betreten.

„Bedeutet dir ihr Leben überhaupt etwas?", wollte er wissen. Sein barscher Ton ließ mich innehalten. „Begreifst du, was mit dir geschehen wird, wenn ihr etwas zustößt?"

Ich sah über meine Schulter in seine Augen. „Es ist mir egal, was mit mir passiert", gab ich zu. Meine Stimme war leise, doch meine Worte schienen ihm wie eine Ohrfeige ins Gesicht zu klatschen. „Aber es ist mir nicht egal, was mit ihr passiert. Was auch der Grund ist, warum sie heute Nacht hierbleibt. Ich habe dir zwei Monate mit ihr gegeben, Kolstov. Jetzt bin ich an der Reihe, mich auf meine eigene Art und Weise um sie zu kümmern. Du kannst sie morgen zurückhaben – unversehrt, versteht sich."

Ich bemühte mich nicht, ihm etwas Weiteres zu sagen, schwebte nur zurück zu meinem Zimmer und der Schönheit, die in meinem Bett lag. Wenn er hierbleiben und mithören wollte, durfte er das gerne tun.

Was ich jetzt tun wollte, hatte nichts mit Kolstov oder Zephyrus oder dem Rat oder sonst wem zu tun.

Es ging nur um Aflora.

Genau wie damals, als ich sie zum ersten Mal gebissen hatte.

Ich stellte mein Glas auf den Nachttisch, zog mein Hemd aus und krabbelte neben sie aufs Bett. Ein paar gemurmelte Worte erlösten sie von ihrem Schlafbann, sodass ihre wunderschönen blauen Augen sich öffneten.

Ich legte meine Hand an ihre Wange und lehnte mich zu ihr, um meine Zunge über ihre Lippen gleiten zu lassen. Sie öffnete sie für mich – ganz wie ich wusste, dass sie es tun würde. Ihre Gedanken waren noch immer benebelt und noch auf halbem Wege im Traumzustand gefangen. Ihre Erinnerungen überzeugten sie davon, dass das alles eine Fantasie war und nicht Realität.

Ich hätte sie in diesem Zustand so einfach ausnutzen können.

Aber das würde ich nicht.

Ich wollte mir ihr Vertrauen in magischer Hinsicht verdienen, nicht unbedingt auf eine traditionelle Art und Weise. Ich begehrte ihre Seele. Ihr Herz. Alles an ihr.

Sie war nicht annähernd bereit dazu, mir mehr zu geben als physische Berührungen, und das war in Ordnung. Wir hatten Zeit. Wir würden uns hocharbeiten zu dem, was ich wirklich begehrte. Sie mochte mich anfänglich dafür verabscheuen, aber am Ende würde sie sich in mich verlieben.

Was die ganze Sache nur noch spaßiger machte.

Ein Malaiseblut brauchte Herausforderungen und Rätsel und Puzzles. Ich gab sie ihr in kleinen Häppchen auf. Es gab sie nur, um sie zu ködern. Und eines Tages würden unsere Kräfte sich vereinen, um etwas so Schönes und Wunderbares zu erschaffen, das anzurühren der Rat nicht wagen würde.

Ob Zeph und Kols Teil davon sein würden oder nicht, war ihnen überlassen.

Bis jetzt folgten sie dem rechten Weg.

Aber ich wusste von *ihm*, dass unser Weg kein leichter sein würde und mehrere Sackgassen hatte. Mein Lebenszweck war, sicherzustellen, dass die Frau, die sich an mich schmiegte, ihn überlebte.

Und ich würde alles in meiner Macht Stehende tun, um das zu ermöglichen.

Auch wenn sie mich dafür hassen würde.

Ich knabberte sanft an ihrer Unterlippe, bevor ich sie innig küsste und sie auf die einzige Weise, die ich kannte, liebte. Sie war zu erschöpft, um mehr zu tun, und das war in Ordnung für mich. Ich würde sie die ganze Nacht lang halten, sie in ihren Träumen beschützen und sie aus den Schatten bewachen, wenn sie erwachte.

Meine Gefährtin.

Meine kleine Rose.

Ich vergöttere dich, dachte ich in ihre Richtung. Nicht, dass sie mich hätte hören können. *Es tut mir so leid, dass ich dich brechen muss, Aflora.*

Sie würde ihre Flügel nur ausbreiten können, wenn sie nicht zurückgehalten wurde. Was Opfer von uns allen bedurfte.

Und dieses hier würde ich bringen.

KOLS

„WARUM HAST du Afloras Zauberstab noch immer?", wollte Zeph wissen, als er mein Schlafzimmer betrat, ohne anzuklopfen. Ich hatte ihren magischen Leiter auf die Kommode gelegt, wollte ihn in Sicherheit wissen, bevor ich morgen früh losziehen und sie abholen würde.

„Ich habe sie nicht zu sehen bekommen. Shade hatte sie bereits in sein Bett gebracht." Ich verzog das Gesicht, als ich das sagte, war überhaupt nicht erfreut darüber, dass sie die Nacht mit ihm verbrachte. Aber natürlich hatte er mir keine wirkliche Wahl gelassen. Ich hätte einen Streit anfangen und verlangen können, dass er sie aushändigte, hatte aber beschlossen, dass es das nicht wert war. Da ich ihre Gefühle jetzt spüren konnte – dank des Bandes –, wusste ich, dass sie in Sicherheit war. Falls und wenn sich das änderte, würde ich etwas dagegen unternehmen.

Für den Moment würde ich ihn sie behalten lassen.

Nur für heute Nacht.

Morgen war ein neuer Tag für eine weitere Verhandlung.

Zudem gab mir das Zeit, um all ihre Habseligkeiten und die Möbel im Schlafzimmer zu ersetzen.

Ein Teil von mir wollte sie noch immer dafür umbringen, dass sie mich in diesen Schlamassel reingezogen hatte. Der logisch denkende Teil von mir begriff jedoch, dass wir beide Anspruch aufeinander erhoben hatten.

Ich hatte sie seit dem Moment an, in dem wir uns getroffen hatten, gewollt. Und sogar noch davor: als ich sie bei Cyrus' Krönung erblickt hatte. Sie war eine der wunderschönsten Frauen, denen ich je begegnet war. In ihrem langen schwarzen Haar funkelten blaue Strähnen. Diese wunderschönen Augen. Köstliche Kurven. Ein sündhaft süßes Lächeln.

Alles an ihr zog mich an.

Gepaart mit ihren erstaunlichen Fähigkeiten und der königlichen Blutlinie, war es kein Wunder, dass meine Feenseele sie als Gefährtin erkannt hatte.

Ich war zu schwach gewesen, um dagegen anzukämpfen, und dafür würde ich nun den ultimativen Preis bezahlen.

Sie zu hassen, war einfacher, als mich selbst zu hassen. Das machte es aber noch lange nicht richtig.

„Du siehst schrecklich aus", sagte Zeph, hielt vor meinem Bett an. Ich lag auf den Kissen, hatte eine Flasche Whisky in meinem Schoß. Kein T-Shirt. Keine Schuhe. Nur ein Paar graue Jogginghosen.

„Danke, so fühle ich mich auch." Ich nahm einen weiteren Schluck, wünschte mir wie verrückt, dass mich das Gesöff endlich betrunken machen würde. Aber die Kraft, die ich von Aflora aufgesogen hatte, schien meine Fähigkeit, betrunken zu werden, zu beeinträchtigen.

Ich hatte den Großteil ihres Ausbruchs aufgenommen, hatte es mein Inneres antreiben lassen und die Energie direkt an die Quelle zurückgegeben. Wie ein verdammtes Absaugrohr.

Zeph und Shade hatten geholfen, aber sie waren nicht diejenigen, die direkten Zugriff auf die dunklen Künste hatten. Also hatte ich die Hauptlast getragen. Die Tinte an meinen Armen wand sich zufrieden, während mein Inneres sich aufbäumte.

Ich konnte nicht glauben, was passiert war. Hatte keinen blassen Schimmer, was ich jetzt tun sollte. Ich hatte meinem Vater ins Gesicht gelogen – etwas, das ich nie zuvor getan hatte. Jedenfalls nicht, wenn es um eine so wichtige Angelegenheit wie diese ging. Kleine Lügen, ja. Große Lügen aber nicht.

„Verdammt", murmelte ich, nahm einen weiteren Schluck, bevor ich Zeph die Flasche hinhielt. „Willst du was abhaben?"

Er nahm mir die Flasche ab und stellte sie weg, anstatt einen Schluck davon zu nehmen. „Das wird auch nicht helfen."

„Erzähl mir was Neues." Ich hatte über eine Stunde schon versucht, meinen Kummer zu ertränken – ohne Erfolg. „Ihre Kraft ist wie ein stromführender Draht, der sich durch meine Seele zieht."

„Ich bin mir nicht sicher, was ich dagegen tun soll, aber mein Freund hat uns die hier gemacht." Er ließ ein paar braune Lederarmbänder neben meine Hüfte auf das Bett fallen. „Ching hat gesagt, dass die dabei helfen werden, unsere Verbindung vor den anderen zu verstecken."

„Ching?"

„Mein Freund, der sich darauf spezialisiert, Bänder zu

verstecken. Offenbar ist es ziemlich üblich, Gefährtenbänder zu verstecken, also hatte er die nötigen Werkzeuge bereits vor Ort, um die hier zu schaffen." Zeph musterte die Armbänder. „Ich habe ihm deinen Namen nicht genannt. Vorwiegend, weil ich mir vorstellen kann, dass er total ausflippen würde, wenn er es wüsste. Denn es gibt nur einen Grund, warum man sich auf so eine Magie spezialisiert, und der ist, um Dinge vor dem Rat zu verstecken."

„Aber er weiß, wer du bist."

„Tut er. Genauso wie er weiß, dass ich raus will." Er sah mir in die Augen, forderte mich heraus, etwas zu sagen.

Ich tat es nicht.

Vorwiegend, weil ich zu erschöpft war, um zu streiten.

Ich wollte einfach nur, dass diese Nacht endlich endete.

Außerdem … „Jetzt gibt es keinen Ausweg mehr", sagte ich leise zu ihm, sah auf die Armbänder. „Also, wie funktionieren sie?", fragte ich, und gab ihm die Gelegenheit, das Thema zu wechseln.

Er akzeptierte es. „Es ist ein normaler Tarnbann. Das Armband maskiert das Gefährtenband, sodass es nicht zu spüren oder aufgespürt werden kann."

„Was ist mit Aflora? Wenn sie eines trägt, wird das ihr Band zu Shade verdecken, und dann werden die Leute annehmen, dass irgendetwas faul ist."

Zeph nickte. „Ja. Ching fertigt etwas Spezielles für sie an. Er wird versuchen, es bis morgen früh fertigzustellen. Falls er es nicht schafft, brauchen wir eine Ausrede, damit sie nicht zur Schule gehen muss."

„Ich werde einfach sagen, dass sie während meines Duells mit Shade von etwas verirrter Magie getroffen worden ist. Niemand wird es anzweifeln. Teufel, Emelyn wird sich sogar freuen." Dieses Miststück hatte Aflora zu ihrem Ziel gemacht. Und dass nur wegen der Verbindung zu mir. Na, dieser Hass würde nur wachsen, wenn sie begreifen würde, dass wir uns miteinander verbunden hatten.

Vorausgesetzt, wir würden lange genug leben, damit es jemand außer dem Rat erfahren würde.

Ich ließ meine Schultern hängen, ließ mich tiefer in die Kissen sinken. „Es ist unüblich für dich, Trübsal zu blasen", sagte Zeph. Sein großer Körper türmte über mir, während er neben dem Bett auf mich hinabstarrte.

„Fick dich, Z", murmelte ich und zog ein Kissen über meinen Kopf. Ja, vielleicht war es kindisch und alles andere als hilfreich. Aber ich wollte mich einfach für immer verstecken.

„Du realisierst aber schon, dass die Verbindung zwischen uns vier mächtig ist, oder?", fragte Zeph.

„Ich hatte noch keine Zeit, sie zu analysieren." Meine Worte wurden vom Kissen gedämpft.

Zeph zog das Kissen weg.

„Hör auf, ein fauler, elender Mistkerl zu sein. Setz dich auf und fang an, nachzudenken."

Ich funkelte ihn an. „Ich will nicht nachdenken, Arschloch."

„Na, das ist aber schade, du Arsch", schoss er zurück. „Wir haben ein paar Regeln gebrochen. Na und? Die Gefährtengesetze sind veraltet und das weißt du auch. Außerdem wolltest du Emelyn nie als deine Gefährtin. Aflora passt viel besser zu dir. Zudem ist sie unverschämt heiß. Stark. Mächtig. Ein Malaiseblut. Das bedeutet, dass sie all diesen Scheiß zu unseren Gunsten umschreiben kann, wenn sie die richtige Ausbildung kriegt. Der einzig wirklich beschissene Teil ist, dass Shade involviert ist. Ich würde vorschlagen, ihn zu töten, aber das würde Aflora verletzen, was das Band schwächen würde."

Ich blinzelte ihn an. „Wer hat dich denn plötzlich zu König Pragmatisch gemacht?"

„Ich war schon immer der pragmatisch Denkende, Prinz Heulsuse", erwiderte er.

„Ich bin keine Heulsuse."

„Du liegst in einem Haufen Kissen und bemitleidest dich selbst, anstatt die Möglichkeit zu erkennen, die sich uns bietet. Sie ist verdammt mächtig. Du hast es heute Nacht gespürt, als wir sie geerdet haben. Der Rat wird total die Fassung verlieren, weil sie nicht dagegen ankämpfen können – es sei denn, wir lassen es zu. Und ich bin nicht scharf darauf. Und du?"

„Was ist aus ‚*Sie werden vermutlich sie und dann dich umbringen*‘ geworden?", fragte ich. „Hast du das nicht noch vor ein paar Stunden gesagt?"

„Ja, und du hast mir versichert, dass du nicht zulassen wirst, dass das passiert. Und ich glaube dir. Also hör auf, dich selbst zu bemitleiden, und hilf mir, eine Lösung zu finden. Wie du schon gesagt hast, kommen wir aus dieser Sache nicht mehr raus. Lass uns sehen, was wir daraus machen können – es sei denn, du hast hier irgendwo einen Zeitschalter, von dem ich nichts weiß."

„Die gehören zu einem ganz anderen Feenreich", murmelte ich und dachte an die Zeitreisefeen. „Aber die wären jetzt echt hilfreich."

„Ja, aber sie würden uns nie helfen. Sie würden vermutlich alles nur noch schlimmer machen."

Ich schnaubte. „Stimmt." Sie waren hinterlistige kleine Scheißerchen, die es liebten, Streiche mit der Zeit zu spielen. Sie um einen Gefallen zu bitten, kostete viel, und selbst dann war nie garantiert, dass sie es tun würden, ohne eine fiese Überraschung zu hinterlassen. „Trotzdem etwas, das wir im Hinterkopf behalten sollten", sagte ich. Denn man musste alle Optionen offenhalten.

„Nicht wirklich. Ich glaube, wir würden sie so oder so zu unserer Gefährtin machen."

Er hatte nicht unrecht. „Ich habe die Anziehung vom ersten Augenblick an gespürt."

„Ich auch."

Wir sahen einander lange an und seufzten dann gleichzeitig. „Was ich noch immer wissen will, ist, was Shade mit der ganzen Sache zu tun hat", fuhr Zeph fort. „Er wusste, dass das passieren würde."

„Was meinst du damit?"

„Er war heute Nacht überhaupt nicht überrascht. Hat es einfach akzeptiert. Was für einer Mitternachtsfee ist es egal, wenn zwei andere Männer sich an seiner Gefährtin zu schaffen machen?"

Ich runzelte die Stirn. „Ich bin definitiv nicht froh darüber, dass sie im Moment in seinem Bett ist."

„Ganz genau."

„Und doch habe ich es zugelassen", ergänzte ich.

„Weil du nicht abgeneigt bist, Frauen zu teilen. Aber Shade ist ein berüchtigtes Alpha und überhaupt nicht der Typ, der teilt."

„Stimmt." Ich setzte mich auf, rieb mir mein Gesicht und dachte über das Geschehene nach. „Aber er schien nicht froh über meinen Vorschlag, sie zu beißen."

„Er schien besorgt", stimmte Zeph zu. „Aber nicht, weil wir sie zur Gefährtin genommen haben. Er hat sich Sorgen um sie und darum gemacht, was passieren würde, wenn wir ihre Kraft nicht unter Kontrolle kriegen könnten. Das ist ein gewaltiger Unterschied."

„Ja, das stimmt", erwiderte ich und erinnerte mich an die Angst in seinem Blick, als er sie vor unseren Augen hatte zerfallen sehen. „Er macht sich wirklich was aus ihr."

„Zudem hat er heute Nacht auch mir das Leben gerettet, als sie zum ersten Mal explodiert ist. Wenn er mich nicht wegteleportiert hätte, hätte ich mit ihr in Flammen gestanden. Mit dem Unterschied, dass ich himmelblaues Feuer nicht überleben kann."

Das war der Zeitpunkt gewesen, zu dem ich angekommen war – nachdem ich durch unser Band gespürt hatte, wie ihre Kraft anstieg. Ich war in der Lage gewesen, das Meiste ihrer Zerstörung zu absorbieren, die Energie in diesem Hof zu halten. Dank einem elektrischen Stoß, der direkt von der Quelle gekommen war.

„Was für ein Schlamassel", sagte ich und stieß einen Atem aus. „Ich habe ihn heute Nacht nach seinem Motiv gefragt. Wie immer hat er in Rätseln geantwortet."

„Vertraust du ihm?", fragte Zeph.

Ich stieß ein höhnisches „Nein." aus. Denn ich vertraute diesem Mistkerl kein bisschen.

„Ich auch nicht."

„Also, was sollen wir tun?"

„Wir beobachten ihn. Und wir beschützen Aflora." Er sah mir in die Augen, als er das sagte. „Es ist irgendetwas an ihr, Kols. Etwas Wichtiges. Und es reicht tiefer als ihr Malaiseblut."

„Sie ist eine Abscheulichkeit", erinnerte ich ihn. „Vielleicht ist es das, was du spürst."

Er schüttelte seinen Kopf. „Ich habe immer wieder das Gefühl, dass sie der Schlüssel zu einem gut gehüteten Geheimnis ist. Es ist nur so ein Bauchgefühl. Eines, das ich verstehen will, bevor wir entscheiden, wie wir weiter vorgehen."

Zephs Bauchgefühl hatte sich über die Jahre als verlässlich herausgestellt, und ich würde es auch jetzt nicht anzweifeln.

„Wir sollten damit anfangen, mehr über ihre Vergangenheit und ihre Herkunft herauszufinden", sagte ich, dachte an ihre Vergangenheit. „Ihre Eltern sind angeblich gestorben, als sie noch jung war. Alle dachten, dass es mit der Erdfeen-Seuche zu tun gehabt hat – die, wie sie später herausgefunden haben, von einer Abscheulichkeit heraufbeschworen worden war."

„Ich wette, hinter der Geschichte steckt noch mehr", erwiderte Zeph.

„Ich auch." Ich würde Exos oder Cyrus um ein paar Details bitten müssen. Vielleicht konnte ich ihnen sagen, dass ich zu ihrer Entlastung Informationen über ihre Herkunft brauchte.

„Du denkst darüber nach, die Royals der Feen der Elemente um Hilfe zu bitten." Ein guter Rateversuch, der daraus resultierte, dass wir uns schon jahrelang kannten.

„Tue ich", bestätigte ich.

„Ein guter Anfang."

Ich stimmte mit einem Nicken zu und sagte dann: „Na, ich schätze, wir müssen diese Armbänder anlegen und darauf hoffen, dass dein Freund sich etwas für Aflora einfallen lässt."

„Das wird er." Zeph griff nach den braunen Lederarmbändern und reichte mir eines. „Wohl bekomm's, Kols."

Ich lachte schnaubend. „Ja, Wohl bekomm's." Ich tippte das Lederarmband an seines und legte es dann um mein Handgelenk. Abgesehen von einem leichten Surren fühlte ich mich nicht viel anders, aber das Nicken von Zeph sagte mir, dass es funktioniert hatte. Als er es mir gleichtat und seines anlegte, verstand ich.

Die seichten Spuren des Gefährtenbandes waren verschwunden.

Jetzt mussten wir nur noch herausfinden, wie lange sie hielten.

Das Rätsel um Afloras Herkunft lösen.

Und herausfinden, was zum Teufel Shade im Schilde führte.

„Das wird eine ganz schöne Herausforderung", sagte ich.

Zeph grinste. „Ja. Ja, wird es." Er zog die Laken auf meinem Bett zurück. „Und jetzt rutsch rüber. Ich schlafe hier."

Ich zog eine Augenbraue hoch. „Dein Zimmer befindet sich nebenan, *Beschützer*."

„Halt den Mund und rutsch rüber, Kols."

Meine Lippen zuckten belustigt, während ich gehorchte. „Zieh die Hose aus."

„Nur in deinen Träumen."

„Oder wir könnten in Afloras spielen", schlug ich vor, dachte daran, wie witzig es sein würde, Shade übel mitzuspielen. „Sie unsere Namen so laut stöhnen lassen, dass das Todesblut nicht schlafen kann."

Ein teuflischer Funke verlieh Zephs Augen einen waldgrünen Hauch. „Es ist spät und ich habe sowieso nicht erwartet, viel Schlaf abzukriegen."

Ja, es war schon fast zwölf Uhr mittags. „Dann lass uns etwas Spaß haben. Nach den vergangenen vierundzwanzig Stunden haben wir es uns redlich verdient."

„Du hattest schon vorher deinen Spaß mit ihr", erwiderte Zeph. „Heute Nacht bin ich dran."

„Nur zu. Ich werde folgen." Und mitmachen, wenn sich mir die Gelegenheit bieten würde.

AFLORA

E{DLE} G{EWÜRZE}.

Pfefferminze.

Waldige Duftnoten.

Ich schwamm in allen drei Gerüchen. Mein Körper war unglaublich erschöpft, obwohl ich kaum berührt worden war. Als es Nacht wurde, war alles, was ich tun wollte, zu schlafen, weil meine Gefährten mir keine ruhige Minute gegeben hatten.

Sie alle wetteiferten darum, wer einen Platz in meinen Träumen erhaschen würde. Ihre Verführungsversuche waren entschlossen und viel zu verlockend.

Ich verabscheute sie.

Begehrte sie.

Wollte sie alle umbringen.

Verstand sie nicht.

„Du hasst mich", sagte ich zu Kols, dessen Arme um mich geschlungen waren, als er mich an seine Brust drückte und seine Lippen an meinen Hals führte. Nichts hiervon war echt. Ich wusste das. Aber ich wusste nicht, wie ich sie davon abhalten konnte, mit meinen Gedanken zu spielen.

„Ich hasse dich nicht, Prinzessin", flüsterte er.

„Du hast mir die Schuld an unserem Gefährtenband gegeben."

„Weil er ein Idiot ist und nicht weiß, wie er Verantwortung für seine Taten übernehmen soll", sagte eine düstere Stimme direkt in mein Ohr, übertönte Kols' Stimme in meinem Kopf.

„Was?"

„Wach auf, kleine Rose", verlangte Shade, während seine Zähne an meinem Hals hinabstreiften. „Wir haben dieses Spiel lange genug gespielt. Für den Moment."

Ich öffnete meine Augen. Kols' Lachen echote in meinem Kopf.

Violette Vorhänge waren aufgezogen, zeigten einen sternenbehangenen Himmel, und Seidenlaken zwischen meinen Beinen. Shade lag neben mir, sein Arm um meine Hüfte gelegt, seine nackte Brust an meinem Rücken. Seine Lippen waren wieder an meinem Ohr. „Willkommen zurück, kleine Rose."

Ich schluckte trocken, mein Herz setzte einen Schlag aus. „Wo bin ich?"

„In meinem Zimmer." Er drückte mir einen weiteren Kuss auf den Hals, dann drehte er mich auf meinen Rücken, um über mir zu schweben. „Du solltest dich etwas länger ausruhen. Wie wäre es, wenn wir heute nicht zur Schule gehen und hierbleiben?"

„Wie bin ich …?" Ich verstummte, als die Geschehnisse

von gestern Nacht in einem fiesen Anflug von Realität über mich kamen.

Zephs dreiköpfige Schlange, die Clove umgebracht hatte.

Sex mit Kols.

Wie er mich weggeschickt hatte.

Wie ich in den Wald gerannt war.

Meine Kräfte, die explodiert waren.

Shade, der mich hierhingebracht hatte.

Jede Erinnerung prasselte auf mich nieder, ließ mich zusammenzucken, als Furcht sich in meinem Bauch bemerkbar machte. „Was passiert jetzt?"

„Wir schlafen", erwiderte Shade. „Vorausgesetzt, du nimmst mein Angebot, die Schule zu schwänzen, an."

„Nein." Ich schüttelte meinen Kopf, versuchte ihn zu klären. „Was passiert jetzt mit uns allen? Mit mir?"

„Oh, ich glaube, der Plan ist, so zu tun, als wäre nichts geschehen." Er zog eine Schulter hoch. „Ich schätze, wir werden sehen, wie gut das funktionieren wird, was?"

„Ich …" *Was?* „Wird das überhaupt funktionieren? Wird der Rat es nicht erfahren? Was ist mit unseren Bändern?"

Ich konnte alle drei Männer in mir spüren. Sie durchbohrten mein Herz, indem sie sich darin festhakten. Ihre Magie machte sich auch in meiner Seele bemerkbar, als wollte jeder von ihnen meine Kräfte dominieren und mich komplett absorbieren.

Sie erden mich, realisierte ich. *Sie absorbieren meine Energie, um mich geerdet und stabil zu halten.*

Ich stupste sie in meinen Gedanken an, wich zurück, als die Stränge daraufhin fauchten. Shade zuckte merklich zusammen, seine Lippen verzogen sich nach unten. „Was hast du gerade getan?"

„Das … Band angefasst?" Es war ein Rateversuch. Ich wusste nicht wirklich, wie ich es nennen sollte, aber sie fühlten sich an wie eingelassene Ketten, die meine Seele umgaben und mich runterzogen.

„Du kannst sie sehen?"

Ich nickte langsam, sah wieder in mich.

„Ja, ich glaube schon."

„Kannst du sie beschreiben?"

„Eine Art Ansammlung von Magiesträngen, die sich um den Kern meiner Fähigkeiten ranken", sagte ich leise. „Sie beben voller Kraft. *Eurer* Kraft." Ich griff nach demjenigen, das am festesten verankert war, bemerkte Shades Essenz darin, während ich es vorsichtig durch unsere Verbindung streichelte.

Er erschauderte daraufhin. Seine blauen Augen glänzten hell. „Das ist eine Fähigkeit von deinem Malaiseblut", flüsterte er. „Ich kann unsere Verbindung überhaupt nicht sehen. Nicht so."

„Was siehst du?", fragte ich.

„Dich", sagte er leise und streichelte mir mit seiner Hand über die Wange. „Oder eher … Ich fühle dich. In mir. In meinem Kopf, meinem Herzen, meiner Seele." Er lehnte sich zu mir, berührte meine Lippen sanft mit seinen. „Ich kann deine Gefühle spüren. Ich weiß, wenn du Schmerzen hast oder erregt bist. Ich kann nicht direkt deine Gedanken lesen, aber fast. Unsere Seelen sind auf eine Art verbunden, die dich einfacher zu lesen macht. Und natürlich kann ich dadurch auch mit deinen Träumen spielen."

Belustigung tauchte auf seinen vollen Lippen auf, woraufhin seine Mundwinkel zuckten. Ich rollte mit meinen Augen.

„Zu lernen, wie ich euch alle aus meinem Kopf behalte, wird zu einer meiner obersten Prioritäten werden", murmelte ich. Vielleicht konnte Ella mir helfen. Oder eines meiner Schulbücher.

„Mmh, ich werde einfach einen Gegenbann aussprechen,

kleine Rose. Oder vielleicht werde ich einfach in echt mit dir spielen." Er ließ seine Zähne an meiner Unterlippe entlanggleiten, seine Berührung vielversprechend.

„Ich weiß ja nicht", erwiderte ich und wollte ihn necken. „Könnte sein, dass du meine Traum-Erwartungen nicht erfüllen kannst."

Er lachte, sein Atem kitzelte meine Zunge mit minzigem Geschmack. „Schatz, ich werde jede einzelne Fantasie übersteigen – inklusive derjenigen, die du mit Kols geteilt hast."

Ich erschauderte, als ich daran dachte, erinnerte mich an den Traum, den der Mitternachtsprinz letzte Nacht in mir entfacht hatte. „Das wird nach letzter Nacht vermutlich unmöglich sein."

„Warum? Weil er Zeph dieses Mal erlaubt hat, sich anzuschließen?"

Shade schien durchtrieben amüsiert. „Ich kenne meine Fähigkeiten, und sie können den ihren definitiv die Stirn bieten."

„Im Moment spuckst du nur große Töne."

„Sagt die Frau, die gestern Nacht an meinem Bein gekommen ist, nachdem ich deinen Mund nur mit meinem berührt habe", erwiderte er und küsste mich wieder langsam, dieses Mal beharrlich. „Wenn du so weitermachst, kleine Rose, werde ich dir eine kleine Kostprobe geben, anstatt dich schlafen zu lassen."

„Du wirst mir vermutlich sowieso eine geben, in meinen Gedanken", schoss ich zurück.

Er lächelte an meinen Mund gelehnt. „Vermutlich." Ein weiterer Kuss. „Höchst wahrscheinlich." Dieses Mal mit Zunge. „Definitiv." Ich schmolz wieder in seinen Armen dahin, dieses Mal mit einer merkwürdigen Zufriedenheit in meiner Brust.

Eine, die augenblicklich verschwand, als ich allein in

seinem Bett erwachte und seine Seite des Betts kalt vorfand. Eine schwarze Rose lag auf dem Kissen, daneben eine Notiz.

Musste mich um etwas kümmern. Träum später von mir, kleine Rose – S

Ich schnaubte. „Nur eine große Klappe", murmelte ich, setzte mich auf und sah mir seine Zimmereinrichtung an. Sie war elegant, wie ich es von ihm erwartet hatte. Dunkel auch. Alles tiefschwarzes Holz mit violetten Möbeln. Durch und durch Shade.

Aber es waren keine persönlichen Gegenstände zu sehen. Keine Fotos. Keinen Schnickschnack. Nur das Nötigste, was man zum Leben brauchte.

Vielleicht verbrachte er nicht viel Zeit hier.

Da er regelmäßig die Schule schwänzte, ergab das irgendwie Sinn. Ich streckte mich und stieg aus dem Bett. Die Boxershorts und das T-Shirt, die er mir letzte Nacht angeboten hatte, lagen zusammengelegt auf seinem Waschschrank mit einer weiteren schwarzen Rose daneben. Ich sah das als Einladung, mich zu duschen und umzuziehen. Sein Shampoo roch minzig und frisch, genau wie er.

Ich band mein Haar hoch zu einem Dutt, zog seine Kleider an und musterte mich im Spiegel. Mein Halsband war weg. Ich hatte es erst jetzt bemerkt.

War es letzte Nacht abgefallen oder hatte Shade es mir abgenommen? Vermutlich war es abgefallen, was auch erklärte, warum meine elementaren Fähigkeiten zurück zu mir gefunden hatten. Ich schloss meine Augen und lächelte, als die Quelle mich mit einem aromatischen Kuss von Erde willkommen hieß. Der Geruch erinnerte mich irgendwie an Zeph und seinen Waldgeruch.

Tatsächlich roch es hier fast zu sehr nach ihm.

Beinahe, als ob –

„Aflora." Seine Stimme erklang aus der Tür. Allerhand

Emotionen wüteten in seinen grünen Augen. „Wir müssen gehen."

Ich sah ihn stirnrunzelnd an. „Was?"

„Wir haben keine Zeit für Erklärungen. Du musst das anziehen, dann müssen wir los. Sofort." Er hielt mir ein Halsband hin, das genauso aussah wie jenes, das ich verloren hatte.

„Zeph, ich –"

„Der Rat weiß es, Aflora. Sie suchen das Gelände nach dir ab. Wir müssen sofort gehen."

„Ich verstehe nicht."

„Wir auch nicht, aber sie haben eine Aufnahme von dir, wie du sagst, dass du eine Gefahr für die Allgemeinheit bist. Wir wissen nicht, woher sie gekommen ist oder warum."

„Eine Aufnahme?", wiederholte ich und schluckte trocken. Er reichte mir das Halsband und antwortete: „Ja. Ich habe nur einen Teil davon gehört, bevor ich hierhingerannt bin, um nach dir zu suchen."

„Was hast du gehört?", flüsterte ich und mein Herz pochte wie verrückt.

„Du hast gesagt, dass jeglicher Verlust von Leben inakzeptabel ist und dass, wenn du nicht kontrolliert werden könntest, du getötet werden müsstest."

Er schüttelte seinen Kopf. „Wir können das später besprechen, aber wir müssen los. Sie werden als Nächstes hierhinkommen."

Gedankenabwesend umklammerte ich das Halsband in meiner Hand. Meine Gedanken waren zu beschäftigt damit, zu verarbeiten, was er eben gesagt hatte. „Das habe ich Shade letzte Nacht gesagt", flüsterte ich und schluckte trocken. „Ich habe ihm gesagt, dass ich getötet werden sollte."

„Na, dann wissen wir jetzt, woher die Aufnahme

stammt", murmelte er und fluchte leise. „Ich wusste, dass wir diesem Arschloch nicht trauen können."

Aber warum?, dachte ich. *Warum würde er mir das antun?*

Warum hat er irgendwas hiervon getan?, konterte ich in Gedanken. Nichts an Shade war berechenbar. Alles, was er tat, tat er in erster Linie für sich selbst. Ich wusste noch immer nicht, warum er mich gebissen hatte.

Musste mich um etwas kümmern, hatte er geschrieben.

Zum Beispiel, zum Rat zu rennen und ihnen von letzter Nacht zu erzählen?

„Aflora!", fauchte Zeph. „Wir müssen los."

Genau. Halsband. Anlegen. Um meinen Hals. Okay. Ein augenblicklicher Blitz durchfuhr meinen Körper, als die Magie sich aktivierte und mich erzittern ließ. Es blockierte nicht nur meinen Zugriff auf die Erdmagie, sondern schwächte auch mein himmelblaues Feuer merklich ab. Beinahe so sehr, dass ich es kaum noch spüren konnte. „Was ist in diesem Ding?" Ich verstummte, als es mir dämmerte. „Moment mal … Ist das …?"

Die Badezimmertür wurde aufgestoßen und zwei Mitternachtsfeen mit gezückten Zauberstäben stürmten hinein.

Zeph lehnte sich an die Wand, seine Hände in die Hosentaschen gestülpt, als Kols hinter anderen − was ich jetzt als königliche Wachen identifizierte − folgte. Sie trugen das Familienwappen der Nachts auf ihren Umhängen. Die grünen Farben machten klar, dass sie Kämpferblute waren.

Genau wie Zeph.

„Sie ist unbewaffnet", informierte Zeph sie mit emotionsloser Stimme. „Wie verlangt."

Was?

„Hervorragend. Bringt sie ins Verlies des Rates", sagte Kols, königlich wie immer.

„Verlies des Rates?", wiederholte ich, mein Herz schlug mir bis zum Halse.

Das alles ist ein abgekartetes Spiel, realisierte ich. Von Shade, der mir eine Nachricht hinterlassen hatte, bis über zu Zeph, der mit dem Halsband aufgetaucht war. Und ich hatte es dummerweise auch noch angelegt, war zu eingenommen von der Bemerkung über die Aufnahme gewesen.

Jetzt war ich vollkommen wehrlos.

Und drauf und dran, vor den Rat geführt und getötet zu werden. „Eine anonyme Quelle hat dem Rat eine Aufnahme zukommen lassen, auf der du deine gestärkten Fähigkeiten bestätigst." Kols sah mir ihn die Augen. „Deine Kräfte werden vom Rat eingeschätzt werden. Wenn sie beschließen, dass die Behauptung wahr ist, wird eine Neubeurteilung der Lage vonnöten sein."

Ich überlieferte, was er wirklich damit meinte. *Hinrichtung.* Genau, wie ich es letzte Nacht gesagt hatte. Aber Shade hatte mir einen Hoffnungsschimmer gegeben. Ich hätte es besser wissen sollen, als ihm zu glauben.

Er hatte mich ausgetrickst.

Sie alle hatten mich hinters Licht geführt.

Shade hatte unser privates Gespräch aufgezeichnet und es dem Rat zukommen lassen.

Zeph war wie ein Prinz auf seinem Pferd dahergekommen, hatte behauptet, dass er mir helfen wollte, zu flüchten ... Alles, um mir ein falsches Gefühl der Sicherheit zu geben, damit ich das kräftemindernde Halsband anlegen würde.

Und jetzt sah Kols mich an, als würde ich ihm nichts bedeuten. Er wollte mich tot sehen. Das hatte er mir gestern Nacht gesagt. Es würde ihm das Leben erleichtern, wenn ich nicht existierte. Es würde das Band zwischen uns kappen und ihn befreien, damit er seinem Schicksal entgegentreten konnte. Also war es nur logisch, dass er mich loswerden wollte. Warum auch nicht?

Der trotzige Teil von mir warf ihm genau das beinahe vor, aber der clevere Teil von mir ließ mich innehalten. Wenn ich jetzt etwas sagte, könnte er mir das Leben nehmen und behaupten, dass es aus Notwehr geschehen war.

Mit Zeph als Zeugen würde er auch noch damit durchkommen. Würde vermutlich sagen, dass es nötig gewesen war, weil ich die Wachmänner getötet hätte. Obwohl *er* sie in Wirklichkeit mundtot machen würde.

Jedenfalls wäre ich so vorgegangen.

Was bedeutete, dass ich die Ankündigung für später aufheben musste.

Es in Anwesenheit der Ratsmitglieder kundtun musste.

Denn wenn ich untergehen würde, würde er das auch.

Zeph ebenfalls.

Und Shade, dieser verräterische Mistkerl.

Sie alle würden mir in mein Grab folgen.

Kols' Pupillen weiteten sich. Er sah mich mit wissendem Blick an. Als hätte er den Plan, der sich in meinem Kopf zusammenbraute, gehört. Oder aber er sah den Rachedurst in meinen Augen.

Es war mir egal.

Ich ließ ihn meine Wut sehen.

Ließ ihn sehen, dass ich ihm Rache schwor.

Ich werde nicht allein untergehen, sagte ich ihm mit einem Blick.

Denn sie würden dafür bezahlen, was sie mir angetan hatten. *Das schwöre ich.*

Willkommen in der Hölle, Jungs.

Haltet euch lieber gut fest.

Es wird eine wilde Fahrt.

KOLS

EPILOG

AFLORA SCHAUTE mich mit einem Hass in ihren Augen an, den ich bis in meine Seele spürte.

Sie dachte, wir hätten sie betrogen. Aber alles, was wir getan hatten, war dazu bestimmt, sie zu retten.

Wenn Zeph ihr dieses Halsband nicht rechtzeitig umgelegt hätte, hätten die Beschützer ihre zusätzlichen Bänder gespürt, woraufhin ich sie hätte umbringen müssen. Denn ich konnte es nicht riskieren, dass sie zum Rat gehen und ihm die Details stecken würde.

Als ich Afloras Gesichtsausdruck sah, war klar, dass Zeph nicht die Möglichkeit gehabt hatte, um sich zu erklären.

Sie sah aus, als wäre sie drauf und dran, mich umzubringen. Ich schätzte, dass es das glaubwürdiger aussehen ließ, aber ich konnte die Räder in ihrem Kopf sich drehen sehen.

Wenn sie auch nur ein Wort über unsere Bänder verlieren würde, wären wir alle geliefert. Zeph und ich tauschten einen Blick aus. Sein Gesichtsausdruck sagte mir, dass er ihre Feindseligkeit ebenfalls bemerkt hatte.

Aflora war eine tickende Zeitbombe in so vielerlei Hinsicht. Angesichts dessen, was sie sagen könnte, und angesichts ihrer wachsenden Kräfte. Ganz zu schweigen von Shade. Dieser Mistkerl hatte uns alle verraten.

Unsere oberste Priorität war, sie zu befreien.

Dann würden wir uns um das Todesblut kümmern.

Vorzugsweise mit einem Pfahl durch sein verdammtes Herz.

Danke, dass du *Akademie der Mitternachtsfeen*, Buch Eins, gelesen hast!

Aflora und ihre Gefährten kehren im zweiten Buch der *Akademie der Mitternachtsfeen* zurück.

Als Dankeschön fürs Lesen habe ich eine kleine Bonusszene für dich. Es ist der Traum, den Zeph in Aflora heraufbeschworen hat – in dieser letzten Nacht, bevor alles den Bach runtergegangen ist ...

AKADEMIE DER MITTERNACHTSFEEN

BONUSSZENE

USA-TODAY-BESTSELLER-AUTORIN

LEXI C. FOSS

ZEPH

AFLORA FUNKELTE mich mit einem Hass an, den ich bis in die Untiefen meiner Seele spürte.

In Afloras Gedanken zu dringen, war viel zu einfach gewesen. Das arme Mädchen hatte keine einzige Barriere errichtet, um mich draußen zu behalten. Der Wächter in mir wusste, dass wir dieses Versehen so schnell wie möglich berichtigen mussten. Aber der Mann in mir wollte die Schwäche vollends ausnutzen.

Heute Nacht entschied ich mich für Letzteres.

Der Vorgeschmack, den ich im Wald bekommen hatte, war nicht annähernd genug gewesen. Und nach Wochen – *Monaten*, wenn ich ehrlich war –, in denen ich sie gewollt hatte, musste ich mich wenigstens einmal vergnügen.

Kols lag neben mir, seine mentale Präsenz in der Nähe, ohne einzugreifen. Er wollte zusehen, wie er es oft tat, wenn ich mit einer Frau spielte.

Ich ließ es zu, weil ich wollte, dass er zusah.

Irgendwann würden wir sie uns teilen.

Aber für diese Erfahrung brauchte ich sie für mich allein. Um sie kennenzulernen, sie zu verehren, sie so zu ficken, wie ich wollte. Na ja, vielleicht nicht direkt so weit. Das würde bedingen, dass das hier Realität wäre, kein Traum. Außerdem musste sie erst mal meinen Erwartungen gerecht werden.

Mh, ja. Das hier wäre nur eine Vorbereitung. Eine Art Verführung. Ein Weg für sie, um meine Vorlieben kennenzulernen – jedenfalls oberflächlich.

„Aflora", murmelte ich, zog sie von Shade weg und in ein Traumland, das ich kontrollierte.

Seine Belustigung durchfuhr meinen Kopf, durch die Verbindung des vierarmigen Bandes, das wir miteinander geschlossen hatten. Es riss mich einen Augenblick aus dem Moment, zumal ihn hierzuhaben sich fremd und falsch anfühlte.

Aber ich schuf schnell eine Barriere, sodass er nicht eingreifen konnte, und saugte Aflora tiefer in mein Netz.

Ich nahm an, dass er es zulassen würde – weil es viel zu einfach war, ihre Aufmerksamkeit zu erhaschen. Er hatte vermutlich bereits genug von ihr, zumal sie heute in seinem Bett schlief.

Oder vielleicht begrüßte er die Pause.

War sie eine anspruchsvolle Liebhaberin?

Eine neugierige?

Scheu?

Ich konnte es kaum erwarten, es herauszufinden. Kols' Details waren nicht annähernd genug gewesen. Ich wollte mehr, sehnte mich nach Erfahrung aus erster Hand, und würde mir heute Nacht genau das holen.

Sie blinzelte mich verwirrt an. In ihren wunderschönen blauen Augen lagen hunderte Fragen, die sie nicht laut aussprach. Als ein Schmerz auf ihrem Gesicht aufzog, wusste ich, warum. Mein Herz schmerzte leicht, meine Schuldgefühle darüber, dass ich während des Unterrichts so hart zu ihr gewesen war, schlugen mir auf den Magen. Aber ich würde mich nicht entschuldigen, weigerte mich, ihr den kleinen Finger zu geben. Die Welt würde es ihr nicht einfach machen und er war mein Job, sie darauf vorzubereiten.

So kaltherzig meine Lektion gewesen war, sie war vonnöten gewesen.

Aber ihre Einführung in meine Version von Intimität würde eine sanftere Erfahrung werden. Sie in der realen Welt zu verängstigen, war etwas anderes als meine Vorbereitung im Schlafzimmer.

Vorsichtig legte ich meine Hand um ihren Hals, bevorzugte Taten über Worte, und beugte mich hinunter, um meine Lippen auf ihre zu legen – was zu unserem ersten Kuss führte.

Technisch gesehen zählte er nicht. Was bedeutete, dass wir mehr als nur eine erste Erfahrung zusammen haben würden, und das erfüllte mich nur mit noch mehr Vorfreude.

„Zeph", flüsterte sie mit leicht staunender Stimme, was direkt zu meinen Lenden hinabglitt.

Unschuldig, dachte ich amüsiert. Aber Kols hatte mir gesagt, dass sie unglaublich gut darin war, zu lutschen – was bedeutete, dass sie unschuldig und verführerisch sein konnte.

Die perfekte Kombination.

„Manipulierst du meinen Traum?", fragte sie mit wissendem Blick.

Ich lächelte. „Shade hat dir gesagt, dass Kols auch in deinem Kopf war."

Sie nickte. „Ja."

„Dann kennst du die Antwort bereits, Elfenblume." Ich küsste sie erneut, bevor sie etwas von sich geben konnte, brauchte sie mehr, als sie vermutlich wusste. Sie in die Brust zu beißen, hatte meinen Durst etwas gestillt und einen neuen Hunger heraufbeschwören, der gesättigt werden musste. Und nur sie konnte mir jetzt Erleichterung verschaffen.

Mein Griff um ihren Hals verfestigte sich. Ich lächelte, als sie daraufhin trocken schluckte. Sie musste nackt mit Shade gewesen sein, weil sie nichts trug – ihre wunderbaren Kurven entblößt, um erforscht und gekostet zu werden.

Aber ich begann mit ihrem Mund, ließ meine Zunge hineingleiten, um ihre Zunge so zu dominieren, wie ich es mochte. Jeder Zungenschlag war eine Lektion, zeigte ihr, wie sie mich nehmen, wie sie mich willkommen heißen sollte, und wie sie genau so küsste, wie ich es wollte.

Sie war ein Naturtalent. Ihr Stöhnen bestätigte, dass sie die Erforschung ebenfalls genoss. Ihr Körper schmiegte sich in wunderbarer Unterwerfung an mich. „Du bist perfekt", lobte ich und küsste mir einen Weg an ihrem Kinn entlang, knabberte vorsichtig an ihrer Halsschlagader, bevor ich meine Lippen an ihr Ohr presste. „Ich wollte dich seit der ersten Nacht", gab ich leise zu. „Aber du warst die verbotene Frucht, die ich nicht kosten durfte. Aber das hat sich heute Nacht geändert, Elfenblume. Jetzt gehörst du mir und ich habe vor, dich eingehend zu nehmen."

Ich wich etwas zurück, um ihr in die Augen zu sehen, bemerkte das Erröten ihrer Wangen und wie ihr Atem schneller ging. Allesamt Zeichen der Erregung, außer dem Hauch von Angst in ihren Augen. Der Hauch von Angst, den ich mit Raphs Demonstration dort platziert hatte.

Ich mochte diesen Funken in ihren Augen nicht.

Aber ich konnte es verstehen.

„Ich bin kein einfacher Liebhaber, Aflora", warnte ich

sie. „Schmerz macht mich an und ich habe lieber die Kontrolle. Aber du hast hier das Sagen. Immer. Du musst es mir sagen, wenn ich zu weit gehe. Bis ich darauf vertrauen kann, dass du das tust, werden wir es langsam angehen. In deinem Kopf und außerhalb davon. Die Art Beziehung, die ich will, braucht Zeit." Kols war der Einzige in meinem Leben, zu dem ich genug Vertrauen hatte dafür. Was auch der Grund war, warum wir Frauen teilten. Er glich mich aus. Sagte mir, wenn ich zu weit ging.

Und im Gegenzug dazu beschützte ich ihn.

Oder versuchte es, jedenfalls.

Schon zweimal war ich jetzt gescheitert. Mein zweiter Fehlschlag sah jetzt zu mir hoch.

Aber ich hatte dieses Mal nicht nur ihn im Stich gelassen, sondern auch mich selbst.

Was noch schlimmer war: Ich konnte mich nicht dazu bringen, es zu bereuen. Nicht dieses Mal. Nicht, wenn Aflora sich mir unter mir so wunderschön ergab.

Sie zweifelte meine Präferenzen nicht an.

Verweigerte sie nicht.

Sie akzeptierte sie nur mit einem leichten Nicken und einem süßen Lecken ihrer Lippen. Es war nicht genug, aber es war ein Anfang.

„Heute Nacht werde ich dich nur kosten", sagte ich zu ihr. „Aber sieh es als Warnung dafür, was ich irgendwann von dir wollen werde. Und jetzt halt dich am Kopfteil fest und komm nicht, bis ich dir die Erlaubnis erteile."

Sie erschauderte, hob jedoch ihre Arme hoch und gehorchte. Ich hatte beinahe erwartet, dass sie sich weigern würde. Dass sie mit mir diskutieren und etwas dagegen einwenden würde. Aber sie schien komplett bezaubert, als würde ich eine Fantasie verwirklichen, die sie schon lange gehabt hatte. Und vielleicht hatte sie das. Wir spielten immerhin in ihrem Kopf. Sie konnte versuchen, die

Kontrolle zu übernehmen, wenn sie wollte. Aber sie schien ganz zufrieden darüber, dass ich die Kontrolle übernahm, und ich vergötterte sie umso mehr dafür.

Ich spürte Shade in ihren Kopf schlüpfen, er hatte meine Blockade umgehen können.

Es wäre ein Einfaches gewesen, ihn rauszuschmeißen – ihn ein weiteres Mal loszuwerden. Aber dieses Mal ließ ich ihn bleiben. Als Direktor war es mein Job, zu lehren, also würde ich ihm zeigen, wie man es richtig machte.

Kols' Belustigung streifte meinen Kopf. Seine jahrelange Erfahrung zeigte sich, indem er erkannte, was mein Grund dafür war, Shade an der Seite zu behalten. Er wusste, dass ich es liebte, zu necken. Und genau das würde ich tun.

„Bist du bereit für mich Aflora?", fragte ich leise.

Sie nickte.

Und ich schüttelte meinen Kopf. „Worte, Elfenblume. Sag etwas." Das war die erste Lektion in Sachen Vertrauen – offen und verbal zu kommunizieren.

„J-ja, außer dass ich immer noch nicht sicher bin, ob das hier echt ist oder nicht."

„Es ist eine Fantasie", flüsterte ich und schmiegte meine Nase an sie. „Eine geteilte Fantasie."

„In meinem Kopf."

„Ja."

„Und du hast die Kontrolle, wie Kols und Shade."

„Ja, ich habe die Kontrolle – aber ich bin überhaupt nicht wie Kols oder Shade, Aflora." Ich versenkte meine Zähne in ihrer Unterlippe, nuckelte an ihrem Blut und stöhnte, als ich ihren unglaublichen Geschmack kostete.

Sie atmete daraufhin scharf ein, Gänsehaut machte sich an ihren Armen bemerkbar und breitete sich bis zu ihren wunderschönen Titten aus. Ihre Nippel verhärteten sich zu kleinen Spitzen, die förmlich darum flehten, in meinen Mund genommen zu werden. Aber ich würde sie nicht genießen, bis sie vollumfänglich verstand und mir Erlaubnis erteilte.

„Das hier ist ein Traum", murmelte ich. „Ein Traum, den ich in deinem Kopf heraufbeschwöre."

„Okay."

„Wir beide wissen, was passieren wird", ergänzte ich.

Sie nickte erneut und wiederholte: „Okay."

„Habe ich deine Erlaubnis, weiterzumachen?"

Sie hielt inne, sah mich einen langen Moment an, bevor sie einmal nickte. „Ja."

„Gut." Denn ich brauchte ihre Zustimmung – wollte nicht, dass das hier einseitiger Natur war.

„Ich bin nur verwirrt", gab sie gegen meinen Mund gelehnt zu – gerade, als ich sie erneut küssen wollte.

„Was verwirrt dich?", fragte ich leise, meine Lippen fuhren mit jedem Wort über ihre.

Ihre blauen Augen sahen in meine. Sie runzelte ihre Stirn. Und doch pochte ihr Puls schneller. Es war offensichtlich, dass sie mich wollte. Es war nur ihr Kopf, der sich uns in den Weg stellte. „Vorher, im Unterricht, hast du –"

„Nein, Aflora", unterbrach ich, wusste, was sie diskutieren wollte. „Was ich im Klassenzimmer von dir verlange, wird sich nie damit decken, was ich im Schlafzimmer von dir brauche. Das sind zwei verschiedene Dinge. Total verschieden. Während der Akademiestunden bin ich Direktor Zephyrus. Aber danach bin ich einfach nur Zeph."

Sie schluckte, ihre Pupillen weiteten sich. „Nur Zeph."

„Kannst du damit umgehen?"

Ein weiteres Nicken. Es war weniger entschlossen, wurde aber von einem heißen Blick begleitet, der mir bestätigte, dass sie sich genauso nach mir sehnte wie ich mich nach ihr. „Ja", flüsterte sie.

„Also, darf ich weitermachen?"

„Ja", sagte sie erneut.

Ich lächelte. *Hervorragend.* „Kein Wort mehr. Es sei denn, du willst mir sagen, was für ein gutes Gefühl dir meine Zunge verschafft." Ich drückte meinen Mund auf ihren und schluckte das leise Geräusch, dass sie auf meinen Befehl hin machte.

Dieses kleine Geräusch wurde zu einem Stöhnen, als ich meine Hände an ihren Seiten hochgleiten ließ und ihre geschmeidigen Kurven erforschte.

Aflora war weibliche Perfektion in Person – sanfte Kurven an den richtigen Stellen und ein Kämpferherz darunter. Ich spürte es gegen meine Hand klopfen, als ich ihre Brust in die Hand nahm, meinen Daumen über ihren rosigen Nippel gleiten und ihr noch mehr von diesen wunderbaren Geräuschen über die Lippen kommen ließ.

Verdammt, ich liebte eine Frau, die auf Berührungen reagierte.

Und Aflora tat das ganz bestimmt.

Sie hielt ihre Lust nicht zurück, ihre Nippel verhärteten sich begierig und einladend. Ich leckte einen Weg an ihrem Hals hinab zu ihrem Schlüsselbein und dann runter, um einen der steifen Nippel in meinen Mund zu nehmen. Sie ließ ihre Finger in mein Haar gleiten, versuchte, mich dort festzuhalten. Ich biss sie daraufhin fest, sah ihr in die schmerzerfüllten Augen, während ich bedrohlich knurrte.

Sie erstarrte, ihr gut zu fickender Mund öffnete sich verwirrt. „Habe ich dir Erlaubnis gegeben, das Kopfteil loszulassen, Aflora?", fragte ich sie.

„N-nein", stammelte sie.

„Dann schlage ich vor, dass du wieder danach greifst – auf der Stelle. Halt dich daran fest und lass nicht los, bis ich dir was anderes sage."

Rasch griff sie nach dem Holz. Sie schluckte leer und schaffte dann hervorzubringen: „Tut mir leid."

Ich lächelte an ihre benetzten Brüste gelehnt. „Oh, Schätzchen, es tut dir nicht leid. Nicht wirklich. Aber wenn du das Kopfteil nochmal loslässt, wird es dir wirklich leidtun."

Jemandem den Orgasmus zu verweigern, war eines meiner Lieblingshobbys, und ich war großartig darin. Sie würde in Tränen ausbrechen, bevor meine Folter vorüber sein würde. Würde darum flehen, kommen zu dürfen, und dann würde ich nicht aufhören, bis sie mich anflehte, aufzuhören.

Ihr Griff am Kopfteil verfestigte sich, ihre Wangen wurden etwas blass.

Das totale Gegenteil von dem, was ich sehen wollte. Und genau der Grund dafür, warum wir uns Zeit lassen würden, um uns besser kennenzulernen.

„Ich würde dir nie wehtun", versprach ich ihr. „Ich mag Schmerz, aber nur, wenn er mit Lust verbunden ist."

Ich demonstrierte es ihr, indem ich zärtlich über die Bisswunde an ihrer Brust leckte. Meine Zunge leckte ihre Wunde und zog sie wieder in den Moment zurück.

„Genau so", flüsterte ich, schloss meinen Mund um ihren Nippel und nuckelte fest daran, während ich die Knospe mit meiner Zunge massierte.

Sie drückte ihren Rücken durch, schloss ihre Augen stöhnend, während sie sich verzweifelt am Kopfteil festklammerte.

„Genau so", lobte ich und wandte mich ihrer anderen Brust zu.

Sie keuchte daraufhin, ihr Herz pochte wie wild gegen ihre Rippen.

Mh, ihre Erregung wurde von Sekunde zu Sekunde stärker, stieg in die Luft und neckte all meine männlichen

Sinne. Ich atmete tief ein, liebte ihren blumigen Duft, fand, dass er wunderschön und passend war.

Während ein verzögerter Orgasmus eines meiner Lieblingsspiele war, würde ich ihr das heute Nacht nicht antun. Vor allem, weil ich es nicht konnte. Ich brannte darauf, sie zu kosten, sie an meiner Zunge kommen zu spüren und mich wieder und wieder in ihrer Lust zu aalen, bis die Sonne unterging.

Keiner von uns würde heute Nacht ein Auge zutun. Sie wäre erschöpft und befriedigt und nicht in der Lage, sich später zu bewegen, ohne an mich und wie meine Zunge zwischen ihren Schenkeln war zu denken.

Ich glitt nach unten, küsste einen feuchten Weg an ihrem Bauch hinab, hielt inne, um meine Zunge in ihren Bauchnabel gleiten zu lassen, während ich ihre Reaktionen studierte.

Offene Lippen.

Rosige Wangen.

Augen auf halbmast.

Alles, was ich an einer Frau sehen wollte, wenn ich an ihr runterging. Ich knabberte an ihrem Hüftknochen, lächelte, als sie nach Atem rang und ihren Rücken daraufhin durchdrückte. So eine empfindliche Frau – definitiv dazu gemacht, um gebissen zu werden. Aber das würde ich mir für unsere echte Erfahrung zusammen aufheben.

In diesem Traum ging es darum, uns beide zu beglücken.

Es war ein Weg, um mehr über den anderen zu erfahren, ohne etwas zu riskieren.

Ihre weichen, dunklen Löckchen neckten die Haare an meinem Kinn, als ich einen Kuss auf ihren Hügel drückte. Ich legte meine Hände auf ihre Schenkel, um sie weit zu spreizen, entblößte ihre feuchte Muschi.

Sie wich nicht zurück.

Kämpfte nicht dagegen an.

Sie warf nur ihren Kopf zurück – mit einem begierigen Geräusch. Ihre Lust war spürbar und ich konnte sie der Feuchte ihrer Schamlippen entnehmen.

„Du bist total feucht für mich, Elfenblume", flüsterte ich und begutachtete ihre feuchte Mitte. „Ich kann es kaum erwarten, dich noch feuchter zu machen, Baby."

Sie erschauderte, ihre Lippen öffneten sich erwartungsvoll.

Ich ließ meine Nase an ihrer Öffnung entlanggleiten, atmete tief ein und ließ ihren süßen Nektar meine Nase benetzen. Mein Schwanz bebte, flehte darum, mir meine Jogginghose runterzureißen und mich in ihr zu vergraben. Aber es ging hier nicht um mich oder meine Bedürfnisse.

Das hier war für sie.

Und auch dafür, mein Bedürfnis, ihre Lust zu kosten, zu stillen.

Etwas sagte mir, dass sie eine Schreierin war – die keine Angst davor hatte, ihre Ekstase laut kundzutun. Mmh, ich wettete, dass sie sich um meine Finger herum auch zusammenziehen würde – ihre gierige Muschi sich nach einem Schwanz sehnend, den sie melken konnte. *Meinem* Schwanz.

Bald, versprach ich uns beiden. *Sehr bald.*

Aber zuerst brauchte ich *das hier*. Ich öffnete sie mit meiner Zunge, leckte mich an ihrer Klitoris hoch und zurück nach unten zum engen Loch, das meinen Schaft eines nicht so fernen Tages umschlingen würde. Ich würde sie auch in den Arsch ficken, wenn wir so weit waren. Vielleicht sogar, während Kols ihre Muschi fickte.

Nur schon der Gedanke daran ließ meine Eier sich lusterfüllt anspannen. Sie war das perfekte Puzzleteil zwischen uns, sich in wunderbarer Lust windend, während wir sie bis in die Besinnungslosigkeit fickten und zurück. Alle Frauen, die wir bisher miteinander geteilt hatten, hatten uns nichts bedeutet. Sie waren nur Gelegenheitsficks gewesen, mit denen wir uns Lust verschafft hatten.

Aflora würde anders sein.

Weil sie zu uns gehörte – genauso wie wir zu ihr.

Unsere Gefährtin.

Unsere Gedanken würden bald schon verflochten sein – sobald wir sie zwei weitere Male bissen.

Ich stöhnte, als ich an den äußerst realen Gedanken dachte, was das für uns bedeuten würde – wie intim es sein würde, sie zu ficken, während ich *in* ihr war. Unsere Seele zu einer verschmolzen. Unsere Herzen im selben Rhythmus schlagend.

Verdammt, wer hätte gedacht, dass das so unheimlich sexy sein könnte?

Ich hatte nie eine Gefährtin gewollt, weil es mir nicht bestimmt war. Kols war meine Zukunft. Ihm als Wächter zu dienen war meine einzige Gesinnung.

Aber jetzt existierte Aflora zwischen uns.

Sie veränderte alles.

„Zeph", flüsterte sie, ihr Flehen ein Lied, das ich die ganze Nacht hören wollte. Ich hatte unter ihrer Klitoris innegehalten, kostete sie, ohne sie zu beglücken, und sie wollte mehr. Ihre Knöchel am Kopfteil waren weiß, ihre Zurückhaltung bewundernswert, während sie sich festklammerte, als würde ihr Leben davon abhängen. Ich konnte ihr Bedürfnis sehen, loszulassen, meinen Kopf in ihre Hände zu nehmen und mich nach oben zu ziehen, um mich an die Stelle zu führen, wo sie mich brauchte.

Ich summte gegen ihre Mitte gedrückt, lächelte, als sie zusammenzuckte. Die Vibrationen hatten ihr nur einen Hauch Lust verschafft – nur um die Decke der Verzweiflung sich fester um sie schlingen zu lassen.

„*Bitte*", sagte sie, ihre singende Stimme ein unsichtbares

Streicheln meines Schafts. Denn ich liebte es, eine Frau betteln zu hören. Vor allem sie.

„Bitte, was?", neckte ich sie, musterte ihr Gesicht, als sie ihre Augen mit lusterfüllter Frustration zukniff. Denn meine Worte hatten wieder gegen ihren Körper vibriert. „Willst du, dass ich deine kleine Klitoris in meinen Mund nehme, Aflora? Sie mit meiner Zunge massiere, bis du explodierst?"

„Ja", wimmerte sie und ihre Beine, die um mich geschlungen waren, zitterten.

„Sag es", ermutigte ich sie. „Sag mir, dass ich deine Klitoris lecken soll."

Sie gab ein süßes kleines Stöhnen von sich, mein Befehl machte sie noch mehr an. Es half, dass meine Lippen ihre Klitoris jetzt berührten, während ich sprach. Die Hitze meines Atems streichelte ihre sensible Mitte.

Sie streckte ihre Zunge raus, um ihre Lippen zu befeuchten, ein schauderndes Ausatmen entwischte ihr und sie erzitterte. „Bitte, leck meine Klitoris, Zeph. Lass mich kommen."

Cleverer Engel, dachte ich amüsiert. Sie hatte nicht nur nett gefragt, sondern auch eine Bemerkung angehängt, die um Erlaubnis ersuchte, kommen zu dürfen. „Du bist perfekt, Aflora", informierte ich sie. „Verdammt nochmal perfekt." Und sie wusste nicht einmal, warum. Sie war einfach ein Naturtalent darin, sich mir zu unterwerfen. Ihre Fähigkeit, Anweisungen zu befolgen, zeigte sich im Schlafzimmer.

Ich belohnte sie mit einem festen Zungenstrich und mein Mund schloss sich um ihre empfindliche Knospe, gab ihr, wonach sie sich sehnte.

Sie schrie, drückte ihren Rücken durch, hielt sich jedoch immer noch wie verrückt am Kopfende fest. Ihre bewundernswerte Zurschaustellung von Unterwerfung, die sie zeigte, bedurfte einer würdigen Belohnung, also gab ich sie ihr. „Komm für mich, Elfenblume", flüsterte ich. „Komm hart."

Ich hatte die letzten beiden Worte kaum über die Lippen gebracht, als sie mit einem Schrei kam, an den ich mich für immer erinnern würde. Denn er beinhaltete meinen Namen. Nie zuvor hatte ich es mehr genossen, ihn zu hören, als in diesem Moment, während sie ihn wieder und wieder sagte. Sie warf ihren Kopf von der einen Seite zur anderen, als sie unter meinen Zungenschlägen kam.

Kols regte sich neben mir in seinem Bett, seine Gedanken mit meinen und Afloras verbunden. Seine voyeuristischen Tendenzen kamen durch und er beobachtete uns. Er streichelte seinen Schwanz in der echten Welt außerhalb des Traumlandes, sein Orgasmus rückte immer näher.

Ich fasste hinüber, um ihn davon abzuhalten, weiterzumachen. „Es bleibt keine Zeit, sich uns anschließen."

„Was?", fragte Aflora, die aus ihrem orgastischen Zustand fand und mich laut und in meinen Gedanken mit Kols sprechen hörte.

Er zögerte nicht und machte auch keine Einwände, seine Kräfte vermischten sich mit meinen, während er sich uns in ihrem Kopf anschloss.

Ich lächelte, als sie ihre Augenbrauen hochzog und ihre roten Wangen ihren eben erst erfahrenen Orgasmus bezeugten. Ich küsste mir einen Weg an ihrem Bauch hoch und zurück zu ihrem Mund, als ich meinen Körper neben ihren legte. „Kols will auch mitspielen."

„Aber er hasst mich", flüsterte sie mir zu, was Kols lachen ließ, während dieser sich zwischen ihre Beine begab.

„Hier geht es um Fantasien", sagte er leise, seine Lippen kosten dieselbe Stelle, die ich eben verwöhnt hatte. „Bleib einfach liegen und genieß es, Schätzchen." Er gab ihr keine Zeit, um Einwände zu machen. Sein Mund legte sich um ihre Klitoris, während er zwei Finger in ihre enge Muschi schob.

Sie wimmerte, ihre Hände ließen beinahe vom Kopfteil ab, um ihn aufzuhalten, aber ich packte ihre Handgelenke, bevor sie das tun konnte. „Schh, alles wird gut."

„Es ist zu viel", keuchte sie und wand sich. „Zu viele … *Empfindungen*."

Ich lächelte, wusste ganz genau, was sie meinte. „Ach, Aflora … Aber das ist ein Traum", murmelte ich und küsste sie sanft, um ihren wiederkehrenden Einwänden Einhalt zu gebieten. „Weißt du nicht, was das Beste am Träumen ist, Elfenblume?"

Sie schüttelte ihren Kopf. Ich wusste nicht, ob das eine Antwort auf meine Frage war oder eine Reaktion auf Kols' Folter, die er ihr zwischen ihren Schenkel bescherte.

So oder so antwortete ich ihr. „Das Beste am Träumen ist, dass man der Realität entgehen kann", flüsterte ich. „Was bedeutet, dass wir dich wieder und wieder kommen lassen können. Die ganze Nacht lang, ohne eine Pause einlegen zu müssen. Weil dein Körper unsere Erwartungen immer wieder erfüllen wird."

Ihre Augen weiteten sich. „Nein."

„Oh doch", erwiderte ich, knabberte an ihr und nahm ihre Brust in die Hand, kniff ihren Nippel leicht. „Es ist die schlimmste und beste Folter, die wir Mitternachtsfeen kennen. Und wir fangen gerade erst an."

Sie begann zu zittern, ihr nächster Orgasmus bereits im Anmarsch – dank Kols' Bemühungen.

„Willkommen in meinem Kopf, Aflora." Ich küsste ihren Mundwinkel und kniff ihren Nippel erneut, erntete ein Schaudern von ihr. „Es ist ein teuflischer, intensiver Ort voller endloser Wege, wie ich dich verwöhnen kann. Der heutige Abend ist mehr als Vorbereitung gedacht. Eine Kostprobe von dem, was uns erwartet."

Sie wimmerte und ich lächelte, spürte ihre steigende Lust.

„Komm und schrei für uns, Baby", sagte ich leise, gab ihr die Erlaubnis, die Fassung zu verlieren. „Sobald Kols fertig ist, wechseln wir Positionen, und ich werde dich nochmal auf ganze andere Höhen bringen."

Und nochmal.

Und nochmal.

Was ich tat.

Und Kols auch.

Bis die Sonne unterging und ich ihr später eine weitere Runde versprach.

Aber in dem Moment, in dem ich meine Augen öffnete, ging alles den Bach runter.

Und meine Pläne mit Aflora verschwanden unter einer Welle von niederschmetternder Realität.

Der Rat weiß es …

AKADEMIE DER MITTERNACHTSFEEN: BUCH ZWEI

Ich sitze im Fegefeuer fest.
In der Hölle.
Einem Kerker für Mitternachtsfeen.
Alles, weil meine Gefährten mich hintergangen
haben.

Shade schwört, dass er unschuldig ist.
Zeph versichert mir, dass das, was er getan hat, zu meinem
Besten war.
In der Zwischenzeit zeigt sich Kols nicht im Geringsten reuig
– dieser eingebildete Mistkerl behauptet, dass das Schicksal
im richtigen Moment eingegriffen hat.

Ich hasse sie alle.
Verzehre mich gleichzeitig nach ihnen.
Und jetzt muss ich mit ihnen zusammenarbeiten, um ein

jahrtausendealtes Geheimnis zu lüften, das sich um meine wirkliche Herkunft rankt.

Aber unsere Nachforschungen haben eine uralte Kraft erweckt und sie droht, das Reich der Mitternachtsfeen zu zerstören.

Wenn die Akademie doch nur Kurse in Mediation anbieten würde.
Ich könnte einen davon jetzt echt gebrauchen.
Denn wie sich herausstellt, bin ich die Einzige, die in der Lage ist, dieses Ding davon abzuhalten, die Macht zu übernehmen.
Und ich muss mich darauf verlassen, dass meine Gefährten mich führen werden.

Willkommen in der Akademie der Mitternachtsfeen, wo der Unterricht nutzlos ist und die männlichen Feen allesamt Arschlöcher sind. Wünscht mir Glück.

Anmerkung der Autorin: Es handelt sich hierbei um eine dunkle Reverse-Harem-Kollektion mit einer Bully Romance (Feind-zu-Liebhaber-Elemente). Trotz Afloras klarer Ansage wird es definitiv den einen oder anderen Biss geben. Shadow, aka Shade, sorgt dafür. Dieses Buch endet mit einem Cliffhanger.

DANKSAGUNGEN

Oh, wo soll ich nur anfangen? Dieses Buch wäre ohne so viele Leute nicht möglich gewesen. Allen voran danke ich J.R. Thorn dafür, dass sie mir geholfen hat, die Feenreiche zu schaffen. Es war mir ein absolutes Vergnügen und eine Ehre, an *Königin der Elemente* mit dir zu arbeiten, und ich liebe es, dass wir mit anderen Feencharakteren in dieser Welt weiterspielen können. Ich kann es kaum erwarten, *Akademie der Schicksalsfeen* zu lesen! Bitte mach schnell.

Ein ganz großes Dankeschön an Katie für all deine Hilfe und Führung auf dem Weg. Ich liebe es, mit dir zu arbeiten, und genieße dein Feedback immer, während ich schreibe. Zeph schickt dir all seine Liebe (oder jedenfalls seine Version davon).

Danke an Bethany, dass du eine fabelhafte Lektorin bist und dich immer wieder mit meiner sich ändernden Wortanzahl rumschlägst. Eines Tages werde ich ein Projekt mit der gewünschten Länge und rechtzeitig fertigstellen. Vielleicht. Ich gebe den Stimmen in meinem Kopf die Schuld. In diesem spezifischen Fall sind die Jungs Schuld. Ich hasse sie alle. (Ich mache nur Scherze, Jungs. Ich liebe euch. Irgendwie. Na ja, eigentlich nur Shade. Kols und Zeph, ihr wisst, warum ich von euch genervt bin.)

Danke an Vicki, Laura und Matt für eure Geduld und euer Verständnis. Dafür, dass ihr mich den Brauerei-/Schokoladen-Tag habt verschieben lassen, um Afloras erstes Buch fertigzustellen. Das nächste Mal, wenn wir in den Urlaub fahren, verspreche ich, dass ich keine Fristen nahe dem Abreisedatum ansetzen werde!

Danke an Lori. Ein Riesendankeschön für das unglaublich **schöne** Cover. Es ist so unglaublich inspirierend, genauso wie die ganze Reihe. Ich bin so verliebt in die Illustrationen und das Design. Danke, dass du all die kleinen Details geschaffen hast, die zu meinen Worten passen.

Danke an Heather für die wunderschönen Kopfzeilen und Titelseiten. Ich liebe die Titelseite, er sieht unglaublich aus. Genauso wie meine Website – für deren Kreation und Unterhalt ich dich liebe.

Danke an Louise und Diane, dass ihr meine metaphorischen Rückgrate und immer für mich da seid. Ihr beide haltet mich über Wasser, wenn ich es brauche, sagt mir, mich zu verkriechen und zu schreiben (wenn man mir sagen muss, dass ich mich verkriechen und schreiben soll), und helft mir auf allerhand Arten, die euch vermutlich gar nicht bewusst sind. Ich liebe euch beide!

Danke an mein Essentially-Chase-PR-Team, dass ihr mich führt und mir eure reichhaltige Expertise in dieser Industrie zur Verfügung stellt. Ich liebe euch beide. Bitte verlasst mich nie. Ich bin keine gute Läuferin, aber ich werde euch hinterherrennen!

Danke an mein ARC-Team und *Foss's Famous Owls*, für eure Unterstützung und dafür, dass ihr meine Bücher liebt! Ihr seid mir wichtiger, als euch bewusst ist.

Und danke an meine Leser, dass es euch gibt! Ich liebe es, von euch zu hören wie auch eure Rückmeldungen, Kommentare und Nachrichten. Ihr versüßt mir immer den Tag und gebt mir die Motivation, die ich brauche, um weiterzumachen. Ich teile meine Worte, weil ihr alle mich davon überzeugt, es zu tun. Also, danke, dass ihr mir ermöglicht, der Welt von den Stimmen in meinem Kopf zu erzählen.

Ich bin bald mit mehr von Aflora, Kols, Shade und Zeph zurück! <3

USA Today Bestsellerautorin Lexi C. Foss ist eine Schriftstellerin, verloren in der Welt der Computer. Sie lebt in Chapel Hill, North Carolina mit ihrem Mann und ihren haarigen Gesellen. Wenn sie nicht gerade schreibt, ist sie mit Sicherheit auf Reisen. Viele der Orte, die sie schon besucht hat, lassen sich in ihren Büchern wiederfinden, einschließlich der mystischen Welt von Hydria, die auf der griechischen Insel Hydra basiert.

Würden Sie gern über Neuerscheinungen informiert werden? Dann tragen Sie sich für ihren Newsletter ein: www.lexicfoss.com/newsletter

Besuchen Sie Lexi im Netz!
www.lexicfoss.com
E-Mail: lexicfoss@gmail.com

Angel Bonds – Himmlische Bande (Buch 5)

Blood Seeker – Die Fährte des Blutes (Buch 6)

Und auch die folgenden Bücher von Lexi C. Foss werden in Kürze auf Deutsch erhältlich sein:

Aus der Reihe »Unsterblich verflucht«:

Blood Burden (Buch 6.5)

Die Wölfe des X-Clans

Andorra Sektor **(erhältlich 2021)**

Das Experiment **(erhältlich 2021)**

Pfeil des Winters **(erhältlich 2021)**